狩られる者たち

＊主な登場人物＊

サムエル（サム）・ベリエル……………………ストックホルム警察の元警察官。

モリー・ブローム……………………………………公安警察の元潜入捜査官。

デジレ（ディア）・ローゼンクヴィスト……国家捜査指令本部（NOD）警視。

リカルド・ローベットション…………………NOD資料保管庫勤務の警察官。

アウグスト・ステーン……………………………公安警察情報部長。

カーステン……………………………………………公安警察の内部要員。

シルヴィア（シル）・アンダーション………サムの元同僚。

イェシカ・ヨンソン………………………………ポルユスに住む陰謀論者。

エディ・カールソン………………………………麻薬中毒者。

リーサ・ヴィードストランド…………………ヨーテボリで殺害された娼婦。

ヘレーナ・グラデン………………………………オーシャ市で起きた母子殺害事件の被害者。

ラスムス・グラデン………………………………ヘレーナの息子、殺害事件の被害者。

カール・ヘドブロム………………………………セーテル精神科病院の収容者。

アンデシュ・ヘドブロム…………………………カールの兄。

レイネ・ダニエルソン……………………………カールの以前のケアホーム仲間。

レーナ・ニルソン…………………………………ケアホームの介護士。

エリーサベト・ストレーム………………………ヴェクショー市で殺害された女性。

メッテ・ヘーカロップ……………………………マルメ市で事故死した医師。

ファリーダ・ヘサリ………………………………タビー市で起きた拉致事件の被害者。

ヨヴァナ・マレセビッチ…………………………セルビア人女性。

ヤーコブ・ステンボム……………………………リンストープ診療所の医師。

一部

1

デジレ・ローゼンクヴィスト警視さま

その音を初めて聞いたのは今から二ヵ月まえのことです。説明するのがむずかしいのですが、誰かが壁の中にいるように聞こえます。家の中から聞こえているわけではなく、かといって外から聞こえるわけでもないのですが、どう考えても人間が出している音ではありません。何週間かまえ、ふたりの若い制服警官がわたしの家に来たのですが、よくよく考えると、あのときはずいぶんと失礼なことを言われた気がします。言われたときにはイエカミキリがどんなものなのか、わたしは知らなかったのです。

でも、今は知っています。

イエカミキリの幼虫は乾いたパイン材の中に十年くらい棲《す》みついたあと、さなぎになって羽化するそうです。そのあいだに木材の中は穴だらけになりますが、外からは見えません。イエカミキリを駆除するためには、侵された木材を燃やし、建物全体を有毒ガスで燻《いぶ》すしかないそうです。

実際、木材の中をガリガリと齧《かじ》りながら動いている音が聞こえるそうで、虫は内側にいるのでも外側にいるのでもなく、暗闇の中に隠れているのです。

でも、わたしに聞こえる音はイエカミキリではありません。わたしの家だけに特別なイエカミキリがいるのなら話は別ですが。誰かがわたしのことを狙っているのです。わたしにはそうとしか思えません。

わたしの家はまわりから孤立した場所にあります。だから誰かがふらっと立ち寄ったりすることはありません。ハイキングをしていて道に迷った人も、いい物件を探している不動産屋も、アイアンマンを真似《まね》て息抜きをしている経営者チームも来ません。そのかわり、動物たちはいっぱいやってきます。だから最初はトナカイかヘラジカが柵の中にはいり込んで、わたしが丹精込めて植えた多年生植物を掘り返しているのかと思いました。でも、花壇が荒らされた様子はなく、柵も壊れていませんでした。第一、トナカイやヘラジカが柵を飛び越えられるわけがないのです。柵を設置した理由のひとつは、そういう動物を寄せつけないためなのですから。

だから、聞こえてくるのが動物の音だとすれば、その動物は人間以外ありえません。なぜなら、人間は非人間的な怪物にもなれるからです。地球上に存在する何百万種もの動物の中で、わたしたち人間がその非人間性で世界記録を保持しているとしてもなんの不思議もありません。わたしたち人間はほんとうはそれこそ人間らしさを発揮すべきなのに。

科学者によれば、地球という惑星に存在する種《しゅ》の半分もまだ発見されていないそうです。

とにかく、あの音はわたしのことをストーキングしている人間が出している音としか思えません。彼が――わたしは男だと思います――こんな辺鄙《へんぴ》な高原までやってくる理由などそれ以外には考えられないからです。こちらではもう雪が降りはじめています。だから雪の上に足跡が残っていないか注意して見ていますが、今のところわたしが残したもの以外は見つかっていません。たとえそうだとしてもです。今も続いてるんです――四六時中。

誰かがわたしのことを監視してるんです。

わたしは闇の中にいます。

十九世紀、自由と平等のために闘った女性たちはヒステリーと名づけられ、幽閉されました。残念なことに今もその時代から進歩していません。あなたたち警察がわたしのことをヒステリーと思っているのは知っています。それは警察がずっとまえからやってきたことです。最近は〝陰謀論者〟や〝扇動者〟というレッテルを貼って事実を糊塗《こと》するのが流行《はや》りみたいですが。きっと何か手頃な神経心理学の診断名もあるのでしょう。まあ、せいぜいがんばってください。わたしにはそれしか言えません。願わくは、ぼろぼろになったわたしの死体を見下ろすあなたたちの心にこのわたしのことばが刺さりますように。

この男がわたしに悪意を持っているのは明らかです。

なのに悲しいことに、誰もわたしの言っていることを信じてくれません。それどころか、わたしは頭がおかしいとさえ思われています。それはこのまえここに来たふたりの警察官の声からもはっきりわかりました。彼らがパトカーに戻っていくときに。笑いながらイエカミキリの話をしているのが聞こえたのです。まるでわたしには怒れる成人男性とカミキリムシの幼虫の区別さえつかないとでもいうかのように。そのふたつの音を混同しているかのように。

今まで何度もわかってもらおうと努力しましたが、誰もわたしの話を聞いてくれません。わたしは今、暗闇の中にいます。

グラディオ作戦（冷戦時代におけるアメリカとNATOによる諜報活動全般を指し、自作自演テロもあったとされる）がほんとうに存在したことや、アメリカの煙草会社が中毒性のある物質を煙草の中に混ぜていたことは、わたし同様あなたもご存じですよね？　CIAは証拠をいっさい残さずに心臓発作を起こさせる銃をほんとうに持っているし、サイエントロジー教会はほんとうにスノーホワイト作戦（新興宗教サイエントロジーが自分たちに都合の悪い記録や情報を盗み出すため、各国政府機関や大使館に侵入したり盗聴したりした事件）を実行しました。誰も信じていませんが。

オロフ・パルメ首相が暗殺された直後、ヴィクター・グンナルソンがルントマーケル通りで目撃されたことをわたしは何度も指摘してきましたが、それは確かな証拠があってのことです。七月のあの夜、キネクレーのカフェのまえの路上に駐車している地元警察官の白いスポーツカーを見たとふたりの別々の目撃者が証言していますが、そのことを認めた警察官ともわたしは直接話をしました。

さらに、ストレムスタードの排水溝から見つかったナイフにエッサム・カシムのDNAが残っていなかったことや、さらにアンダース・ラーションが殺害される三年まえにペニー・グルンドフェルトがデススターという名で〈フラッシュバック〉（スウェーデン最大のネット・フォーラム）上で活動していたことを警察にわかってもらうために、わたしは最善を尽くしました。ほかにもあります。たとえば、リーサ・ヴィードストランドのお尻にインクで絵が描かれていたことは、地元新聞に掲載されました。なのに、それがカール・ヘドブロムの判決にどんな影響を及ぼすか、警察はまるで関心を示さなかったことも、アブバキールの双子が交わしたメールの一部を見たことも話しました。そのメールの中には、サンチェスの頭部を吹き飛ばしたルガー・ミニ14の弾丸《たま》のことがはっきりと書かれているのに。

でも、あなたたち警察にとってはどうでもいいことなんですね。

わたしが殺されたらそこでようやくあなたたちも気にしてくれるんでしょう。わたしが死体になったらそこでやっと。

すでにお気づきと思いますが、この手紙はタイプライターを使って書いています。アメリカ国家安全保障局《NSA》の真相を知ってから、わたしはコンピューターを使うのをやめました。エドワード・スノーデンもそうやったことで、レーダーに引っかからずロシアに行くことができたんです。コンピューターなしで過ごしたら、彼みたいな人が真っ先に禁断症状に襲われるはずなのに、そんなことにはなりませんでした。インターネットにアクセスするとき、わたしはタブレット・パソコンを使っています。もちろん身元が判明しないことを心がけていますが、電子的にはそもそも文字を書かないようにしてるんです。電子的な文字はクラウド上に存在しつづけ、複製と拡散が無限に可能になるからです。たとえば、アブバキールの双子にこの場所を突き止められたら、わたしは非常に危険な立場に陥ります。

今、またあの音が聞こえました。ああ、神さま。

わたしは何者かにストーキングされている状況でこれを書いているのです。だから最悪の場合、この手紙を彼が持ち去ってしまうことも考えられます。わたしの血が染み込んだこの手紙を。当然のことながら、彼はこの手紙を処分するでしょう。なんの躊躇《ちゅうちょ》もなく。

わたしは今、自分の血でこれを書いているようなものです。

地下室の外の壁から、箒《ほうき》で掃いているような音が聞こえます。誰かが深い闇にまぎれて壁の中を動きまわっているような音です。でも、実際には彼が家の外にいて、花壇に積もった雪の中を動きまわっているのでしょう。何が目的なのか、わたしにはさっぱりわかりません。

コンピューターを使うのをやめるまえに、望ましくない真実をわたしはほんの少しだけインターネットに洩《も》らしてしまったのでしょうか。罪を犯しながら無罪になった誰かがわたしの活動に脅威を感じているのでしょうか。それとも、ただ普通の平凡なサディストが特に動機もなく行動しているだけなのでしょうか。強盗、強姦魔、殺し屋——彼がどんな人なのか興味はありませんが、理由だけは知りたいです。

どうしてわたしは死ななくてはならないのか、それが知りたいです。

ここから動くつもりはありませんし、この手紙を書くのもやめません。今日もまた外は夕闇に包まれています。でも、雲に覆われた空がまだ見えるので、この暗さには別の闇がまぎれ込んでいるような気がします。

また音が聞こえました。動いています。壁に沿って、すばやく掃くような、引きずるような音がして、だんだんドアに近づいてきているのがわかります。

イエカミキリの幼虫だったらどんなにいいか。

今書いているこの手紙から眼《め》を上げたくありません。同時に、逃げ道を今すぐ探したほうがいいような気がしてなりません。ろうそくの火が暗闇の中でわずかにちらつき、ほとんど消えようとしています。今はタイプライターのカタカタという音しかしなくなりました。普通の状況なら、わたしのぼろぼろになった神経を癒してくれるはずの音なのですが。

でも、今はちがいます。

また音が聞こえました。すばやく何かを引きずるような音。こんなに近くから聞こえたことは今までありませんでした。

こんなことが二ヵ月も続いているのです。毎日のこともありますし、何日か途切れることもあります。今、また玄関ポーチから聞こえました。おかしなことに、音がしてかえってほっとしているようなところもありますが、それでもこの不確かさにはもうこれ以上耐えられません。

地下室を使わなくなってからもう二年くらい経《た》ちます。そう、この二年一度も地下には行っていません。地下室のドアのほうに眼を向けるなり、氷のように冷たい風が寝室に吹き込んできます。小さなろうそくの火が消え、今、聞こえ……

2

十一月十二日　木曜日　十四時十七分

名前はベリエル。サム・ベリエル。

わかっているのはそれだけだ。ここから出なければならないという事実以外にわかっているのは。

逃げ出さなければ。

彼は厨房《ちゅうぼう》の窓に手をあてた。あまりの冷たさに指先がガラスに凍りついてしまいそうだった。慌てて手を引っ込めると、くっきりと指の跡が残った。皮膚が剝がれてしまったのだろうか。

窓の中に真っ先に見えたのは、反射して映っている自分の姿だった。彼は右手を上げ、人差し指と中指を伸ばして拳銃の形をつくった。

そして、自分を撃った。

窓の外は何もかもが白かった。真っ白だった。

深い雪が平らに積もっていた。雪の下はおそらく野原か牧草地なのだろうが、どこまでも広がっているように見えた。視野ぎりぎりの距離に何か動くものが見えた。眼を凝らすと、雪原のへりに沿って長方形の箱が移動していた。バスだ。

あそこまで行かなければ。

あそこには道路があるのだから。逃げ出すための道が。

病室の鍵がかかっていなかったのは初めてのことだった。昼食後のちょっとした隙を利用して今、彼はなんとか病室を抜け出すことに成功し、それまで来たことのなかった——少なくとも彼には来た覚えはなかった——厨房までたどり着いたのだった。

厨房スタッフはすでに午後のコーヒーの準備をすませたようで、サーモスのポットとラップのかかったシナモンロールの皿がカートにのせられ、そのカートの横の壁に白衣が何着か掛かっていた。

彼は窓に近寄り、もう一度外を眺めた。顔に寒さが伝わってきた。自分の体を見下ろすと、ジョギングパンツに見えなくもないショートパンツを穿《は》いていた。足は裸足《はだし》だった。足の指を動かしてみた。靴を履かなければ道路までたどり着けない。足の指自体そのことをよく知っているかのように、動かすとよく動いた。

とにもかくにもここから出なければならない。逃げ出さなければならない。ここには長くいすぎた。

あまりにも長居をしすぎた。

食料貯蔵室の中をのぞくと、奥の隅にウェリントンブーツがあった。少なくとも三サイズは小さかったが、かまわずに履いてみた。足の指が圧迫されたが、歩けなくはなさそうだった。走ることもできそうだった。

貯蔵室から厨房に戻ると、正面ドアの向こうの廊下から怒鳴り声が聞こえてきた。ドアは今は閉まっている。が、いつまでも閉まっているとはかぎらない。

カートの横の壁に掛かっていた白衣を三着つかむと、彼はもうひとつのドアのほうに急いだ。圧迫された足の指の痛みのおかげで逆に意識をはっきり保つことができた。

ひとつの白衣の上からもうひとつ羽織り、さらにもうひとつ着ようとしていると、厨房の正面ドアの向こうから聞こえていた音がすぐそこまで迫ってきた。彼はドアハンドルを慎重に押し下げて廊下に出ると、できるかぎり静かにドアを閉めた。その瞬間、厨房の正面ドアが勢いよく開く音が聞こえた。暗い廊下を走りながら、最後の白衣を着た。普段なら流れるようになめらかに走れるのに、窮屈なブーツのせいで頭のおかしな人間が足を引きずって走るような走り方にしかならなかった。

普段なら？〝普段〟など存在しない。いつもの走り方もない。眼が覚めたら、そこは空っぽでまるで何もない、完全に真っ白な世界だった。

何ひとつ目印《マーカー》のない世界だ。

記憶のように思えるものは、魂の幻痛でしかなかった。すべてが剝ぎ取られ、何も残っていなかった。まるで脳が過去の痕跡を跡形もなく消し去ったかのようだった。

ただ、真っ暗な廊下の一番奥にドアがあることは覚えていた。そのドアには隙間があり、そこから冷たい風がはいり込んでくることも。

そのドアを開けると、広いテラスが広がっていた。王宮にこそふさわしいと思えるほど広々としたテラスで、ドアのすぐ外の小さな四角形の部分だけ雪搔《ゆきか》きがされ、そこに煙草の吸い殻が散乱していた。

意識がまだ暗闇の中にあったとき、ここに立って煙草を吸ったのだろう。きっとそうだ。そうでなければ、どうしてここまでの来方がわかった？

いや、煙草はやめたのではなかったか。

四角に雪搔きされた部分を除くと、テラスには一メートルほど雪が積もっていた。搔きよけられた雪は層を成して一メートルほどの高さがあり、そこには踏み固められた雪の踏み段があった。テラスの端までは六メートルくらいあったが、そこから下の雪原までどのくらいの落差があるのかは見えなかった。

下に降りれば、雪原を突っ切って道路まで行ける。道路まで行けば、ここから逃げ出せる。

遠くへ行ける。

彼は雪の踏み段をのぼり、高く積もった雪の上を進んだ。雪の表面は硬く、足に合わない小さなブーツでも沈み込まなかった。が、テラスの端まであと少しというところで、深く沈み込んでしまい、二進《にっち》も三進《さっち》も行かなくなった。なんとか手すりまでたどり着いたのと同時だった。背後のテラスのドアから音が聞こえた。

広大な雪原との落差は少なくとも五メートルはあった。テラスの上より雪は深そうに見えたが、テラスの雪と同じくらい硬かった場合、飛び降りたら脚の骨を折ってしまうかもしれない。が、ほかに選択肢はなかった。

うしろを振り返ることもなく、彼は片脚ずつ手すりを乗り越えて飛んだ。三着の白衣が奇怪な白い翼のようにはためいた。その羽ばたきが驚くほど長く続いた。

雪の上に落ち、雪の中に沈み込んだ。実際、沈み込んだ。一メートルの厚みの雪が落下の衝撃を打ち消してくれた。同時に反動でまえのめりに倒れ、もんどり打って真っ白な粉雪の中に埋もれた。口の中に雪が詰まって息ができなくなった。

身動きの取れない状況が思った以上に続き、パニックが雪崩《なだれ》のように襲ってきた。それでも、なんとか立ち上がった。今度は足は取られなかった。口の中、鼻の中、咽喉《のど》の中に詰まった雪を吐くと、雪原を走りはじめた。道路に向かって。思ったように速くは走れなかったが。まるで底なしの砂の穴の中から出ようとしているようなものだった。

十メートルほど進んでから肩越しにうしろを見ると、大柄な男がふたり、テラスの手すりの向こうから彼のほうを見ていた。と思ったとたん、その姿が消えた。

彼はやみくもに突き進んだ。粉状の雪はところどころ密であったり、すかすかであったりするため、水平方向には動きやすく垂直方向には動きにくかった。まさに自然との格闘だった。加えて白衣三着では気が狂いそうなほど寒かった。

雪が降りはじめた。どんどん暗くなる空から、大きな雪片がふわふわと落ちてきた。自分の乱れた息づかい以外の音に気づいたときには日が落ちていた。彼は立ち止まり、空を見上げた。マスクのように雪が顔に積もっても気にすることなく息を止め、耳をすました。どんなに小さな音も聞き洩らさないよう。

日没後の薄暗闇の中でも遠くに動きが見えた。ややあってその形が判別できるようになった。真っ白な中、長方形の塊が動いていた。

こっちに向かってきているのがわかった。また走りはじめたとたん、気持ちが先走ってまえに倒れ込み、体勢を整えるまえに今度はうしろに倒れてしまった。脚が雪の中に深くめり込み、ひとりでは起き上がれなかった。舞い落ちる雪が眼の中にはいり、涙が出た。

どうしても起き上がれなかった。

体内の奥底に隠され、蓄えられている活力、煮えたぎる意志の核、圧縮された激しい力の芯。それらをなんとか探しあて、抉《えぐ》り出した。雄たけびをあげて立ち上がった。白衣が翼のようにはためき、雪が周囲に飛び散った。そうして彼は雪の堕天使として復活した。

力を振り絞り、まえに進んだ。バスは近づいてきていた。タイヤが巻き上げる雪でバスの側面は覆われ、窓はほとんど隠れていた。長方形の車体から、ハイビームのヘッドライトが円錐《えんすい》状の光となって放出されていた。ディーゼル・エンジンのうなり音がますます大きくなった。

〝自由〟にはあまり似つかわしくない音だった。

広大な白の中に曲がりくねった道路が見えてきた。ほぼ雪に埋もれていた。彼は走りだした。雪の抵抗が突然なくなり、走ることができた。バスが近づいてきていた。道路の端まであと十メートルほどのところで転んで膝をついた。すぐに立ち上がった。バスはすぐそこまで来ていた。彼は上げた両手を半狂乱になって振った。粉雪のオーラに包まれた翼の生えた白い生きものを運転手が見逃すはずがなかった。

腕を振りながら走りつづけ、ついに道路の端まで来ると、力を振り絞って側溝を飛び越えた。近くまで来ていたバスの運転手と一瞬眼が合った気がした。

しかし、バスは停《と》まらなかった。

それどころか、速度を落としもしなかった。

雪に覆われたバスの側面に鉤爪《かぎづめ》のように曲げた指を伸ばした。意志の力で何トンもある車を止められるとでも思ったのか。バスは速度を落とすことなく通り過ぎた。バスの角度が少し変わったところで、側面にくっきりと五本の線が刻まれているのが見えた。彼の五本の指の跡だ。

凍りついた右手を見下ろすと、指先から出血していたが、痛みは感じなかった。何も感じなかった。彼はがっくりと膝をついた。叫び声をあげる力さえ残っていなかった。

バスが走り去ったあとには濃い雪煙が残り、その渦に彼は呑《の》み込まれた。

雪の霧が薄らぐにつれてその向こうに影が見えはじめた。その影は彼のほうに向かってくるように見えた。やがてそれがふたつの人影であることがわかった。大柄な男ふたりの。そのうちのひとりはとっくにいなくなったバスを追い払うかのようにまだ腕を振っていた。

もうひとりは道路を渡るなり、彼の顔を殴りつけた。が、拳《こぶし》が顔を直撃するまえから彼の意識は飛んでいた。

最後に聞こえたのは息もつけない速さで虚空を落ちていく雪の音だった。

3

十一月十二日　木曜日　十七時四十八分

真っ白な広がり。そこでは何も起きず、何も見えない。

しかし視野が広がるにつれ、白さの中に蛍光灯の二本の光がうっすらと浮かび上がってきた。そのうちの一本はかすかにすばやく揺らめき、神経質に明滅する光が白い天井を照らしている。

その光には見覚えがあった。以前にも見たことがある。ただ、記憶と呼べるほどのものではない。

これほど空虚で何もかもが欠けている状態というのはなんと不思議なことか。まず思ったのはそんなことだった。それでもそこにはグロテスクな自由があった。過去からの自由があった。

今はそれに別な思いが加わっている。まったく異なる思いだ。まるで少しずつ脳の中の扉が開かれていくような思い。過去を思い出したいと初めて本気で思っているかのような。

権威を感じさせる男の声がした。「極度の低温にさらされたのに凍傷は免れたようだね」

天井から視線を下げると、白衣を着た豊かな白髪の男が彼の右手に巻いていた包帯の端を折ってテープでとめているのが見えた。次の瞬間、眼が合った。

彼の眼の中をかなり長いことのぞき込んでから、考え込むように眼を細めながら白髪の男は言った。「医師のステンボムだ。わかるかな、サム？」

彼は首を振った。白衣の男に見覚えはなかった。が、知っているはずの男だと思った。なんの理由もなく。

「いずれにしろ、手は心配要らない」とステンボム医師は言い、彼の手を太腿《ふともも》の上にそっと戻した。

「この包帯は凍傷とは無関係だ——バスの側面を剝ぎ取ろうなんて真似をするから、指先にひどい怪我《けが》をした。指一本ずつ包帯を巻いておいた。バスは時速八十キロで走っていた。だから怪我がひどいのは当然だよ。一週間もすれば治ると思うが。バスを手で止めようとしたのは覚えてるかな、サム？」

自分でも驚いたことに、気づくと彼はうなずいていた。実際、覚えていた。あの馬鹿げた小旅行のことも。厨房のことも、喫煙場所のことも、テラスのことも、雪原のことも。口の中が雪でいっぱいになったことも、バスのことも、そして大柄な二人組の男のことも。

「わからないのは」とステンボム医師は言った。「顔のその怪我のことだ」

おれにはわかる、と彼は心の中で思って、かすかに笑った。笑ったつもりだった。が、妙な感じに顔が引き攣《つ》っただけだった。左手を顔にあてると、どうやら頭全体を包帯でぐるぐる巻きにされているようだった。

「顔はどうして怪我したのか覚えてるかな？」と医師は訊《き》いた。

彼は首を振った。

ステンボム医師はゆっくりとうなずいた。どこか警戒するように。

「今きみの眼の奥に覚醒したような兆候が見えた気がしたんだが、まだ記憶は戻っていないようだね。今日は何曜日だかわかるかな？」

彼は首を振った。一週間の曜日をすべて覚えているかどうかさえ危うかった。確か曜日は七つあった……？

「月曜」と彼はあてずっぽうに答えた。

「いや」とステンボム医師は言って顔をしかめた。

「火曜」と彼は続けた。「水曜、木曜、金曜、日曜」

「土曜を忘れてるよ、サム」

彼はまた天井を見上げた。土曜日を忘れた。七まで数えることもできなかった。

「脳震盪《しんとう》を起こしたんだよ、サム」と医師は言った。「記憶が完全じゃないのはそのせいだろう……ほかに体調は問題なさそうだ。自分の名前は言えるかな？」

「サム・ベリエル」

「すばらしい。では、どうやってここに来たかは覚えてるかな？」

彼の中——頭の中というより首のうしろの奥——で何かがかすかに動いた気がした。骨髄の中？　ある映像が浮かんだ。フロントガラスに落ちる激しい雪、その同じフロントガラスの内側に映る誰かの頭。映像はすぐに消えた。

彼が首を横に振ると、医師はうなずいた。

「逃げ出そうとしたことは覚えてるかな？」

彼はうなずいてから言った。

「逃げ出そうとしてあたりまえだろうが。ここはいったいどこなのかさえわからないんだから。ここは北極か？」

ステンボム医師は思わず笑った。が、すぐにいかめしい表情に戻して言った。

「誰に連れてこられたかは覚えてるのかな？」

また漠然とした記憶、びりびりに破かれた写真のような不完全な映像が浮かんだ。彼はまた首を振った。

「男性だったか女性だったかは覚えているかな？」

「女」驚いたことに、気づくと即答していた。

「そのとおりだ、サム。では、どんな女性だったかも覚えてるかな？」

「ブロンドだった」

「正面玄関のすぐ外に防犯カメラがあるんだが」とステンボムは言った。「ブロンドというのはその映像と一致してる——きみを連れてきたのはブロンドの女性だった。ただ、彼女は雪の中にきみを置き去りにした。だからわれわれできみを中に運んだんだ、サム。彼女は誰なんだい？」

彼は自分がまばたきしていることに気づいた。まばたきのたびに包帯がきつくなっていくように感じられた。ほんとうに頭全体に包帯が巻かれているのか？

「わからない」と彼は言った。

「私にもわからない」とステンボム医師は言い、両手を広げた。「きみはだいぶ回復してきているので連絡をしたいんだよ。だけど、家族の名前もわからなくて困っている」

「回復してる?」

「ああ、そう言えるだろう」医師は笑顔を見せると立ち上がった。「これで少しさきに進めそうだ、サム」

「〝さきに〟というのはどういう意味だ?」

「気にしなくていい。ゆっくり時間をかけていこう、サム。どこに向かっていけばいいのか今はわからないなら、急ぐ必要はない。そういうことだ」

「何をしようとしてるんだ?」

「これまで二週間続けてきた点滴を今後も続けるだけのことだ。同じ処方の輸液だ。その量をゆっくり減らしていこう」

「なんの点滴だ?」

「ほとんどが栄養剤だ、サム。きみは点滴以外の方法では栄養の摂取ができない状態だったんだよ。あとは鎮静薬。これは今までのきみにはどうしても必要だった。鎮静薬は徐々に現実を取り戻しつつある今も必要だ」

左肘の内側に貼られている絆創膏《ばんそうこう》に眼をやると、黄色いカテーテルが刺されていた。医師は彼の頭上に吊るされている点滴の袋から伸びている管をそのカテーテルに差し込んだ。そのあと立ち上がって両手を脇に垂らして患者を見下ろし、顔をしかめながら言った。「サム、きみは逃げ出そうとした。もしスタッフが見つけなければ、寒さの中で凍死していただろう。こういう場合、通常の治療では患者自身のためにベッドに拘束するところだが、そうしないことにした。きみが逃げ出したいのはわれわれからじゃないことはきみ自身もわかってるように思われるからだ。きみが逃げ出したいと思っているのはきみ自身の記憶、それと現実そのものからだ。この数週間のあいだに私やここのスタッフが耳にしたかぎり、きみのその記憶を呼び起こすには相当の痛みがともなうだろう。サム、そのことは考えてほしい。いや、というより、覚えておいてほしい。かなりの苦痛をともなうということは」

ステンボム医師はしばらく彼をじっと見つめ、観察してから病室を出ていった。ドアが閉まるとき、カチッという音が聞こえたような気がした。

彼はベッドに横になったまま腕から突き出ている黄色い物体をしばらく見つめてから、その黄色い物体を固定している外科用テープをゆっくりと剥がしはじめた。

太い針が刺さっている腕の部分は青くなっていた。青くなっているだけでなくいくつもの針の跡も残っていた。それぞれ治癒の段階がちがっていることから、かなり長い期間ここにいたことは疑いようがなかった。ステンボムというあのクソ医者の話では二週間と言っていたが、それよりずっと長いのかもしれない。時間は彼にとってまだ現実的な意味を持たないものだった。

点滴の針をぐいと引き抜いた。血圧が極端に下がっているのか、肘の内側から血が弱々しくにじみ出た。それでも血はすぐにちょろちょろとした流れに変わった。頭の下から枕を引き抜き、枕カヴァーを剝ぎ取った枕を肘の下に置いた。血はゆっくりと枕に落ち、染み込んでいった。

太い針を曲げようとしたが、思った以上に頑丈だった。それでもなんとかゆるやかな曲線にはなった。それを明かりにかざして確認してから、まだ出血している腕の穴に針を刺し、血管を探って押し込んだ。

痛みのおかげではっきりと意識を保つことができた。

皮膚を見ると、針を刺した穴の数センチ先が少し盛り上がっていた。針をさらに押し込むと、皮膚がますます盛り上がった。次第に皮膚が内側から裂け、曲がった針が突き出した。針の入口の穴からも出口の穴からも血が流れ出た。

そのとき弾丸《たま》が貫通してできた穴のイメージが脳裏に浮かび、そのイメージはその場にとどまりたがった。少なくともそう感じられた。

しかし、血に混じって流れ出る透明な液体がそのイメージを脇へ追いやった。液体は曲がった針の先端から洩れ出た。ぽたん、ぽたん、と。これで点滴の輸液は彼の血管の中には流れ込まない。だから毒が体にまわることはない。

魂にも。

傷口の上から外科用テープを貼り直し、テープの中に小さなトンネルをつくった。透明な輸液はそのトンネルを通り、枕に染み込んだ。最後に黄色いカテーテルの位置を調整した。見るかぎり何も変わっていないように見えた。

血が染み込んだ枕を少しでも乾燥させようとベッドの端に置き、上体を起こし、脚をまわしてベッドの反対側の端に坐《すわ》った。体の重心をずらして立ち上がると、少しふらついた。頭に痛みが走ったが、なんとか立っていられた。おそるおそる一歩踏み出し、またもう一歩踏み出した。体がぐらぐらして点滴のスタンドに寄りかからなければならなかった。それでも脚から力が抜けてその場に倒れるようなことはなかった。

がらんとした病室の一方の壁にシンクと鏡があった。よろけながら近づき、鏡を見ると、そこにはミイラのような奇妙な顔が映っていた。ある意味、理に適《かな》っている気がしたが。記憶のない男、顔のない男。サム・ベリエルの顔ではなかった。鏡に映っているのがまったくの別人であるかのように彼はそっと包帯に触れた。

まったくの別人。鏡に映った別の人間の顔……そこで突然、鏡がフロントガラスになった。その車のフロントガラスらしきものは最初は透けて見えていたが、急に不透明になった。大きな雪片がフロントガラスに叩《たた》きつけていた。光の火花がすさまじいスピードで点滅する混《こん》沌《とん》の中を車で疾走している気分だった。そのとき、一瞬、まったく別のものがフロントガラスの内側に映った。それは彼の顔、サム・ベリエルの顔ではなかった。ブロンドの髪。顔は見えず、髪の毛だけが見えた。その次の瞬間、すべてが消えた。彼が見つめていたのはさきほどと同じ奇妙なミイラの顔だった。フロントガラスは跡形もなく消え、気づいたときには、それは診療所か何かのがらんとしたわびしい部屋の鏡に戻っていた。

それ以上は見たくなくなり、彼は鏡から離れた。そして、よろけながら窓まで行った。外を見ると、まえは真っ白だった雪原が今は真っ黒だった。そこには何もなかった。月もなく、星もなく、漆黒の闇しかなかった。雪が降っているのかもしれないが、まったく見えなかった。

たぶん雪は降っているのだろう。

外には何も見えなかったが、自分の姿からは逃れられなかった。窓ガラスにミイラが映っていた。ミイラはサム・ベリエルのお得意の仕種《しぐさ》を真似て包帯の巻かれた右手を上げると、指で拳銃の形をつくって窓に映った自分を撃った。

彼はそこで死んだように動きを止めた。テーブルについた人影のように。

稲妻の閃光《せんこう》のような混乱。テーブル？　人影？

まったく覚えていないことを思い出しているような妙な感覚に襲われた。ただ何かの穴があんぐりと口を開けていた。

真っ黒な窓のそばに立ち尽くした。窓にはミイラのような自分の姿。その背景ではいろいろなものがゆっくりと結晶化していた。大きな部屋、がらんとした家。窓に激しく叩きつける雨。部屋の中央に置かれた椅子に坐る人影。何物にも喩《たと》えられない空虚と静寂。徐々に部屋の中の家具が見えてきた――いや、家具がないところが見えてきたと言ったほうがいい。ほとんど家具の置かれていない部屋。比較的高い天井に向けられた出所のわからない悲鳴。それ以外には何もない。まったく何も。ただひとつのものを除くと。

髪だ。ブロンドの髪。脳が回転しだした。

坐っている人影。すべてがぼやけて見える。

四つ葉のクローバー。突然噴き出る血。暴力と血。苦痛に満ちた家。あちこちにあいている銃弾の穴。床。

床に無数にあいた銃弾の穴。

坐っている人影。女。静寂。

次に見えてきたのは階段だった。地下室へと続く暗い階段。どうしても下に降りることができない。脳が逆回転しはじめる。

いきなりブーンという音がした。が、どこから聞こえてきたのかはわからない。遠くのほうにふたりの人間が見える。遠い時空から見ているかのような感覚がする。初めは歩いていたふたりはやがて隣り合って坐る。

ブーンという音がとても大きくなる。

たぶんこれは現実だ。雲の隙間から月がのぞき、ゆっくりと落ちてくる雪を照らす。雪はフロントガラスに叩きつけるというより舞っている。時間とも速度とも無縁の雪片はそのひとつひとつを追うことができる。なぜなら速度など存在しないから。それは彼の中だけに存在するものだからだ。ただめまぐるしい速さだ。

底知れない記憶の曖昧さ――すべてがすり抜けて去っていく。イメージがとらえられそうになると、その瞬間、手の届かないところにすり抜けていく。

またあのふたりだ――大柄な人物と小柄な人物。親しい同僚、相棒。彼はふたりとともにいようとする。ふたりはテーブルのほうに歩いていく。大柄なほうは彼自身、サム・ベリエルだ。隣りにいるのは女だが、ブロンドの女ではない。濃い茶色の髪をボブに切った小柄な誰か。彼は必死に名前を思い出そうとする。デジレ？

そうだ。あたっている気がする。同時に、ちがうような気もする。別の名前、渾名《あだな》？そうだ、ディアだ。だろ？　突然、彼は彼らを外から見ている。サムとディアを。相棒同士を。警察官。

ふたりは取調室のテーブルの同じ側に並んで坐っている。サムである彼は左に、ディアは右に。ローゼンクヴィスト。そう、デジレ・ローゼンクヴィスト。

自分の表情が見える――暗い。ディアの表情が見える――明るい。いい警官と悪い警官。

サム・ベリエルのふざけた仕種が見えた。

そこには三人の女がいる。そのうちのひとりは家具のない部屋に置かれた椅子に坐り、微動だにしない。雨が窓に叩きつけ、銃弾の穴だらけの床には血が見える。

三人ではなく四人か？

もっと多く？

突如、すべてが消える。

唐突に。衝撃からまだ立ち直っていない彼の脳にイメージが過剰投与され、そのため一気に思考停止してしまったかのように。

横向きに不安定な一歩を踏み出すと、点滴スタンドがカタカタと音をたてた。針の刺さっている腕が痛んだ。腕に貼ってあるテープを見たが、特に問題はなさそうだった。少しそのまま待つと、テープのあいだにつくったトンネルを伝って透明な液体が流れ出た。

まだうまく機能していた。

彼は振り向き、部屋の中を見まわした。床に動いた跡が残っていた。が、それは血ではなく、透明な液体が何滴か落ちただけだった。点滴の輪液の跡。彼は病院のスタッフが病室に戻ってくるまでに乾くことを願った。

よろけながらベッドに戻った。枕カヴァーを剝がした枕には血が染み込んでいた。触ってみると、まだ濡《ぬ》れていた。彼はカヴァーを脇に置き、血が乾くまで待ってから枕に掛けることにした。

証拠を残さないために。血が流れた証拠を。

ベッドをまわり込んで最初に起き上がった場所まで戻り、脚を振り上げてベッドに横になった。

天井を見上げた。神経質に明滅している蛍光灯の奥は真っ白だった。それでもそこには充分な数の目印《マーカー》があった。そのマーカーが徐々に記憶そのものになりはじめている。

少し休もう。また頭を空っぽにして充電しよう。記憶を取り戻すのはそれからだ。

今度こそ本気で記憶を取り戻すのだ。

4

十一月十三日　金曜日　七時三十三分

その部屋には窓がなかった。ただ、中には大勢の人がいて、ごった返していた。さらにその人数を上まわる数のコンピューターのディスプレーが置かれていた。地下に隠された掩体《えんたい》壕《ごう》のようで、実際、その部屋は地下にあった。

狂乱状態の広い部屋の片隅にほかとは少し離れてふたりの男が坐っていた。机をはさんで向かい合って坐り、コンピューター画面を見るたびに互いをちらちらと見ていた。ひとりは壁のほうを向き、もうひとりは部屋を見渡せる席に坐っていたが、その位置を週ごとに交換していた。ふたりともどちらかと言えば部屋を見渡せる席に坐りたかったからだ。

今週ははずれクジを引いて壁のほうを向いている、がっしりした体型の男が太い手首にはめた安物のダイヴァーズ・ウォッチに眼をやった。長い潜水のあとで水面に顔を出し、どのくらい息を止めていられたか確認するかのように。何度か深呼吸すると、コンピューターの深海の中へまた潜っていった。

画面の横に置かれた真鍮《しんちゅう》の名札に書かれた〝ロイ・グラーン〟が彼の名だ。

机の反対側に坐っている男が彼をちらりと見た。どちらも認めたがらないだろうが、ふたりのあいだには現在進行形の闘いが繰り広げられていた。どちらがさきに手柄を立てて株を上げ、〝内部要員〟に昇格するか――ふたりだけの闘争だ。

現状ではふたりともまだ組織の外の人間――〝外部要員〟――だった。

画面が壁のほうを向いているコンピューターの横にも同じような真鍮の名札があり、〝ケント・ドゥース〟と書かれていた。ケント・ドゥースもまた自分のコンピューターの中に深く潜り込んでいた。そのコンピューターにもロイ・グラーンのコンピューターと同じ検索パラメーターが組み込まれており、なんらかの進展があれば即座に検知されるようになっていた。

ただ、いつものことながら今回の検索も単純なものではなかった。あらゆる予想に反し、対象についてなんらかの情報が検知されるということは、取りも直さずそれは失敗を意味する。ロイとケントが探しているのはそういう〝失敗〟だった——キャッシュカードの使用にしろインターネットへのアクセスにしろ、身元が露見する些細《ささい》な不手際だ。

ケント・ドゥースはある人物のことを考えていた——モリー・ブロームのことを。

ロイとケントは彼女の下で仕事をし、ふたりとも彼女に深く感銘を受けたものだ。彼女はそういう類いの失敗とはまるで無縁の女性だった。内部要員として非常に高く評価され、ほとんど伝説的と言ってもいいほど優秀な潜入捜査官で、公安警察内でも知られていない、極秘の偽名と身元をいくつか使うことを許されていた。だから本人さえ望めば、誰からも気づかれずに永遠に生きていくことも可能だった。そんなブロームに弱みがあるとすれば、それは彼女のパートナー——そう呼べればの話だが——の元警察官、サム・ベリエルだ。ロイとケントは今、そんなベリエルが誤って犯してしまったかもしれない失敗を検知することに日々取り組んでいた。が、この二週間ほどベリエルは地球上から消えてしまったかのようになんの痕跡も残していなかった。

ブロームが彼を厳しく監視しているか、あるいはベリエルが独自に地下に潜ったかのどちらかだろう。ただ、後者はありそうにない。ベリエルは必ず失敗を犯す。それは避けようのないことだ。だから、あとはひたすら待つしかないのだが、ケントもロイもおとなしく待つのが苦手だった。

もっとも一般的な方法はオンライン環境が整っていない人里離れた辺鄙な場所を探すことだ。チェックイン業務がオンライン化されていないようなホテル、ひっそりと営業している診療所、隔離された場所にある研修施設、身分証に疑いのあることが見逃された航空券、監視態勢のゆるい国境検問所、国境検査が不要のシェンゲン協定の対象となっている地域全般。もちろんシェンゲン協定の対象外の地域もだ。ベリエルとブロームはEUのどこか——シェンゲン協定内——にいると予想される。特にこの不快きわまりない十一月という季節を考えれば、どこかまともな天候の場所にいるのだろう。

とはいえ、ケントもロイも彼らが海外に逃亡したとは考えていなかった。ケントにはモリー・ブロームと長時間続けて一緒に仕事をした経験がある。彼女がこの国を離れたとは思えない。だから捜索の範囲をスウェーデンのもっとも辺鄙な地に絞った。ひょっとして内陸部とか。

ロイ・グラーンにもケント・ドゥースにも最高機密情報へのアクセスは許されていない。だから、ふたりともモリー・ブロームとサム・ベリエルが実際に何をしたのかは知らなかった。ふたりにわかっているのは彼らが公安警察の最重要指名手配リストの上位に名を連ねていることだけだ。

ほんの数秒にしろ、集中をとぎらせたことをケントはこのあとすぐに苦々しく後悔することになるのだが、矛盾したいくつかの記憶をつい思い起こさずにはいられなかった。ブロームのアパートメントにベリエルが侵入したときのあの常軌を逸した格闘。ベリエルは暴力犯罪常習者さながら暴れまわり、鎮静剤を注射せざるをえなかった。そんな彼を執拗《しつよう》に尋問したモリー・ブローム。なぜか彼女はそのときの尋問の録画を細工した。ソレントゥナでの悪夢のような家宅捜索が最後に思い出された。そこには英雄的な救出劇を演じたベリエルとブロームがいた。

ケントにはこの一連の記憶をすじの通る物語としてまとめることがどうしてもできなかった。

ただ、悪夢の家でロイが嘔吐《おうと》したことを思い出すと、思わず笑みがこぼれ、自分はそんなぶざまなところを見せずにすんだことに改めて安堵《あんど》した。

そんなことを思い起こしていて、検索結果が画面に表示されたときにはいささか集中力を欠いていた。画面上に現われた窓がどれくらいまえから点滅していたのかわからなかった。それでも気づくと同時にすぐに反応した。複数のデータベースを移動し、いくつかのファイヤウォールを通り抜け、何度かのパスワード要求を迂回《うかい》し、ようやく先が見えはじめたところで、絶対に見たくないものが視界にはいった。手だ。

コンピューターの画面のまえに差し出された手。そして安物のダイヴァーズ・ウォッチ。人差し指と中指で形作られたVサイン。

椅子から飛び上がりながらロイが叫んだ。「あいつはアリエプローグにいる！」

苦虫を嚙《か》みつぶしたような顔でケントが検索を完了したときには、ロイは体半分すでに部屋から出ていた。コンピューターの画面には、〝サム・ベリエル、リンストープ診療所、アリエプローグ〟という検索結果が表示されていた。


聖域中の聖域のドアが低いうなり音とともに開錠された。毎度のことながら、そこに行き着くまでかなり時間がかかった。彼らはもう一分以上も廊下で待たされていた。公安警察情報部長はこの時間をいったい何に使っているのだろう、とケントは思った。ただ単に権力を証明したいだけなのか。

ロイがドアを開け、ふたりは入室した。アウグスト・ステーン情報部長は、机の向こう側に見事なほどまっすぐに背すじを伸ばして坐っていた。短く刈り込んだグレーの髪に薄くなりそうな兆候はなく、淡いグレーの眼は凍った石から削り取ったかのように冷たかった。

「彼を見つけました」とロイは言った。

アウグスト・ステーンはゆっくりとはずした老眼鏡で机を軽く叩きながら言った。「何がどうしたって？」

「ベリエルです」とロイは答えた。「サム・ベリエルを見つけました。アリエプローグ近くの診療所にいます」

ステーンはただ眉を一瞬ひそめただけでひとことも発しなかった。

「最速の移動手段を利用してよろしいでしょうか、部長」とロイはさらに続けた。「一刻も早く現地に行かないと、取り逃がすことにもなりかねません」

アウグスト・ステーンはロイをじっと見つめたあと、視線をケントに向けた。ケントは実に居心地の悪さを覚えた。いつものことだが。

ステーンは素っ気なくうなずいた。

一秒もおかずにロイとケントは部屋を出た。

彼らのうしろでドアが閉まるのを見たまま、ステーンはしばらくドアから視線をそらさなかった。

そのあと音が鳴るほど首を伸ばして机の一番下の引き出しを開けた。そして、少し中を漁《あさ》ってから、旧式の携帯電話を取り出すと、遠くを見るような眼つきで電源がはいるのを待ち、おもむろに電話をかけた。

ロイ・グラーンが言った〝最速の移動手段〟とは、全行程をヘリコプターで飛ぶことだったが、警察本部のあるストックホルムからアリエプローグまでは九百四十キロも離れているとは思っていなかった。

なんとか早朝便の飛行機に間に合い、ふたりはまずアルビッツヤウル空港に向かった。すべてが順調にいけば、アルビッツヤウルで待機中のヘリコプターに乗り、アリエプローグまでの残りの百五十キロを飛ぶことになる。

ほとんど乗客のいない飛行機のステップを降りた。アルビッツヤウルはひどい吹雪に見舞われていて、着陸したときよりさらに激しく降っていた。風も脅威的なまでに強くなっていた。

彼らが乗り込んだのは小型のヘリコプターで、あっちに煽《あお》られこっちに煽られしながら真っ白な空を飛んだ。時折現われる雲の隙間から果てしなく続く山々が見えた。接近戦におけるベリエルの戦闘能力——もちろん限度はあるが——を痛いほど思い知らされているふたりは武器を再点検した。頑丈なグロック拳銃二挺《ちょう》といざというとき即座に頸《けい》動脈に刺せる太い針の注射器。

ほとんど見分けられないほどの小さな町の上を通過したあと、ヘリコプターはまた広大な雪原の上空を飛びつづけた。蛇のようにうねる線の上を細長い箱状のものが動いているのが見えた。ケントは眼を凝らした。線はどうやら道路のようだった。ということは、箱状のものはバスか。

降りつづく雪の向こうに一棟の建物が姿を現わしはじめ、次第に大きくなった。その古い荘園邸宅《マナーハウス》のような建物のまえには何もないまっ平らな雪原が広がっており、ヘリコプターの着地用に円形に雪が取り除かれた場所があった。無口なパイロットはその円の真上でヘリコプターをホヴァリングさせてから、ゆっくりと降下させた。世界が真っ白に変わった。エンジンと回転翼が静かになってからも、舞い上がった雪が落ち着くまでしばらく時間がかかった。降りしきる雪の中、厚いコートを着た三人が彼らのほうに急いでやってくるのが見えた。ヘリコプターのドアが開いたとたん、ケントとロイは寒さだけではなく、あまりにも軽装で来てしまった愚に気づいた。十一月真っ只中《ただなか》のアリエプローグはスウェーデンでもかなり寒い地方だということをふたりともうっかり失念していたのだ。

三人の先頭にいた白髪の老人が手を差し出しながら彼らに近づいて言った。

「医師のステンボムです。リンストープへようこそ」

「公安警察のロイ・グラーンです」とロイは自己紹介し、医師と握手した。「こちらはケント・ドゥースです」

「同じく公安警察です」とケントはつけ加えた。

ステンボム医師はうしろにいるふたりを紹介しようともしなかったが、その必要はなかった。ふたりが看守か警備員であるのは一目瞭然だった。医師は振り返ると、雑に雪掻きされた小径《こみち》を通り、ふたりの訪問者を〝マナーハウス〟のほうへ案内した。

「サム・ベリエルのことですが――」雪の中を歩きながら医師は言った。「――ご存じかどうか知りませんが、彼は昨日、ここから脱走しようとしましてね。なんとか見つけましたが、危ないところでした――下手をすると凍死するところでした」

「脱走?」とロイが訊き返した。「彼は監禁されてるんですか?」

「一時的にですが、そうです」とステンボム医師は言った。「ここに来たときにはきわめて状態がよくなくて。ひどく混乱していた上に激しく暴れたんです。そんな状態のまま正体不明の誰かに置き去りにされたわけです。だから、鎮静剤を投与せざるをえませんでした。意識を取り戻したときもかなり興奮していました。われわれを脅したり、極端な不安徴候も見られ、こちらとしても制御がむずかしいと判断し、今もまだ鎮静剤を投与しつづけている状況です」

「彼がここに来たのはいつのことです?」

「二週間ほどまえです」

「二週間ずっと鎮静剤を?」

「この診療所は高度な精神科治療に特化していますが、刑務所のような二十四時間態勢を維持することはできませんからね。今は投与する鎮静薬の量を減らしながら彼の状態を観察しているところです。昨日の朝はだいぶ落ち着いていたので、入院してからかなり時間はかかりましたが、初めて起きることを許可しました。ところが、落ち着いて見えたのは、脱走を図るための策略だったんです。だいたい脱走の方法が私に言わせれば常軌を逸していました。素手でバスを止めようとしたんですから」

「彼の今の状態は?」

「あちこち怪我をしているので鎮静薬の量はまた最大に戻しています。ですから、今は完全な鎮静状態にあると言えるでしょう」

「怪我をしたんですか？」寒さに震えながらケントが訊いた。「凍傷ですか？」

「いや、ちがいます」とステンボム医師は言った。「さきほども言ったとおり、彼は素手でバスを止めようとしたんです。そのときバスとぶつかって顔も怪我したんでしょう。包帯をしてます」

「包帯？」

「頭も顔も、ええ」

ようやく彼らは建物の裏口にたどり着いた。ステンボム医師は暗証番号を押して、スキャナーにカードを読み込ませながら言った。「そんな状態ですから、残念ながらベリエルを取り調べるのはまだ無理でしょう。彼にどんな容疑がかかっているかは知りませんが……」

医師の好奇心を無視して、ロイとケントは上着についた雪を払い落とした。彼らが歩いている廊下は、なんの装飾もなくがらんとしていて、天井の蛍光灯からの冷たく薄い光が細長い床を照らしていた。そのうち広い廊下に出た。看護師がひとり薬品をのせたカートを押していた。ほかには誰もいなかった。患者も誰ひとり。

ステンボム医師は見ただけでは区別できない同じようなドアのひとつのまえで立ち止まると、昔ながらの鍵束の輪を取り出した。そして、そのうちのひとつの鍵をセキュリティの高そうな鍵穴に差し込んだ。そのときほんのわずかながらまちがいなく彼が眉をひそめたのをケントもロイも見逃さなかった。それをまるで合図にしたかのように、彼らは同時に上着のジッパーを開け、ショルダー・ホルスターの留め金をはずした。ステンボム医師はそのままドアを開けた。鍵がかかっていなかったのだ。

部屋の奥の壁ぎわにベッドがひとつだけ置かれ、その上に毛布をかぶって寝ている人影があった。

ロイは拳銃を抜き、病室の中をすばやく確認した。ケントもグロックを抜き、数メートルほど先にあるベッドに駆け寄って毛布とシーツを引き剝がした。

横たわっている人物はぐっすり眠っていた。

白衣を着て。

看護師が。

空になった注射器が彼女の腕に刺さっていた。ステンボムが急いで容体を確かめたが、ただ眠らされただけのようだった。

「どうなってるんです⁉」とロイが叫び、病室に駆け込んできたふたりの警備員を振り向いた。警備員たちもただ驚いており、ふたりそろって肩をすくめた。

熟睡している看護師の横のシーツに大きな染みができていた。

「いったいどういうことなんです？」と今度はケントが大声をあげた。「あいつが小便を洩らしたのか？　それとも看護師が？」

ステンボムは身を屈《かが》め、まだ濡れている染みのにおいを嗅いだ。そして、首を振りながらベッドの脇に立っている点滴スタンドに眼をやった。点滴の袋から垂れているチューブをつまみ、サム・ベリエルの腕に刺してあったはずのカテーテルの場所までたどった。チューブの先端にはまだ新しい血のついた黄色いカテーテルがあった。針を確かめると、先が曲げられていた。

「輸液が正しく注入されなかったようです」と彼は言った。

「素人《しろうと》にもわかるように言ってもらえませんか？」とロイが言った。

「針の先を曲げたようです」考え込んだ様子でステンボム医師は言った。「点滴の輸液が血管に注入されずに体外に洩れていた。つまり彼は鎮静状態にはなかったということです。そこに看護師が様子を見にきて――」

「彼は看護師が来るのを待ちかまえていた」とケントが医師のことばをさえぎって言い、ふたりの警備員を指差した。「昨日脱走したとき彼はまずどこに向かった？」

警備員はやけに長いこと互いに顔を見合わせた。

「いいからすぐに答えるんだ！」とロイが怒鳴った。

「厨房です」と大柄なほうの警備員が答えた。「そのあとテラスに出て、雪の上を道路に向かって逃げたんです」

「だったらすぐに追うんだ！」とロイはさらに叫んだ。

全員が廊下を走った。ステンボム医師が息を切らしながら言った。

「針に付着していた血はまだ乾いてなかった。ということは、まだ数分しか経っていないということです」

階段を駆けのぼって別の廊下に出ると、警備員のひとりが厨房のドアを開けた。いつものようにサーモスのポットとラップをかけたシナモンロールの皿をのせたカートがあるだけで、がらんとしていた。

「捜すんだ！」とロイが三度《みたび》怒鳴った。

ケントのやり方を見習い、診療所のスタッフはぎこちない動作で殺風景な厨房の中を捜索しはじめた。ふたりの警備員のうちの小柄なほうが言った。「ここですね」

警備員が立っている窓にロイたちは近寄った。汚れたガラスの向こうにヘリコプターが見えた。パイロットが機体の外で煙草を吸っていた。雪が煙草の煙をからめ取り、煙と一緒に地面に落ちているように見えた。

「ここです」と警備員が繰り返すのを聞き、彼らは視線を窓からカウンターに向けた。そこに置かれていた四つのコーヒーカップのうちのひとつに血が落ちて星形の模様をつくっていた。

まだ新しい血だ。

厨房には彼らがはいってきた正面のドア以外にあとふたつドアがあった。ロイはそのうちのひとつに駆け寄り、勢いよく開けた。そこは食料貯蔵室で、誰もいなかった。

「中を調べてくれ!」とロイは叫び、もうひとつのドアに向かった。

そっちのドアはそこから薄暗い廊下が左右に延びていた。厨房から出ようとしたところで、うしろから声が聞こえた。

「この中にも血が落ちてる」

ロイは、ヘリコプターの位置を頭の中で計算し、廊下を左方向に走りだした。そして、十メートルほど行ったところで立ち止まり、悲しげなベージュの壁紙に眼をやった。ケントが追いつき、ロイの指差している壁を見た。かすかに赤い染みがついていた。

「もしかしたら彼はふらついているのかもしれない」とロイは言った。「よろけて壁にぶつかったんじゃないかな」

ふたりは廊下の先にあるドアまで並んで走った。ドアを思いきり開けると、吹雪が襲ってきた。息ができるようになるまで少しかかったが、眼が見えるようになるまでにはもっとかかった。雪は想像しうるあらゆる角度で渦巻いていた。

彼らが立っていたのはテラスのような場所で、仮設の喫煙所のためなのか、数メートル四方だけ雪が取り除かれていた。深い雪の上に新しい足跡が見えた。すぐ近くには手すりらしきものがあり、その下の雪原まではかなり落差があるように見えた。雪原の左のほうにヘリコプターが駐機していた。

ロイは拳銃を構えた。何か狙うものがあれば、それで視界がはっきりするとでも言わんばかりに。そのせいでケントに遅れを取った。ケントはすでに深い雪の上を進んでいた。表面の硬い雪の層の上でバランスを取り、今にも転びそうになりながらもどうにか歩いて、テラスの端までたどり着くと、雪をかぶった手すりを飛び越えた。雪に深く潜り込んだ。が、すぐに起き上がると、吹雪の中をさらに進んだ。怒り狂った嵐の中、ぱたぱたとはためいているものが見えた。それはあまりにも奇妙なものだった。普通なら一度は立ち止まって凝視して当然のものだった。が、今は追跡の真っ最中だ。立ち止まってなどいられない。誰も逃さない。

天使でさえ。

そう、ケントの眼のまえにいる〝それ〟はまさに天使そのものだった。何もかもを呑み込むような真っ白な雪の中で、〝それ〟は純白の翼を広げ、今にも飛び立とうとしているかのように見えた。吹雪の中、自然の法則に抗《あらが》って飛び上がり、勝ち誇ったかのように、荒れ狂う空を旋回してからいきなり彼をめがけて急下降する。そして、サム・ベリエルならではのひとりよがりのにやけ顔を見せつけてから、また雪の中に飛び上がって消え去る。

もちろん、実際にそんなことが起きたわけではないが。まえを行く人影がどんどん近づいてきた。いや、そうではない。実際にはケントが近づいたのだ。ケントが距離を縮めたからこそ、その男のことがもっとはっきりと見えるようになったのだ。雪の上に点々と血の跡が残っているのが見えた。かなりの至近距離まで詰められた。ぱたぱたとはためいているその男に今にも手が届きそうだった。

ケントは頭の中で速算した。チャンスがあるとすれば一度だ。逃げていく男に飛びかかる絶好のタイミングを計算して、ケントは両足を踏みしめ、跳んだ。が、男が最後の力を振り絞ったのか、紙一重のところで手が届かなかった。〝それ〟が振り向いた。不鮮明な白い顔がケントを見つめた。ケントはなぜか彼とは初対面のような気がした。まだ雪が降っていなかったストックホルムのスティエンボク通りに面したモリー・ブロームのアパートメントで、必死の取っ組み合いをしたことなどまるでなかったかのように。

まったくの別人に見えた。それもそのはず、振り向いたのはミイラだった。ミイラは包帯の巻かれた手を上げると、指を拳銃の形にしてケントを撃った。

その動きのせいでミイラはよろけ、ケントに得がたいチャンスが訪れ、ケントは不安定な雪の上でバランスを取ると跳んだ。そして、伸ばした手でミイラの片腕をつかみ、雪の上に倒した。深い雪に埋もれながら、ミイラと眼が合った。間髪を容れず、骨が折れかねない禁じ手で肩を押さえ込み、化けものを雪の上にねじ伏せた。

ガーゼの包帯の隙間からのぞくミイラの眼が肩越しにケントを見上げていた。強情そうなその青い眼はパニックを起こしているように見えた。ケントは男を仰向《あおむ》けにすると膝で前腕を押さえ込み、頭に巻かれた包帯の先端をつかんでほどきはじめた。やがて傷だらけの頬と顎が現われた。

ケントの網膜にはサム・ベリエルの憎々しい顔が刻まれていた——この数週間の屈辱を晴らすときがついに来たのだ。徐々にあらわになるミイラの血だらけの顔がさらにぼこぼこに殴られたベリエルの顔に変化するところが見たかった。

包帯を解くゆっくりとした時間の流れそのものにケントは恍惚《こうこつ》感を覚えた。包帯の奥から徐々に肌があらわになり、その肌の上で大きな雪片が溶けた。

が、優勝カップに注がれていたはずの美酒がだんだん苦い後味を帯びはじめた。ミイラの顎が見えてくるに従って、何かがおかしいことにケントも気づきはじめた。焦《じ》れて我慢できなくなった彼は一気に包帯を剝ぎ取った。

その瞬間、優勝カップを満たしていた美酒が毒薬に変わった。

唖然《あぜん》としてケントは痣《あざ》だらけのミイラの顔を見つめた。

そして、空に向かって吠えた。「こいつはくそサム・くそベリエルじゃない！」

5

十一月十八日　水曜日　十時二十八分

雪はすでに降りやみ、見渡すかぎりあらゆるものを覆っていた。どこまでも静かな純白の世界。

その処女のような純白の世界を蹂躙《じゅうりん》するかのように、何かが進んでいた。何か——女だ。苦労しながら進んでいくその足跡だけが文明を示唆していた。過酷きわまりない環境と闘って生き延びようとする文明を。

長い夜が明け、ようやく吹雪は南のほうへ去っていったが、それまできれいに除雪されていた道にまた雪が深く積もっていた。

女は雪に覆われた尾根に立った。そこから見下ろすと、装いを新たにしたキャビンが見えた。携帯電話に眼を向けると、まだ二分あった。充分だ。

まさにその瞬間だった。男の姿を見つけたのは。綿入りの真っ赤な上着を体にきつく巻きつけ、雪の中を転がるように歩いていた。

彼女はいったん歩をゆるめた。そして澄み渡った青空を一度見上げてから、男を追って走りだした。彼のあとには深くはっきりとした足跡が続いていた。ただ、深い雪に阻まれ、彼女としてもすぐに追いつくことはできなかった。走っているというよりはただ無理やりまえに進んでいる。そんな感じだった。一方、男のほうはふらついており、足跡はジグザグに刻まれていた。その足跡こそまさに彼の今の精神状態だった。

遅々たるものの、彼女と男との距離は確実に狭まっていた。もう一度携帯電話を取り出して時間を見ると十時二十九分だった。それがその時点でどれくらい表示されていたのかはわからなかったが。いつ時間の表示が変わってもおかしくない。しかし、そうなったら手遅れだ。

最後の数メートルを走りながら——ガゼルというより除雪機のように——彼女は白いロングコートのボタンをはずした。コートは風をはらみ、嵐の湖に浮かぶヨットの帆のように見えた。男が振り向いた。白いものの交じる伸び放題のひげの上に原始的な怯《おび》えをはらんだ困惑した眼があった。

彼女は男の上に馬乗りになって彼の上着の赤さを深い雪に沈め、白い帆ですべてが隠れるように覆った。その瞬間、携帯電話の時間表示が十時三十分に切り替わった。

急ごしらえのビヴァークのもと、ふたりは眼と眼を合わせた。彼女が自分の唇に指をあてると、彼はその指先をじっと見つめて無言で従った。

こんなふうに彼のことを見るのは、彼女には不思議な気がした。あまりの変貌ぶりだった。好き放題に伸びたひげの長さよりその色の変化が驚きだった。茶色だった彼の髪もグレーに変わっていた。スウェーデンの〝到達不能極〟での二週間が彼をまったくの別人に変えてしまっていた。

彼女は唇に指をあてたままじっと動かなかった。急に従順になった彼も微動だにせず、じっと横たわって静かにしていた。彼女は携帯電話を見ながら時間が過ぎるのを待った。聞こえてくるのは異なる速さで反復されるふたりの息づかいだけだった。

彼女は彼の上に乗っていた。彼の体にはまったく力がはいっていないように思われた。白いコートによってつくられた雪の洞窟の中で彼女は思った——ボートハウス以来、今初めて彼と通じ合えた。伸び放題のひげの上の彼の眼は久しく見たことがないくらい澄んでいた。

彼女は携帯電話をまた見た。もう大丈夫だ。過ぎ去った。彼女はゆっくりと立ち上がった。さきほどまでカムフラージュの役割を果たしてくれていたコートが、まっすぐに立った彼女の体にぴたりと吸いついた。一方、綿入りの彼の赤い上着のほうは雪の上でことさら赤く見えた。

彼もゆっくりと立ち上がり、ふたりは向き合った。

「人工衛星よ」と彼女は言った。「いくつかあるうちの一基が今通り過ぎたところ」

頭の中にまだ残っているカオスを物理的に振り払おうとするように、彼はまばたきをした。そして、何か言おうと口を開いた。が、ことばによるコミュニケーションはまだ無理なようだった。彼女は彼の腕を取ってしっかりと支え、注意しながらキャビンに戻った。

〝到達不能極〟とは文明からもっとも遠い場所のことだ。海洋の到達不能極——この地球上でもっとも陸地から離れている場所——のひとつは南太平洋上にある〈ポイント・ネモ〉と呼ばれている地点だ。

同じように各国にもそれぞれの到達不能極が存在する。スウェーデンの場合は、ヨックモック地区パドイェランタ国立公園内のコーブタヤウレ湖南西の入り江がそうだろう。そことふたりがつい今しがたまで身を隠していた急ごしらえの雪の洞窟とは、わずか数メートルしか離れていない。

小さなキャビンのドアを開けると、中から吹いてきた暖かい風に彼女のブロンドの髪が巻き上げられた。

ベッドの上にはシーツや上掛けがうずたかく積まれ、ベッド脇のテーブルの上には錠剤がそのまま放置されていた。腕時計の長方形の箱を開けると、中に収納されている時計のクロムめっきのバンドが窓から射し込む冬の太陽に照らされ、かすかに光った。

彼は彼女を押しのけて部屋にはいると、原始的なトイレの裏の床に坐り込み、壁を背にして体を丸め、膝を抱えて遠くの一点を見つめた。彼の手首には久しぶりに腕時計が巻かれていた。

「もう二週間以上になるけれど」と彼女が言った。「だからと言って、まだ安全とは言いきれない。追跡されるおそれのある人工衛星の時刻表があるから、その時間には絶対に外に出ちゃ駄目。これは大事なことよ」

彼はひげを撫《な》でながら彼女を見つめ、首をまっすぐに伸ばしてから視線をそらして言った。

「こんな馬鹿げたことは終わらせなくちゃいけない」

「この二週間のあいだずっとまともに会話ができていたみたいな口ぶりね、サム。薬を飲むのをやめたの？」

彼は首を振りながら言った。「モリー、いい加減にしてくれ」

彼女は壁にもたれて坐っている彼の隣りにしゃがみ込んだ。しばらくのあいだふたりはそのまま坐っていた。ラジエーターのカチカチという音だけが聞こえた。

「もうすぐ切れるんじゃないか？」とサム・ベリエルは言って、車のバッテリーを指差した。

「人工衛星の時間と重なったのはまずかったけど、ちょうどいいときに眼を覚ましたわ」とモリー・ブロームは言った。「おかげで将来に少し見通しが立った」

「なんの話をしてるのか、さっぱりわからない」

「そうかもね」とブロームは言って立ち上がった。「これ、五つ目のバッテリーよ。しかももうすぐ切れる。そろそろ文明の恩恵にあずかるタイミングかも。自由には動けないということを忘れなければ。わたしたちは隠れているのよ。追われる身なのよ。それくらいは覚えてるでしょ？」

ベリエルはブロームを見つめた。彼女はひるまずに見返した。彼の眼は質問にあふれていた。

「ずっと悪夢と幻覚ばかり見てた」と彼は言った。「なんの表情もない顔が何度も何度も現われるんだ。ほんとうにシルは死んだのか？　公安警察に殺されたのか？　黒い靴下を口に詰め込まれて？」

ブロームはベリエルを改めて観察した。すっかり衰弱してしまったように見えた。

「これまでの投薬量が多すぎてなければいいんだけど。でも、サム、なんであれ、あなたはずっと誰もまともに対応できる状態じゃなかった。でも、何も覚えてないのね？」

「暗くて遠い過去からの殺人犯を捕まえたことは覚えてる。大勢の人質を解放したのも覚えてる。警察を馘《くび》になったことも。あと、手漕《てこ》ぎのボートに乗って将来の計画を立てたことも。でも、おれの脳みそはそれ以上先に行きたがらない」

ブロームはベリエルの横に身を乗り出し、煤《すす》けたキャンプ用コンロを床から拾い上げてテーブルの上にのせた。それから少しがたつく椅子を引っぱり出してきて坐ると、凸凹のフライパンをコンロにかけ、近くにあったプラスティック・ボトルの水をフライパンに注ぎ、ガスコンロに火をつけた。その音がラジエーターのカチカチという音を呑み込んだ。

「何か食べないと」と彼女は言った。

「それにしてもおれのこの恰好《かっこう》はなんだ？」そうつぶやくと、ベリエルは苦労して立ち上がって自分の体を見下ろした。「穴のあいた真っ赤な綿入りコートに汚いフリースのズボン？いったい何があった？　おれは浮浪者を襲って身ぐるみ剝いだのか？」

「ここに来る途中、服を買ったのよ」とブロームは言った。「もちろん防犯カメラなんてない店で。だから選択肢はかなりかぎられた。もしその赤い上着が気に入らないなら着なくてもいいのよ。白いのがあるから」

ブロームはコートのポケットから小さな袋を取り出すと、やさしく振りながら掲げて言った。

「ビーフスープだけど、飲む？」

ベリエルは肩をすくめ、テーブルの反対側に坐った。彼の眼にはまだ当惑の色が残っていたが、ようやくそこに好奇心も混じってきているのがブロームにはわかった。今は逃げるのではなく、知りたがっていた。

事実と向き合うために。

「ずいぶんと長いあいだ、この殺風景な小屋に住んでたことは覚えてる」と彼は言った。

「臭いバイオトイレを日に何度も使ったし、雪が使えるようになるまでは池の水を沸かして飲んでた。それにその不味《まず》い粉スープもよく飲んだ。シャワーは一度も浴びてない。そういったことは全部覚えてる。でも、それだけだ。ここはいったいどこなんだ？」

「体を洗うのは手伝ったけど」とモリー・ブロームは言った。

ベリエルは眼をぱちくりしながら彼女を見つめた。それを気にする様子もなくブロームは続けた。

「この湖はコーブタヤウレ湖。パドイェランタ国立公園の中よ。文明社会から一番遠く離れた場所」

「パドイェランタだって？」とベリエルは訊き返した。思わず声が大きくなった。「ラップランドの？　北極線のさらに上の？」

「ええ」とブロームは言った。「だって逃げないといけなかったから。本気で逃げ出さなくちゃならなかった。シルヴィア・アンダーションを殺した犯人はなんといっても人捜しが得意なんだから」

「公安か」

「もしくは公安警察となんらかのつながりのある組織。その辺のことは覚えてる？」

「いや、あまり」とベリエルは言った。「でも、そいつらがシルを殺した。そのせいで彼女の五歳の娘モイラは孤児になった。全部おれのせいだ」

「シルヴィアは一人前の大人だった」スープを煮立たせながらブロームは言った。「それに警察官だった。自分のことは自分で判断できる女性だった。あなたがそうやって自分を責めつづけてるかぎり、わたしたちはさきに進めない。もうそんなことはやめて、そろそろ動きはじめないと」

「でも、おれがシルに無茶をさせた」

「なんのためか覚えてる？」

「公安のファイルだ。公安警察の記録から消されていたいくつかのファイルにたどり着くためにおれは彼女にハッキングさせた」

「どうしてそんなことをしたのか、その理由は覚えてる？」

ベリエルは眼を閉じた。ブロームにとってはほとんど見覚えのない顔に見えた。サム・ベリエルはまったくの別人になってしまっていた。

「殺人犯に関係してることだった」ややあって彼は言った。「エレン・サヴィンエル事件の」

「じゃあ、そろそろ話を聞く準備はできた？　もう二週間も経ってしまったけど」

彼はうなずき、彼女はひとつ深く息をした。

「エレン・サヴィンエル事件の犯人は、公安警察の技術調達部門で働いていた。それは覚えてる？」

彼はまたうなずき、彼女は続けた。「初めのうち、それは偶然のことだと思ってた。それが実際には公安警察と深くつながっていることがわかってきた。犯人は公安からひそかに依頼されて、パチャチという家族のボディガードをしていた。でも、その仕事のせいで精神に異常をきたした。ここまではいい？」

「ああ」とベリエルは言った。「覚えてる。最初に誘拐した少女、アイシャ・パチャチだ」

「そう、そのとおり」ほっとした顔でブロームは言った。「それから、わたしたちは犯人の父親がノルウェー人の傭兵《ようへい》、ニルス・グンダーセンだということも突き止めた。このグンダーセンは七〇年代に公安警察にスカウトされて、中東がらみの重要な情報を提供していた。そのとき彼をスカウトしたのがなんと若き日のアウグスト・ステーンだった。ここまでも大丈夫?」

ベリエルはうなずきはしたものの、眉をひそめて訊き返した。

「アウグスト・ステーンというのは公安警察のトップの?」

「公安警察情報部長」とブロームは言った。「わたしたちを馘にしたクソ野郎」

「で、一連のこの情報は公安警察のデータベースにはない。そういうことか?」

「削除されたのは明らかかね。しかも最近。その痕跡をシルが追跡してた。消されてた情報の中には、湾岸戦争のときにイラクからノルウェーに入国したアリ・パチャチ一家に関するものも含まれてた。でも、どうしてそんなにひた隠しにする必要があるのか。グンダーセンの密偵としての仕事を公的な記録から消すためなら、アウグスト・ステーンは殺人さえも厭《いと》わないように見える。どうしてそこまでしなければならないのか?」

ベリエルはさきほどからずっとうなずきっぱなしだった。

「何があったんだ? どうしておれたちは今、ここにいるんだ?」

「手漕ぎボートのことは覚えてる? もう事件は解決したと思ってわたしたちは安心しきってた。だから将来の計画について話していたの。ボートハウスのことは覚えてる?」

「ああ。たぶん一生忘れることはできないだろう」

「わたしたち、あのボートハウスを買おうとまでしてたの。あそこを拠点にして、私立探偵事務所を開こうとしてた。でも、ボートハウスで待っていたのはシルヴィア・アンダーション、あなたの友人のシルの死体だった。彼女は黒い靴下を口に詰め込まれて殺されていた。わたしたちにニルス・グンダーセンの名前を教えてくれた認知症の老女と同じ殺され方で」
「くそ——」とベリエルはうなった。

ふたりとも押し黙った。ずっと抑え込まれていた過去が今のこの時間に染み込んできた。息をするのさえ困難になった。

「あのときあなたに何かが起きたのよ、サム」やがてブロームが口を開いた。「そのあとあなたはまったくの別人になってしまった」

「手漕ぎボートのあとのことは断片的にしか覚えてない」

「捜査を進めていく段階で、過去に通じていた扉をわたしたちはことごとく開けていった。ただ、その過去はわたしたちが無意識のうちに防火壁を築いて封じ込めようとしてきたものだった——防火壁というのはわたしやほかの少女たちに対するあなたの罪の意識、わたし自身の罪の意識よ。だけど、わたしたちはそれを克服して、過去の扉をすり抜けることができた。将来についての展望も見えてきていた。そんなときにあなたは完全に打ちのめされてしまった。シルとモイラの身に起こったことに重すぎる責任を感じたために。だから、サム、あなたが粉々に砕けてしまったことは不思議でもなんでもないのよ。その結果、すべてが変わってしまったとしても」

「おれは粉々に砕けてしまった？」

「それ以外に表現のしようがないわね」ブロームはそう言いながらスープをマグカップに注いだ。「わたしはとっさに対処した——たぶん潜入捜査官としての鍛錬の賜物《たまもの》ね。とにもかくにもその場から逃げ出さないといけないと思った。誰にも見つからないように。シルをああいう状態でその場に残していったことには何か理由があるはずよ。彼女の殺害に関してわたしたちに濡《ぬ》れ衣《ぎぬ》を着せようとしたのか、あるいはわたしたちにも同じ死刑宣告が出されているという警告なのか。だって、殺そうと思えばわたしたちもその場で殺せたにちがいないんだから。彼らがボートハウスにいたとき、わたしたちはエッビケン湖に浮かぶボートの上にいたんだから。簡単に狙えたはずよ、でしょ？　いずれにしろ、それほど大がかりなことなのよ、これは。頭のおかしな犯人を追っているうちに、とんでもないことに巻き込まれてしまったのよ。主役は犯人ではなく、何かもっと大きなことが起きていて、わたしたちふたりはせいぜい捨て駒でしかなかった。だからすぐにその場を離れなくちゃならない。わたしにはあのときそれしか頭になかった」

「きみはとっさにそれだけのことを判断し、おれのほうは……粉々に砕けた？」

「さあ、スープを飲んで。腹が減ってはなんとやらよ」

ベリエルは不承不承マグカップを受け取ると、熱い液体をすすった。毎度のことながら、ビーフなどほとんどはいっていないことはすぐにわかった。スープを飲みながらブロームは続けた。「文字どおり、あなたは崩壊した。鉄床《かなとこ》で顔を思いきり殴られたみたいに。わたしはシルの遺体と意識を失って床に倒れてるあなたをまえにただ茫然《ぼうぜん》と立ち尽くすしかなかった。でも、彼らがなんらかの方法で監視していることはわかってた。すぐに逃げ出すこともできたけど、それだとあなたを置き去りにすることになる。手段は選んでいられなかった。なんとしてでもあなたを連れて逃げなければならなかった。それにもう傷は癒えてる」

「なんだって？　連れて逃げるためにおれを切り刻んだのか？」

「まあ、確かに痛みをともなう手段を使ったことは認めるわ。でも、とにかく意識を取り戻したあなたは対応不可能な状態だったの。あなたにとって、わたしたちふたりにとって、何が最善の方策なのか、まったく理解できてないようだった。どんな代償を払おうともアウグスト・ステーンの首根っこを押さえる、と言って聞かなかった。マスコミに取り上げてもらうとか、屋根の上から叫ぶとかと言ってた。だから、あなたをおとなしくさせる必要があったのよ」

「あててみようか？」とベリエルは言った。「きみはおれの首に注射した、だろ？」

「また意識を失わせるわけにはいかなかった。でも、制御できるような状態にする必要があった。だから半分の量の鎮静剤を投与したの。うまくいったわ。あなたは協力的になった。少しふらついてたけど、協力的だった。わたしたちは森を抜けて逃げた。ポプラの木、覚えてる？」

「ポプラの葉が鳴る音が……いや、もう全部散ってたはずだ」

「あなたを抱えながら森を抜けた。わたしたちの車はボートハウスのそばに残したままだったから、民家に侵入して車のキーを探した」

「ほんとうに？　おれはそんなことをしたのか？」

「安心して。あなたは家の中にははいらなかったから。ポーチの階段に坐らせておいた。誰かに見られたとしても、ただの酔っぱらいに見えるように。もちろん見つからないことは祈ったけど。そのあと車は何台か乗り換えて、今はこれよ」

そう言うと、彼女は車のキーをベリエルに見えるように振って見せた。まちがいようのないロゴが見えた。

「ジープか」うなずきながら彼は言った。「四輪駆動？」

「どこに行くべきかかなり悩んだ。誰にも会うわけにはいかない、それが一番大切なことだった。絶対にレーダーには引っかからない場所、電話線も張られていないような場所じゃないといけなかった。それで思い出したのがこのふたつのキャビンだった。何年かまえに休暇でハイキングにきたときに見かけたのよ。ここには誰も来ない。少なくとも十一月には。二週間まえにここに来て以来、ずっと隠れてる。インターネットも電話連絡もそのほかのやりとりも一切なし。外の世界とは完全に遮断されてる。ただ、実存的不安には事欠かない。あとあるのはほんの少しばかりのスキーね」

ベリエルは揺れている車のキーを身振りで示して言った。「で、今からここを出るのか？」

「どういう意味？」とブロームは訊き返した。

「〝さあ、スープを飲んで。腹が減ってはなんとやら〟ときみはさっき言った」

ブロームはマグカップのスープを飲み干し、ベリエルを見た。ふたりはお互いをじっくり観察するかのように見つめ合った。

やがてベリエルもスープを飲み干してから言った。

「腹を満たして、これから何をさせる気だ？」

ブロームは空《から》になったマグカップをテーブルに置くと言った。

「あなたにちょっとしたサプライズがある」

6

十一月十八日　水曜日　十一時十四分

部屋は狭苦しく殺風景で、凍りついた岩を刳《く》り貫《ぬ》いてつくられたように寒々しい。ディスプレーが放つ光のおかげで、部屋の中は真っ暗にならずにすんでいるが。

上下に置かれた二台のディスプレーには、異なる高さから同じ場所を撮影した映像が表示されている。画面がもっとも見やすい位置に調整された小さな机には、映像の角度を変えたりズームやフォーカスを制御するためのジョイスティックが置かれている。今ふたつの画面に表示されているのは静止した画像で、基本的には雪しか映っていない。上の画面には雪に覆われた二棟のキャビンが——一棟は近くに、もう一棟は遠くに——映っている。下の画面にはより近距離からの映像が表示されている。

画像が動き、奥のキャビンからふたりの人物が出てくる。映像は非常に小さく、非常に遠い。

薄手の革手袋をはめた手がジョイスティックを操作し、慣れた手つきで映像を拡大する。遠距離にもかかわらず解像度の高い映像が映し出される。女は厚手の白い服——モダンなスキーウェア——にタイトなウールの帽子。男は裸足で、腰にタオルを巻きつけている以外は全裸だ。女は男を連れてキャビンの角をまわり込み、バケツを渡すとまた角のほうへ戻る。

カメラが女に焦点をあてたまましばらく止まる。

やがて左手がジョイスティックを操作して男にズームする。左手と同じ薄手の革手袋をはめた右手が小さな画面の下のキーボードを打ってメモを取る。

〝十一時十五分：♂覚醒。♂沐浴《もくよく》。♀距離を置いて手伝う〟。

キャビンの横にいる男は腰に巻いていたタオルを取り、壁の釘《くぎ》に掛ける。茶色いひげに白いものが交じっている。バケツを見ながら数秒間立ち尽くす。

そのあとバケツを頭の上に持ち上げる。

7

十一月十八日　水曜日　十一時十六分

覚醒にはいくつかの段階があるが、極限の覚醒は突然の衝撃——主に寒さに起因する——によってのみもたらされる。

バケツ一杯の雪解け水が裸の体の表面を流れたとき、ベリエルは目覚めたことを確かに実感した——ひかえめに言って。見計らったかのように、そこへキャビンの角からシャンプーのボトルが現われた。シャンプーを受け取り、差し出されている手に空《から》になったバケツを渡すと、その手はまた角の向こうに消えた。

全身にシャンプーを泡立てて洗った。一ミリずつ寒さが体に染み込んでくる。足はそれ以上の早さで凍えた。しばらくするとキャビンの角からまた手が現われ、満杯のバケツを差し出した。すぐさま頭から水をかぶり、差し出されている手にバケツを戻す。

「まだ要る？」とブロームはベリエルに尋ねた。

「もし手間じゃなければ」とベリエルはがたがた鳴る歯のあいだから答えた。

すぐにバケツが出てきた。もう一度頭からかぶると、壁の釘に掛けてあったタオルをつかんで大急ぎで体を拭いた。水が足元の雪に垂れると、足がそこに凍りついてしまいそうだった。

ベリエルは水に勝った。足が凍りつく寸前にその場を離れ、ブロームの脇を抜けてキャビンの中に駆け込んだ。体はまだ半分濡れていた。

「あなたのいつもの服はバッグの中よ」キャビンの外からブロームが声を張り上げた。

バッグを見つけてすぐに服を着た。かえって戸惑うほど何もかもがしっくりときた。唯一、厚手のスノーブーツだけは今まで見たこともないものだったが、サイズはぴったりだった。しんと静まり返った雪景色の中に一歩足を踏み出すと、綿入りの白い上着の上からさらに白いコートを巻きつけるようにして羽織った。その姿をモリー・ブロームは批評家のような眼で観察して言った。

「そのひげ、どうするつもり?」

「それはこれからの予定による」とベリエルは答えた。

彼女はうなずいただけでそのまま歩きだした。かろうじて道とわかる道が丘の上まで続いており、その先には何もない雪原が広がっているように見えた。が、そのうちベリエルのキャビンより若干大きな別のキャビンが見えてきた。雪掻き用のシャベル以外は何も置かれていないキャビンのドアを開け、ブロームは中にはいった。彼女がいくつかのものを集めてリュックサックの中に詰めるのをベリエルは戸口に立って眺めた。

そのあとキャビンの中を見まわした。ドアをはいってすぐのところに車用のバッテリーが何個も積まれており、その上にランプや懐中電灯用と思《おぼ》しい普通の電池も置いてあった。ここよりはるかに粗末な彼のキャビンにあるのと同じ薪《まき》ストーヴもあったが、使用をひかえているのは明らかだった。このような過酷な状況下にあってストーヴを使わないのは煙のせいだろう。煙。それに人工衛星。

なるほど、とベリエルは思った。モリー・ブロームはこれまでの二週間ここに潜伏していたのだ。外の世界と一切の接触を断ち、頭のおかしな男とは適度な、そして制御可能な距離を保って。そのあいだ彼女は何をしていたのだろう。彼はそれを探ろうと手がかりを探した。ベッドの横に置かれた車用バッテリーから何本もケーブルが延ばされ、変圧器につながれ、さらにそこからの線がベッド脇のテーブルの上のノートパソコンやテーブルの下に置かれたプリンターにつながれていた。

「ネットには接続されていないのか？」とベリエルは訊いた。

「接続は最小限」とブロームは答えた。「しかも万全のセキュリティを保ってる。これ以外に選択肢はなかった」

「人工衛星のことはググったのか？」

「ええ。公安がアクセスしていそうな人工衛星はどれなのか、今ではわかってる。決まった時間にこの上空を通過するのよ。そのスケジュールはあなたの携帯電話に送っておいた」

「おれも充分に用心したほうがいいわけだ」

ブロームはリュックサックを背負い、彼のそばを通るときにサングラスを渡した。彼らは雪原の中の道を進んだ。やがてその道も消滅し、ベリエルはブロームのあとにつき、雪を掻き分けて進んだ。

「それほど深い雪じゃなくて助かったわ」まえを歩きながら彼女が言った。「だけど、一番近いちゃんとした道路まではまだ五十キロもあるのよ」

彼らは突き進んだ。太陽はまだ照りつけていて、雪に反射する凍《い》てつくような光がどういうわけか寒さを強めているように思われた。サングラスのおかげで雪盲《せつもう》にはならずにすんだが、それでもまぶしい光を完全にはさえぎってくれなかった。

ベリエルは携帯電話を見た。サングラスをかけていても人工衛星のスケジュールを見ることはできた。一日に三回通過するが、あと二時間は大丈夫のようだった。

彼らのいる雪原の地形は荒々しく、山のようにうねっていた。四輪駆動車であっても通ることはできないだろう。

「きみはいったいどうやっておれをあのキャビンまで連れていったんだ？」息を切らせながらベリエルは尋ねた。「ここを歩いた記憶はまったくないんだが」

「エッビケン湖の森を抜けたときと同じ方法よ。量を抑えた鎮静剤を定期的に投与したの。あなたは歩くことはできたけど、それ以外は何もできなかった。それに、そのときにはまだ雪がなかったのよ。今とはまるでちがう景色だった」

ブロームは携帯電話のコンパスを確認し、進路を南にわずかにずらした。それからどれほどの距離を行ったかははっきりしないが、その間、ふたりともずっと無言だった。

やがて積もった雪の量が減っていき、だいぶ歩きやすくなった。卓越風《たくえつふう》の強い場所に出たようだった。樹木もちらほら見えるようになった。背の低い枝の曲がった木だったが、森林限界の境界線を越えたのは明らかだった。

はるか遠くに風よけの避難小屋のようなものが見えてきた。ブロームはまっすぐ避難小屋に向かって歩くと、積もった雪をどけはじめた。雪がある程度取り除かれ、木の幹を動かしはじめたところでベリエルも手を貸した。が、明らかに体調はまだ万全ではなかった。彼は生まれて初めて自分の肉体のもろさを思い知った。

「これ、全部きみがつくったのか？」矮小《わいしょう》なカバノキの枝を放りながらベリエルは言った。

「ええ。彼らが人工衛星を使った探査に本気を出したときのためにね。でも、その心配はないと思う。公安だって予算のことは考えないといけないから。それに、さっきも言ったとおり今はハイキングの季節でもないし。ただ、どんなリスクも冒したくなかった」

ジープの後部が見えてきた。定番のミリタリーグリーン。どこかの基地から彼女が盗んできたものなのだろうか。

ブロームは運転席側のドアのまわりの雪をどけて乗り込んだ。思いのほかエンジンはすぐにかかり、彼女はジープをバックさせた。ベリエルが助手席に乗り込むあいだに、リュックサックの中をひっ掻きまわし、一枚の紙を引き抜いて彼に渡すと言った。

「最初はかなり揺れると思うから。しっかりつかまってて」

「これをどうしろと?」紙をひらひらと振りながらベリエルは言った。

「そうねえ、読む、とか?」そう言って、ブロームはアクセルを踏み込んだ。

「〝デジレ・ローゼンクヴィスト警視さま〟?」ベリエルはひとこと声に出してから読みはじめた。

何キロにもわたって断続的に現われたり消えたりしていた小径がようやくまともな道らしくなってきたところで、ブロームはジープを停め、ナンバープレートをつけ替えた。それからほどなくとある村に着いた。

夏の時期、クヴィックヨック村はサレックやパドイェランタなどの国立公園のトレッキングの出発点としてにぎわいを見せるが、冬のあいだは閑散としている。市街地らしい場所にはいってもふたりはまだ人っ子ひとり見かけていなかった。

十一月のこの時期、ラップランドの荒れ地を抜ける悪路を五十五キロも車に揺られていたわけで、ベリエルはもっとそのことに気を取られてもいいはずだった。なのにそうはならなかった。その理由は明らかだ。タイプライターで書かれた驚くべき手紙を読んだばかりだったからだ。車酔いすることさえ忘れていた。

声に出して改めて読んだ。「〝その音を初めて聞いたのは今から二ヵ月まえのことです。説明するのがむずかしいのですが、誰かが壁の中にいるように聞こえます。家の中から聞こえているわけではなく、かといって外から聞こえるわけでもないのですが、どう考えても人間が出している音ではありません〟」

ブロームはちらっと彼に視線を向けた以外、特に反応は示さなかった。

「これを書いたのは？」とベリエルは尋ねた。ジープは〈クヴィックヨック・マウンテン・ロッジ〉まで残りわずかであることを知らせる看板を通り過ぎたところだった。

「このあと彼女の身に何があったか？」ブロームは答になっていない返事をして、何棟かの細長い木造の赤い建物に囲まれた駐車場に乗り入れた。川が近くを流れており、川《かわ》の水が川面《も》を覆いはじめている氷を突き破って激しく流れていた。しかし、その水の流れもやがては止まり、これから半年のあいだ完全に凍りつく。それは誰の眼にも明らかだった。

「質問に真面目《まじめ》に答える気はあるのか？　この手紙はきみが渡してきたんじゃないか。しかも宛先はおれの元同僚のディア？　それもまちがった肩書だ」

「あなたの刑事魂は隠居しちゃったの？」とブロームは言った。「ええ、その手紙はタイプライターで打たれたものよ。でも、それ、手紙の原本？　キャビンにあった小さなプリンターでわたしが印刷したってことはない？」

ブロームがジープから出るのをベリエルは見て、ベリエルはまわりを身振りで示しながら言った。

「ここは安全なのか?」

「たぶん」と彼女は答えた。「とりあえず、質問は胸のうちにしまっておいて。それから今からしばらくのあいだは発言には充分気をつけること」

「たぶん?」とベリエルは言った。が、すでに運転席のドアは閉まっていた。

ベリエルも外に出た。冷気が氷の針のように気道に突き刺さった。ブロームに追いつくために軽く走った。それだけで妙にすっきりした気分になれた。ふたりは赤錆《あかさび》色をした木造の建物の二階――屋根裏部屋と変わらない――に続く階段の下まで来た。まるでこの宇宙が凍りついてしまったかのように、いまだにひとりの人間も見かけない。ブロームが先頭に立ってドアまで行ってノックした。そして、応答を待ちながら振り向いてベリエルに言った。

「あなたの心臓、元気を取り戻してるといいけど」

ベリエルは怪訝《けげん》な顔で彼女を見つめた。

ドアが開いた。ベリエルの視線の先に澄んだ茶色の眼と濃い茶色の髪をボブカットにした小柄な女性が立っていた。小さな顔を少し引き攣らせるようにして、ためらいがちに彼らに手招きした。

ブロームは中にはいったが、ベリエルはその場にとどまった。今頃になって彼の足は床に凍りついた。まるで凍りつくべき頃合いを見計らったかのように。

「ディア？」恐る恐る彼は尋ねた。

「ええ、そうよ」と茶色い髪の女性は言った。「そのひげ面を見た誰かが警察に通報するまえにさっさと中にはいって」

「クヴィックヨックくんだりでいったい何をしてるんだ？」

「さあ、はいって」デジレ・ローゼンクヴィストは落ち着いた声で繰り返した。これまでも何度となく同じことを言ってきたかのように。

そう言って、小さな机の横に置かれた二脚の椅子をそっけなく身振りで示した。机の上には厚さの異なる三つのファイルと双眼鏡、そしてベリエルの手に握られているものとよく似たタイプライターで書かれた手紙が置かれていた。ディアは彼らの向かいに坐ると、ベリエルをじっと見つめて言った。

「たまたまクヴィックヨックに来てただけ。いいえ、わたしたち、会うならここがちょうどいいという結論に達したのよ」

「わたしたち？」窓の外に広がる荒涼とした山々を眺めながらベリエルは訊き返した。「ちょうどいい？」

「さっと来てさっと帰る」とディアは謎めいた言い方をした。「週末に開催された国家捜査指令本部主催の会議のあと一日だけ休暇を取って、直行便でキルナに飛んで、レンタカーを借りて、飛行機で帰宅しようと思ってたのに。ああもう！　あなたたち、こんなところでいったい何をしてるの？」

ディアと眼を合わせていると、いかに自分の視線が空っぽなのかベリエルは実感した。

「ディア、きみの言っていることばのひとつひとつは理解できたとしても、何を言っているのかさっぱりわからない。〝ああもう〟以外は。それだけは的を射たことばみたいだが」

ディアは少し間《ま》を置いて彼のことをとくと見てから言った。

「あなたは馘《くび》になった。わたしの予想どおりに。そして、シルの不幸な死とともに消息を絶った。そのあと何日かしてからわたしはあなたのプライヴェート用の携帯電話にメールした。それにブロームが返信を寄こした。その返事についてはかなり思い悩んだわ」

ベリエルは窓の外の景色に視線を戻した。景色を眺めること以外、今は何もできそうになかった。

「訊きたいことが多すぎて」と彼は言った。「頭がパンクしそうだ」

「わたしが知るかぎり、かなり長いあいだあなたは思考停止状態だったみたいだけど。さらにわたしが知るかぎり、あなたは退職金を民間事業に投資しようとしていたところだったようね。さらに言えば、今日のこの場にあなたがほんとうに現われるかもかなり不確実だった」

「おれ自身、こんなことになるとは知らなかった」とベリエルは言った。

「でも、タイプライターで書かれた手紙は読んだんでしょ？」

「ああ、読むことは読んだ。書いたのは誰だ？」

「そんなことはどうでもいいの。重要なのは何か引っかかる点がなかったかどうか。それね」

「いや、いっぱいあったさ。これを書いた女は無事なのか？」

「ええ、それは心配要らない」とディアは言った。「この手紙は数週間まえに書かれたものなんだけれど、彼女は地下室の階段から警察に通報してきて、そのあと一時間もかからないうちに警官が彼女の家に向かったんだけど、誰かがそこにいたことを示すものは何も見つからなかった。もちろんイエカミキリもいなかった」

「それなのに、その女は書きかけの手紙をきみに直接送りつけたのか？」とベリエルは訊いた。「しかも〝警視〟という肩書で？」

「そう。だって警視なんだから」とディアは言った。「国家捜査指令本部《NOD》の臨時の役職だけど」

「NOD？　何があったんだ？」

「わたしたちのいた犯罪捜査課は解散して、アラン・グズムンドソン警視は定年退職して、シルは心臓発作を……」

「心臓発作？」ベリエルは大声をあげた。が、ブロームに太腿をきつく握られ、そこで黙った。

「ええ？　どうかした？」とディアは言って彼を見つめた。

「いや、死因のことは初耳だったから。それだけだ」ベリエルはぼそっと言った。

「彼女のお葬式にも来なかったわね……そもそもこんな辺鄙なところで何をしているの？　隠れてるの？　それとも、氷の家の中で愛を確かめ合ってるの？」

ベリエルが何か言うまえにブロームが口を開いた。

「わたしたちはただ静かで安らげる場所で将来について相談していただけよ。それぞれ終止符を打ったばかりの警察での経験が生かせるような仕事の。あくまでもビジネス上の関係よ」

ディアはブロームを見て首を振ってから、わざとらしくベリエルのほうに顔を向けて言った。「わたしはNODで人員募集していたのを見てすぐに応募して受かったってわけ」

「それはそれは」とベリエルは言った。

「で、舞い込んだ最初の仕事がポルユス在住のイェシカ・ヨンソンだったのよ。彼女自身、自分から手紙で書いてるとおり、相当なトラブルメーカーだったみたいね。NODの人に手紙を見せたら、みんながみんな首を振ったほどよ。燃やすんだな、なんて言う人もいた」

「でも、きみは燃やさなかった」

「どうしてなのか、あなたならわかるわよね、サム？」

ベリエルは鼻にしわを寄せただけで何も言わなかった。

「この手紙がわたしに宛てたものだということは」とディアは言った。「あなた宛ての手紙でもある。でしょ?」

「わたしには陰謀論満載の手紙にしか見えないけど」とブロームは言った。

ベリエルとディアの視線はがっちりとからみ合っていた。ややあってようやくディアのほうから視線をそらして言った。「ええ、確かにイェシカ・ヨンソンはさまざまな陰謀について触れている。でも、その中にひとつだけきわだった名前がある。ちがう、サム?」

「カール・ヘドブロム」とベリエルはつぶやいた。

「そう、この部分よ――〝たとえば、リーサ・ヴィードストランドのお尻にインクで絵が描かれていたことは、地元新聞に掲載されました。なのに、それがカール・ヘドブロムの判決にどんな影響を及ぼすか、警察はまるで関心を示さなかった〟」

「おれときみが初めて一緒に仕事をした事件だ、ディア」とベリエルは言った。

「ええ。とても悲惨な事件だった。あのときのことはわたしの中に傷痕としてまだ残ってる。それも深い傷痕になって。もう八年も経つのに、まるで昨日のことのように覚えてる。あの頃は眠れない夜が続いた」

「それじゃ、きみは、その女が手紙を送りつけてきたほんとうの理由はカール・ヘドブロムに関わることだと思ってるんだね?」

「それ以外には考えられない。これを送ってきたのがほんとうに彼女なら、だけど」

「なるほど」とブロームが横から言った。

ベリエルとディアは彼女を見た。

「ヘドブロムと関係があるとは気づかなかったわ」とブロームは説明した。「確かふたり殺された事件よね？　母親と幼児、だったかしら？」

「そう。わたしたちは犯罪捜査課――当時はそう呼ばれてた――に出向していたの」とディアは言った。「三十五歳のヘレーナ・グラデンと生後十四ヵ月の息子ラスムスがひどい暴行を受けた遺体となって、オーシャ市郊外の排水路で発見された。子供はベビーカーに半分乗ったままだった。そんな殺し方、いったいどういう人間の仕業？　殺しの目的は子供？　それとも母親？　捜査官たちは髪を掻きむしりながらあらゆる角度から捜査した。胸が痛くなる事件だった。第一容疑者としてかなり長く疑われていたのは、悲しみに打ちひしがれている父親のエマヌエル・グラデンだった。ただ、捜査方針を別の角度から見直して、それまでの枠にとらわれなくなったあたりから、捜査は大きく進展した。犯人の狙いは子供でも女性でもなかった。目的は母親と息子の組み合わせだった。トマス・クイック事件（精神医療施設収容中に三十人を殺害したと自供し、八件で有罪になったが、のちにすべての自供を撤回して証拠不充分で釈放された）の二の舞を演じないように、できうるかぎりの心理学の専門知識を結集して捜査方針を転換した。それが功を奏して、ひとりの容疑者が浮かび上がった。精神をひどく病んでいる男で、事件があったとき、精神障害者施設《ケアホーム》のほかの入居者と一緒にオーシャ市の近くで夏休みの数週間を過ごしていた。男の名前はカール・ヘドブロム、二十四歳。鬼のような母親に育てられ、彼の幼少期は悲惨きわまりなかった。ヘレーナとラスムスは行方不明になってから二日間は見つからなかった。その間、カール・ヘドブロムは好きなように動けた。で、最終的には、ケアホームの入居者たちが滞在していた宿と、親子の遺体が発見された排水路の中間地点の森に雨よけの避難小屋が見つかった。それは造られたばかりの避難小屋で、そこから血痕とヘドブロムのDNAが見つかった」

ブロームは顔をしかめてうなずいた。

「イェシカ・ヨンソンは有名なトラブルメーカーだから、これは深入りしないほうがいい問題なのかもしれない」とディアは言った。「でも、実のところ、彼女のことはどうでもいいのよ。この件を蒸し返したくない最大の理由は、カール・ヘドブロムの逮捕が多くの警察関係者にとって輝かしい栄誉をもたらしたから。で、その栄誉を受けた中のひとりがアラン・グズムンドソン。でも、タヒチで開催されているブリッジの競技会から彼を連れ戻すのは至難の業よ」

「ブリッジの競技会？」とベリエルは訊き返した。

「アランと奥さんはスウェーデンでも屈指のブリッジ・プレーヤーだって知らなかった？彼が退職してからはふたりで世界じゅうのブリッジ大会を飛びまわってる」

「たまげたな」

両手を大きく広げてブロームが言った。「陰謀論者の手紙にちらっと書かれていたことが、どうしてそんなに大きな問題になるの？」

「あの事件の捜査にはひとつだけ解明されていない疑問点があるんだ」とベリエルが答えた。「明確な説明がされないまま警察はその情報を内々にとどめ、その情報はそのうち忘れられた。実はヘレーナの左の尻にインクで描かれた小さな絵が残っていたんだよ」

「イェシカ・ヨンソンが手紙の中で書いているリーサ・ヴィードストランドなんて名前、聞いたことがなかったんだけど」とディアが言った。「調べたら、彼女はヨーテボリの娼婦《しょうふ》で、客の誰かに惨殺されていた。事件は未解決のままだけど、写真は見たことがある。確かに左のお尻にインクで何かが描かれていた」

「それはどんな絵なの？」とブローム。「それにどうしてその関連性を警察は取り上げなかったの？」

ディアはお手上げといったふうに両手を上げた。「娼婦が殺されるのは珍しいことじゃないし、ほとんどメディアにも取り上げられない。残念ながら捜査の優先度は高くない」

「いずれにしろ、その絵というのが緻密に描かれた四つ葉のクローバーなんだ」とベリエルが言った。

全員が押し黙り、ただ互いに見つめ合った。

「イェシカ・ヨンソンは手紙をＮＯＤに送り、宛先に〝デジレ・ローゼンクヴィスト警視〟

と書いた。でも、わたしが警視になったのは彼女が手紙を送ってくる直前なのよ。どうやったのかはわからないけど、彼女はずっとわたしの動向を監視していた。つまり、ヘレーナ・グラデンの事件にわたしが関わっていたことを知っている。彼女はこの長い手紙の中で、たったひとつのことを言いたいだけだという可能性が高い。それはつまり、カール・ヘドブロムは無実かもしれないということ。しかもそれをわたし個人に伝えたかった。でも、どうして？」

ベリエルはひとつうなずいてから言った。

「そのまえにどうしてきみは馘になった元警官ふたり——しかも逃亡中のふたり——を相手にこんなところに坐ってるんだ？」

「NODの本部長から全員に対して、イェシカ・ヨンソンには一切関わるなという命令が出たからよ。イェシカは要するに厄介者で、つまり何が言いたいかと言うと、わたし自身は動けないということ。でも、わたしが直接話を聞きにいけなくても、あなたなら彼女も喜んで話してくれると思うの、サム。彼女は何かを知っている。だからあなたたちふたりに彼女の聴取を頼みたいの。もちろん非公式に。この事件には掘り返すだけの意味があるかどうか、まずそれが知りたいの」

「で、きみたちふたりはこの件に関してはすでに合意している。そういうことか？」とベリエルは言った。「おれは私立探偵としてまともに働けるかどうか、そこまで回復しているかどうか、自分でもわからない」

ディアは、小さなテーブルの上に置かれた三つのファイルをベリエルたちのほうに押しやった。一番左のファイルがほかのファイルよりはるかに分厚かった。

そのファイルを指で叩いて、ディアは言った。「これがグラデンの事件のファイル。そしてこっちがヴィードストランドの事件のファイル。このファイルはイェシカ・ヨンソン本人に関するもの。彼女の家には、NODの一員として行ってきてほしい。わたしの名前はもちろん出してくれていいけど、ほかの人の名前は絶対に出さないで。偽のIDと名刺を渡しておくわね。すべて非公式におこなってほしい。万が一しくじった場合は、わたしは知らぬ存ぜぬを通すからそのつもりで。あなたたちが訪問することはイェシカには伝えてある。訪問の表向きの目的は、ストーキングされていると彼女が言い張っている謎の男の捜査だけど、ほんとうの目的は、ヘレーナ・グラデン、ラスムス・グラデン、リーサ・ヴィードストランドの殺人事件について、彼女は何を知っているのか探り出すこと」

ベリエルはブロームを見やった。彼女はゆっくりとうなずいた。

「で、ポルユスはどこにある？」とベリエルは訊いた。

「隣り村よ」とディアは言って立ち上がった。

そして、ごつい衛星電話をベリエルに渡した。

8

十一月十八日　水曜日　十四時八分

ラップランドでは〝隣り村〟は決して近くない。それどころか、明らかに皮肉として使われることが多い。

それでも、到達不能極の曲がりくねった小径に比べれば、クヴィックヨックからヴァイキヤウルまでの道路はとてもよく整備されていた。太陽が山々を極彩色の魅惑的な色に染めながら沈んでいった午後二時、彼らはヨーロッパでもっとも長い道の先にある目的地にようやくたどり着こうとしていた。

欧州自動車道路と呼ばれる道はヨーロッパ大陸を縦横無尽に走っているが、北から南までこれほど長くまっすぐに通っている道はE45号線しかない。その長さは五千キロに及び、イタリアのシチリア島南岸のジェーラからスウェーデン最北の市街地カレスアンドまで――EUの南端から最北地点まで――つないでいる。スウェーデン北部では内陸道《インランド・ハイウェイ》と呼ばれており、ラップランドのヴァイキヤウルからはポルユスまで一気に北上する。

クヴィックヨックを出てからジープの中は静かだった。チェンジレヴァーをはさんで運転席と助手席で、それぞれが情報を分析していた。

「つまりきみも知らなかったということか？」ようやくベリエルが口を開いた。

「ローゼンクヴィストがなんらかの理由であなたに会いたがっていることは知ってた」とブロームは言った。「でも、理由は知らなかった」

「ディアはおれのプライヴェート用の携帯電話にメールを送ってきたのか？　彼女の携帯電話から？　無限のサイバースペースの中の二台のプリペイド式携帯電話か。で、彼女はなんて書いてきたんだ？」

「〝元気？　ほかに連絡する方法がなかったので。重要案件〟」

「〝重要案件〟？」

「そう、だから返信したの。短文で。あなたは迷惑がっている、と思わせるように」

「ということは、〝コプターヤウラー〟には携帯電話が通じる場所があるのか？」

「ちゃんと正確に。コーブタヤウレよ。実際には電波は通じない。ただ、大気が一定の条件を満たしたときに特定の地点に立てば、若干の信号がやりとりできる。ディアからは一時しのぎのメールアドレスを教えてほしいって言われた。だから、信号が送れる地点まで行って、メールを送っているのがわたしだと白状したの。とても離れた場所にいて、サムはしばらく手が離せない――お腹《なか》の調子が悪い――と伝えたら、あの手紙が送られてきたというわけ。北のほうにいるのかと訊かれたけど、わたしは答えなかった。もしかしたら彼女も公安警察の手中に収められてるかもしれないでしょ？　でも、彼女は事情を正直に説明してくれた。で、信用していいのかどうかじっくり考えた結果、要請に応じることにして、わたしたちのキャビンとポルユスのちょうど中間地点のクヴィックヨックで会うことにしたのよ」

「メールの中にはイェシカ・ヨンソンの名前も書いてあったんだろ？」とベリエルは言った。「調べたのか？　どういう人物なんだ？」

「ディアの言うとおり、あまり関わりにならないほうがいい人物みたいね。何年にもわたって警察に手紙を送りつけてる。何事にも行き過ぎた反応をする。要するに厄介者よ」

「もう一度手紙を読み返してみたが、このイェシカは暗闇の中にいる」

「そう、それも大文字の〝闇〟にね。真っ暗闇の中にいる」とブロームは言った。「でも、今はそれよりヘレーナ・グラデンのことを教えて」

今や完全に夜の暗さになっている窓の外をベリエルは見つめた。

「考えないようにしてた」しばらくしてから言った。

「そんなにひどいの？」

「ビデオを見たんだよ……」

ジープの車内に沈黙が染み渡った。少し間《ま》を置いてからベリエルは続けた。「それは生後十四ヵ月のラスムスが初めて歩いたときの映像だった。ヘレーナ・グラデンが嬉《うれ》しそうに笑いだすと、それにつられてラスムスも笑いだした。おれはその笑い声に苦しめられた。母親と子供の笑い声がからみ合って、なんというか、まぎれもない命の織物を織り上げていくような……うまく説明できないが、その親子の笑い声が頭から離れなくなった。そのビデオが撮られた一週間後だ、ふたりが遺体で見つかったのは。惨殺死体で見つかったのは」

ブロームはしばらく無言だった。が、最後にちらりとベリエルのほうを見てから言った。

「もし気が進まないなら、引き返すこともできるのよ」

「いや」とベリエルはきっぱり言った。「おれはアラン・グズムンドソン警視の補佐として、カール・ヘドブロムの有罪を決定づける尋問に立ち会った。あの頃、アランは捜査官として油が乗りきっていた頃で、精神疾患があって暴力的なカールの本性を徹底的にあぶり出し、その結果、カールが母親である女性を憎悪していたことがわかった。そんな男を監視の行き届かないケアホームに入所させたのは明らかにまちがっていた。加えてほかの入所者たちと一緒に旅行させたのはもっと大きなまちがいだった。つまり、彼の精神状態に関する診断に大きな誤りがあったんだ――結局、そのことではヴェテランのコンサルタントが職を失った――と同時に、彼の行為そのものについて本人が自覚していない部分が存在した。そこをアランは厳しく追及した。避難小屋での二日間に話が及ぶまでは彼の話の辻褄《つじつま》は合っていた」

「で？」ブロームは訊いた。

「カール・ヘドブロムのほうから自供したんだ。なんのためらいもなく。犯行状況に関する彼の供述には不充分な点が多かったんだが、それでも圧倒的な物的証拠から、精神疾患が原因で詳細を覚えていないだけだと裁判官は結論づけた」

「あなたもそれで納得したの?」

「ああ、そのときは納得した」とベリエルは言った。「だいたいのところは」

「ヘドブロムはインクの絵のことも自白したの?」

「自分が描いたものだとは認めたが、それ以上は追及されなかった。ほかの証拠に比べれば、尻に描かれた小さな絵など大したことではないと判断されたんだ」

「これから、その〝ほかの証拠〟についても話してくれるのよね?」

「話すまでもなく、全部この中にはいってるよ」とベリエルは言い、暗いジープの中で膝の上のファイルを持ち上げた。中から二枚の名刺が落ちた。それを拾い上げて、書かれている名前を読んでベリエルは苦笑いした。

「着いたわ」とブロームは言った。

ジープのヘッドライトは五十メートル先にある家の壁を照らしていた。ブロームがエンジンを切ってライトも消すと、わずかな光だけが残った。階段をのぼったところにある玄関ポーチの明かりだ。家自体はなんの特徴もない古い家で、荒れ果てた高原の真ん中に建っていた。ほかに明かりはなく、星も月も出ていなかった。

ブロームはジープを降り、ベリエルもあとに続いた。駐車スペースの横に車庫の壁らしいものがうっすらと見えた。ジープの反対側に家に続く小径があった。ブロームが懐中電灯で照らすと、踏まれた跡のない分厚い雪が積もっていた。仮にストーカーがいたとしても、どうやら足跡は残していないようだ。

ふたりは用心しながら階段をのぼり、呼鈴を鳴らした。ベリエルは薄暗いポーチからラップランドの厳しい夜に視線を移した。まだ午後三時を少しまわったばかりだったが、すでにあたりは真っ暗だった。彼は懸命に〝現在〟にとどまろうとしたが、暗闇は容赦なくオーシャ市郊外の排水路へとベリエルを引きずり込んだ。

ベビーカー。体の向きに抵抗するかのように、母親の手はベビーカーのハンドルをしっかりと握っていた。おびただしい血。

ベリエルは犯行現場を見てはいなかった。少なくともそのときはまだ。が、写真は見ていた──情け容赦のない大写しの現場写真。すでに遺体が運び出されたあと、彼は現場を訪れた。それがよけい悪かった。そこに欠けている部分を想像力が勝手に補ったからだ。

ドアが開き、彼は記憶の暗い淵《ふち》から現実に引き戻された。戸口に現われた女は──観察するまえに向こうがうしろを向いてしまったせいもあるが──特に印象の残らない女だった。厚手のセーターとおそろいのスリッパソックスという恰好をしていた。

ふたりは家の中にはいり、薄暗い居間に置かれた薄暗いダイニングテーブルについた。ベリエルは携帯電話をテーブルに置き、それとなくティーカップに触れながら、こっそり寝室を見やった。机の上に古いタイプライターが置かれているのが見えた。

「イエカミキリのことを話しにきたの？」と女は言い、ろうそくに火をつけた。そのときベリエルは初めてイェシカ・ヨンソンをまともに見た。ろうそくの火が彼女の青白い顔を照らしていた。年齢は三十から四十のあいだ、どこかしら神経質そうに見えた。化粧はしておらず、髪は短かった。青い眼は落ち着きがなく、眼つきは鋭かった。

「いいえ、イエカミキリのことではありません」とブロームが答えた。

「よかった。安心したわ」

「書くのをやめたとき、何があったんです？」とベリエルは尋ねた。「文の途中で書くのをやめましたよね」

「なんのこと？」

「ここです。あなたの手紙の最後の行に〝小さなろうそくの火が消え、今、聞こえ……〟とあります。そこでいきなり手紙は終わっています。あなたはこれを警察に送りましたよね――書きおえずに。どうしてですか？」

テーブルの向かい側に坐っている男を見るかわりに、イェシカ・ヨンソンは名刺を見て言った。

「リンドバーリ警部？　あのリンドバーグと同じ最後に〝h〟のつく？　このCはなんのイニシャル？　〝C・リンドバーリ〟？」

「質問に答えてください」とベリエルは言った。「寝室に冷たい風が吹き込んできたとき、何か聞こえたんですか？　ろうそくの火が消えたとき」

「玄関のドアが開く音がしたのよ」イェシカ・ヨンソンはそう言うと、初めて彼を見た。彼女の眼はその奥まで見通せるようであると同時に、固く閉ざされているようでもあった。

「で、あなたはどうしたんですか？」

「地下室のドアまで走って、中に逃げ込んだの。そのあと地下室の階段から警察に電話したのよ。地下には降りたくなかったから。長いこと地下には行ってなかったのに」

「頭のおかしい殺人鬼が玄関からはいってきたと思ったのであれば、まずは隠れようとするんじゃありませんか？」

「あのときは冷静に考えられなかったのよ、悪いけど。それに、階段からのほうが電波がよく通じるから」

「その点については冷静に考えられたんですね？」

「無意識にしたことよ。冷静だったかどうかなんてわからない」

ベリエルはうなずきながら眼のまえの女を観察した。警察官としてのこれまでの経験から、自分には人を見抜く力があるという自信はあった。たった二週間でその能力が失われたとは思えない。が、イェシカ・ヨンソンを見抜くのはむずかしかった。彼女の眼からは、本物の偏執狂に見られるような興奮状態を示す兆候は見られなかった。といって、彼の隣りにいるモリー・ブロームが放っているような研ぎ澄まされた知性の輝きも感じられなかった。彼女の眼は冬眠状態に陥ったかのように、無感動であると同時に神経質そうで、口元には妙な笑みがかすかに浮かんでいた。彼同様、ブロームも女を分析しているのがわかって、ベリエルは思った、彼女もおれと同じように判断に苦しんでいるのだろうか。

「地下室の階段にはどのくらい坐っていたんですか？」と彼は尋ねた。

「警察が来るまで」

「それまでのあいだ何も聞こえなかったんですね？」

「ボイラーの音は聞こえたけど」

「ボイラー？」

「重油ボイラー」とイェシカ・ヨンソンは言った。「うなるような音をたてるのよ。わたしはその音が大嫌いで。それも地下室を使わなくなった理由のひとつね」

「階上《うえ》からはなんの音もしなかった？」

「そのとき来た巡査にも言ったわ。何も聞こえなかった。地下室のドアの鍵を閉めて、階段のところにあった消防斧《おの》をずっと握りしめていた。手に力がはいりすぎて、放すときには指を一本一本引き剝がさなければならなかったほどぎゅっと」

「つまり、警察が到着するまで階上《うえ》には行かなかったんですね？」

「ええ、行かなかった。〝警察です、イェシカ。どこにいるんです？〟って叫ぶ声が聞こえるまで」

「警察は心配しているようでしたか？」

「いいえ。警察がわたしのことをどう思っているか、よくわかってる。警官が嘲《あざけ》るように〝イエカミキリ〟って言っているのも聞いたわ」

「そのとき、手紙はまだタイプライターの中にあったんですね？」

「ええ、警官は見ようともしなかった。それで帰っていったあと、送ることを思いついたのよ。ここでわたしがどんな思いをしているか、わかってもらうために。無能なヨックモック警察以外の人に来てもらうために」

「それでわれわれが来たんです」とベリエルは言った。「話してください。まずひとつ。どうして宛先をデジレ・ローゼンクヴィスト警視にしたんですか？」

「何週間かまえにテレビで見かけたのよ」とイェシカは言った。「ストックホルムで誘拐事件があって、確かエレンという少女のほかにもいたと思うけど。そのとき取材を受けていたんだけど、とても印象がよかった。それで少ししてから彼女のことを調べたら、NODの警視だということがわかった。彼女ならわたしのことをもう少し真剣に受け止めてくれると思った。地元の警察とちがって」

ベリエルはうなずいてから言った。「あなたをストーキングしているという男は見ず知らずの人じゃありませんね？　誰だか知ってるんじゃないですか？　どうしてそれを話そうとしないんです？」

イェシカ・ヨンソンは彼女を見つめた。意識を集中すると、彼女の眼には鋭さが確かに見て取れた。が、それだけではなかった。何か別のものも見える気がした。それは……怯え？　自分をストーキングしているのが誰なのか、彼女は知っているのか？

「それは知らないからよ」と彼女は言った。

ベリエルは椅子に深くもたれ、黙り込んだ。気持ちを汲《く》んでブロームが引き継いでくれることを期待した。

彼女は期待を裏切らなかった。

「ずいぶんと人里離れたところに住む気になったんですね、イェシカ」とブロームは言った。「わたしの知るかぎり、あなたは仕事もしていない。夫も子供もいない。何かから逃げようとしているんですか？」

「ただ、誰にも邪魔されずに暮らしたいだけよ」とイェシカはぼそっと言った。

「邪魔されない、って誰に？　その人とできるだけ離れていたいから、ここに引っ越してきたんですか？」

「別に特定の誰ってわけじゃないわ。とにかく、放っておいてほしいだけよ」

ブロームは彼女を凝視した。ベリエルはそんなふたりを見つめながらちらっと携帯電話を見た——録音はうまくいっているようだ。

「あなたはストックホルムの出身ですね、イェシカ」とブロームは言った。「ラグスヴェドで育ったということだけど、それ以外の記録は残っていない」

「わたしの記録がどうしてあなたにわかるの？　訴えられたこともないのに」

「警察は頻繁に警察に連絡してくる人たちには特に注意を払っています」とブロームは言った。「犯罪の嫌疑がある場合にはその個人についてさらに詳しく調べます」

「犯罪の嫌疑？」

「証拠隠滅とか」ブロームはそう言うと、ベリエルのほうを向いた。

ベリエルはまじめくさった顔でうなずきながらブロームに言った。「確かに。あなた――イェシカ・ヨンソン――の過去についてはもう少し調べないといけないようだな。そうすれば、イエカミキリのことも何かわかるかもしれない」

イェシカ・ヨンソンはぎろりとベリエルを睨《にら》んだ。ベリエルは彼女の視線を受け止めた。陰謀論者ほど話し好きはいない。そして、権力者が口をつぐみたがる真実ほど彼らの好物もない。それはもう自然の摂理みたいなものだ。が、イェシカはちがった。彼女は自分を抑え、今のところ必要以上のことを口にしようとしていなかった。それでも、彼女は地元警察以外の人間を呼びつけるために大声をあげた。

ディアをここに呼びつけるために。

それが今は口をつぐんでいる。

どうしてだ？

「あなたのことを監視している人物に心あたりはないんですか？」とベリエルは食い下がった。

イェシカ・ヨンソンは残念そうに首を振った。ベリエルは彼女のその動作に隠されたボディランゲージを見逃すまいと凝視した――たえまない眼の動きにしろ、声にならないことばにしろ。いずれにしろ、手紙の中に書かれていたことと彼女の今の態度には、一致しない点が多々ある。また、彼女の偏執的な気質もその眼つきとは矛盾しているようにベリエルには思えた。

この矛盾点についてはもう少し調べなくては。

彼は少しまえにおこなった別の事件での尋問について思い出した。逮捕するには証拠が充分ではないナタリー・フレーデンという女に対する尋問だ。その尋問が彼の人生を変えた。ベリエルはもう一度ブロームを見た。彼女も彼のほうを見て、気づかれないほど小さくうなずいた。

ベリエルははっきり見えるようにうなずき、携帯電話の録音機能を切ってから古い上着の内ポケットにしまった。そして立ち上がると、イェシカに言った。「正式な取り調べをする必要がありそうです。ちゃんとした照明のもとで録画して。ご希望ならヨックモックの警察署でおこなってもかまいません。なにしろ隣り村だし」

イェシカ・ヨンソンは彼をただ見つめた。

「あるいは、ここでもかまいません」とベリエルは続けた。「そのほうが早くすむ。あなた次第です、イェシカ」

「じゃあ、ここで」とイェシカは言った。

「いいでしょう」とベリエルは言った。「照明やその他もろもろの準備をします。でも、そのまえに家の中を見せてください」

「家の中を？」

「家の中と家の周囲も見せてください。ヨックモック警察はそんなことまではしなかったんじゃないですか？」

イェシカ・ヨンソンは立ち上がると、謎めいた視線をベリエルに向けた。この家に来てからまださほど時間は経っていないが、これまでの一部始終を録画していなかったことをベリエルは悔やんだ。

イェシカは彼らを二階に案内した。特にめぼしいものはなかった。その間ずっとブロームは携帯電話を高く掲げて写真を撮った。ベリエルは天井が傾斜している屋根裏部屋をのぞいた。ブロームが潜入捜査官の非常用具入れから持ってきた懐中電灯が照らしたのは、人には知覚できないほどの気流に乗って舞っている埃《ほこり》だけだった。その埃が四つの古いスーツケースの上に落ちているのが見えた。大草原を移動するアメリカの移民たちが脱水状態の馬に曳《ひ》かせていたようなスーツケースだった。

「それはわたしが引っ越してきたときからあるのよ」とイェシカ・ヨンソンは言った。

「中に何がはいってるのか、見ようともしなかったんですか？」

彼女はうなずいた。彼らは次の部屋に進んだ。ふたつの寝室にはいずれも屋根が傾斜している端のほうに屋根裏部屋があった。ひとつ目の寝室のベッドにはマットレスもなく、底の横木が剝《む》き出しの肋骨《あばらぼね》のように見えた。ふたつ目の寝室の屋根裏部屋も埃だらけだったが、ベッドと肘掛け椅子には白いシーツがかぶせてあった。十九世紀、裕福な家族が夏を過ごした別荘の冬じたくをするときに家具を白い布で覆ったように。

「これはあなたが？」とベリエルは尋ねた。

イェシカ・ヨンソンは首を振った。が、ベリエルはそれだけですませず、懐中電灯のぎらつく光の中で彼女を見つめた。

「引っ越してきたときからこの状態だった」やがて彼女は言った。「何度かシーツは洗ったけど、それだけよ」

ほかのふたりが寝室を出てもベリエルは少し残って、ソファを覆っている白い布の表面に指をすべらせた。そのあと階段をあがった場所に戻った。そこには肘掛け椅子やソファが置かれていたが、かなり長いあいだ誰も坐っていないように見えた。三人は階段を降りてキッチンに行った。少し古びてはいたが、清潔でよく整理されていた。ブロームがこっそりカウンターの表面に指をすべらせているのをベリエルは見た。

一階のほとんどを大きな居間が占めており、階段を中心にして三つの部分に分かれていた。ひとつ目は玄関ホールからつながっている部分で、椅子が三脚置かれていた。ふたつ目の部分にはソファが置かれ、その正面の壁に小さな薄型テレビが掛けられていた。三つ目はさきほど簡単な聞き取りをしたダイニングテーブルが置かれている部分だった。彼らは最後に一階の寝室にはいった。ベリエルは古いタイプライターに眼をやり、そのあとベッドを見た。予想どおりきれいに整えられていた。

「次は地下室ですね」と彼は言った。

「どうしても行かないと駄目？」とイェシカ・ヨンソンは言った。

「ええ」とブロームは言い、携帯電話の録画機能をオンにした。「わたしたちも一緒に行きます。心配は要りません」

イェシカはふたりを白いペンキが塗られたドアまで案内し、差したままになっている古い鍵をまわすと、用心深く、それでいてどこか面白がっているような眼をふたりに向けた。そして、独特で奇妙な薄笑いを浮かべたままドアを開けて言った。

「いつもはこんなに臆病じゃないんだけど」

地下室から暗闇がふつふつと湧き上がってきた。ドアを抜けてあふれ出そうな闇だった。まるでその暗闇を避けるかのようにブロームは脇に体をずらした。地下室への階段を一段降りただけで、長いこと使われていないことを示すようなにおいがした。

ブロームは懐中電灯をつけると、ふたりを先に行かせ、階段の手すりの隙間に携帯電話をはさみ込んだ。

彼らはもう一段降りた。

9

十一月十八日　水曜日　二十一時四十四分

最初からすべてが激しく揺れている。古い鍵が差さっているドア。鍵をまわす手。そのあとは闇。真っ暗闇。懐中電灯の強い光、一段ずつ見えてくる階段。階段の両側に地下室が広がっているが、その先は見えない。何もかもがまだ揺れている。急に映像が動かなくなり、揺れが止まる。突然暗い影が現われて右側が不鮮明になる。階段脇に梁《はり》か何かがあるのだろうか。映像は完全に静止する。

画面の中に女が現われ、階段を降りていく。もうひとりの姿――男――が現われる。最後にもうひとりの女――ブロンドの長い髪――が現われ、手に懐中電灯を持っている。階段を半分降りたところで、女は振り返り、すべてがちゃんと設置されているか確かめるかのように階段の上のほうを見る。

その場で起きていることは彼女が一番よく把握しているように見える。

彼らはカメラから少し離れた位置——階段の一番下——で立ち止まる。まるで磁石が引きつけ合うかのように互いにくっつき合って立っている。小声で話しているようだが、聞こえるのは時代遅れの重油ボイラーがたてるうなり音だけだ。もうひとつの懐中電灯がつけられる。光のすじが地下室に広がる。

あとからつけた懐中電灯を持った男が茶色の髪の女のうしろを歩いている。もうひとつの懐中電灯の光は男の懐中電灯とは異なる方向——右側——に動いている。ブロンドの女はほとんど見えないが、画面に現われたときにはがらくたの山を引っ掻きまわしている——ガーデン・ファニチャー、錆《さ》びついた自転車、おびただしい量の車のタイヤ、得体の知れないものを覆っている虫食いキャンヴァス布。

左側にいた男と女が画面の外に消える。時々懐中電灯の光が見えるだけで、それ以外には何も見えない。彼らは音の出どころらしいドアに近づき、そのまえで立ち止まる。濃い茶色の髪の女がブロンドの髪の女を手招きする。男がドアに近づく。断片的な話し声がボイラーの音を時々凌《しの》ぐ。

男はドアの把手《とって》に手を伸ばす。しかし届かない。

あと少しのところで届かない。

そのかわりドアが内側から勢いよく開き、ボイラーのうなり音がいきなり大きくなる。ドアが男の頭に激しくぶつかる。男はよろけてうしろに倒れる。ブロンドの女が何かに反撃しようと懐中電灯を振り上げる。光のすじが天井を走る。しかし、間に合わない。逆に木の棒のようなものが彼女のこめかみに振りおろされる。よろよろと立ち上がった男も同じ木材で頭を打ちつけられる。男はまた倒れる。

そのとき、ボイラー室の暗がりから人影が姿を現わす。大柄のシルエット。しかし、ボイラーのうなり音が大きすぎて人の声はまったく聞き取れない。まるでパントマイムか無声映画のようで、すべての動きがカクカクと角張っていてぎこちなく見える。

人影は仰向けに倒れている男を木材でまた殴り、次に膝立ちしかけたブロンドの女を襲う。後頭部を一撃された女は地下室の床にまた倒れ、それからあとは動かない。

人影は倒れているふたりをじっと見つめ、ポケットから何かを取り出す。濃い茶色の髪の女は両手で顔を覆っている。人影はその女をつかんで引きずり、彼女の手を何かのコードで階段の手すりに縛りつける。女は両腕を吊るされた恰好で膝をつく。顔は陰になって見えない。

人影は倒れている男を右の壁ぎわまで引きずり、ラジエーターに手首をくりつけ、ブロンドの女にも同じことをする。ふたりは五メートル離れた別々のラジエーターにそれぞれくくりつけられ、坐らされる。人影は茶色い髪の女のほうを向くと、ポケットから大型の狩猟用ナイフを取り出し、女に近づく。地下室に女の悲鳴が響き渡り、初めてボイラーの音が完全に掻き消される。

シルエットは女のすぐそばまで行って、ナイフを振り上げる。手首を縛っているコードを切り、ぐったりとした女の体を担いで階段をのぼる。カメラのまえを通る瞬間、半分開いているドアから射し込んでいる薄明かりに人影の顔が照らされる。が、実のところ、それは顔ではない。

通り過ぎるほんの一瞬、黒いバラクラヴァ帽——目出し帽——が画面を横切る。ドアが閉まる大きな音が聞こえ、映像が突然大きく乱れ、そのあとまた固定される。薄明かりに照らされたビニール袋の端だけが画面に映っている。

そこでボイラーの音をしのいで、電波越しの金属的な女の声がした。「これで終わり?」

「カメラが落ちたのよ」より自然な女の声がした。

「で、イェシカ・ヨンソンは? 彼女はどうなったの?」

「家の中と外の雪の上、それから開けっ放しの車庫の扉のところにも血痕が見つかった。あの出血量だと、たぶん生きてはいないでしょうね。まさに血まみれの惨劇。残された証拠から、犯人は彼女を殺して死体を車で運び去ったと推察できる」

かすかに聞こえていた女の声がうめき声に変わったとき、ベリエルはその声が衛星電話越しに聞こえるディアの声だと初めて認識した。その衛星電話は、ほんの数時間まえにイェシカ・ヨンソンの話を聞くのにブロームと一緒に坐ったダイニングテーブルに置かれていた。頭にあてていたナプキンを取って血の染みを見た。異なる赤の色合いからいくつかの凝固の段階が見て取れた。それには既視感があった。

テーブルの向かい側に坐っているブロームも同じようにナプキンを頭にあて、耳元に衛星電話の受話器を持っていた。

「まったく。ちょっと話を聞きにいってほしいと頼んだだけなのに」衛星電話からディアの苛立《いらだ》たしげな声がした。「おかげでとんでもない厄介事を背負《しょ》い込まされた」

「ちょっとちょっと、わたしたち、襲われたのよ、デジレ」とブロームは言った。「何も言われていなかったから、まったくの無防備だった」

沈黙が流れた。遠く離れていても、ディアがおびただしい数のことばを呑み込んでいるのがベリエルにはわかった。やがて彼女は言った。

「つまりこういうこと？　あなたたちはまわりから隔絶された一軒家の真っ暗な地下室にストーキング被害を訴えている女性と一緒に降りていった。無防備にも？」

沈黙がこの部屋の三人目の存在になった。しかも一番出しゃばりな。

「ほかには何も録画されていないの？」しばらく経ってからディアが訊いた。

「カメラが落ちたあと十分くらいは録画されていた」とブロームは答えた。「携帯電話のバッテリーが切れるまで階段に引っかかっているビニール袋をずっと映してた。わたしがさきに意識を取り戻したんだけど、その時点ですでに三時間経過していた。それからなんとかサムのそばまで這《は》い寄って、彼を揺すって意識を取り戻させたの」

ベリエルは暗がりの中を見渡した。家はまったく別の場所に変わっていた。世界そのものが変わってしまったかのようにも思えた。

「家の中にはもう誰もいないのね？」とディアは訊いた。

「意識が戻ってもふたりともすぐには頭が働かなかった」とブロームは言った。「さっき言ったようにそのときにはもう三時間も経ってた。自分たちの怪我の状態もわからなかった。脳震盪《しんとう》を起こしていたかもしれないし。それでもなんとか階段をのぼって、一応家の中が安全だということは確認した。できる範囲で。それから携帯電話を充電して、衛星電話を取りに車まで行ったところで、雪の上の血痕に気づいた。血が点々と残っているような普通の血痕じゃなくて、誰かが引きずられて、ところどころ雪の上に垂れたような跡だった。しかも棺《ひつぎ》か何かに入れられて」

「二階には行ってないってこと？」

「行こうとはしたわ」

「お願いだからほかにも何か見つけたって言って」ディアは大声をあげた。

ブロームはほんの一瞬だけ眼を閉じ、鼻に皺《しわ》を寄せた。

「今言ったとおり、階上《うえ》はまだ見てない。でも、一階は調べた」

「撮影した？」

「ええ」

ディアは電話越しにも聞こえるほど大きなため息をついた。ベリエルは思わず苦笑いした。とたんに口の中で血の味がした。もう一度ナプキンで顔を拭いた。すでに汚れていて新しいものが必要だった。

ブロームは携帯電話をタップし、衛星電話のドッキングステーションに接続した。

「これでいいわ」

まばゆいばかりに明るい居間が携帯画面に映し出された。長い悪夢を振り払いたがっていた誰かの思いさながら。画面が大きく揺れてダイニングテーブルが現われた。そこにはまだ衛星電話は置かれておらず、そのかわり血だらけのナプキンが山になっている。カメラは間仕切りのない居間の中を移動し、左に曲がってテレビとソファのある空間を映し出す。ソファの横の床が突然きらきらと光り、ソファ脇の卓上スタンドの明かりが床にできた大きな水たまりに反射している。カメラが近づくと、それが水ではなく血だまりだということがわかる。血だまりの中心はとてもなめらかで、表面が少し凝固している。血だまりからいくつかの跡が広がっている。その中に少なくともサイズ45はある靴の足跡が三つ見える。あとは誰かが引きずられた跡のようなはっきりとした二本の線が見える。その平行線は玄関ホールへ向かい、いきなり階上《うえ》に続く階段のほうにそれる。カメラは平行線を追って階段まで近づく。

そこで突然、それまでずっと揺れていた映像がさらに揺れ、映像全体がぐるっとまわったかと思うと、いきなり天井が映し出される。心配そうな表情をしたベリエルの顔が画面を横切り、彼の顔が移動するのと同時に何かのしずくが画面に向かって垂れてきて、それがどんどん大きくなる。そして、最後にはピチャッという音とともに画面が真っ赤に染まる。

「あなた、また気を失ったの？」ディアが電話越しに訊いた。

「まあ、階上《うえ》には行かなかった、とだけ言っておくわね」とブロームは言った。

「ああ、おれたちは順番に気を失うことにしてるんだよ」とベリエルが横から軽口を叩いた。

ちゃんとディアにも聞こえたようで、彼女は言った。「おそらくあなたたちは大量のDNAをばら撒《ま》いたでしょうから、全部消去するのは無理そうね。でも、この捜査ではあなたたちにはどんな形であれ表に出てきてもらうわけにはいかない。もちろん容疑者としても」

「あと数時間あれば、証拠は全部消すことができる」とブロームは言った。

「家の明かりはもう消した？」とディアは訊いた。「さっきの映像だとかなり明るかったようだけど、それだと標識灯みたいにめだっちゃう。不審に思った近所の人が訪ねてきたりしてない？」

「明かりはもう全部消したから大丈夫」とブロームは答えた。「それに、近所の人も誰も来てない。この家に来ようとしないかぎりこの家は見えないから」

「わかった。じゃあ、そろそろこの一連の出来事に関するあなたの考えを聞かせて」

「犯人は事前にこの家に侵入したと思われる。おそらくイェシカ・ヨンソンが留守にしているときに。で、ボイラー室にひそんで待っていた。そのあいだに彼女が現われたときに武器として使える角材を見つけた」

「その角材とやらは見つかったの？」

「いいえ」とブロームは言った。

「それにしても、あまり計画的とは思えないわね」とディアは言った。「角材だなんて」

「その件はあとで確認する必要があるわね」

「いいえ、あなたたちがあとで確認することはないわ。今すぐそこから離れて、近づかないで。あとはこっちが引き継ぐから」

「国家捜査指令本部《NOD》が？」ブロームの手から電話を奪ってベリエルが言った。

「もちろんヨックモック警察も出張《でば》ってくる」とディアは言った。「だから協力態勢は敷く。でも、まずは階上《うえ》に行って、どんな対処が必要か確認してちょうだい。わたしのほうは今夜のうちに解決策を考えておくから。この馬鹿げた事件をどう報告して、どうやってまたラップランドに戻るか。あなたたちを巻き込むんじゃなかった。まったく、あなたたち、まるで素人じゃないの。犯人がまだ階上《うえ》にいるかもしれないことを忘れないで。精神疾患のあるとことん危険な相手かもしれない。ひょっとしたら、イェシカ・ヨンソンの皮をかぶって階上《うえ》で待っているかもしれない」

「雪の上に残っていた血の跡は？　車庫の外に残っていたヴァンのタイヤ痕は？」

「陽動作戦って聞いたことない、サム？　いずれにしろ、包丁の一本くらいは持っていってよね。あとで電話して」

「録画を送るよ」すでに切れている電話に向かってベリエルは言った。

ちょうどそのとき、彼の眼のまえのダイニングテーブルから音がした。テーブルの上に包丁が一本置かれ、ブロームの手にも同じような包丁が握られていた。

「二本」と彼女は言った。「包丁は二本持っていきましょう」

彼らはすぐに動いた。ベリエルが先に立ち、彼の肩越しにブロームが携帯電話のカメラで撮影した。暗い居間の中ですっかり凝固してしまった血だまりから、地下の暗闇がふつふつと湧き上がってきているように見えた。ベリエルは懐中電灯をつけ、階段をのぼりはじめた。誰かが引きずられた跡が階段の一段一段に残っていた。スリッパソックスの踵《かかと》の跡のように見えた。

階段をのぼりきると、薄暗い懐中電灯で照らされた二階はまったく異なる場所のように思えた。以前見た部屋でもなければ、同じ家でもなく、同じ宇宙でもないかのように。引きずった跡は左の寝室のほうに続き、そのドアは開いていた。

ベリエルは懐中電灯の光があたらないように包丁を持ち上げて構えた。肩にブロームの息がかかるのを感じた。それほど彼女はうしろにぴったりとついてきていた。彼らはドアのまえまで進んだ。

最初に見えたのはシーツの掛かったベッドだった。夜の暗さの中で不自然に白く光っていた。ベリエルは懐中電灯を肘掛け椅子に向けた。彼ら以外に誰かいる気配はなかった。次に懐中電灯をシーツの掛かったベッドに向けた。そのとき初めて、輪郭が見えた。

人間の体の輪郭だった。誰かが両手両脚を広げてベッドの真ん中に寝そべっているようだった。まっさらな雪に背中から倒れてスノーエンジェルをつくるときの恰好で。

ただ、そこに体はなかった。あるのは、厚みのない平たい輪郭だけだった。握っている懐中電灯が揺れているのを自覚しながら、ベリエルは一歩近寄った。そしてシーツに触れた。輪郭は絵の具で描かれているように見えたが、その絵の具がなんであったにしろ、もう乾いていた。

数時間まえはおそらくまだ鮮やかな赤だったのだろう。血は完全に凝固していた。輪郭の正体は人間の体の形に固まった血だった。

薄暗い寝室の中、その輪郭は浮き上がって見えた。彼のうしろでブロームがうめき声をあげた。ここに横たわっていた人物はその時点でほとんど死にかけていたのだろうが、数時間経った今、どこにいるにしろ、もう生きてはいないだろう。

ベリエルは部屋の中を懐中電灯で照らし、包丁を構えたまま屋根裏部屋のドアを開けた。狭い部屋の中を照らしながら確認したが、数時間まえに見たときと同じように空っぽだった。

埃もたまったままだった。

彼らはもうひとつの寝室に移動した。ベッドはまえに見たときと同じく枠だけで、底の横木は以前にも増して剝き出しの肋骨のように見えた。しかし、屋根裏部屋の低くて細長いドアが最初に見たときとちがっていた。

少しだけ開いていた。

彼らは包丁を構えてドアのまえに立った。

ベリエルは深呼吸をし、ドアを開けて中を懐中電灯で照らした。埃が同じように溜まっていた。が、どこかがちがうように思えた。ベリエルは屋根裏部屋の中を見まわした。ブロームはしばらくカメラで撮影してからドアから離れた。

ベリエルは屋根裏部屋のドアのところに残って、古いスーツケースを数えた。四つではなく、三つしかなかった。

「スーツケースがひとつなくなっている」

彼はそう言うと、屋根裏部屋から出た。ブロームは包丁を床に置くと、懐中電灯をつけて暗い寝室の中を照らした。そのうち部屋の隅に何かを見つけたらしく、近寄っていって屈《かが》み込んだ。彼女の姿が骸骨のようなベッドの下に半分見えなくなった。

ブロームの低いうめき声がした。

「なんなのよ、これ……？」

ベリエルはすばやくベッドをまわり込むと、彼女の横に屈み込んだ。眼にしているものがなんなのかふたりともすぐには理解できなかった。最初に見たときには干からびたクラゲかと思った。

その物体は絨毯《じゅうたん》の上にあり、周囲に赤い円形の染みが広がっていた。彼らはもう少し顔を近づけた。ブロームが懐中電灯の光を近くからあてた。

「なんなんだ、これは？」とベリエルは言った。「ひょっとして人間の皮膚か？」

ブロームは携帯電話のカメラをズームアップし、小さな皮膚片の色の異なる部分に焦点を合わせた。何かの絵のように見えた。

そこでようやくベリエルにもわかった。インクで描かれた絵だ。

四つ葉のクローバー。

彼はすばやく立ち上がった。怪我をした頭がぐるぐるまわった。眼を閉じると今にも倒れそうになった。眼のまえで狂気じみたモザイクが回転していた。

倒れそうになったのをこらえ、眼を開けると、赤い霧の向こうに男が数メートル離れて立っていた。完全に狂っているように見えた。ベリエルは包丁を構えた。その男も同じように包丁を構えた。

それが暗い窓に映った自分だと気づくまで時間がかかった。その数秒間はのちのち悪夢となって甦《よみがえ》り、長いことベリエルを苦しめることになる……

二部

10

十一月十九日　木曜日　十時二分

静寂が支配している。氷のように寒々しい部屋に置かれた上下ふたつのディスプレーにはなんの動きも見られない。風の音さえ聞こえない。手前のキャビンも奥のキャビンも同じように静まり返っている。

大事なのは待つことだ。ほかのこと、ほかのイメージが現われる瞬間がある。頭の中のイメージ。待つことで呼び起こされるイメージ。

広々としたテラスの上で躍る朝の陽光。柔らかなヴェールのような夜明けの光にともない、マツの香りが漂ってくる。海霧の中、そびえている岩がはるか遠くに見える——静かな海面の上に立っているようなやさしいシルエット。

家だ。あの家だ。まだ少しの時間なら、朝の暖かいテラスの椅子に坐って見ることができる。ちゃんと見ることが。まだ見ることができる。すべての行為、すべての努力はその終章のためにある。時間にはかぎりがある。最終期限というものがある。

これには終わりがある。それもいい終わりだ。

もう孤独ではない。彼らは視線を交わし、互いに見つめ合っていることを確認する。ほんの一瞬、ふたりの人間のあいだの境界線が絶対的なものではなくなる。

しかし、これは現実の経験ではない。ただの夢。待っているあいだ、計りきれないほど長い時間のあいだに呼び起こされるイメージだ。

達成すべき目標がある。すべての準備が整う瞬間。ここ数ヵ月の緊張が一気に解ける瞬間。そのとき孤独ではなくなる。ずっとまえから決めていたことだ。

そのとき、上方の画面に男の姿が現われる。奥のキャビンの外にすでに十歩くらい出てきている。頭の中に浮かんでいたイメージは消え、重苦しい現実が戻ってくる。薄い革手袋をはめた手がジョイスティックを操作し、映像をズームアップする。

男は着ている白いコートを体にきつく巻き、雪の中を移動する。雪は降っておらず、風も吹いてはいない。ただ男の白いシルエットだけ。まるでスノーエンジェルのような。

男が下方の画面に現われる。頭を横に向け、何かを見ているように、聞いているようにじっと立っている。やがて女が現われる。

上方の画面に現われた女が近づいてくる。画面を拡大する。数週間のあいだにスキーの腕前がかなり上達している。ぴったりとしたスキーウェアの下で、筋肉が躍動している。もう少しズームアップする。

彼女だ。ふたりのあいだの境界線を溶かしてくれる女。

薄い革手袋をはめた手がジョイスティックを操作し、画面を切り替える。ふたりの姿が下の画面に現われる。氷のように寒々しい部屋にため息が洩れる。続いてキーボードの音に罵りことば。

もう一方の手がメモを入力する。〝十時二十四分。♂と♀が♀のキャビンに集合する。緊急な活動は見られない。協力関係の始まりが推定される〞。

キーボードを打つ手が止まり、その手がSIGザウアーP226をテーブルの上に置く。

11

十一月十九日　木曜日　十時二分

ベリエルは眼を覚ました。渦巻くにわか雪のように夢の断片が頭の中を舞っていた。ただ、雪片のひとつずつを識別することはできず、一定のパターンを見いだすこともできなかった。ただひとつ認識できたのは脈打つような激しい頭痛だけだった。

ベッドの上で上体を起こし、キャビンの狭さに初めて気づいた。体にまとわりついている寝袋とさして変わらないような気がした。壁が迫ってくるように思えた。ほんの一瞬、トイレのドアが見慣れないドアに変わり、そのドアに手を伸ばしている自分が見えた。しかし、把手《とって》に手が届くまえにドアは勢いよく開き、前頭部を直撃した。そのあとに混沌《こんとん》が訪れた。すさまじい轟音《ごうおん》が外側――突然姿を現わしたボイラー――からも内側――頭蓋骨から切り離されて転げまわる脳――からも聞こえた。冷たい床に横たわり、角材がブロームのこめかみに振りおろされるのが見えた。立ち上がろうとしたが、脳はそこになく、体もそこにはなかった。彼はまた殴られ、意識が薄れていくのを感じた。わずかに残った意識を集中し、万が一生き延びることができたときのために、狭まりつつある視野でその男の顔を見ようとした。が、そこには何もなかった。暗すぎて見えなかった。唯一見えたのはとらえどころのない真っ黒な人影の手に握られた角材と、それが振りおろされるところだった。そのあと世界は真っ暗になった。

〝無防備にも？〟とディアは言った。一言一句、彼女の言ったことは覚えていた。〝つまりこういうこと？　あなたたちはまわりから隔絶された一軒家の真っ暗な地下室にストーキング被害を訴えている女性と一緒に降りていった。無防備にも？〟

しかし、彼らがあの家に行ったのは、イェシカがストーキング被害を訴えたからではない。彼らの目的はイェシカ・ヨンソンの正体を見きわめることであり、それに集中するあまり警戒心が鈍ったと言っていい。結局、彼女がどんな人物なのかは突き止められなかったが。彼らは、イェシカ・ヨンソンがトラブルメーカーの陰謀論者であり、彼女がストーカーだと主張する男は彼女自身の偏執狂的な意識の中にだけ存在すると思い込んでいた。ところが、蓋を開けてみると、彼女の言っていたことはあらゆる意味で真実だった。

聞き取りの途中からでも録画を開始して続行すればよかったのに、それを中断したのはまぎれもなくベリエルのミスだった。手紙に書かれていたインクの絵の話を訊きだすまえにどうして家を捜索するなどという馬鹿なことを考えたのか。

そして今、また新たに絵が見つかった。

その絵はイェシカ・ヨンソンの臀部《でんぶ》の皮膚片に描かれたもののように見える。

彼の全身を痛みが突き抜けた。それは脈打つような頭痛とは無縁の痛みだった。体を丸め、自分がいかに役立たずだったのか、ブロームと自分がいかに救いようのない駄目チームだったのか自問した。完全に頭のいかれた男――男たちかもしれない――にノックアウトされ、初歩的な自己防衛すらできなかった。しかもふたりはもはや正義とは言えない司法制度から逃れている身なのだ。

キャビンがもとの姿に戻った。空っぽだった。完全に空っぽだった。彼が中にいるにもかかわらず。

心を落ち着ける何かを思い浮かべようとした。薬とか酒とかそんなものではなく、荒れ狂う心を静める何かを。腕時計のはいった箱をつかみ、何事もなかったように時を刻んでいる六つの腕時計を見つめた。そして、無慈悲な時間の流れがやがてやさしく調和の取れたチクタク音に変わるまで待った。ゆうべは狂気じみた冬の夜の強行軍に疲労困憊《こんぱい》して戻ってきた。

頭を殴られて気を失い、激しい暴力を受け、ふらふらになって。それでも腕時計をひとつずつ丁寧に手入れした。そのおかげで六つの時計は正しい日付を表示し、正しい時刻を指している。作業をすべて終えるにはけっこう時間がかかったが、それで心が落ち着いた。恐る恐る命を吹き返した小さな歯車は、この上ないやさしさで彼を死に近づけるチャンスを待っていたかのようだった。まさにずっと待ちかまえていたかのようだった。

ベリエルは腕時計のひとつひとつを耳にあて、それぞれが時を刻む音を聞いた。ＩＷＣがふたつ、ロレックスがふたつ、ジャガー・ルクルトとパテックフィリップがひとつずつ。腕時計の刻む時間は現実世界の時間より親しげに思える。なのに、今は腕時計の音を聞いても彼の心は落ち着かなかった。満足できるほど落ち着くにはもっと強力なものが必要だった。

彼は携帯電話に手を伸ばした。写真を呼び出し、過去にさかのぼり、その写真を探し出した。フキタンポポの咲く水路の中にいる双子。ベリエルの息子たちは八歳で、季節はずれの厚着をしていた。オスカルは微笑《ほほえ》み、マルクスは大笑いしていた。これが息子たちを写した最後の写真、固定点だ。彼らの苗字《みょうじ》がバビノーに変わるまえ、パリに行ってしまうまえ、ほんとうの父親がゆっくりと――しかし確実に――無慈悲な忘却の彼方《かなた》に消えてしまうまえの。それでも、ふたりはベリエルにとって北極星だった。回転する世界の中で唯一静止している固定点だった。

永遠に手の届かない天国のようにふたりはそこにいた。

到達不能極。今いるのはそこだ。社会からもっとも離れた場所。どん底。絶対零度。絶対的苦痛。

今、彼はそこにいる。

窓の外を眺めると、真っ白な世界が広がっていた。空虚な世界。父親としてのサム・ベリエルを映し出しているように思えた。マルクスとオスカルにはフランス人の新しい父親がいる。そいつが――とベリエルは思った――おれに取って代わるのは思いのほか簡単だっただろう。

父親としての役割は警察官としての役割とあまりにちがった。彼にとって警察官は演じる必要のまったくない役まわりだった。警察官としてのサム・ベリエルは人間としてのサム・ベリエルより父親としてまだまともだった。

警察官に戻らなければならない。そうするしか人間に戻る手段はない。息子たちを失った苦しみは脳震盪《しんとう》や職業上のいかなる失敗よりはるかに大きい。彼らとの触れ合い、彼らの笑顔、彼らの兄弟喧嘩《げんか》、ごく平凡な日常が恋しくてたまらなかった。今は誰とも何も分かち合っていない。完全にひとりだ。そう、おれは孤独な落伍者《らくごしゃ》だ。ベリエルは改めてそう思った。

そんなおれを救ってくれたのがモリー・ブロームだ。公安警察から逃れ、さまざまな問題からも逃れられ、ここにたどり着くことができたのは彼女のおかげだ。彼はブロームのことを全面的に信用していた。ただ、シルヴィアの死体を見たあとのことはまるで覚えていなかった。それから二週間というもの、ほとんど意識がないまま過ごした。しかし、それはほんとうにあったことなのか。

いや、何はともあれ、今は彼女を信じるしかない。彼女だけがおれの命綱だ。

ベリエルは立ち上がると、服を着てパテックフィリップをはめた。それからおかしな恰好《かっこう》のブーツを履き、汚れた鏡に映る自分の姿を眺めた。伸び放題のひげは別として、髪型が以前と大きくちがっているような気がした。あまりにひどい寝ぐせに鏡から眼をそらした。寝ているあいだに汗をかいたのだろう。

ドアを開け、冬の景色の中に一歩踏み出した。

この国の内陸部。なんと荒涼としていることか。

目印《マーカー》のない世界。

奇妙な白いコートを体に巻きつけるようにしてまとい、雪の中にできた小径《こみち》を歩きだした。死んだようにキャビンに転がり込んでからは雪はもう降っていないようだ。やがてブロームのキャビンが雪の中に見えてきた。彼女は中にはいないようだった。

そのとき、遠くのほうにすばやく動く白い人影が現われた。初めのうちはそのジグザグの動きに不安を覚えたが、すぐにブロームがスキーをしているのだとわかった。

ふたりは別々の方角からキャビンに近づき、ほぼ同時に着いた。スキーを脱ぐあいだ彼女の息が雲のように漂った。

「うまいもんだな」とベリエルは言った。

「あなたが目覚めるまで何かすることが必要だったのよ」息を切らしながらブロームは言った。「言っておくと、人工衛星はスキーの跡を検知できないの」

「おれは昨日気づいたけど」

「でも、あなたはわたしの行動すべてがわかってるわけじゃない」

「ああ、もちろん」ことばに含みを持たせないよう、気をつけながら彼は言った。

彼女は出入口のドアの横に設《しつら》えられた、スキー収納庫の扉を開けた。

「あなたのキャビンにも同じものがある」そう言って、スキーをしまい、細長い扉を閉め、キャビンの大きなドアを開けた。

「おれの納戸にもスキーがはいってる？　それとも空っぽ？」とベリエルは訊いた。

「はいってる」と彼女はかすかに微笑んで言い、キャビンにはいった。

パソコンの電源ははいったままで、スクリーンセーヴァーの奇妙な模様が画面上で躍っていた。パソコンがディアの衛星電話に接続されていることにベリエルはすぐ気づいた。

「スキーしていたということはもう頭は大丈夫なのか？」

スキーヘルメットを撫でながらブロームは言った。「頭の骨が折れてるんじゃないかって心配だった。細かいひびがはいってるんじゃないかって」

「その心配に対する答が大雪原でのスキー？　急に気を失ったらどうするつもりだったんだ？　凍死してたかもしれないんだぞ。少なくとも十時半の人工衛星に見つかっていた」

「体を動かしたかったの」とブロームは言った。寒さのせいで唇から血の気が引いていた。

ベリエルはあきれたように首を振り、パソコンを指差して言った。「この事件からは身を引けってディアに言われただろ？」

ブロームはそれには答えず、分厚いスキーの手袋をはずして汗ばんだ指でマウスをクリックした。渦巻いていたスクリーンセーヴァーの模様が顔の写真に変わった。

イェシカ・ヨンソンの顔だった。

実際、ベリエルは死者と直接顔を突き合わせているような気分になった。

実際、彼女と直接顔を合わせてからまだ二十四時間も経っていなかった。彼はイェシカの真向かいに坐り、そのとき彼女は元気そのものだった。それは表情からも見て取れた。落ち着きのない中にも思いもよらない鋭さがあり、口の端にかすかな笑みさえ浮かべていた。それでいながら他人を絶対に受け入れない頑固さも秘めていた。

ベリエルはひとつだけ余っている椅子を引き寄せ、ブロームの隣りに坐った。画面の上に情報が流れた。

「一九八〇年生まれ」指を差しながらブロームは言った。「ラグスヴェドではごく平凡な子供時代を過ごしたようね。警察の記録には何も残ってなかった。高校で医療を学んで看護師になった。養成期間中には夏季に病院の精神科や高齢者病棟で夜勤の仕事をした」

「つまり、二十五歳までは空白期間はないということか？」

「でも、実際には十八から十九までの一年間をアメリカで過ごしたみたい。なんの目的でどこに行ったのかは不明だけど。高校卒業からさらに上の学校に行くまでのいわゆるギャップイヤーみたいね。帰国後は看護師の養成コースにはいって、そのあとセント・ヨーラン病院で数年働いていたようだけど、特定の受け持ちを持たないいわゆる〝派遣看護師〟だったみたい。いずれにしろ、あなたが美容と健康のために睡眠をむさぼっているあいだにあることを探し出すことができた」

「あれが〝美容と健康のための睡眠〟だったとはおれのおふくろにも言えないだろうな」とベリエルはぼそっと言った。「あることとは？」

「ローゼンクヴィストから提供された資料にはなかったことよ。別の方法で入手したの。二十五歳のとき、イェシカ・ヨンソンはいわゆる〝ふさわしくない男〟に出会った。男の名はエディ・カールソン、正真正銘の麻薬中毒者で、正真正銘のサイコパスみたい。もう十年もまえのことだけど、彼女は暴行容疑で彼を訴えてる。結果、エディは彼女との接触を禁止された。ただ、それだけでは終わらなかった。彼女はエディにレイプされたと訴えて、南ストックホルム警察がカールソンの逮捕に動いた。でも、捜査はすぐに打ち切られた」

「打ち切られた？」

「警察の記録ではエディ・カールソンがムーラ市に住んでいたことまではわかってるんだけれど、十年まえ彼は逮捕されなかった。忽然《こつぜん》と姿を消したのよ。警察の捜査記録に残っていた最後の情報は、彼はおそらく偽名を使って海外に逃亡したんだろうというものよ」

「そのときからイェシカ・ヨンソンの記録に空白が現われる。おれの予想を言うと」

「そのとおり」とブロームは言った。「典型的な身元保護ね」

「それがある時点から本名をまた使いだした？　以前の生活に戻る気になったのは、エディ・カールソンがもう死んでいるのが何かでわかったから？　だとすると、角材でおれたちを襲ったのはエディ・カールソンじゃない。ポルユスみたいなラップランドの人里離れた家に引っ越して身を隠すほど、彼女が恐れていた人物はエディじゃなくなる」

ブロームはベリエルの顔をまじまじと見て言った。

「あなたが戻ってきてくれて、ほんとうによかった」

「おれたちはふたりともまだ戻ってきてなんかいないよ」とベリエルはきっぱりと言った。「あの地下室であんな目にあったんだから。でも、どうしてあんなことが予測できなかったんだろう？　どうしておれたちはあそこまで無防備だったんだ？」

「わたしたちが無防備になるように仕向けた張本人があなたのデジレ・ローゼンクヴィストだということ、わかってる？　実際、彼女がわたしたちを無防備状態にしたのよ、ちがう？」

ベリエルはそれには答えず、じっとブロームを見てから尋ねた。

「それはどういう意味だ？」

「わたしたちは公安警察に追われてる身よ。だから、彼らが仕掛けてくるかもしれない突拍子もない攻撃にも対処できるように準備してる。今回もなんの予備知識も与えられずに、つまりイェシカ・ヨンソンがただの頭のおかしい女だという情報を与えられていなければ、わたしたちも〝無防備〟になんかならずに地下室に行ったと思わない？」

「でも、ディアが公安警察とグルなら、そもそもこの仕事がおれたちにまわってくることもない。おれたちをクヴィックヨックで捕まえればいいだけのことだ。その場合は、あそこにいることになっていたのがディアじゃなく、ケントとロイのクソ野郎どもということになる。ちがうか？」

「ちがわない。わかったわ。この話はやめましょう。エディ・カールソンに戻しましょう」

ブロームはそう言ってマウスを動かした。

「実のところ、エディについてはあなたの言うとおりよ。エディ・カールソンはもう死んでる。四年まえに薬物の過剰摂取で死亡。彼がスウェーデンに戻ってきてたことは誰も知らなかった。因《ちな》みに戻ってきたのはタイからよ」

「そのすぐあとイェシカ・ヨンソンがまた現われた？」

「ええ、それまで消えていたＩＤ番号も復活した。ただ、明白な収入源はなし。わたしたちが会ったときにも仕事はしていないようだったし、どうやって生計を立てていたのかは謎ね。

公的な給付金も、社会保障も、失業給付も表面的には見あたらない。ところが、ＩＤ番号が復活したあとの最初の使用記録が家の購入。しかも現金」

「ポルユスのあの家か？」ベリエルは自然と声が大きくなった。

「そう」

「脅される心配がなくなったとたん、まわりから隔絶されたような、なんとも辺鄙《へんぴ》なところに引っ越した？　矛盾してないか？」

「彼女が言ってたことはほんとうだったのかも」とブロームは言った。「ほんとうに〝特定の誰ってわけじゃなく〟、〝他人とは離れて暮らしたかっただけなのかもしれない」

「でも、彼女の話を聞いて、おれたちが持ったのは彼女のそのことばとは異なる印象だった。ちがうか？」

「ちがわない。彼女は新しい誰かに出会ったのかも。おそらく身元を隠していた時期に。それだと真相を探るのがよけいむずかしくなる」

「でも、不可能じゃない？」

「これを本気で信用するなら」とブロームは言い、衛星電話を示した。

「きみが言いたいのは――ディアがわざとおれたちを無防備状態になるように仕向けたんじゃなければ――そういうことか？」とベリエルは言った。どうしても声が暗くなった。「いくら考えてもおれにはそんなふうには思えない。そんなふうに考えると、あまりに物事が複雑になりすぎて頭がついていかない。仮におれたちを追ってる公安警察がディアの買収に成功したとしよう。出世をちらつかせてNODに異動させたということも考えられないことじゃない。そして、おれたちにこの妙な仕事を依頼させるためにポルユスくんだりに送り込んだ。ディアを通じておれたちが確実に無防備になるようにして、おれたちを凶暴な狂人に殺させる。いくらなんでもありえない」

ブロームは肩をすくめて言った。

「わたしはただ見えているものがそのまま真実だとはかぎらない気がするだけよ」

ベリエルは舌を嚙《か》んで首を振った。ブロームは続けた。「もしこの衛星電話を信頼していないなら、公安警察のデータベースに潜り込むことは可能よ。潜入捜査をしていた頃のように、絶対に身元が割れないようにする自信はある。あなたのそのパソコンも同じ設定にしてつなげられる。そうすることでふたりで真相を探りましょう。いい？」

ベリエルはできるかぎり自分を落ち着かせた。

そのあと黙ってうなずいた。

12

十一月十九日　木曜日　十三時四十七分

映像が揺れ、かなり散らかった居間が一瞬映し出される。何メートルか離れたところにいる幼い男の子が画面の中に現われる。小さなジーンズとバナナの絵の黄色いシャツを着ている。積み上げられた本につかまりながら立ち上がる。が、足元がおぼつかない。不安定なまなんとか立っている。絵本が一冊握られ、手からぶらさがっている。何か面白いものでも見つけたかのように幼児は視線を上げ、いたずらっぽい笑みを浮かべる。ダーラナ地方のやさしい訛《なま》りのある女性の声が言う。〝動物の本を読みたいの、ラスムス？〟幼児は絵本をぶらぶらさせながら、一歩、そしてもう一歩進む。つまずいてよろけるが、転びはしない。五歩ほど歩いたところで、画面の端に現われたソファに向かって身を投げ出す。女性の二本の腕が幼児を抱き止め、勝ち誇ったような声で言う。〝初めて歩けたわね、ラスムス！　なんておりこうさんなの！〟幼児は母親の膝の上に坐り、絵本を広げて言う。〝どうぶつ、よんで！〟女性がカメラに映り、顔が大写しになる。満面の笑みを浮かべながら眼尻を拭いている。茶色の短いボブカットにバラ色の頬。女性は絵本を開く。幼児は期待を込めた眼で母親を見て繰り返す。〝どうぶつ、よんで！〟しかし、母親は息子の眼を見つめ、上体をまえに倒し、息子をやさしく抱きしめる。幼児は絵本を放し、母親の髪に手を伸ばす。母親は心の底からやさしい笑い声をあげる。それにつられて幼児も笑いだす。ふたりの笑い声がからみ合う。母親は息子の頬にキスをし、そこで映像が止まる。

「次に進んでも大丈夫か?」とベリエル。

「大丈夫でもないけど……」とブローム。

母親が幼いわが子のぽっちゃりした頬に唇をあてている映像がまったく別の映像に切り替わる。暗くて湿った緑に覆われた排水路、そこに横たわる女性の体、横倒しになったベビーカー。女性の手はまだベビーカーのハンドルを握っている。バナナのシャツの一部が見えるが、その色はもう黄色ではない。

「ひどい……」ブロームはうめくような声をあげ、ベリエルを見た。ベリエルはズームアップして映像を拡大した。そのとき彼の左の頬を涙が伝った。彼はそれを拭おうともしなかった。

「これがおれとディアが一緒に仕事をした初めての事件だった」と言った声はもう落ち着いていた。「ただ、おれたちが担当したのは周辺捜査で、ランナル・リン国家検事指揮下の捜査責任者三名のうちのひとりがアラン・グズムンドソンだった。いずれにしろ、はっきりと覚えていることのひとつがあまりにも対照的なこのふたつの映像だ。生後十四ヵ月のラスムス・グラデンが初めて歩いた日の映像——ヘレーナの抑えきれない喜びとまぎれもない母子の深い愛情がうかがえる映像——から一転して、無残な惨殺死体となって排水路の中に倒れているふたりの映像。おれはまだほんとうの意味では立ち直れていない気がする」

「凶器は特定されたの?」とブロームは言ってベリエルからズーム操作を引き継ぎ、映像を拡大した。

「いや、発見されなかった」とベリエルは言って画面を指差した。「ただ、そこに見える泥の中に木の破片が見つかった。カバノキだ」

「カバノキ？　たとえば……木の棒とか？」

「ああ、可能性はある。避難小屋の中でも木片が見つかった」

「その避難小屋についてもっと教えて」とブロームは言った。

「新しく建てられたもので、オーシャの森の一番奥で見つかった。プロの仕事とは言えないが、人目につかないようにうまく隠されていた。死体が発見された場所と、カール・ヘドブロムのケアホームの入居者たちが滞在していたホステルとのちょうど中間地点に位置してた。で、その小屋の中からはヘレーナとラスムス両方の血痕が見つかった。残されていた皮膚片からはカール・ヘドブロムのDNAも検出された。当時、カールが犯人だということを疑う者はひとりもいなかった。疑う理由がなかった」

「もう一度この捜査資料を読んでみるわ」とブロームは言った。「でも、簡単に要点だけ教えて。どうして父親が疑われたの？」

「エマヌエル・グラデン」ベリエルは自らうなずきながら言った。「母と子がスーパーマーケットに向かう直前に何があったのか。そこのところが疑問視されたんだけれど、彼は疑われようとおかまいなしだった。彼の人生はもうそこで終わっていた」

「そうなの?」

「ああ。彼は事件の半年後に自殺した。カール・ヘドブロムに有罪判決がくだったあと。オーシャ湖の氷に穴をあけて、そこに飛び込んだ。体に五十キロの鉛を巻きつけて」

「鉛?」

「自殺の二週間まえ、彼はシェレフテオ市に住んでいる兄弟に会いにいった。そのときにシェレフテハムンのロンスカー工場で大量に買ったんだ。綿密に計画された自殺だった」

「それで彼の遺体は見つかったの? 本人確認はされたの?」

「なんでそんなことを訊くのかよくわかる。遺体はまちがいなく夫だった。DNAも確認された」

「そうじゃなかったとすれば、おれはこう考えただろう、って言うんでしょ? 自分の家族を殺した夫がそれをきっかけに味を占め、その後も人を殺しつづけた。で、八年後にイェシカ・ヨンソンを殺した。ボイラー室に隠れて。まあ、いいけど。でも、さっきの買いものにいく直前の疑問点というのは?」

「夫婦喧嘩をしたみたいなんだが」とベリエルは言った。「あの秋の日、ラスムスをベビーカーに乗せて出かけるまえ、ヘレーナ・グラデンは夫と激しく言い争った。彼女は友人に電話してこう言ったそうだ。ラスムスは自分の子じゃないってエマヌエルに怒鳴られたって」

「ほんとうに?」とブロームは訊き返した。「それじゃ初日から第一容疑者になってもしかたないわね」

「いや、その友人が名乗り出てきたのは数日後だった。携帯電話に不具合があったらしい。だから初日からじゃなかった。それでもそのあとすぐに容疑者になった。そのときには事件から一週間くらい経っていた」

「実際はどうだったの？　エマヌエル・グラデンはラスムスの父親だったの？」

「容疑が浮上してすぐに親子鑑定がおこなわれた」とベリエルは言った。「彼はまちがいなく父親だった。おそらく妻に対して最後に投げかけたことばがなんの根拠もない言いがかりだったことが、彼の心にとどめを刺したんだろう」

ブロームはしばらく押し黙っていたが、やがて口を開いた。

「捜査経過について教えて」

ベリエルはため息をついて言った。

「わかった。八年まえの十月十八日、ヘレーナ・グラデンは午後一時十五分に家を出て、二十日の午前九時にシフトを終えたばかりの捜索隊の隊員によって発見された。発見の六時間まえ――真夜中だ――にもその場所を捜索していたのだけれど、そのときには排水路には誰もいなかった。それに殺害現場はそこじゃない。解剖の結果、母子は家を出たあと約四十時間は生きていただろうということがわかった。おそらく避難小屋の中で。被害者はいずれも激しい暴行を受けていた」

「捜索隊が見つけた」とブロームは言った。「いつから捜索してたの？　どうして避難小屋を見逃したの？」

「それは行方不明者の捜索の組織体制が正式につくられるまえだったからだ」とベリエルは言った。「かなりいきあたりばったりの捜索だったらしい。オーシャ市近辺の森はただでさえその広さを過小評価しやすい」

「内陸部の森はどこもそうよ」と言ってブロームはうなずいた。「それで、カール・ヘドブロムはどうやって逮捕されたの？」

「精神分析医の功績だな」とベリエルは言った。「事件が起きたとき、ファールンのケアホームから入居者グループが現場付近を訪れていたことは誰も知らなかった。それに、警察が容疑者の範囲をエマヌエル・グラデン以外に広げたときには、彼らはすでにファールンに帰ったあとだった。事情聴取に呼んだのもかなり経ってからだ。警察が探していたのは特定のタイプの精神疾患を持つ者――幼い子供を持つ母親に対する憎しみと暴行の前歴のある者――だったが、スウェーデン全土でぴたりとその条件に合致したひとりが二十四歳のカール・ヘドブロムだったんだ。加えて事件当日、彼が現場付近にいたことがわかって、DNA検体の採取がおこなわれた。その結果、避難小屋から見つかったDNAがヘドブロムのものと一致した。あとは尋問すればよかった」

ブロームはうなずいた。

「そもそも父親以外に容疑者はいたの？」

「いなかった」とベリエルは答えた。「ただ、事情聴取は幅広くおこなわれた」

「そのうちの何人かの聴取をあなたとローゼンクヴィストが担当したのね？　でも、特に何も出てこなかった？」

「あのときオーシャ市の人口の半分を聴取していたとしても驚かないね。実際、おれとディアだけでも少なくとも二十人、いや三十人はやった。近くの住人、隣人、グラデンの仕事仲間、ケアホームの入居者、事件当日その近辺を車で通った者、トラック運転手、可能性のある者はすべてやった」

「あなたたちが捜査に加わったときにはもうエマヌエル・グラデンの容疑は晴れていたの？」

「おれの記憶だとそうだ。彼についての質問はほとんどしなかった。ディアはもっぱら尻に描かれていた四つ葉のクローバーに焦点をあてていて、おれは避難小屋に焦点をあてた。たとえば、避難小屋を建てたのは誰なのかとか、犯行は事前に計画されたものだったのかとか」

「聴取内容の全筆記録はファイルにある？」

「そのはずだ。ただ、事情聴取は徐々に縮小された。さっきも言ったけど、アランがやった尋問でカール・ヘドブロムが自供したとき、おれもその場にいたんだ。アランの補佐として尋問に同席してたんだ。でも、おれはひとことも話さなかったような気がする」

しばらくのあいだ、ふたりは押し黙った。やがてひとつ深く息を吸ってからベリエルが訊いた。「リーサ・ヴィードストランドについてほかにわかったことは？」

「彼女はヨーテボリで娼婦をしてた。五年まえ、ゴーシア・タワーズ・ホテルでひどい暴行を受けて死亡しているのが発見された。ブックフェアの直前だった。ホテルの部屋は彼女の名前で予約されていて、宿泊代は現金で支払われてた。彼女には身寄りもいなかったし、世間的にもブックフェアの時期ということもあって、悪い評判につながるような殺人事件には興味がなかったようね。だからマスコミの注目を浴びることも特になかった。でも、彼女の臀部の四つ葉のクローバーについては記録に残ってる。ただ、イェシカ・ヨンソンが手紙の中で書いている地元紙の記事はまだ見つからない。休刊してる地元紙も相当あるんじゃないかしら。それで過去の記事の保管場所がわからないのかも。新聞社自体、すでに廃業してる可能性もある」

「模倣犯という可能性もある」とベリエルは言った。「カール・ヘドブロムが有罪になったときのニュースで、四つ葉のクローバーの絵のことを読んだのかもしれない」

「確かに」

「ほかに共通点は？」

「被害者の外見。それは似ているかもしれない。でも、それ以外に共通点はないわね。特に社会的な立場という点では、オーシャ在住の小学校教員の母親とヨーテボリ在住のヘロイン中毒の娼婦では、あまりにもかけ離れてる」

「死因に関しては？ 暴行の度合いとか」とベリエルは訊いた。

「それはかなり似てる。鈍器で殴打され、体じゅうに殴られた跡があった。さらに顔が特に狙い打ちされていた。多数の切り傷も同じね。ただ、幸いなことに子供の犠牲者はいなかった」

「リーサ・ヴィードストランドに子供はいなかった？」

「現時点での調べではいなかったようね」とブロームは言った。「それにイェシカ・ヨンソンにも子供はいない。と言うか、いなかった」

「過去形か」ベリエルは繰り返した。「おれたちはイェシカの家にいながら、彼女を見殺しにしたようなもんだ」

「サム、まえを向かないと」とブロームは言った。「後悔からは停滞しか生まれない。ローゼンクヴィストには、この件から手を引くように言われたけど、わたしたちが並行して調査をおこなうことには彼女も反対しないと思う。むしろ歓迎してくれるはずよ。あなたには絶大な信頼を置いてるんだから」

「ああ、この広い宇宙であいつだけだ、おれのことを信頼してくれているのは」とベリエルはぼそっと言った。

ブロームは横目でちらりと彼を見た。

「午後二時になった。ポルュスの家の現場検証もそろそろ終わった頃じゃないかしら。彼女に電話してみる?」

ベリエルはブロームをまじまじと見つめた。彼女の今の表情にはプロとしての熱意しかなかった——彼女は本気でこの事件を解決したがっている、彼女の頭を角材で殴り、彼らが保護すべきだった女性を殺害したと思われる犯人を本気で見つけたがっている。それ以外の秘めた動機や隠れた意図は見られない。

そう考えてすぐにベリエルは気づいた。彼女はまさにそういったことを隠す専門家だということに。

いずれにしろ、黙ってうなずいた。彼もディアに連絡を取り、捜査状況を聞きたかった。言うまでもない。角材で殴ってきた男を捕まえたかった。が、なによりまた警察官に戻りたかった。事件の捜査に没頭することで自分の内なる大きな穴を埋めたかった。

「あなたから話したほうがいいと思う」ブロームはそう言って、衛星電話の受話器を差し出した。

ベリエルには、ブロームのその申し出が自分たちの関係をさらに前進させる小さな一歩になるような気がした。

13

十一月十九日　木曜日　十四時九分

衛星電話の呼び出し音が十回鳴り、ベリエルがあきらめかけたところで、いきなり怒鳴り声が聞こえてきた。「この事件についてわたしが言ったこと覚えてないの？」

「〝この件には近づくな〟」とベリエルは言った。「言われたとおりにしてるだろ？　科研がおれたちの痕跡を見つけたか？」

ディアは深くため息をついてから言った。「まだよ。その宿題はできたみたいね。もっとも、もともときれいに保たれていたみたいだけど」

ブロームが受話器に顔を寄せてきた。ベリエルは受話器を少し傾けた。ディアの声がキャビンの中に流れ、ブロームは黙ってうなずいた。

「イェシカは紅茶を出してくれた」とベリエルは言った。「そのときのカップはあとで洗ったけれど、キッチンは隅々まできれいに片づいていた。浴室はどうだった？　一番ＤＮＡが見つかりやすい場所だ」

「科学捜査に関するあなたのその薀蓄《うんちく》、ロビンに伝えておくわ」とディアは冷ややかに言った。「浴室の予備調査で見つかっているのは一種類のDNAだけよ。歯ブラシや、ほかの場所にあったヘアブラシからも採取した。それに、どうやら血液も一致するらしい。もちろんイェシカ・ヨンソンのDNAは警察のデータベースには登録されていなかったけど、一致することはほぼまちがいなさそうね」

「ボイラー室はどうだった？　犯人が隠れていた場所だ」

「ロビンが分析を始めたところよ」とディアは言った。「ただ、彼の印象としては普通のボイラー室と比べるとこれもかなりきれいらしい」

「イェシカ・ヨンソンの話では、ここ二年くらいは地下室に行っていないということだった」とベリエルは言った。

ディアは言った。「それにはふたつの可能性が考えられる。ひとつは、自分が強迫性障害だということを隠そうとして嘘《うそ》をついたということね。そのことは偏執的な彼女の性質を考えると充分に考えられる。もうひとつは犯人が自分で痕跡を消したか」

「それも計画していた？　あのとき犯人は無残な殺人の真っ最中で、しかも元警察官ふたりが地下室で拘束されていた。そんな状況でボイラー室じゅうを完璧に掃除したなどとうてい考えられない」

ディアはさっきより深いため息をついてから大きな声をあげた。「ああ、もう！　どんな泥沼にわたしを追い込んだか、わかってる？　わたし自身、今、この事件の捜査をしてるわけよ。でもって、ほかの捜査官の誰よりもわたしは事件について詳しく知ってるわけよ。なのに犯人がボイラー室に潜伏してたことさえほかの捜査官に教えられないなんて。エレン・サヴィンエルの事件のときのあなたと同じね、サム。その結果、どうなった？」

「泥沼になる墓穴を掘ったのはそもそも自分だということは忘れないでくれ、ディア。おれたちをこの件に巻き込んだのはきみだろうが。おれたちがきみを巻き込んだんじゃない。だからせめて捜査の先頭にいてくれ。おれたちは必ず犯人を捕まえる。そうなれば全部きみの手柄になる」

「まあ、そうね。これまでのところ、あなたたちはいい働きをしてくれてる……」

「もしボイラー室を掃除したのが犯人なら、おそらく家全体もそいつが掃除したんだろう」とベリエルは言った。「で、その掃除はイェシカ・ヨンソンが帰宅したときには気づかないようにしたんだろうな。かなり綿密な計画だ。でも、凶器に使ったのは角材だ。綿密な計画とはおよそ相容れない」

「それも計画のうちかもしれない。わざわざ選んだ凶器なのかも」

「きみが考えるのは……」

「そうよ、あなたと同じことを考えてるからよ、サム。オーシャの事件とヘレーナ・グラデン。カール・ヘドブロムに対するアラン・グズムンドソンの尋問」

「会いにいけるか？」

「アランに？　まあ、ブリッジの大会はタヒチじゃなくてフレースエー島で開催されていることがわかったから、会えなくはないけど」

「アランにじゃない」ベリエルはため息をついた。「カール・ヘドブロムに面会できるか？　NODと名乗って」

「彼が収容されているのはスウェーデン国内で最大かつもっとも警備が厳重なセーテル精神科病院よ。あなたが今どこにいるのかはわからないけど、いずれにしろかなり遠いわ」

「おれが今いるところからだと、国の真ん中をまっすぐ千キロほど南下したところだ。だから明日の朝一番には面会できる」

　そう言って彼はブロームをちらっと見た。意外にも抗議のことばは返ってこなかった。

「いずれにしろ、凶器が角材だったというのはまだ確定したわけじゃないわ」とディアはぼそっと言った。「確定しているのは非常に鋭利な刃物のほうよ。それを使って彼女のお尻から肉片を削《そ》ぎ落としたわけだけど、予備検死報告書によれば、その時点で彼女はすでに死んでいたようね。ただ、シーツに残っていた血液の量からは、イェシカ・ヨンソンがまだ生きているうちにナイフが使われたみたい」

「彼女の尻から？　まったく……」

「ナイフは見つかってない。角材も。その点については運がよかったと思うしかないわね。悪名高い元警察官ふたりのDNAがたっぷり付着してるに決まってるんだから」

「男がいつから侵入していたのかはわかったのか？」

「捜査はまだほんの初期段階だから、〝男〟だったかどうかもまだわかってない。ただ、イェシカ・ヨンソンが昨日の午前十時から午後一時までのあいだに、ポルユスの三店舗で買いものをして、ひとつの店でコーヒーを飲んだことだけはわかってる」

「おれたちが彼女の家に行ったのは三時……」

「警察はそんなことは知らない。知ってるのはあなたたちだけよ」

「これからは言っていいことといけないことに充分注意しないといけないようだな、ディア。大丈夫だ、安心してくれ」

「彼女の家はポルユスの町から約十キロのところで」とディアは言った。「おそらく午前十時二十分まえに家を出て、午後一時二十分に帰宅した。つまり、留守にしていたのは三時間半ほどね。それは乏しいながらも日光が出ている大半の時間だわね。彼女はDNAがきれいに拭き取られた家の中を異変に気づくこともなく、一時間半歩きまわった。自分の命を狙っている男がボイラー室に隠れているとも知らず」

「彼女は運転するのか？」とベリエルは訊いた。「車は持ってるのか？」

「ええ、二台収納できる車庫があって、フォード・フィエスタが中に停められていた。興味深いのはもう一台分の駐車スペース。あなたがほんの少しでも警察官らしく行動していれば、そこに別の車が停まっていたことに気づいたはずよ。そうすれば、彼女の家の玄関のドアを叩いたときには違法な武器――もちろん持っているわよね――を手にしていたはずで、そのあとのことはすべて防ぐことができた。でしょ？　イェシカ・ヨンソンもまだ生きていたかもしれない」

「ああ、確かに車庫の中を見るべきだった」とベリエルは認めた。「警察官として完全に鈍ってしまってる」

「ねえ！　あなたはもう警察官じゃないのよ！」とディアはまた大きな声をあげた。「この事件を利用して、昔を懐かしんだりしないで。スリルを愉《たの》しんだりしないで……ピロートークなんかしないで。もう何もやってくれなくていいから、サム。また潜伏生活に戻って」

「別の車というのは？」

「車庫のほうに続いていた雪の上の血痕のこと、あなたも言ってたでしょ？　それから車庫までスーツケースを引きずった跡。いっぺんに引きずっていくのは無理だったのか、何度か休んだみたいで、ところどころ血痕の量が多いところがあった。スーツケースの大きさは屋根裏部屋に残っていた三つと一致した。因みにその三つのスーツケースは空っぽだった。最後の血痕は車庫のセメントの床の上で見つかったんだけど、そこで終わってる。たぶん車に積み込まれたのね。タイヤ痕から推測すると小型のヴァン――たぶんフォルクスワーゲン・キャディ――みたい。それから、車庫からバックで車を出したときに壁をこすったらしく、車の塗料が少しだけど見つかった。ただ残念ながら、現場は別のタイヤ痕で荒らされていた。

だからロビンが息巻いていた。〝もしこれがジープのタイヤ痕じゃないというなら、これから半年間おれはボツリヌス毒素を食いつづけてやる〟なんて言ってた。ボツリヌス毒素っていうのがどういうものなのか、わたしは知らないけど、ひょっとしてすばらしいおふたりさんはジープに乗ってたりするの？」

「今知られている中でもっとも強力な毒素だ」ベリエルはそう言ってブロームをちらっと見た。「小さじ半分でスウェーデンじゅうの人間が殺せる。希釈された液体はボトックスとも呼ばれてる」

「あなた、ジープに乗ってるの？」

「それはきみも知ってるだろうが」とベリエルは言った。「クヴィックヨックで乗ってるのを見ただろ？　双眼鏡があるのに気づいたよ」

「わたしがとことん頭を悩ませてるのは、今回の捜査でそのジープの存在をどうすればうやむやにできるかよ。それもあなたたちに感謝しなくちゃいけないことのリストに加えないといけないわね。それにしても、もう少し注意深く運転できなかったの？」

「あのときおれたちがどんな状態だったのかわかってないみたいだな」とベリエルは言った。「家の中のおれたちの痕跡はすべて消した。そのおかげできみは今も警察官でいられるんじゃないのか？　私立探偵を許可なく送り込んだなんてことはきみも誰にも知られたくないだろ？　ああ、きみの感謝の気持ちは充分に伝わったよ。ありがたく受け取るよ」

「今朝の四時半、なじみの情報屋に連絡を取ったのよ。まえから使ってるタレ込み屋のひとり。匿名で緊急通報センターに電話させて、あらかじめ渡しておいた台本を読んでもらった。その三十分後にヨックモック警察が到着して、彼らからNODに連絡がはいった。わたしたちは今朝の始発の便でこっちに来た——刑事四人と責任者のコニー・ランディン警視、ロビンを長とした科学捜査の専門家集団。これはスウェーデン北部《ノールランド》の内陸部では異例の布陣よ。で、一番わたしが苦心したのがあなたたちの存在を消すこと。わたしのほうこそ少しは感謝してもらってもいいんじゃないかと思ってるんだけど」

「いくらでも感謝するよ、ディア。で、イエスかノーか」

電波状況が悪くなったようで音がかすれはじめたが、遠くのほうから男の声がはっきりと聞こえた。

「デジレ、誰と話してるんだ？　電話を切って、すぐにこっちに来てくれないか？」

ディアが大声で言うのが聞こえた。

「ごめんなさい、コニー。子供のことでシッターとちょっと揉《も》めてて。すぐ行くわ」

彼女は受話器に向かって小声で言った。

「もう行かないと」

「イエスかノーか答えてくれ、ディア。セーテルに行ってもいいか？」

ディアは雲に覆われた空を見上げて眉をひそめた。ハーフブーツの中に雪がはいり込み、ふくらはぎのところで溶けはじめていた。太陽はすでに空の低い位置にあり、イェシカ・ヨンソンの家のまわりの雪原を取り囲む森の梢《こずえ》が光っていた。ノールランドの内陸部がヨーロッパの中でもっとも遅く氷河時代を抜けたというのは、いかにもありそうなことに思えた。

「イエス」イェシカの家のまえの玄関の階段まで行ったところで彼女は言った。

そして、衛星電話のボタンを押して通話を切ると、ポルユスの町から十キロ離れてぽつんと建つ一軒家のドアから中にはいった。青い靴カヴァーの箱が誰の眼にもつくところに置かれていた。彼女はブーツを脱ぐと、少しでも乾きやすそうな場所に置いて、濡れたソックスの上から靴カヴァーを履き、玄関ホールを通って居間にはいった。

科学捜査班が左のほうにあるソファの横に強力なスポットライトを設置していた。白い防護服を着た科学捜査官が何人か膝をつき、すっかり凝固してしまった血だまりから何かをピンセットで採取していた。ディアは三本の血の跡を眼で追い、階段の手前で立ち止まった。階上《うえ》から光と音が洩れていた――ロビンの部下の技術者たちは二階でも懸命に作業をしているようだった。彼女は階段の一段一段に残っている引きずられた跡を眺めた。確かに、スリッパソックスを履いた人間が引きずられた跡のように見えた。イェシカ・ヨンソンに意識があったとは思えない。問題はそのとき彼女がまだ生きていたかどうかだ。

彼女は明るく照らされた床をまわり込み、ダイニングテーブルのほうに向かった。屈強な体つきで、力強さを見せつけるような口ひげを生やしたコニー・ランディン警視が立ってテーブルを見ながら言った。

「このテーブルがどんなもので拭かれたか知りたい」

ディアはコニーおじさんが偉そうに説明を始めるまで、何も知らないふりを装いつつ、心の中ではまるで別のことを考えていた。

ベリエルとブロームのことを。その判断の是非は別にして、ディアは自分から蜂の巣に頭を突っ込んでしまったようなものだった。これまでの好《よし》みで彼らを信頼することを決心したことも含めて。ベリエルのことは信頼している。ブロームも信用できそうに思えた。が、今まで会ったかぎり確信を持ててはいなかった。

そもそも彼らはどうして北極線よりさらに北などという場所に隠れているのか。充分すぎるほどの退職金を受け取ったはずだし、それを元手にすれば私立探偵事務所でもなんでも開けていたはずだ。彼らはそういう仕事に情熱を注いでいるようでもあったし、彼ら以上に向いている者はほかにいない。なのに、どうしてこんなノールランドの内陸部に？　人口も減る一方のそんなさいはての地に？　ビジネスチャンスを考えれば、ストックホルムやヨーテボリやマルメといった都市を考えるのが普通だろう。

それとも、ほかに何か理由があるのだろうか。心のどこかで疑っているとおり、ふたりはやはり逃亡しているのだろうか。身を隠して、冬眠しているのだろうか。ブロームはベリエルの体調が万全ではないとほのめかしていた。〝お腹の調子が悪い〟と言っていたが、ディアの知っているベリエルなら、赤痢で重症にでもならないかぎりじっとはしていられないはずだ。ただ、実際に彼に会って、白いものが交じるあの伸び放題のひげを見ると、やはりどこか変わってしまったと思わざるをえなかった。すっかり変わってしまったと。最後に彼に会ってまだ三週間と経っていないのに。エレン・サヴィンエルの事件は混乱のもと幕を閉じた。実際のところ、何があったのか。公安警察は事件に蓋をしてしまったが、ベリエルとブロームが事件解決に決定的な役割を果たしたことはまちがいない。問題はどのような役割を果たしたかだ。

それに、シルヴィアの死の件もある。ディアは強い衝撃を受け、落ち込んだ。ほんとうにシルは自然死だったのだろうか。

本心を言えば、ディアとしてもグラデンの事件は掘り返したくなかった。あの事件は彼女に多大なダメージを与えた。あの頃の若くて神経質な自分に逆戻りし、ひどい衝撃を受けた事件の詳細をもう一度思い返さなければならないのかと思うと、どうしても気が滅《め》入《い》った。ほんの末端の部分しか関わらなかったにしろ、あれはベリエルと初めて一緒に捜査にあたった事件だった。ふたりは最初から相性がよかった。彼がディアという渾名《あだな》（認めたくはなかったが、実は気に入っている）を思いつくのにさして時間はかからなかった。あの頃、ふたりは相棒として互いにとてもうまくやっていた。

ヘレーナ・グラデン。彼女のことがどうしても忘れられない。彼女は自分の子に惜しみない愛を注ぐ母親だった。

四つ葉のクローバー……ディアは二階に上がった。頼りになるロビンが一緒にいてくれたおかげで、衝撃の大きさが少しだけ軽減された。そこで見たのは、薄く削ぎ落とされた女の臀部だった。あのときとまったく同じ四つ葉のクローバーが同じようにインクで描かれていた。ディアは八年まえにもこの四つ葉のクローバーに衝撃を受けた。あまりにも特異で、あまりにも意図的なものに思えたからだ。まるでほんとうに何か意味があるかのように。ところが、突然カール・ヘドブロムがすべてを自供し、彼女は——ほかの全員がそうだったように——光が見えた気がしたのだった。何もかもがしかるべき場所にぴたりと収まった。どこから見てもカールが犯人だった。

ただ、彼には最後まで四つ葉のクローバーのことが説明できなかった。

それでもあのときには疑問の余地はなかった。今、彼女は思う。やはりサム・ベリエルにセーテル精神科病院収容中のカール・ヘドブロムと面会してほしい。ベリエルをヘドブロムに今改めて会わせたい。とりあえずそれだけでもいい。自分が直接関わらなければ、あとから上司に咎《とが》められることもない。

そこまで考え、彼女はもう否定のしようがないと思った。自分は今や秘密の並行捜査の真っ只中《ただなか》にいる。ほんの数週間まえのベリエルがそうであったように。

そのとき彼女の思考の壁を突き破って声が聞こえてきた。しかもその声は何度も同じことを言っていたようだった。「まったく。誰が通報してきたんだって訊いてるんだ、デジレ？」

「はい？」とディアは訊き返した。「すみません、事件のことで頭がいっぱいになってしまっていて」

「そんなに思いつめるんじゃない」とコニー・ランディンはむしろ刺々《とげとげ》しく言った。「誰かの家の中で人が殺されるのを目撃した、という通報がノールランド訛りのない男からあった。が、すぐ外にでもいないかぎり、この家の中での殺人なんか見えるはずがない。でもって、家のまわりの雪の様子から見ても外に誰かがいた形跡がない」

「殺人犯が自ら通報してきた。そう思っておられるんですね？」とっておきの〝鹿《ディア》〟の眼で彼を見つめながら彼女は言った。

コニー・ランディンは不意を突かれたようにまばたきをした。そして、少し間を置いてから、ディアの考えをそっくりそのまま自分の考えにすることにして言った。

「ああ、そうなんじゃないかという気がしてきている。この家の中はあまりにもきれいに掃除されている。犯人は注目を浴びて称賛されたかったんだろう。この犯行を繰り広げるために、ここに舞台をつくりたかったのかもしれない。おれたち警察を観客にしたかったのかもしれない」

「そうかもしれません」とディアは落ち着き払った声で言った。

コニー・ランディンはおもむろに口ひげを撫でつけ、近くの白いドアを身振りで示した。

「いずれにしろ、地下に降りてきてほしいそうだ」

ディアはうなずき、その場を離れた。鍵穴に古い鍵が差さったままのドアを開けると、地下室に降りる階段があった。それは見覚えのある景色だった。昨夜、ストックホルム郊外のスコーゴスにある自宅の車庫の中で見た映像だ。地下室にはいるのはこれが初めてながら、彼女には見覚えのある地下室だった。階段の一番下で白い防護服を着た巨漢が彼女を待っていた。映像とは光がちがった——あらゆるところにスポットライトが設置されていた——が、それ以外には確かに見覚えがあった。

ベリエルの言ったとおりだ。

今度は彼女が秘密の捜査をする番だ。

それをうまくやり遂げるのは至難の業にしろ。

大きなうなり音の演奏に合わせて彼女は階段を降りた。階段の下に国立科学捜査センター《NFC》の主任捜査官が白ずくめの威厳に満ちた姿で立っていた。

「まいった。ロニー・ルンデンとはまともに話もできない」と主任捜査官ロビンは吐き捨てるように言った。

「ロニー・ルンデンじゃなくてコニー・ランディン」一応ディアは訂正した。

「きみとはいつもうまくやってきたよな、ディア。このポルユスの事件でもきみに連絡係をやってもらいたいね」

「光栄だわ」とディアは言った。「で、どんな伝言を伝えたらいい？」

ロビンは大きなうなり音をあげているボイラー室の半分開いたドアを指差した。

「あの中は完璧なまでに掃除されている。だからおれの出る幕はほとんどない。おれたちが相手をしているのは、どうすればＤＮＡの痕跡を消し去ることができるか知り尽くしてる人間だ。階上《うえ》で見たところ、サイズ45の靴を履いている。しかもこれが初めての犯行じゃない」

「でも、出る幕がないのは〝ほとんど〟なわけよね？」

「実際、まだ具体的な証拠は何も見つけられてない」とロビンは言った。「今のところは。ただ、気のせいかもしれないが、あのボイラー室は……」

「気のせい？」

「わかってる。ただ、直感というのは……」

「これまでの経験の積み重ねにほかならない、でしょ？」

「どうしてわかった？」

「いろいろと経験してるのはなにもあなただけじゃないのよ、ロビン」

「すまん、もちろんそうだ」とロビンは言った。「もちろん、勘が狂うこともままあるけれど……」

「いいから、言ってみて」

ロビンは大きな肺いっぱいに空気を吸い込むと、ボイラー室を身振りで示して言った。
「あの中には誰かがいただけじゃなくて、住んでたんじゃないだろうか」

14

十一月二十日　金曜日　八時二十七分

スウェーデンの内陸部を通る幹線道路が暗闇の中から徐々にその姿を現わした。昨夜のどこかの時点で雪の境界線を越えたらしく、陰鬱な秋を思わせる灰色がかった茶色のE45号線が眼のまえに延びていた。この南北に長い国にこれほどさまざまな季節があることをベリエルは忘れていた。

ふたりは順番に運転したが、最大の問題は運転ではなく、防犯カメラのないガソリンスタンドを見つけることだった。その都度フードを目深にかぶってナンバープレートを交換した。ガソリンスタンドはたいてい防犯カメラ映像をあまり長く保存しないが、今回は一般的なその傾向を頼りにするしかなかった。

オーシャ市を通過したところで、ベリエルは助手席のブロームを見やった。眠っていた。彼女が眠ったのはそのときが初めてだった。八年まえの事件現場への曲がり角が見え、そこを通り過ぎた。彼女は起こさないでおくことにした。病院に着いたら、そのあとまた同じ道を引き返すことになる。そのときの運転は少しは睡眠を取った者に任せたい。それに今は事件現場を訪れるべきときではない。寄りたくなったら、帰りに寄ればいい。

まだあの避難小屋はあるのだろうか。

いずれにしろ、彼女はほどなく起きた。E45号線をムーラ市で降り、シリアン湖の北側の道を走っていると、眼を開け、あたりをぼんやりと見まわした。

「あと百二十キロ。一時間かそこらで着けるだろう。もう少し寝たらどうだ？」

彼女は膝の上の分厚いフォルダーを取り上げ、何事もなかったかのように読みはじめ、ふと思い立ったように言った。

「彼があなたのことを覚えてたら？」そう言って、真剣な眼でベリエルを見つめた。

「どういう意味だ？」

「あなたは国家捜査指令本部《NOD》の〝C・リンドバーリ〟として——あなたのデジレが面白半分につけた素敵な名前で——彼に面会するのよ。でも、カール・ヘドブロムがあなたのことをサム・ベリエルとして覚えていたら？」

ベリエルはうなずきながらつぶやいた。「その危険は計算ずみだ。もう何年もまえのことだし、あのときすでにカールの精神状態は不安定だった。このひげがあってもおれの顔を覚えているかもしれないが、名前まで覚えてる可能性はまずないよ」

「そのひげ、なんとかしないと」ブロームはただそれだけ言った。

その一時間ちょっとのちに、ふたりはセーテル精神科病院の巨大な黄色い建物の入口まえにジープを停めた。十棟ある病棟のうち、七棟が厳重に警備された病棟だった。鮮やかなバターイエローの外壁の向こうにあるものが、この国の心の問題をそっくりそのまま抱えたものではないことをふたりは祈った。

「まずおれから話を始める」とベリエルは言った。「ここぞというところできみが引き継いでくれ」

「わたしは女だし」ブロームはうなずいた。「歳《とし》も近いし」

ディアの事前の手筈《てはず》は万全だった。警備員の案内でセキュリティ・チェックを次々に通過し、殺風景な面会室にたどり着くとなぜかほっとした。彼らは落書きの目立つ机の同じ側の椅子に坐り、待った。

十分ほど経ったところで部屋のドアが開き、体格のいい警備員ふたりにつき添われてひとりの男がはいってきた。三十二歳とは思えないほどやつれた顔をしており、全体に灰色がかった印象の男だったが、少年のような顔だちは以前と変わらなかった。彼は立ち止まってベリエルを見てから、表情を変えずに視線をブロームに移した。この無表情は薬物の影響によるものだろう。ベリエルもブロームも同じことを思った。

どんなに警備が厳重な精神科病院であっても、ナイフや銃や薬物だけでなくガソリンやドローンさえこっそり持ち込める。これはもう誰もが知っているどうにもならないジレンマだ。物品の流入はすべて郵便によるものだが、荷物検査の判断はそれぞれの病院の医務部長ただひとりに任されている。これでは危険物が精神科病院に流れ込んでもしかたがない。その行き着くさきがスウェーデンでもっとも凶暴で何をしでかすかわからない犯罪者であっても。これは法律を変えないかぎり解決できない問題だ。残念ながら。

カール・ヘドブロムの顔のやつれが、単なる時間の経過や通常の薬物によるものではなく、十中八九メタンフェタミンの影響によるものであるのは明らかだった。

「私が誰かわかるかな、カール？」とベリエルは尋ねた。

ヘドブロムは右の眉を引き攣《つ》らせ、口の左端を掻きはじめた。それをいつまでもやめなかった。かつては青かった眼は瞳孔が大きく開かれ、きょろきょろと忙《せわ》しなく動いていた。回復と社会復帰の途上にある男にはとうてい見えなかった。

「いいや」かなり経ってから彼は小声で答えた。

ベリエルはうなずいてから言った。

「われわれは警察の者です。いくつか質問をさせてもらえるとありがたい」

「みんながぼくに質問をする」ヘドブロムは歪《ゆが》んだ笑顔を見せた。何本かの歯が抜けていた。

「有罪になった理由を覚えてますか、カール？」

「ぼくは毎日裁かれてる。嘘じゃない」

「誰に裁かれているんだね?」

「ぼくがやったことを知ってる人みんなだね」

「毎日それを咎められているのかな? きみはみんなに咎められて苦しんでる?」

「もうそうでもないな」とカール・ヘドブロムは言って微笑んだ。

「郵便を受け取るときは嬉しい? その代金は?」

「お金なんて払ってないよ」

「支払いはしてない?」

「ええ?」

「手紙を受け取るための何か手続きはないのかな?」

「何も。ただ送られてくるだけ」

「手紙は取ってある?」

「そんなことをしちゃいけないんだ。そんなことをしたらもう送ってもらえなくなる」

「どうしてわかるんだね?」

「最初のにそう書いてあった」

ベリエルとブロームは顔を見合わせた。ブロームがうなずくのを見て、ベリエルは続けた。

「なんて書いてあったか、正確に覚えてるかな?」

「もう何も覚えてない。これってとてもいいことだよ」

「でも、最初の手紙のことは覚えてるんだね？」

「そうでもないな……覚えてるのは最後の文だけだよ」

「どんな手紙だったかは説明できる？」

「そんなことをしちゃいけないんだ」

「手紙を人に見せてはいけないんだったね。でも、説明ならいいんじゃないかな？」

「どうかな……」

「私が思うに、送られてくるのは結晶ではなくて、粉なんじゃないかな？　折りたたまれた普通の紙の中に入れてあるんだろうか？　紙には何か書かれてる？」

「もうここにいたくない」

「手紙の送り主のことは書かれてないんだろうか、カール？」

「ただの白い封筒だよ。何も書かれてない。もう話したくない」

「ほら、こんなに覚えているじゃないか、カール。大したもんだ。有罪になった理由は覚えてるかな？」

「毎日みんな叫んでくるよ」

「誰が？」

「馬鹿どもが。デイルームのまぬけどもが。頭のおかしいやつらが」

「頭のおかしいやつら？」

「そう。子供の頃に弟を殺したステファンとか、地下鉄で十二人を鉄パイプで殴ったオーケとか、母親を食べたシェルとか」

「でも、彼らはきみの罪のほうが重いと思っている。そうだね？」

「そう、子供だったから……」

「子供のことも覚えてるんだね？　何があったか覚えてる？」

「わからない……」

「きみは自供したんだよ、カール。私はそれをこの眼で見て、この耳で聞いた。避難小屋のことを教えてくれないか」

「避難小屋？　ぼくはほとんどママのことしか話さなかった。でしょ？」

「もう一度話してほしい」

「人は生まれる。でも、何も知らない。だから誰かに面倒を見てもらわないといけない。でも、その人にいつもひどいことをされて傷つけられる。もしその人がまだ死んでないなら、ぼくが殺さないといけない」

「お母さんが亡くなったとき、きみは何歳だった、カール？」

「八歳。でも、ママが電車のまえに飛び出したとき、もう遅すぎた。もう何もよくならなかった」

「でも、そのあとよくなったんだね？　しっかりしたやさしい里親に引き取られて、普通の学校に行って。それでも傷は癒えなかった。そうなのかな？」

「アンドレアスはいつもそのことばかり言うんだ」

「アンドレアス？」

「アンドレアスのことは知ってるでしょ？　新しいお医者さんだよ」

「もちろん知ってる。きみはいつから母親とベビーカーを憎むようになったんだね？」

「あのときが一番ひどかった。アンドレアスが言うには、ぼくの最初の記憶はベビーカーに坐っているときのことで、それは初めて殴られたときと同じだったんだって。角材で殴られたんだ」

「いつも角材で？」

「ほとんどいつも……」

「そのあといろんなことがあったんだよね？　それでケアホームに入居することになった」

「わからない……」

「もちろん、カール、きみはわかってる。きみは母親と子供を巻き込む事件を何件か起こした。だろ？」

「ぼくは誰も傷つけてない」

「ああ。でも、それは途中で止められたからだ。十六歳のとき、きみの恐怖は激しい怒りに変わった。だからケアホームに送られた。でも、本来なら別の施設にはいるべきだった。ケアホームだと自由に出はいりができてしまう。いずれにしろ、入居して何年か経って、きみはほかの入居者たちとオーシャ市に旅行した。大きなホステルに滞在し、きみは森の中に避難小屋を建てた。きみにとってそれはとても愉しい体験だった。ところが、ある日幼い男の子をベビーカーに乗せた若い母親を見かけて……」

ベリエルはそこで椅子の背にもたれた。そこからあとはブロームが引き継いだ。

「そのとき何があったの、カール？　母親と子供を見たとき？　どんなことを感じたの？」

「わからない、覚えてない」とカール・ヘドブロムは言い、不思議そうに彼女を見つめた。

「あなたは避難小屋を建てはじめたばかりで、とても愉しかったんでしょ？　でも、そのときベビーカーを押している母親を見かけた。あなたの中で何が起きたの？」

「あんた、子供はいる？」

ベリエルにはブロームがいささか虚を突かれたような顔をしたのがわかった。が、すぐにまたもとの表情に戻り、彼女は逆に訊き返した。「わたしには子供がいると思う、カール？」

「いないと思う」カール・ヘドブロムは言って首を振った。「どっちかと言うと、あんた、男みたいだ」

別の状況ならベリエルは思わず噴き出していたところだろう。今はおよそ笑う気分にはなれなかった。ブロームはベリエルをちらっと見てから言った。「カール、あなたは今、森の中にいる。避難小屋を建てておえたところよ。そのときベビーカーを押す女の人が見えた。そのあと何があったの？」

「それはまえに答えた」

「そのときにはほんとうのことを話したの？」

「話したと思う。あれを見ると、ぼくの中で何かが起きるんだ。ここにいるのが一番いい。アンドレアスもここがぼくには一番だって言ってる」

「あれを見ることはよくあるの、カール？」

「今はここにいるから何も見ないよ。テレビじゃ時々見るけど」

「テレビの中でベビーカーを押す母親を見ると、腹が立つ？」

「わからない……」

「森の中に戻りましょう。季節は秋で、森の中は少し肌寒い。森のにおいはする？　地面は黄色い落ち葉に覆われてる。腐敗した落ち葉のにおいが漂ってる。キノコは生えてた、カール？　キノコの季節だった？」

「キノコは腐ってた。そのにおいがした」

「森の中で何をしていたの、カール？」

「ひとりになりたかった。ひとりになると、気持ちよかった」

「避難小屋を建てるのは大変だったでしょ？　建て方は誰に教わったの？」

「ぼくは避難小屋なんて建ててないよ」

「じゃあ、森の中で見つけたの？　ひとりで森に行ったときとかに？」

「わからない……」

「八年まえにはあなたは自分で建てたって言ったけど。建てたあと何があったの？　あの小屋の中で何があったの？」

「もう話したくない」

「まるまる二日間もあったのよ、カール。ずいぶん音がしたんじゃない？」

ヘドブロムはもう答えなかった。テーブルに視線を落としたままかすかに微笑みながら首を振っていた。ブロームは最後にもう一度試みた。「最初から角材を使うことにしていたの？　あなたのお母さんのように？」

そのとき突然ドアが開き、大柄な警備員がふたりはいってきて、二手に分かれた。そのふたりのあいだから四十代くらいの男が現われた。それまで見ていたiPadから眼を上げると、男は眼鏡を頭の上にずらして言った。

「面会はここまでです。一緒に来てください」

従わざるをえない口調だった。ふたりは警備員に追い出されるようにして廊下に出た。ドアが閉まるまえにベリエルが面会室の中を見ると、椅子に坐ったまままだ首を振っているカール・ヘドブロムに警備員が近づくのが見えた。

ふたりを連れ出した男はシャツの裾を外に出してジーンズを穿《は》いていた。なんともカジュアルな恰好《かっこう》だった。無言のままセーテル病院内の何本もの廊下を通り、セキュリティ・チェックを数個所通過したあと、〝アンドレアス・ハムリン〟と書かれたドアのまえまでふたりを連れてきた。肩書も職名もなかった。男は暗証番号とIDカードを使ってドアを開けると、部屋の中にある二脚の椅子を身振りで示し、自分はまわり込んで机の向こうに坐り、iPadを示して言った。

「あなたたちは何度か境界線を越えました」

「それはあなたも同じなんじゃないんですか？」とブロームが言った。「そもそもそうすることをわたしたちに許したのはあなたなんだから」

アンドレアス・ハムリンは肩をすくめて言った。

「カールが外部の人間と話すのはかなり久しぶりのことですが、私としてはわれわれが見落としている何かが見つかれば、と思ったわけです。残念ながらそうはならなかったけれど」

「いずれにしろ、われわれのやりとりをずっと監視してたんですね？」とベリエルが横から言った。

「そんなことはあなた方にもわかっているものと思ってましたが」とハムリンは言い、陰気な笑みを浮かべた。

「さっきわれわれは境界線を越えたと言われましたが、具体的にはなんのことです？」とブロームが訊いた。

「彼が隠そうとしていることとの境界線です。気づきましたよね？　避難小屋と母親とあの二日間のことです。それに角材のこと。ただ、秋の森を思い描かせるあの手法はなかなかよかった。うまくすれば、そこから何かを導き出せたかもしれない」

「秋の森を思い描かせる？」とベリエルは訊き返した。つい大声になっていた。太腿にブロームの手が置かれたのを感じた。

「手紙のことはご存じでしたか？」とブロームはハムリンに訊いた。

ハムリンはまた肩をすくめて言った。

「われわれも彼が抗鬱薬のロフェプラミンとノルトリプチリン以外の薬物を摂取していることは認識しています。しかし、その入手法を突き止めるのは簡単じゃない」

「あなたはほとんどカールに会っていない気がするんですが、ちがいますか？」とベリエルは思いきって言ってみた。

「そのとおりです」とハムリンはむしろ感心したように言った。「ここに収容されている患者は全員、高度な精神分析を必要としていますが、要するにひどい人手不足なんです。実際の話、投薬治療しかできないというのが現状です。ただ、三年まえに私がここに来たときにはカールについては初期治療からやり直しました。それでわかったのは彼は避難小屋なんて建てていないということです。そんな能力は彼にはありません」

「ほかには？」

「わかったことはあまりありません」とハムリンは言った。「あるところまでいくと、決まって黙り込んでしまうんです。実際、ほんとうに覚えてないんじゃないかと私は思っています。ただ、彼の怒りの中身を垣間見《かいま》たことがありますが、それはとても笑ってすませられるようなものじゃなかった。あれ以上に強い感情の表現というのは、こういう仕事をしていてもほかには例を見ません」

「それは自分の母親に対するものですか？　それとも母親一般に対して？」

ハムリンはしばらくうなずいていた。初めて本物の医者に見えた。

「もともとは実の母親に対してでしょう。でも、ほかの母親に対しても事件を起こしてますからね」

「彼は十六歳のときにふたつの事件を起こしていますね？」とベリエルは言った。

「それ以来、彼に舞い込んだチャンスはあの一回だけでした」とハムリンは言った。「彼はそのチャンスを逃さなかった」

「それが専門家としてのあなたの結論ですか？」

「それが警察と司法がくだした専門的な結論です。私としてはそれに従うしかない」

「従わないでください」とベリエルは言った。

アンドレアス・ハムリンは専門家の眼で彼をまじまじと見て言った。

「あなた自身がなかなか興味深い症例をお持ちのようだ」

これにはブロームが思わず笑みを洩らした。その笑みを掻き消すようにベリエルは言った。

「だったら、私には〝高度な精神分析〟をしてください。いずれにしろ、彼は有罪なんですか？　無罪なんですか？」

「わかりません」とハムリンは率直に言った。「ほんとうにわからないんです。彼の中にはまぎれもなく怒りがある――彼の明らかな暴力性を考えると、彼はここにいるべき人間です――ただ、彼の怒りは波に乗ってくるんです。そして、花火のように爆発する。だから、母子を二日間監禁するというのは彼の行動パターンには合致しません。症例として」

「先生は彼を無実と――？」

「それは私の口からは絶対に言えません」

「だと思いました」

「それよりわからないことがあります」とハムリンは静かな声で言った。「ヘレーナとラスムス・グラデンの殺人事件の捜査資料をいくら探しても、ひとつだけどうしても見つからないものがあるんです」

「それは？」とベリエルは言った。脈拍が少しだけ速まるのがわかった。

「C・リンドバーリという名前の警察官のことは何も書かれていないんです」

「え？」

「警察の資料の中をどんなに探しても、そんな名前の捜査官はいないんです。それなのにあなたは面会室の中ではっきりと言った。カール・ヘドブロムがふたりの殺害を自供したとき、その場にいてその眼で見て、その耳で聞いたと。でも、あなたはそこにはいませんでしたよね？」

「周辺捜査に関わっていただけですから」とベリエルは顔をしかめて言った。

「あなたの上司に問い合わせたほうがいいのではと思いました。名前は……ローゼンクヴィスト警視？ あるいはその上の人か。それはそうと、Cはなんの略なんです？」

「チャールズです」とベリエルはこわばった声で言った。

「チャールズ・リンドバーリ？ 最後にhのつく？ 冗談でしょ？」

ベリエルはブロームにまた太腿をぎゅっと握られた。ブロームが言った。「ひとつ教えてください。カールはどうしてベビーカーに乗っているときに暴力を振るわれたんですか？ 家庭内暴力はたいていの場合、世間からは見えない家の中で起こると思うんですが。普通とはまるで逆です」

「それはそのときが母親のウッラにとって唯一安らげるときだったからです」とアンドレアス・ハムリンは言った。

「安らぎのとき？ それはベビーカーに乗った息子に暴力を振るえるからですか？ 散歩ができるからですか？ 角材が――」

「そう、角材ですね。いつもきれいに洗ってベビーカーの下に入れてあったそうです。ただ、それを確かめるすべはありません、もちろん。彼が見つからないかぎり」

「彼？」

「さっきも言ったように彼の担当になって私はまだ三年にしかなりません。でも、担当になって初めてわかったんです。それ以前は誰も調べようとは思わなかったんですね」

「すみません、いったいなんの話です？」とブロームは訊いた。

アンドレアス・ハムリン医師は椅子にもたれ、注意深い眼をふたりに向けて言った。「彼には父親もいれば兄もいた」

15

十一月二十日　金曜日　十二時八分

八年という時間はさして長いとは言えないかもしれないが、家について言えばまだ建っているか、崩壊しているかで大きなちがいがある。この家の場合は崩壊寸前だった。

ふたりはかつては小さな農園だった敷地に面した大きな倉庫の廃墟《はいきょ》のそばに立っていた。今ではその農地も貪欲で情け容赦のない森に呑み込まれ、どの方角に向かえばいいのかベリエルは考えあぐねた。

「そのケアホームはファールンにあったの？」とブロームは言った。

「秋の旅行中だった」ベリエルはそう言いながら歩きだした。「入居者が九人、スタッフを入れると総勢十五人で旅行をしていた。で、あの年の秋、彼らは二週間ほどここにいた」

森の中を進んでいくと雪が降りだした。密集した木々のわずかな隙間に雪が静かに舞い降り、まわりの枝がどんどん白くなっていた。雪の境界線が南下しているのが実感できた。

「父親と兄ってどういうこと？」とブロームは訊いた。

「そのふたりは警察の捜査では出てこなかった」とベリエルは言った。「かなりまえにいなくなっていたんだろう」

「でも、そのことが精神鑑定の報告書に書かれていないはずがない」

「おれたちは要約しか見ていない。つまり、重要な情報だとは思われていなかったということなんだろうな」

彼らは森の中を歩いた。雪は今ではおやみなく降っていた。森の木々はますます密になり、静けさに包まれていった。

「母親はカールがベビーカーに乗っているときに殴ったということだけど」やがてブロームが言った。「それは家では殴れなかった、ということかしら？　家族がいたから？」

「この場合、家族とは父親と兄になるわけだけど」うなずきながらベリエルは言った。「しかし、母親が死んだあとすぐカール・ヘドブロムは里子に出された。それはつまり、父親は親権者としてはふさわしくないと判断されたわけだ。だろ？」

「もっと調べないといけないわね」とブロームは言った。「でも、ひとつだけはっきりしているることがある」

「それは？」

「それは、カール・ヘドブロムは模倣犯が真似《まね》たくなるような人物じゃないってことよ」

「ああ、確かにそうだ」とベリエルも同意した。「今は深刻な薬物の影響やらなにやらで当時よりひどい状態だが、当時も今と同じように精神が崩壊した哀れな男だった。殺人鬼が模倣犯の称賛を得るにはなんらかのカリスマ性が要る」

「ということは、家族の中の誰か、という可能性が出てくる」とブロームは言った。「血縁のある誰か。同じような目にあった兄とか、母親よりもっとひどかった父親とか」

「自分の罪を自分の弟や息子になすりつけてもかまわないと思う人間？　それはどうかな……」

ふたりはそれぞれ新たな展開について考えながら、深い森をさらに進んだ。ベリエルが携帯電話のコンパスを確認し、進路を少しずらした。

「でも、それなら角材のことも納得がいく」しばらくしてからブロームが言った。

「どうかな……」ベリエルはさきほどのことばを繰り返した。

「もしカールが無実なら、家族以外に角材のことを知っている人がいる？」

ベリエルは深くため息をつき、荒れ果てた空所を身振りで示した。「あるいは、カール・ヘドブロムは滞在しているあいだ毎日この同じ道を歩いたのかもしれない。最初は避難小屋を建てるために通り、そのあとは監禁しているヘレーナとラスムスを痛めつけるために通った。そしてついにふたりを殺し、排水路まで引きずっていった」

少しでも想像力さえあれば、すっかり雪に覆われてしまったモミの木の枝の下から突き出ているのがかつての避難小屋の残骸だと思い描けた。針葉樹や落葉樹の雑多な丸太がうずたかく積み上げられていた。まるでゲームの〈ピックアップ・スティック〉巨人版さながら。

ベリエルは崩れ落ちた避難小屋のそばまで行くと、ノコギリで切られた木の断面に触れ、朽ち果てた縄に指を這《は》わせた。

「彼はノコギリで木を切り倒して枝を落とし、丸太を縄で縛ってつなげた。そうやって、子供と母親を二日間閉じ込めておいても誰にも気づかれないほど、頑丈な構造の避難小屋を建てた。そんなこと、きみにできるか？　おれにできるか？」

「もしかして最初からここにあったとか？　彼はそれをただ見つけただけだったとか？」

「まず、避難小屋は建てられたばかりのもので、自分が建てたと申し出た者はいなかったけれど、その可能性はないわけじゃない。ただ、被害者の血液とカールのＤＮＡが見つかったのはここだけで、ほかの場所では見つかっていない」

ブロームはうなずき、舞い落ちる雪の中を歩きまわった。ベリエルはモミの木の大きな枝をみしみしと鈍い音がするまで押してみた。枝が折れ、避難小屋の中に部屋のような空間が見えた。

「壁がしゃべれたら……」とベリエルは言った。

「わたしにはしゃべってくれてる」ブロームは言った。「壁はこう言っている。〝二日間もこの中に閉じ込められた人間はいなかった〟って。こうも言ってる。〝別々の犯人、別々の事件現場〟って。あと、〝証拠は捏造《ねつぞう》された〟とも言ってる。十月だったのよ。どんなに暖かくくるまれていたとしても、生後十四ヵ月の幼児がこの避難小屋の中で生き延びられるはずがない。暴行を受けて死ぬよりさきに凍え死んでる。母親だって同じよ。そのまえに悲観のあまり命を落としていなければ」

「確かに、検死報告では低体温の証拠も……」

ブロームはかまわずに続けた。

「今になって——殺人が今も繰り返されている今になって——カール・ヘドブロム像がはっきりと見えてきた。病院に収容されている彼に誰かが薬物を送りつけている。彼を他人と意思疎通が図れない状態にしておくために。犯人以外にそんなことをする人間がいる？　カールにはこの避難小屋をつくるスキルもなかったし、行動予測不可能な人間をふたり縛り上げて、この中でおとなしくさせておくこともできなかった。彼はそういうことのできる人間とはまったく別のタイプよ。彼の暴力的な爆発はいつも行きあたりばったりだった。警察の当時の捜査は信用できない。裁判の評決も」

ベリエルは立ち止まって彼女を見つめた。ブロンドの髪がうっすらと雪に覆われていた。その軽やかな雪が小宇宙の星雲のように彼女の頭の上に浮かんでいた。自分が彼女を心の底から信用していないことが改めて思われた。その事実がベリエルは嫌だった。

「この件にはかなり思い入れがあるみたいだな」ためらいがちに彼は言った。

ブロームはベリエルをじっと見つめ、首を振った。

「わたしたちはふたりともイェシカ・ヨンソンには共感できなかった。たった数分しか話さなかったし、彼女は厄介で扱いにくい人だった。でも、わたしたちが彼女の家にいるあいだに無残に殺された。あらゆる証拠がそのことを示している。わたしたち、あそこにいたのよ、サム。彼女が殺されるのを許してしまったのよ。ここでヘレーナとラスムスを殺した犯人は、八年も――八年もの長いあいだ――殺人を続けてきた。ヨーテボリの被害者リーサ・ヴィードストランドは氷山の一角よ。賭けてもいい」

ベリエルは彼女と眼を合わせた。そこに偽りや嘘を読み取ることはできなかった。ボートハウス以降の出来事と、今回のこの事件とはまったく別のことだ。そうやって分けて考えなくてはいけない。ブロームのことを信用している自分と疑っている自分とを完全に切り分けなければいけない。彼はうなずいて言った。

「極力おれは考えないようにしていた。これが連続殺人犯の……」

ブロームはポケットから携帯電話を取り出して彼の眼のまえに掲げた。画像が表示された。階段の下のふたつの光源に照らし出された黒い顔だった。黒いバラクラヴァ帽にあいたふたつの穴からのぞく眼が自ら光を発しているように見えた。画像を拡大すると、明るいブルーの眼だけになった。

「この眼がすべてを見ていた」と彼女は言った。

「きみは今、カール・ヘドブロムの眼のことを考えてる。だろ?」とベリエルは言った。

「今は曇っていた」とブロームはうなずいて言った。「でも、もともとは明るいブルーだったように見えた」

「彼の父親は今、六十歳くらいだろう。この眼の持ち主は六十歳に見えるか?」

「可能性はある。でも、もっと若いような気がする。少なくとも、殴られたときの力は相当なものだった」

「じゃあ、兄ということか?」とベリエルは言った。「これじゃ堂々めぐりだ」

「いずれにしろ、彼の家族の過去についてもっと調べる必要があるわね」

「とんでもない過去が出てくるかもしれない」

ブロームは携帯電話のボタンを押してバラクラヴァ帽の男の画像を閉じた。

「これ以上ここにはいたくないわ」

その標識を見かけたのはE45号線とE14号線が合流する手前のブルンフローのはずれだった。初めに見たときには気にもとめなかったのだが、どうやら頭の片隅に残っていたらしく、数キロ先の別の標識にその名前を見るなり、ベリエルは大声をあげた。「フレースエー島」

ブロームは読んでいたファイルから眼を上げたが、何も言わなかった。ベリエルは続けた。

「どうしてフレースエーという地名がおれの頭の中で警告音を鳴らすんだろうね？」

ブロームはファイルを閉じて顔をしかめた。

「そこって確かブリッジの大会が開かれてる……」と彼女は言った。

それだけ言ってまた押し黙った。

ヨーロッパで一番長い道路――スウェーデンの内陸部を縦断する高速道路――はまもなく右に曲がって一時的に合流していた道路と分かれる。そのまま左に進むとエステルスンド市、そしてフレースエー島がある。

「……島よね。タヒチじゃない島」とブロームは言った。

「ああ」とベリエルは言った。

通常なら講堂やダンスホールとして利用される大広間も、今はテーブルで埋め尽くされていた。十卓ある正方形のテーブルはどれもトランプのカードで覆われていた。各テーブルを四脚の椅子が取り囲み、その椅子に坐っている人のほとんどは白髪かグレーの髪だった。

ベリエルは初めその男に気づかなかった。ひげを伸ばし、たっぷりとしたアロハシャツを着たその男は勝ち誇るように拳を突き上げて椅子から立ち上がると、同じテーブルの女性に腕をまわし、たまたまベリエルたちのほうにやってきた。そこでベリエルには初めてわかった。

その男――アラン・グズムンドソン元警視――のほうも驚きのあまり口をぽかんと開けた。

「サム」ようやく気を取り直して、それだけ言った。

「モリー・ブロームは覚えてますよね？」とベリエルは言った。

アランは妻と思われる女性に何か囁《ささや》いた。彼女はコーヒーの置かれているテーブルのほうに歩いていき、アランはベリエルたちを脇に引っぱった。

「給与一年分の退職金。ブリッジを学ぶには絶好のチャンスだ。すばらしいスポーツだよ」

「邪魔されずに話せる場所はありませんか？」とベリエルは尋ねた。

「できればないほうが嬉しいね」とアランは言った。「きみも私も警察を辞めた身だ。もはや職業上のことで話すことなど何もない」

ベリエルは何も言わずに彼を見つめた。やがてアランはあきらめたように肩をすくめて言った。

「こっちだ」

彼が案内したのは小さな会議室だった。彼らはブリッジ・テーブルと似たような四角いテーブルについた。

「パリに行ったのかと思っていたよ」とアランは言った。

「カール・ヘドブロムを覚えてますか？」とベリエルは訊いた。

アラン・グズムンドソンは顔をしかめた。

「彼のこともきみのことも覚えてなくちゃならない理由なんか私には何もないが、サム。はっきり言おう、きみには失望した。きみは私に嘘をついた」

「その理由はあなたにもわかっているはずです、アラン。おれとしちゃ嘘をつかざるをえなかったことも」

「ああ、そのとおりかもしれん。で、警察を馘《くび》になったきみが、わが国でも最悪の殺人犯になんで興味を持つんだ？」

「新しい事実がわかって……」

「もしそれがほんとうなら、私は警察に話す。きみじゃなく」

「おれたちは今、探偵事務所を立ち上げようとしてるんです。で、この新しい情報をもとに調査を依頼されたんです」

「誰に？」

ベリエルはブロームをちらっと見てから言った。

「カール・ヘドブロムの父親です」

「ルーネから？」とアランは訊き返した。思わず大声になっていた。「いったいどうして？」

「そう、ルーネ・ヘドブロムからの依頼です」とベリエルは慎重に言った。

「まだ生きてるのか？」

「警察から何も聴取されなかったことを疑問に思ったそうです」

「彼は捜査対象からはずされた。それ以上調べる必要はないと判断された。まさかそれがきみの言う新しい手がかりとも思えないが」

「もちろんちがいます。それよりどうしてルーネ・ヘドブロムに関しては調べる必要がなかったんです？」

「ひどいアルコール依存症だったからだ。ボルレンゲでホームレスをしてた。ということは今はちゃんと社会復帰できてるのか？」

「ええ。いずれにしろ、たとえ当時の状況がそうだったとしても、捜査対象からはずれるようなことを彼はあなたに供述したんじゃないんですか？」

「カールが七歳のときに家を出たと言っていた。逃げ出したかったんだそうだ。その挙句、路上生活者になった」

「で、もうひとりの息子については？」

「アンデシュか」とアランはうなずいて言った。「アンデシュはカールより三歳上で、父親が家を出るより早く、スコーネ地方に住んでいる伯母《おば》に引き取られた。捜査官の誰かが彼と電話で話して、捜査対象からはずした覚えがある。彼の記録はストックホルム警察の記録保管所に残ってるはずだ」

「印象に残るようなことは何か言ってませんでしたか？」

「覚えてないな。ということは、何も言わなかったんじゃないか？」

「よく思い出してください」

「伯母のところに引き取られてからはダーラナ地方には行ったことがないそうだ。マルメ在住で、何かのセールスマンをしていた。ほかにも何か言っていたような気もするが、いずれにしろ、事件とは無関係だったから捜査対象からはずしたんだ。さあ、次はきみの番だ。いったい何をしようとしてるんだ？」

「何かほかのことも言った。何を言ったんです？」

「何か妙なことだったのは覚えているが、それだけだ。中身は覚えていない」

「いや、絶対覚えてるはずです、アラン。あの捜査を指揮していたのはあなたなんだから。隅々まで鷹《たか》のような眼で見渡していたはずです」

「私ひとりで指揮していたわけじゃない。あの国家検事の大馬鹿野郎、リンがおんぼろヘリコプターさながら飛びまわっていた。この老いぼれの鷹のはるか上空を。あとローベットションのことは覚えてるか？　あいつは完全にいかれてた」

ベリエルの顔に自然と笑みが浮かんだ。

「カタログ」と彼は言った。

「スウェーデンじゅうのエスコート・サーヴィスのカタログだ。しかもあいつはそれを昼休みに見ていた」

「ああいう人間は今は何をしてるんでしょうね、あれから八年経った今は」

「あの男はほかの捜査官の取り調べもこっそり録画していた」と言ってアランは笑った。

「古いVHSのカメラで、オーシャのあのとんでもないホテルの窓から撮影してたんだ」

これこそベリエルが求めていた情報だった。ほんのわずかな手がかりが分厚い氷を砕く突破口になる。今必要なのはガードを解いたアランだ。

「いずれにしろ、新しい事実というのはなんなんだ？」ベリエルとともに心地よい記憶の浴槽から浮かび上がってアランは言った。

「セーテル病院に収容されているカール・ヘドブロムに何者かが薬物を送りつけてるんです」

「薬物？　どんな？」

「わかりません。でも、主要成分がメタンフェタミンだということはまちがいないと思います。どうやら彼の思考と記憶を曇らせたままにしておきたいと考えている人物がいるようです」

アランはベリエルを見すえて言った。

「カールが自供したとき、きみもあの場にいた。私の横に坐っていたじゃないか、サム。彼はもしかしたら犯人じゃないかもしれないなんてあのとき疑ったか？　ほんの一瞬でも？」

「いいえ」とベリエルは正直に答えた。「あのときはまったく」

「それが今は変わったというのか？　スウェーデンでもっとも罪深い犯罪者が突然羊のように無実になったというのか？　サム、物事を見誤っていないという自信はあるのか？」

「ええ。その思いはますます強くなっています」

アランはしばらくのあいだゆっくりと首を振っていた。

「警察官と私立探偵の根本的なちがいは何か、知ってるか？」

ベリエルは何も言わずに待った。

「それは誰のために働くかということだ。警察官が奉仕する対象は国民だ。一方、私立探偵は金で雇われる。きみはルーネ・ヘドブロムに金で雇われた。だからきみにとって彼の息子は突然無実になった。しっかりしてくれ、サム。それよりまずそのひげをなんとかしろ」

ベリエルは言われたひげを撫でながら、自分でも予想以上の伸び方に今さらながら驚いた。

「四つ葉のクローバーです」

かなり長いあいだアランは宙を見つめていた。やがてコインが落ちたように顔つきが変わった。

「あれはボールペンで描かれたただの絵だった。きみとデジレはあの絵のことにこだわっていたようだが、結局はなんの関係もないという結論に至った。傷はほかにもあったからだ。なのにきみたちは母親の尻に描かれた絵のことで大騒ぎをした。ちがったかね？」

「数年後、ヨーテボリで起きた殺人事件の被害者にも同じ絵が描かれ……」

「またその話か。いい加減にしてくれ！」とアランは怒鳴った。

「また？　どういうことです？」

「どこかの頭のおかしなやつがそのブックフェアの売春婦のことを何年にもわたって騒ぎ立てた。尻の小さな絵は連続殺人鬼が野放しになっている証拠だと言ってな。しかし、いいか、きみも知ってのとおりこの国に連続殺人犯など存在しない。われわれはその女の行為をやめさせるしかなかった」

「その頭のおかしな女というのはその事件だけのことを騒ぎ立ててたんですか？　ほかの陰謀論については？」

「ほかにもあったと思う――とにかく彼女のことは無視して封じ込めるしかなかった」

「その頭のおかしな女の名前は覚えてますか？」

「ヨハンナとかヨセフィンとか、苗字も似たような響きだった」

「ひょっとして、イェシカ・ヨンソンではありませんか？」

アランはうなずいて言った。

「そう、そんな名だった。しかし、それは一年かそこらまえの話だ」

「昨日、別の人間の尻にボールペンで描かれた四つ葉のクローバーの絵が見つかったとしたら、どう思います、アラン？」

アランは黙り込み、顔をしかめた。

「この私もどうやら警察官であることを完全には捨てきれないようだ」と彼は言った。「深く染み込んだものは簡単には消せない。今日の新聞に何かが隠されているにおいがぷんぷんする記事が載っていた。あれはノールボッテン県だったか？」

「その被害者がイェシカ・ヨンソンなんです」とベリエルは言った。「遺体は見つかっていませんが、現場に彼女の臀部だけ残されていました」

アランは愕然《がくぜん》とした表情でベリエルを見つめた。

「嘘だろ……」

「これを聞いても、カール・ヘドブロムが有罪だというあなたの意見は変わりませんか？」

アラン・グズムンドソン元警視は椅子の背に深くもたれ、アロハシャツを引っぱった。

「今ようやく思い出した」

「何を？」

「アンデシュ・ヘドブロムが電話口で言ったことだ」

「彼はなんと？」

「カールのベビーカーは自分のおさがりだった。そう言ったんだ」

太陽はまもなく沈もうとしていた。ベリエルが運転していた。
「ブリッジって思考力の向上には大して役立たないみたいね」とブロームが言った。
ベリエルは笑った。ふたりは内陸道《インランド・ハイウェイ》を走っていた。
「でも、いくつかわかったこともある」と彼は言った。
「たとえば、ローベットションという男がこっそり事情聴取の映像を撮影していたことと
か？」とブロームは言った。「でも、事情聴取は全部録画することになっているんじゃない
の？」
「ああ。だけど、とにかく事情聴取の人数が多すぎたんだ」とベリエルは首を振りながら言
った。「それにほとんど型どおりの質問だったしな。ここだけの話、ローベットションがほ
んとうに撮りたかったのは女性の胸の谷間だったんだろう。いずれにしろ、彼を捜そう。ほ
かには？」
「父親の名前はルーネ・ヘドブロムで、ボルレンゲでホームレスをしていた」
「兄はアンデシュ・ヘドブロム、マルメでセールスマンをしていた」
「さらに彼は電話で弟カールのベビーカーは自分のおさがりだったと言った。それはつまり
角材で殴られることも弟に引き継がれたと言いたかったのかしら？」
「スコーネまではまだ遠いな」とベリエルは言った。

「彼がマルメに住んでいたのは八年もまえのことよ。それにセールスマンはだいたい移動している。彼の情報を検索する必要があるわね。ほかには？」

「タイプライターで書かれたイェシカの手紙を読んだとき、おれたちはカールが有罪か無罪か、そんなことが一番重要とは思わなかった。しかし、明らかに彼女はそのことについて多く書いていた。特に四つ葉のクローバーについて」

「でも、彼女が警察にいろいろ言うようになったのはリーサ・ヴィードストランドが殺されたあとよ。何があったのかしら」

「イェシカを苦しめていたエディ・カールソンが死んだ」とベリエルは言った。「もとの身分を取り戻して、彼女は警察にあれこれ言うようになった。四つ葉のクローバーとつながりのありそうな事件に関するご託を並べはじめた」

「はっきりと書かれてはいないけど、彼女が主張したかったのは殺人犯がまだ野放しになっているということよ。はっきり書けなかった理由はカールとなんらかのつながりがあったから。これで振り出しに逆戻りね」

「それはどうかな」とベリエルはぼそっと言った。

「それはそうと、アランはもうひとつ興味深いことを言っていた」とブロームは言った。

「そう？」

「ええ。あなたとデジレは初めから四つ葉のクローバーに〝こだわっていた〟」

16

十一月二十一日　土曜日　九時一分

目覚めたとき、それはテーブルの上にあった。彼が置いたのではない。

正確には〝目覚めた〟わけではない。起きているときと夢を見ているときの境界はない。何もかもが混ざり合ってぼやけている。

キャビンに戻ってきたのは真夜中だった。起伏の激しい地形のあいだから、コーブタヤウレ湖畔の清らかで平坦な闇がようやく見え、そのあと疲れきっていたふたりはことばもなく別れたのだ。

ベリエルは上着も脱がずに死人のようにベッドに倒れ込んだ。携帯電話をテーブルの上に放り投げると、あっというまに清らかで平坦な闇に潜り込んだ。死とよく似た闇の中に。

ところが、その闇が次第に動きだした。明るいブルーの眼が闇から現われたかと思うと、半分だけ光に照らされた四角い木の塊がものすごい速さで眼のまえを横切り、ぎざぎざの白い残像をあとに引きずりながら飛んでいった。その中心部は黒いままで、その闇が徐々に形になり、シーツに描かれた人形《ひとがた》の血の輪郭が浮かび上がった。月光がナイフの刃に反射し、ナイフが皮膚を突き破る。皮膚を切り裂く。光る線で描かれた四つ葉のクローバーの絵が徐々に浮かび上がる。そのクローバーの四枚の葉がベビーカーの四つの車輪に変わり、つなぎ合わされた隙間だらけの丸太のあいだから洩れる光がその背後できらめいている。縛り上げられた両手がまばゆい光の中に呑み込まれていくと、背中をこちらに向けてテーブルのまえに坐っている女性が見える。彼女の口の中には暗闇そのもののような真っ黒な靴下が詰まっている……

夢と覚醒のあいだの無人地帯。彼の爬虫類脳《はちゅうるい》は彼に手を伸ばさせた。ベッドサイドテーブルに。しかし、触れたのは冷たい携帯電話とはまったくちがうものだった。感触のあまりのちがいに彼は跳ね起き、ベッドに坐って電気スタンドをつけた。そして、ベッドサイドテーブルの上に置かれていた厚手の黒い靴下を混乱した頭で見つめた。

その靴下はまるで死の塊のようにそこにあった。

口の中がからからに乾いていた。口を開けて寝ていたらしい。靴下を咽喉《のど》に詰め込むのは簡単だったはずだ。抵抗すらできなかっただろう。

ベリエルは努めて理性的に考えた。自分がここに置いたのか？　最後にこれと同じような黒い靴下を手に取ったのはいつだ？

いや、内陸道《インランド・ハイウェイ》の旅に出るまえに服の山を掘り返したばかりで、そのときにこんな靴下はなかった。それに、服はすべてここに来た当初にブロームが買いそろえてくれた古着だ。

しかし、現にこうして眼のまえに靴下がある。戦士の棺《ひつぎ》の上に置かれた弔旗《ちょうき》さながら。いや、これはただおれの想像の産物だ。このキャビンに誰かがはいり込んだはずがない。スウェーデンの到達不能極にあるこのキャビンになど。誰にもそんなことはできない。モリー・ブロームを除いては。

ベリエルはベッドの端に坐って思った。この世界はいったいどうしてしまったんだ？　確かなものなど何ひとつない。表面に見えているとおりのものなど何もない。その最たるものがおれ自身だ。イメージが浮かび、忘れられ、消えてなくなる。双子の息子たち、元パートナーのフレイヤ、風になびく彼女の長い髪。彼女が息子たちを連れてフランスに逃げ出したときの光景。恐ろしい人影が彼女たちを追ってアーランダ空港まで追っていく。その人影が自分自身だということに気づくのには時間がかかった。父親失格の烙印《らくいん》を押されたその男が自分であることに気づくのには。

自分というひとりの人間がまるで別々のふたりの人間のように思える。まるでふたつの別々の人生を生きているかのように。

立ち上がるとふらふらした。ふらついている自分を奇妙な距離を置いて眺めている自分がいた。

黒い靴下は夜のうちにおれ自身が置いたものなのか？　別の精神状態のときに？　別の人間のときに？

おれは精神的ショックだけのせいでほんとうに二週間以上も意識を失っていたのだろうか。シルヴィアの死について責任を感じたのはまちがいない。でも、衝撃を受けたことがこれほどまでに人に影響を及ぼすものなのだろうか。ほんとうにずっと意識を失っていたのだろうか。

ひょっとしてその間に別の人間として生きていたということはないだろうか。

彼はよろめきながらトイレまで歩き、蓄電池式の薄暗い明かりをつけた。個室の中は狭く窮屈で、バイオトイレのにおいがきつかった。半分ほど水のはいったボトルが水垢《みずあか》のこびりついた流し台の端に置かれ、その横には汚れがついたままの石鹸《せっけん》が置かれていた。まるで凍りついた汚水に浮かぶ島のように。何もかも汚れていたが、その中でもきわだって汚かったのが、白いものの交じるひげを伸ばした顔がぼんやりと映っている鏡だった。

いったい何がどうなってるんだ？　今のところ、ブロームの言うことをすべて信じ込まされている――二週間も意識を失っていたことにしろ、こんなさいはての地までたどり着いた逃避行にしろ、その間の彼女の武勇伝にしろ。そのすべてが非現実ということはないだろうか。

ベリエルは鏡に映った自分の顔をじっと見つめた。汚れた鏡の中をこれほどまじまじと見たのはこれが初めてだ。確かにひげはとんでもないことになっていたが、ほんとうに二週間でこんなに伸びるものだろうか。それに髪型も変なままだ――両耳の上の髪を引っぱってみると、明らかに左側のほうが短かった。体も今までにないくらいに痩せ細り、そのせいで二の腕に残っている運命の咬《か》み痕《あと》が記憶にあるよりめだっている。ひげに隠れてはいるが、頬も相当こけている。

駄目だ。彼は鏡を手のひらで叩いてからトイレを出た。駄目だ、いい加減もとどおりの自分を取り戻さなくては。そのためにはなにより仕事だ。そのことは本能的にわかっていた。仕事とは取り調べることだ。犯罪捜査をすることだ。事件にどっぷりのめり込むことだ。

そのチャンスは今、眼のまえにある。

窓の外に眼をやった。まだ太陽は昇っていなかったが、空を背景に山の輪郭が浮かび上がり、コーブタヤウレ湖の凍りついた湖面がきらきらと輝いていた。そのバラ色のきらめきを眺めながら、ベッド脇の電気スタンドを消した。

壁に貼ってある人工衛星の時刻表を確認した。はめたばかりの腕時計を見た。しばらく余裕があった。最後にもう一度グロテスクな靴下を一瞥《いちべつ》してから、外に出た。

夜明けは一気に訪れた。自分のキャビンを出たときにはまだ薄暗かったのが、もうひとつのキャビンに着いたときにはすっかり明るくなっていた。ドアをノックしたが、応答はなく、部屋の中からはどんな音も聞こえてこなかった。スキーがなくなっていた。ドアを開け、ブロームのキャビンにはいった。

ベッドの上には寝袋がきれいに広げられ、洗濯したばかりの枕カヴァーをかけた枕がふっくらと壁にもたせかけてあった。反対側のパイン材の壁は間に合わせのホワイトボードになっていて、ピン留めされた紙切れで覆われていた。そのメモに書かれていることはふたりの知っていることばかりだったが、昨日の倍に増えているような気がした。

ブロームはいったい何時まで起きていたのだろう。

ホワイトボードに一歩近づき、そこに貼られているものを眺めた――イェシカ・ヨンソンの人生の年表、ポルユスの家の間取り図、ヘレーナ・グラデン事件で事情聴取された者のリスト、捜査資料の中から選び出された写真、リーサ・ヴィードストランドの遺体の生々しい写真、地下室の階段を駆けのぼっていくバラクラヴァ帽の男の写真。すっかり見慣れてしまった八年まえのカール・ヘドブロムの写真の隣りには、薬物依存を思わせる現在の彼の写真が貼られていた。新しい写真はそれだけではなかった。廃墟となった倉庫の写真が一枚、雪をかぶった避難小屋の写真が三枚、それにアロハシャツを着たアランの写真も一枚。

ブロームは盗撮の腕前を上げていた。

間に合わせのホワイトボードから少しさがって窓の外を見ると、太陽が山並みの上をすべるように移動していた。ブロームが外に出てからどのくらい経つのかはわからない。いつ帰ってきても不思議ではない。それでも、自分のキャビンの中で感じた思いが一層強くなっていた――もとどおりの自分を取り戻さなければならない。

彼のキャビンとまったく同じ造りのキャビンの真ん中に立っていると、眼のまえにあるブロームの寝袋と同じくらい鮮明に、あの黒い靴下が脳裏に浮かんだ。ベリエルは行動を開始した。まずはトイレにはいった。彼のトイレよりはるかにきれいだった。壁や天井や床を叩き、膝をついてバイオトイレのまわりの隙間を隈《くま》なく調べた。中には何も隠されていないことを確信してからトイレを出た。衣装簞笥《だんす》の中も念入りに調べたが、何も見つからなかった。トイレの中と同じ手順を繰り返したが、壁の中にも何もなく、天井を叩いても音が変わるということもなかった。マットレスの下にも何もない。残すところは床だけだ。彼は膝をついて耳を木の床板に押しあて、それほど広くはない部屋の中を移動しながら忙《せわ》しなく叩いた。叩いていくうちにますます憂鬱な気分になった。

そのときだ。音が突然変わった。

それはベッドの枕側の隅のほうの床だった。彼は動くのをやめ、耳をそばだてた。ベッドの下から這い出ると窓の外をのぞき、ドアを開けて周囲を見まわした。白銀の世界は寒く静かで、何も見えなかった。キャビンの中に戻り、ベッドを引いて壁から離した。壁とベッドの隙間にしゃがみ込んで床を叩いていくと、隅のほうにほかと音の異なる場所が見つかった。床に隙間がないか探したが、床板の自然なひびしか見つからなかった。折りたたみ式の小型ナイフを取り出し、切っ先をひびに差し込んで小刻みに動かした。それを繰り返した。が、床はびくともせず、刃先が折れて眼に飛んでくるのではないかと心配になった。そのとき何かが横にずれるように動いた。眼を閉じて――ナイフの切っ先が折れて飛んできても、眼を閉じていれば守れるとでもいうかのように——そのままパイン材の床板の端に差し込み、こじ開けた。指の先が床板のひびのあいだにすべり込んだ。もう一方の手で床板の反対側をつかんで無理やり引っぱると、三十平方センチメートルほどのいびつな形の床板が剝がれた。

その下は真っ暗だった。が、かすかに何かの形が見えた。彼は穴の中に手を突っ込み、中に隠されていた塊をつかんで引っぱり出した。

テーブルの上には、ふたりのノートパソコンにはさまれ、ディアから渡された衛星電話が置かれていた。ベリエルはその隣りに取り出したばかりの物体を置いた。それはディアからもらった機種より新しい世代の衛星電話だった。

モリー・ブロームは最初から一台持っていたのだ。

彼女はここに来た当初から衛星電話を持っていた。サム・ベリエルが眠れる森の美女だった二週間のあいだ、自由に電話することもインターネットにアクセスすることもできたのだ。まぎれもない。これで彼女がついた最初の嘘が見つかった。

キャビンの外から何かがこすれるようなくぐもった音が聞こえた。ドアが開いて、ベリエルは凍りついた。

が、開いたのは出入口のドアではなかった。壁に埋め込まれたスキー収納庫の扉だ。出入口のドアが開くにはまだ間《ま》がある。ベリエルは衛星電話をつかむと、音をたてないように注意しながら床下の隠し場所にすべり込ませた。スキー収納庫の扉が閉まるのと同時に床板をもとの場所にはめ込めた。そのあとできるだけ静かにベッドをもとの場所に戻したところで、出入口のドアの把手が下に押された。自分のパソコンを開いてから壁ぎわに立ち、考え込んでいるふりをして、壁に貼られた紙や写真を眺めた。そして、ブロームがキャビンにはいってくるなり、紙切れに覆われた壁を手で示して言った。

「ずいぶん増やしたな」声が明るすぎた。それがベリエルには自分でも気になった。

「そっちはずいぶん眠ってたようね」スキーブーツを脱ぎながら彼女は言った。

「どれが新しいのか見てたところだ」と彼は壁に一歩近づきながら言い、努めて心臓の拍動を抑えながら内心思った——おれはブロームのような優秀な潜入捜査官には絶対なれない。

「一番重要なものはそこにはないわ」と彼女は靴を脱ぐと言った。

「ええ？」

「一番重要なものは見つけられなかった」

「一番重要なもの……？」

「アンデシュ・ヘドブロム」とブロームはパソコンを開きながら言った。

「カール・ヘドブロムの兄の？」

「父親は見つかったけれど、二年まえにボルレンゲのホステルで死んでいた。やっぱりアルコールが原因だったみたい。でも、アンデシュ・ヘドブロム——マルメのセールスマン——は見つからない。スウェーデンにはアンデシュ・ヘドブロムが二十人くらいいるから、その中にいるのかもしれないけど。残念ながら生年月日がわからない」

「だったら昔ながらの警察のやり方で捜すか？」

「もう一度長いドライヴに行く気があるならね」彼女はテーブルの上から紙の束を取り上げると、メモに覆われた壁のまえまで歩いて彼の隣りに立った。ベリエルは彼女を見下ろした。かなり長い時間日光を浴びていたように頬が火照っていた。

「太陽が昇ってからまだ二十分も経ってない」と彼は言った。「そんなに顔が赤くなっているのは日焼けのせいじゃないな。ずっとスキーをしてたのか？ まだ暗いうちから？」

「人工衛星は夜が明けるまでまわってこない」と彼女は言った。「それにヘッドランプもあるから心配は要らない。最近雪が降ってないから、新しいスキーの跡もめだたない。ほかに質問は？」

「シャワーはいつ浴びる？」

「汗がひいたら」彼女は気にする様子もなく、番号のついた紙を壁に貼りはじめた。「一、イェシカ・ヨンソンの人生の中で空白になっている期間について調べる。二、ポルユスの家の科学捜査結果をNODから入手する。三、八年まえのヘレーナ・グラデン事件について、事情聴取の筆記録をもう一度精査する。四、セーテル精神科病院のアンドレアス・ハムリン医師に連絡し、カール・ヘドブロム宛ての手紙にはことさら注意するよう依頼する。五、ヨーテボリの事件とリーサ・ヴィードストランドについてさらに調べる。六、体に――部位に関係なく――描かれた四つ葉のクローバーの絵についての情報はほかにないか、国内の警察データベースをすべて調べる。七、アンデシュ・ヘドブロムを捜し出す。どう思う？」

ベリエルはため息をついた。「グラデンの事件について一番いい方法は？　きみが新鮮な眼で調べるか、おれが新旧の眼で調べるか、だな」

「あなたが新旧両方の眼で調べるのがいいと思う。ただ、サム、あなたは過去と向き合うのにいつも苦労してる。もし無理やり過去に戻らされたら、抑圧されてきたものが表面に浮かび上がってくるかもしれない」

「まずはそれが一番大きな仕事だな」とベリエルは言った。「もうひとつの大仕事はイェシカ・ヨンソンの人生の空白を調べることだ。そっちは公安警察の仕事のような気がする。まだ伝手《つて》はあるんだろ？」

そう言ってから、ベリエルは高圧的な物言いになっていなければいいのだが、と思った。

「ええ、もちろん」とブロームはあっさり答えた。「じゃあ、あなたが二番、三番、四番、それと六番。ヴィードストランドの調査はわたしがするけど、四つ葉のクローバーについてはお願いしてもいい？」

「わかった」とベリエルは言った。

おだやかに波打つ表面から湯気が立ち昇っていた。バケツをそっと持ち上げてキャビンの角まで差し出すと、すばやく出てきた手がバケツをつかんだ。「お湯？　嘘でしょ？」「少し温めた」とベリエルは言った。

お礼のことばのかわりに聞こえてきたのは、激しい水しぶきの音と息を呑む音だった。すぐさま空のバケツが返ってきた。彼はそれを受け取り、フライパンから注いだ熱湯を雪で薄めながら言った。「それで、一番は？」

忙しなく体を洗う音とともに不明瞭な声が聞こえてきた。

「今のところ進展なし。イェシカの人生の謎の空白期間は謎のままよ。極秘扱いになっているから、公安警察の情報にはまだアクセスできてない。で、二番は？」

「ポルユスの家からはすでに見つかってるDNA以外はまだ出てない」とベリエルは言い、バケツをキャビンの角に差し出した。「ただ、科研の主任捜査官のロビンが見つけた証拠から、ボイラー室に誰かがしばらくいたことが示唆されるそうだ。ひどい轟音《ごうおん》のあの部屋からFBIから借りた最先端の掃除機を使って吸い取ったらしい。それからディアの話だと、タイヤ痕に関する検査結果が今日じゅうに上がってくるということだ」

「じゃあ、三番は？」空のバケツが差し出されると同時に声が聞こえた。

「ヘレーナ・グラデンの捜査資料をもう一度じっくり読み返してみた」ベリエルはそう言いながら湯に雪を混ぜた。「古い記憶の掘り起こしは、きみの言ったとおり意味があったよ。おれとディアはあくまで周辺捜査に関わっていただけで、中心にはまるで近づけていなかったことがはっきりした。もうひとつはっきりわかったのは、あの頃のアランがいかに優秀だったかということだ。彼は的確な質問を的確にぶつけていた。それに比べて、ローベットションのほうは基本的なまちがいを何度も犯していた」

「彼とは連絡が取れたの？」

「少なくとも居場所はわかった。想定外でもなんでもないが、警察内での階級も落ちるところまで落ちて、今は警察の資料保管庫でしがない事務職をやってる。電話するつもりだ。それはそうと、事情聴取の記録を読んでいて、これはと思うような情報がいくつか見つかった」

「あなたが実際に聴取した人たち？」

「名前までは必要ないかもしれないが、かなりの人数を割り出すことができた」

「名前と聴取された理由も知りたいわ」

「主に四つに分類できるが、思い出せる名前だけを挙げてみる。避難小屋造りに関係したと思われるのは、レンナルト・オルソン、マグヌス・ブラード、ペータル・エーバリ。ケアホームの入居者は、リネーアとイェリン・フェーグレーン、レイネ・ダニエルソン、ヨーアン・ノルベリ、それにもちろんカール・ヘドブロム。ケアホームのスタッフは、責任者のスヴェン＝オロフ・リンドホルム、ホォアナ・ガルベス、レーナ・ニルソン、ソフィア・トリクピス。その他の隣人や友人は、ペール・エリクソン、ヨーラス・エーギル・エリクソン、エリーサベト・ヘルストレーム、ゲロプ・オーケ・エック、オラシュ・フレードリク・アレクサンデション……」

「そんなに細かいことまでは……」

「それにしても、このダーラナ地方の連中の名前はなんなんだ？　ヨーラスとかゲロプとかオラシュとか……」

「だんだん寒くなってきた……」

「おっと」ベリエルはバケツを渡した。剝き出しの腕が現われた。

「次は四番だ」と彼は自分から言った。「セーテル病院のアンドレアス・ハムリン医師は、カール・ヘドブロム宛ての郵便物にことさら眼を光らせてくれるそうだ。それからカールの血液検査もしてくれる。じゃあ、五番は？」

「農場よ」とブロームは言った。

「え？」

「ダーラナ地方では自分の名前のまえに農場の名前をつけることが一般的だった。きっと昔の風習を取り入れる人が増えてきたのね」

「なるほど」とベリエルは内心ブロームの知識に感心しながら言った。

「じゃあ、五番」キャビンの角の向こうからブロームは言った。「リーサ・ヴィードストランド。ヨーテボリのフェールンド警視に問い合わせてみたところ、杜撰《ずさん》な捜査だったことを認めたわ。被害者のお尻に描かれていた四つ葉のクローバーのことは誰も気にとめなかったみたい。理由は被害者のことを気にかける人がいなかったから。ちょうどその時期はブックフェアに向けての準備が進められているところで、娼婦殺人事件などもってのほか、臭いものには蓋をしろといった無言の圧力があったみたい。フェールンド警視とのスカイプ面会があと数分で始まる」

「じゃあ、そろそろシャワーを終わりにしないとな」とベリエルは言った。

「タオルを取って。それと六番のことを話して」

「ああ」とベリエルは言い、タオルをキャビンの角の向こうに差し出した。「四つ葉のクローバー。まず、検索の条件を広げることから始めた。〝四つ葉のクローバー〟だけじゃなく、〝クローバー〟、〝ボールペン、絵〟、〝体に描かれた絵〟、〝インク、絵〟、〝尻〟、〝臀部〟、〝ケツ〟。で、手がかりになりそうなものがいくつか見つかった。もうそっちに行っても大丈夫か？」

キャビンの角の向こうから聞こえてきた低い声を同意の意思表示と受け取り、彼は角をまわった。彼女はブロンドの髪を巻き上げ、タオルを体に巻きつけ、両足に鮮やかなブルーのクロックス・サンダルを履いていた。彼はクロックスを見つめた。

「ほんとうの寒さは下からくる」と彼女は言った。

「シベリアの古いことわざか」と彼は言った。

「いいから、続けて」

「まだ検索の途中だ。何件か〝四つ葉のクローバー〟でヒットしたが、その結果がどうなったかはまだ見てない。調べようとしていたところで、急遽《きゅうきょ》シャワーの手伝いに駆り出されたんでね」

彼らはキャビンの中に戻った。ラジエーターが粘り強く働いてくれているおかげで、部屋じゅうに心地よい暖かさが広がっていた。窓の外の温度計は氷点下十八度を示していた。冬がこの国の内陸部にまさに突進してきている。

ベリエルはラジエーターの横にしゃがみ、熱い表面に触れそうなほど手を近づけた。

「いったい犯人は誰なの？　目的はなんなの？」と彼女は言った。

「なんとも言えない」とベリエルは言った。「イェシカの過去を調べないかぎり。犯人は彼女の過去の中にいる。何が目的なのか……いや、殺しそのものを愉しんでいるような気がしてならない。カール・ヘドブロムとはちがう気がする。母親に対する憎悪、過去の仕打ちに対する復讐《ふくしゅう》なんかとは。いや、絶対にちがう。これは念入りに仕組まれ、計画された殺人だよ。しかも愉しみのために。犯人は快感を得るために暴行し、殺している。おれたちの相手は正真正銘の性的サディストだ。どの事件現場にも精液が残っていないのは確かなのか？」

「わたしが調べたかぎりは。被害者が娼婦だったヨーテボリの事件でさえ」

「どうにも腑《ふ》に落ちない」とベリエルは言った。「すべてはひとつのことを指していそうなのに。セックスを」

ブロームはうなずいた。「じゃあ七番。カール・ヘドブロムの兄、アンデシュを見つけたと思う。年齢的に合うのはひとりしかいなかった。記録によれば、彼はこの近くに住んでいるみたいだけど、まだ連絡は取れてない」

「この近くに？　今のご時世、ろくでなしはみんな内陸部に住んでるのか？」

「ソールセレ市よ。これで一連の出来事が想像できる。八年まえ、アンデシュ・ヘドブロムはマルメ市に住んでいて、オーシャ市にいる弟に会いにいった。そのとき森の中の道をベビーカーを押しながら歩いている女性をたまたま見て、人を殺したいという本能に火がついた。そこで計画を立て、森の中に避難小屋を建てた――実際、最初は大工の修業をしてたみたい。そのあと作業工具を売る仕事に就いたのね。いずれにしろ、そこで母親と子供を誘拐した。で、ふたりを殺害すると、避難小屋の中の自分のDNAはきれいに消し去り、弟と被害者のDNAだけを残した。その後、経緯は不明だけど、正体を隠してポルユスに住んでいるイェシカ・ヨンソンと知り合いになった。彼女には男を見る眼がなく、ふたりはつきあうようになり、彼はポルユスに近いソールセレに引っ越してきた。やがて自分のしたことを彼女に明かして――四つ葉のクローバーのことも話したかも――彼女を恐怖で支配するようになった。結局、イェシカは彼と別れはしたけど、警察に訴えるようなことはなく、そのかわりに陰謀論の形を借りて警察に少しずつヒントを送りつづけた。その結果、現実に襲われた。たまたまわたしたちがあの家にいたときに」

　ベリエルはうなずいて言った。

「まあ、まったくありえない話じゃない。でも、それだとイェシカが手紙をディア宛てに送ったことの説明がつかない。だいたい、ディアをテレビで見かけて信用できそうだと思ったという彼女の話自体、信用できない」

「わたしもそう思う」とブロームは言った。「イェシカが見たというそのテレビの映像を探さないと。だいたいいつ頃のことか覚えてる?」

　ベリエルはゆっくりと首を振った。「あの事件は最初のうちはマスコミの注目を浴びたけれど、そのうちあまり取り上げられなくなった。でも、探してみるよ。それはともかく、アンデシュ・ヘドブロムについてのきみの仮説だけど、ソールセレに行ってみるだけの価値はありそうだな」

　ブロームはうなずいてから言った。

「でも、そのまえにスカイプ会議」

「その恰好でフェールンド警視と顔と顔を合わせるつもりか?」とベリエルは訊き、タオルを巻いたままのブロームを見た。

「まさか」そう言って、ブロームはタオルを下に落とした。

17

十一月二十一日　土曜日　十四時十三分

男と女が中にはいってからかなり時間が経っている。観察者はわずかに残された視力で眼を下方のディスプレー――近いほうのキャビンが映し出されている――に向けているが、正直なところもうほとんど見えない。いつものように画面に動きがあるのを待つあいだに意識は別のところに飛んでいる。待っていることで呼び起こされるイメージは、息がつまりそうなほど小さい部屋の寒ささえ忘れさせる。

広々としたテラスが夕暮れに包まれ、マツの木の香りと海に続く急な山の斜面に生えているタイムとローズマリーの香りが混じり合う。夜を通して暖かい空気の中、時折かすかなラヴェンダーの香りが漂ってくる。ふたりの気が向けば、外で眠ることもできなくはない。ここではどんなことも許され、どんなこともできる。何もかもが驚くほど生き生きとしている。このあとふたりは同じことを経験するだろう。同じように高められ、倍加した感覚で。

お互いにお互いが見えているうちに。

ヨーロッパのある家のバルコニーに置かれた弁護士の机の上に契約書がのっている。署名された名前が銀で書かれたように輝いている。支払日を銀行に確認しにいっていた弁護士が戻ってきて、契約書の点線の上に署名する。彼の名前のほうは金で書かれたかのように輝く。

雪で覆われたキャビンのドアが開くと同時に、寒さが唐突に襲ってくる。ドアはまた閉まるが、地中海の暖かさは戻ってこない。観察者はまたもとの殺風景な部屋に戻る。

薄手の革手袋をはめた左手が伸び、キャンピンのドアがズームアップされる。ドアが開き、男が出てくる。暖かそうな服に身をくるみ、キャンプ用のストーヴを持っている。男はキャビンの角にしゃがみ込む。次にタオルを体に巻いた女が出てきて、持っていたバケツを降ろし、角の向こうにまわり込む。男はストーヴの火をつけ、フライパンに雪を入れてストーヴの上に置く。しばらくすると湯気が立ってくる。角の向こうの女は少しのあいだ待っている。観察者が彼女の顔にズームすると、彼女の中に寒さが忍び込んでいくのが見える。

不意に観察者は思う。私が温めてあげたい。互いを温め合える場所があるのだから。

彼女はタオルを壁の釘に掛ける。男は湯気の立つフライパンの中身をバケツに空け、雪を混ぜてから温度を確かめ、バケツを女に渡す。女はバケツを受け取り、頭の上に持ち上げてバケツを傾ける。体に湯が流れる直前、彼女の右胸の下にある薄い星形の痣《あざ》が観察者の眼にはいる。

そこで観察者は机の引き出しから何か黒いものを引っぱり出し、伸縮性のある生地でできたそれを机の上に伸ばして置く。そこでそれが靴下だということが明らかになる。

厚手の黒い靴下。

拳銃――ＳＩＧザウアーＰ２２６――が一挺《ちょう》、観察者の眼のまえの机に置かれている。革手袋の手がその拳銃を回転させる。ひとりでやる〈真実か挑戦か〉（友人同士の遊びで、「真実か挑戦か」と問われ、「真実」と答えると、どんな質問に対しても正直に答えねばならず、「挑戦」と答えると、問うた相手に挑戦してほしいことをさせることができる）。回転が徐々に遅くなり、やがて止まる。銃身は観察者の胸のほうを向いている。観察者はいつも〝挑戦〟を選ぶ。〝真実〟はあまりに複雑すぎるから。特に彼の病状の真実は。

神聖なものに対する冒瀆《ぼうとく》。

右手がキーボードを叩く。〝十四時二十四分：♀のキャビンで何時間も過ごしたあと沐浴《もくよく》する。♂が♀を手伝う。キャビンの中で何をしていたかは不明〟。観察者はそこで報告を終える。これが彼の仕事だ。

仕事の一部だ。

18

十一月二十一日　土曜日　十四時二十四分

全身白ずくめの大柄な男が狭い空間の中をゆっくりと移動していた。青みがかったラヴェンダー色の光が男を水槽の中の孤独な闘魚のように見せていた。普通ならそういう類いの動きに彼女は興味を示すところだが、そのときは午後三時に始まるサッカーの試合のことしか頭になかった。少女たちのチームの試合のことしか。

土曜日。

まず警察本部を出て、スコーゴスのテラスハウスの自宅に帰り、娘のリッケ——すでに着替えていることを願うしかない——を連れてニートルプス・モッセ運動場に駆けつけないといけない。スコーゴス・トロングスンドFCの九歳の少女たちのチームは、地元のライヴァルチームのブーFCと対戦することになっている。

なのに彼女は今、狭いラボの中にいて、奇妙な振りつけの踊りを見ていた。

「これが壁の表面から見つかった」何も置かれていないように見えるテーブルの上に身を乗り出してロビンが言った。

「〝これ〟？」とディアは言って、相変わらず着心地の悪い白い防護服を調整した。「どうしてそれがここにあるの？　リンショーピングじゃなく」

国立科学捜査センター《NFC》の本部はまだリンショーピングにあったが、支部のほうは最近ストックホルムのポルヘム通りにある警察本部内に移転していた。

ロビンは怒ったような顔になって彼女を見た。

「今日は土曜日だ」

その答にあえて解釈を加えずにディアは言った。

「いずれにしろ、〝これ〟ってなんなの？」

ロビンは背すじを伸ばして言った。

「〝糸〟と呼べるだろうな」

「わたしがここに急行しなくちゃいけなかったほど、その糸は重要なものなの？」

「そうでもない」ロビンはそう言ってから、見えない糸に視線を戻した。「少なくとも今のところは。まだすべての可能性を排除したわけじゃない」

「わたしに質問をさせたいのね？」とディアは言った。「その糸は壁から見つかった。あなたはそう言ったけど、その壁ってポルユスの家のボイラー室の壁？」

「そうだ、ボイラー室の中から見つかった唯一の証拠だ。ただ、これだけではあの部屋の中に誰かが住んでいたことを証明することはできない。それはつまり、このスウェーデン警察の名誉ある長い歴史の中で一番融通の利かない警視、ベニー・ルンディンにはまだ話せないということだ」

「コニー・ランディン」ディアは辛抱強く訂正した。「どうしてそれを単純に〝糸〟とは言えないの？」

「あまりにも小さいからだ」とロビンは言った。「どちらかと言えば糸の断片、繊維と言ったほうがいいかもしれない。セメントの壁のざらついた表面に付着していた。背の高い男が床に坐っていたとしたら、ちょうど頭の高さだ」

ディアの眼のまえに映像が流れた。黒いバラクラヴァ帽をかぶった男の映像だった。眼にしても見たことを認めたくなくなるような映像。ほんの一瞬、彼女は自分の置かれている複雑な状況を忘れて「色は黒?」と叫んでしまうところだった。舌を噛んでなんとかそのことばを呑み込んで尋ねた。

「何色?」

「白だ」

いささか長すぎるほどロビンを見つめてから彼女は言った。

「なんの糸?」

「もっと詳細に調べる必要がある」とロビンは言った。「必ずしもこの糸がそうというわけじゃないが、ガーゼの包帯に使われることの多い素材だ」

「ガーゼの包帯?　じゃあ、血は?」

ロビンはうなずいた。

「だからきみに話してる。ソニー・ランデンにではなく。答えはノーだ。初期解析で血液は検出されなかった。しかし、まったくないとはまだ言いきれない。分子レベルまで落とさないと。おれがここにいるのはそのためだ」

「それでわたしを呼びつけたってこと?　血液が検出されなかったことを伝えるために?」

「言ったとおり、きみを呼んだのはそれが理由じゃない。これだ」

ロビンはそう言うと、眼のまえのテーブルと同じくらい何もないように見える小さなビニール袋を掲げた。ディアは近寄って袋の中を確かめた。袋の中の小さなかけらが青みがかったラヴェンダー色の光に反射してきらめいていた。

「これに関しては幸運に恵まれたようだ」とロビンは袋を振りながら言った。

「これは車の？」

ロビンはうなずいた。

「ああ、逃走車の塗料が剝がれたものだ。カーラッピングという方法について知っているか？」

「いいえ、知らない」

「塗装するかわりに車にフィルムを貼って色を変える方法だ。豊富な色が用意されている。この袋の中のかけらには、オラカル970プレミアムというシリーズの明るい青色のフィルムが含まれていて、フィヨルド・ブルーという色だと特定された。フィルムの内側に、車のもともとの色だったと思われる黄色っぽい白の塗料が付いているが、その色の特定にはまだ至っていない。化学的な分析が必要だから時間がかかるだろう」

「明るい青色のフィルムにくるまれた黄色っぽい白色の車？」

「合法的に登録されているとすると、土曜日にも仕事をするような熱心な警察官なら探しあてられるだろう」ロビンはそう言うと、見えない糸に向き合う作業に戻り、曲げた背中を彼女に向けたまま言い添えた。

「そんなところに突っ立って、おれの貴重な時間を無駄にしないでくれ」

ディアは肥りすぎのヴェテラン科学捜査官をしばらく見つめてから言った。「ロビン、ありがとう」

視線を上げることなく彼は言った。「資料はドアのところのフォルダーに入れてある」

その土曜日の残りの時間は妙な感じになった。ディアは防護服を脱ぐと、警察本部の地下にある駐車場まで駆け降り、十一月のヨーロッパ特有のしつこい霧の中に車を出した。雨の静的形状とも呼べそうなこの霧は、頻繁すぎるほど最近訪れているノールランドの内陸部の空気とは劇的なほどちがっていた。ニナス通りを速度を上げて走っていると、ディアは内陸部の容赦なく冷たい澄んだ空気が無性に恋しくなった。霧の中からいろいろなものが突然現われたせいかもしれない。黒いバラクラヴァ帽から得られたのは、明るい青色の眼だけではなかった。顕微鏡でかろうじて見えるほど微細な血のついた白い糸。青いヴァン——フォルクスワーゲン・キャディ——がバックで車庫から出るときに、壁をこすって車体の側面に削れてできた黄白色の引っ掻き傷。娘のリッケが九年という人生の中で初めて会心のヘディングでブーFCに得点したとき、ディアは歓喜するのが少なくとも二秒遅かった。その二秒のあいだに娘の眼の中に失望が広がるのが見えた。気がつくと、ディアが見つめていたのは、バレエの発表会に父親が来てくれなかったときの彼女自身の深い悲しみだった。

絶対に父親のようにはなりたくなかった。労働者階級の親族一同が大反対したにもかかわらず、生まれたばかりの娘にデジレなどというお高くとまった名前をつけたストゥーレ・ローゼンクヴィストなんかには。

報われなかった悲しいバレエ時代、彼女はデシーと呼ばれることに甘んじていた。しかし刑事になって新しい仕事のパートナーができたとき、初めて自分の呼び名に満足した。ディアと呼ばれることがこれまで感じたことがないくらい嬉しかった。しかし、それも過去の話になりつつある。魔法が解けてしまったかのように。NODでは彼女はもとのデジレに戻ってしまっていた。まるで自分そのものが変わってしまったかのように。

サム、あなたはノールランドくんだりでいったい何をしているの?

心の奥ではわかっていた。自分で認めたいと思う以上に。長年の希望が叶《かな》ってNODの仕事を得たことで、彼女には失ったものがあった。それでも、シルヴィアの突然の死と、サムとブロームの失踪の関係を調べたかった。彼らが公安警察と関係のあるすべてのものから距離を置くために、ノールランドで身を隠しているのは疑いようのないことだ。今になって思うと、彼女が追い込まれているこの複雑な状況も偶然の結果とは言えない。一石二鳥——カール・ヘドブロムの冤罪《えんざい》の可能性について再捜査すれば、シルヴィアとベリエルとブロームに起きたことの真実を突き止めることができるかもしれない。そう思ったのだ。

が、ことはそううまくはいかなかった。彼女は思った——あらゆるごたごたが今すべてわたしの身に降りかかっている。

車の運転席に坐り、かなり若い頃の自分の顔が眼のまえにあることにディアは一瞬戸惑った。同じ茶色い眼——サムがふざけて呼ぶ〝鹿の眼《ディア》〟——に同じようなボブカットのまっすぐで艶やかな茶色い髪。リッケを見ていると、まるで時間を通して鏡に映る自分を見ているような気分になることがよくある。その鏡に映ると人は何歳にでもなれ、今は九歳のデシーに戻っていた。が、実のところ、眼のまえにいるこの九歳の少女はバレエではなくサッカーをしており、泥だらけで助手席に坐って母親を見つめ返していた。

「よくやったわ。大活躍だったじゃない」ディアはなんとか取りつくろって言い、泥のついた娘の頬を撫でた。

「なん対なんだったかもわかってないんじゃないの?」そう言うリッケの顔を見ていると、父ストゥーレに対する反感がまた湧いてきて、デジレは自分に言い聞かせた。今はそんなことを考えている場合ではない。

「八対四。でしょ?」と彼女は言った。

リッケの表情がゆるみ、笑みが顔じゅうに広がった。

「三点も入れたんだよ!」とリッケは誇らしげに言った。

「すごいわ、リッケ。あなたはママの自慢の娘よ」意図したより堅苦しい言い方になった。

娘が見せた笑顔は彼女が許されたことを意味していた。が、その土曜日に二度目の許しは期待できないだろう。

〝夜、家でくつろぐ〟。中産階級の自己満足を表わすこの究極の表現と、ディアは今もなかなか折り合いをつけられずにいたが、リッケが成長するにつれ、その機会は徐々に減っていくということに最近気づいていた。あと一、二年もすれば、娘は土曜の夜は友達と過ごしたいと言いだすだろう。だから、残り少ないそんな貴重な夜はできるだけ一緒にゆっくりくつろぐことを自分に誓っていた。

車が二台はいる車庫の右側の扉が開くのを待つあいだ、夕闇に包まれているテラス付きの自宅を眺めた。自分の将来を想像したとき、郊外の平凡なテラスハウスを思い描いたことはなかった。ただ、これといって具体的な夢があったわけでもなかった。いい母親、いい妻、いい警察官になること、幸せに暮らすこと以外は。

仕事を引きずらずに帰宅すること。ディアはたいていの場合、それがほかの同僚よりうまくできているほうだった。が、今回ばかりはそうはいかなかった。いつもとちがう感覚があった。何かがずっと引っかかっていた。どうしてもやらなければならないこと──現在おこなっている捜査にこのあと組み込まなくてはいけない課題──があるのは言うまでもないが、自分で自分を窮地に追い込んでしまったという事実がどうしても頭から離れなかった。なんとしてもこの窮地から抜け出さなくてはならない。今までディアは規則を破ったこともなければ、同僚に隠しごとをしなければならない立場になったこともなかった。

なのに今は二重の人生を生きている。

シャワーを浴びてくるようにリッケに言い、二重生活について考えながら冷蔵庫から料理の材料を取り出していると、ドアが開き、救急車の運転手の制服を着たままのジョニーが腕を広げてはいってきた。彼らはハグし合い、彼はいつものようにディアの髪をくしゃくしゃにした。そうされるのがディアは嫌でもあり、好きでもあった。

「で、どうだった？　勝ったのか？」

「八対四」とディアは言って、コンロの火をつけた。「あの子、三点も入れたのよ。それも一点はヘディングで」

「ヘディングだって？　すごいじゃないか。個人指導をすれば効果が出るって言ったとおりだろ？」

「庭で何回かプラスティックのボールを投げただけで、それが個人指導になるわけ？」

「大切なのは練習量だ」仕事着を脱ぎながらジョニーは言った。「それが鍵だ」

のんびりと居間のほうに歩いていく夫をディアは見つめた。何も言えなかった。

二重生活……

夕食のあいだはもっぱらその日の試合が話題の中心となった。食べながら彼女は自分の家族を眺めた。ほんとうはもっと子供が欲しかったのだが、そうはならなかった。もっとも、リッケひとりで手一杯だったが。自分が九歳のときにはこんなにエネルギーにあふれていただろうか、とディアは思った。ジョニーはストゥーレなんかとはちがい、はるかにいい父親だ。リッケのありあまるエネルギーはおそらく父親譲りだろう。外見的に父親から受け継いだのはたったひとつ、ジョニーそっくりの耳たぶだけだが。その一点以外、娘はまるで母親のレプリカだ。

ただし、改良版。

二重生活を送っていないほう。

夕食も終わりに近づき、ディアはワインをふたつのグラスに注いでからスパゲティの最後の数本を呑み込んだ。そのあと情けないことに期待して待っていると、やがてリッケが興奮気味に言った。

「リヴァプールの試合、見てもいい？　ねえ、パパ、お願い」

娘のそのことばをディアは期待していた。二〇〇九年三月、リヴァプールがマンチェスター・ユナイテッドを四対一で叩きのめした伝統の一戦。ジョニーが大事にしているリヴァプールの試合の膨大なコレクションの中でも貴重なもののひとつだ。その鑑賞会には彼女の参加は期待されていない。つまり、彼女には九十分間の自由時間が与えられるということだ。ほんとうの休憩はそのあとだ。

そのことはリッケにもわかっており、母親に抱きつくと、どこか申しわけなさそうに言った。「じゃ、あとでね」

ディアは娘の頰をそっと撫で、嬉しそうに居間のほうに跳ねていくうしろ姿を見送った。

ジョニーも妻にキスをして、娘のあとを追った。

「ここを片づけたらちょっと車庫で仕事をするかも」とディアは言った。

ジョニーは立ち止まって訊き返した。

「土曜日の夜に？」

「ほんのちょっとだけよ」と彼女は嘘をついた。

ディアはその嘘が他愛のないものだと自分にも思い込ませようとした。

ポルユスのボイラー室で見つかった微細な白い糸と同じくらい他愛もないものだと。

夫と娘がテレビのまえに坐ったのを見届け、彼女は家を出ると、車庫に行った。二台の車が収容できる車庫の奥が彼女の聖地だった。もっと平凡な言い方をすれば、彼女の仕事場だった。

そこにはわずかな家具しかない――机、椅子、パソコン、そしてあらゆる種類の情報が貼りつけられた特大のホワイトボード。その情報の共通点――すべてここ数日間に関係する情報。イェシカ・ヨンソン、ヘレーナ・グラデン、リーサ・ヴィードストランド、カール・ヘドブロム。そして、サム・ベリエルとモリー・ブローム。

彼女は改めて思った、やはりわたしは仕事中毒なのかもしれない。

パソコンの横にロビンのファイルがあった。彼女はファイルを開きながら時計を見た。残りは八十分。

グーグルを簡単に検索しただけで、カーラッピングがスウェーデンじゅうの自動車修理工場でおこなわれていることがわかった。オラカル970プレミアム・シリーズも、その中のフィヨルド・ブルーという色もほとんどの工場で扱われていた。今からそれらの工場に電話をかけて確かめてもあまり進展は見られそうもない。土曜日の夜ともなるとなおさら。あと残されているのは車両登録データベースの高度な検索。かつては黄白色——そもそもそんな色があるのかどうかもわからず、思いつくかぎりの表現を検索窓に入力してみた——をしており、いつかの時点で明るいブルーに塗り替えられた車。必ずしもそうとはかぎらないが、可能性として考えられるのは小型のヴァン、フォルクスワーゲン・キャディ。

検索開始。警察本部で使っているパソコンよりはるかに新しいモデルのパソコンが喘息《ぜんそく》のような音をたてながら、一所懸命に仕事をしているあいだ、彼女はロビンのファイルを確認した。

まずいくつかの化学分析の結果。おそらく予備的なものなのだろうが、ディアにはさっぱり理解できなかった。次にポルユスの家の間取り図。場所ごとに見つかった証拠が番号とともに記入されていたが、白い糸のことは書かれていなかった。ロビンにすれば、最後の分子まで抽出してからでないと自分から持ち出したくないのだろう。実際、その概観図に描かれている一連の出来事は不完全なものだった。彼女は足を踏み入れたばかりの暗い秘密の世界からの情報をそこに加えて想像した。

イェシカ・ヨンソンがベリエルとブロームと一緒に地下室の階段を降りていく。地下室は真っ暗だ。彼らは懐中電灯を持っているが、ボイラー室に明かりがついていたらドアの隙間から洩れていたはずだ――そのことはすでに実証済みだった。耳をつんざくような騒音に満ちた真っ暗なボイラー室の中、バラクラヴァ帽をかぶったブルーの眼の男が待っている。ディアは男の身長を一メートル八十五センチ、靴のサイズを45と想定し、男がその中に住んでいたというロビンの練達の直感を信じた。男は角材を抱えて待ち、ベリエルがドアの把手を押し下げるよりさきに攻撃に出る。そのすばやさは驚くほどで、ベリエルもブロームもひとたまりもない。やがてイェシカが悲鳴をあげ、男は彼女を何かのコードで階段に縛りつける。そして、意識を失っているベリエルとブロームを壁ぎわまで引きずり、別々のラジエーターにくくりつける。次に、イェシカを縛っていたコードを切り、彼女を引きずって地下室の階段をのぼる。そして、居間まで連れていき、テレビのまえのソファのところで角材で殴りつける。血液の量からいかにひどい暴行だったか推察される。ひょっとするとこの時点ですでにナイフ――非常に鋭利な外科用メスか狩猟用ナイフ――を使ったのかもしれない。しかし、彼女はその時点では死なず、暴行は階上《うえ》でも繰り返される。犯人は何度か血だまりを踏んでいる。事前に家の中を入念に掃除していたことを考えると、寄せ木張りの床に足跡をそのままにしたのは不可解だ。当時イェシカ・ヨンソンが履いていたスリッパソックスの跡も残されている。引きずられた跡は階上《うえ》まで続き、そこでもナイフによる暴行が繰り広げられ、イェシカの体から流れ出た大量の血液が白いシーツに赤い輪郭を残す。イェシカはそこで絶命する。犯人は彼女の臀部に四つ葉のクローバーの絵を描き、その部分の皮膚を切り取って床の上に残す。どうしてその場に残した？　自分のDNAの痕跡は完璧に消し去ったにもかかわらず、足跡や四つ葉のクローバーというわかりやすい証拠を残すことにはなんのためらいもない。どうしてだ？　それは誰かへのメッセージとしか思えない。周到に練られ、意識的に残されたヒントとしか。

臀部に描かれた四つ葉のクローバーにこだわっていた者に向けて残したヒントとしか。殺されたイェシカ・ヨンソンは、そもそもどうしてこの暗号めいた手紙をわたしに送ってきたのだろう？

ディアはそこまで考え、答は無理に出さず、そのあとは事件のおさらいに戻った。イェシカを殺したあと、犯人は屋根裏部屋からスーツケースを持ち出し、死体をその中に詰め込む。そして、スーツケースを引きずりながら階段を降りる。家の外に出てスーツケースを地面に置くたび雪の上に血痕が残る。ようやく車庫にたどり着き、ベリエルとブロームのジープが邪魔にならないところに停められているのを見て、犯人は安堵《あんど》する。スーツケースを小型ヴァンに乗せる。バックで車庫から出ようとする。その途中、車が車庫の白い壁をこすり、塗料が剝がれて壁に付着する。

そこまで想像して、ディアはふと嫌な考えに取り憑《つ》かれた。ベリエルとブロームが自分たちのDNAを消去する際、殺人犯のDNAまで消してしまったのだとしたら？　もしそうだとすれば、ディアは捜査を妨害しただけでなく、証拠まで損壊してしまったことになる。この並行捜査が明るみに出れば、警察を馘《くび》になるだけではなく、まちがいなく刑事責任を問われることになるだろう。思い描いていた人生はそこで終わる。

幸いなことに、一連の思考はピッという電子音によって中断され、彼女は現実世界に引き戻された。パソコンの音だった。

検索が終了し、画面にリストが表示されていた。

条件に合致したスウェーデンじゅうの車のリストだ。小型ヴァンもしくはヴァンに近い形状の車両で、黄白色に近い色から明るい青色のラッピングを施された車。

九台あった。

エレブルー市、ヘルシンボリ市、ストックホルム郊外のフィッチャ地区、ウメオ市、ソールセレ市、ボロース市、カールスタード市、ハルムスタッド市。

リストを眺めながらディアは考えた。なんの先入観もなく。そのときあることばが浮かんだ──内陸部。

ノールランドの内陸部。

ソールセレ市。

携帯電話を取り上げた。まだ十九時十六分。リヴァプールのご厚意により、あと八分の猶予がある。

彼女は電話をかけた。

二重生活の世界に。

19

十一月二十一日　土曜日　十八時三分

確かにソールセレ市は内陸道《インランド・ハイウェイ》——ヨーロッパで一番長いE45号線——の北にあることはあるが、ポルユスの小さな村からの約三百キロという道のりは、年季の入ったノールランダーにとっても、とてもではないが〝すぐそこ〟と言えるようなものではない。到達不能極からはさらに遠かったが、太陽が沈んで久しい闇の中、ようやくジープは目的地に着こうとしていた。地平線上に見えるかすかな光が文明の存在をほのめかしていた。途中、ものすごい数のヘラジカがジープと並走した。といっても、ヘラジカは野生動物を守る囲いの内側に沿って走っていたのだが。それでもいつ集団自殺の衝動に駆られて囲いを突き破らないともかぎらないような勢いだった。幸いにも囲いが破られることはなく、ジープの中のふたりは内陸に棲む動物の理解しがたい野生の被害を受けずにすんだ。

被害はなかったが、影響がまったくなかったかと言えばそうでもなかった。

ブロームが運転し、ベリエルはそんな彼女をこっそり観察した。彼の視線に気づいていたかどうかわからないが、ダッシュボードから発せられる鈍く青い光を浴びた彼女の顔からは何も読み取ることができなかった——秘密は別のところに隠されている。そもそも秘密があるなら。

「ビキニには驚いたな」やがて彼は言った。「タオルの下にあんなものを着てたとはね。まったく予想してなかったよ」

ブロームはゆがんだ薄笑いを浮かべた。

「ビキニじゃないわ。ただのスポーツブラとスポーツパンツよ」

「おれにはまだわからない。人間そんなに長いあいだ意識を失っていられるものなのかどうか」とベリエルはだしぬけに言った。

「ずっと意識がなかったわけじゃないわ。でも、薬のせいで朦朧《もうろう》としていたことは確かね。申しわけないけど、ほかに方法がなかったの。あなた、自殺すると言っていたから」

ベリエルは彼女を見つめた。

「おれが？」

「実際、薬の量を減らしたとたん、あなたは自殺しようとしたの。だから地面に組み伏せなければならなかった。二度も。とにかく重度の精神障害を起こしていた。そんなあなたの相手をするのがどんなに大変なことだったか、わかってほしい。あなたの感情はジェットコースターのようだった。ええ、鎮静剤を投与したのよ。薬漬けにしたの。それは認める。でも、それ以外に選択肢はなかったのよ。だからほんとうにほっとした……もとのあなたに戻ってくれたときには……」

ベリエルは押し黙り、窓の外に広がる漆黒の闇を見つめた。標識が通り過ぎ、ヴェステルボッテン県にはいったことがわかった。もっとも、だからといって何も変わらなかったが。ここも相変わらずラップランドだ。動物の姿はどこにもなく、あるのは森だけだ。森と山だけだ。

「どうして自分がそこまで制御不能になったのかわからない」

ブロームは首を振って言った。

「精神障害を理解しようとしても無理よ。そもそも意味のないことよ。現実と自我が融合してしまうから。それは同じ意識といってもまったく別次元のものね。超自我に近づこうとするものはすべて消滅する」

「以前にも対処した経験があるような言い方だな」とベリエルは言った。「おれは問題もなく回復できて、きみは的確な薬物を入手して的確な治療を施してくれたということか。薬局に強盗にでもはいったのか？」

「そう、わたしには経験があるのよ。わたしの弟が……」

「ああ……」

「心的外傷後精神障害とか急性反応精神病とか呼ばれる。だから、あなたと同じような症状を見たこともあれば、看病をしたこともあったというわけ。むしろあの頃はそれがわたしの生活の一部だった」

「つまり、おれに起きたようなことはありえないことじゃない。そういうことか？　そういうことがいとも簡単に起こる？」

ブロームは悲しそうに笑った。

「ええ。ただ、もともと解離的な行動をする傾向がある人に、より強い反応が出るみたい」

「何を言っているのかわからない」

「自分の人格の中に存在するさまざまな側面を統合するのが苦手な人ということよ。このことについてはわたしを信じてもらうしかないわね」

ベリエルはまた黙って考えた――おれは彼女を信じていた。その彼女のことばどおりなら、おれは自分の奥深くにはいり込んだということなのだろう――統合されていない解離的な自我の中に。それはこれまでにもあったことだ。自分の中の別々の人格が並行して存在する人生を生きているという感覚を覚えたのは。それが今は超自我が目覚め、自分を監視している？　心の声が聞こえた。

〝おれは今、自分の病《やまい》と向き合っている〟。それは自分でもわからなかった。

その声に自分が納得したのかどうか、それは自分でもわからなかった。

「きみに弟がいたとは知らなかったな」と彼は言った。

彼女は顔をしかめただけで何も言わなかった。

「スポーツブラとスポーツパンツを買ったとき、ほかに何か買わなかったのか？」と彼は訊いた。

「どういう意味？」

「スポーツ用品はほかには買わなかったのか？」

「いえ、買ったわ。スキーにスキーウェアにヘッドランプ。一応言っておくと、買った店はスンツヴァル郊外の〈インタースポーツ〉。作動している防犯カメラはなかった」

「靴下は？」

ブロームは道路から視線をそらしてベリエルを見つめた。曲がりくねった道路の状況からすれば、とても誉《ほ》められたことではなかった。

「ええ、買ったわ。黒い靴下。ほとんどの運動に適した普通の靴下」

「ほう」とだけベリエルは言った。

「ねえ、サム、よく聞いて。あなたが呑気《のんき》に警察学校で学んでいた頃からの大切な友達、シルヴィア・アンダーションは咽喉に黒い靴下を詰め込まれて死んでいた。それは知ってる。わたしもあの場にいたんだから。覚えてる？　だからと言って、すべての黒い靴下が突然殺人の凶器になるわけじゃない。いったいどうしたの？」

「ゆうべおれのベッドの脇のテーブルに黒い靴下を置いたりしなかったか？」

「何をクソたわけたことを言ってるの？」

「きみは汚いことばは使わない人だと思ってたよ」

「つきあってる人がこのところ上品な人ばかりとはかぎらなくなったものでね」とブロームは吐き捨てるように言った。「いったいどうしちゃったの？」

ベリエルは首を振った。

「ゆうべおれは服を着たままベッドに倒れ込んだ。最後に覚えてるのはサイドテーブルの上に携帯電話を放ったことだ。朝起きると、同じ姿勢で寝てた。サイドテーブルを見ると、ご丁寧なことに携帯電話の上に黒い靴下がかぶせてあった」

ブロームは彼を見つめた。そして首を振ると、きっぱり言った。「それ、わたしじゃない。あなたのキャビンにはもう長いことはいってない。きっと寝ぼけてたのよ。精神障害の後遺症から完全には抜け出せてないし、角材で頭を殴られたし。あなた自身では制御が利かないことをあなたの脳が何かしでかしたとしても、驚くようなことじゃない。まわりの人間のことを片っ端から疑うのもそのひとつね」

ベリエルは顔をしかめた。近づいてくる光に向かって車は走っていた。それはもはや地平線上に浮かぶ半球状の光の塊ではなく、夜空いっぱいに横に広がっていた。最初の家々が通り過ぎた。

「アンデシュ・ヘドブロムに関してほかにわかったことは？」とベリエルは訊いた。

「ええ、少しだけど」とブロームは答えた。「歳はカールより三歳上、これはもうわかってることだけど、もともとは大工で、それから作業工具の販売の仕事に転職した。四年まえにマルメの工具販売会社が倒産したときにソールセレ郊外の家を現金で購入した。それ以来、無職のままよ。スポーツジムの会員になってる以外、地元のコミュニティ活動にも参加していない。ジムのマネージャーに連絡を取って訊いたところによると、アンデシュはソールセレの中でもかなり体を鍛えてるほうらしいけど、このところジムでは見かけてないそうよ。因みに彼の身長は一メートル八十五センチ」

「ほかには？」

「あまり社交的じゃない。マネージャーはそう言ってた。だから、誰も彼のことをよく知らないみたい」

「で、ディアの言ってたことはほんとうなのか？」

「なんのこと？」

「〝違法な武器〟を持ってるということ。ポルユスと同じ失敗は二度としたくない。体を鍛えたアンデシュ・ヘドブロムに角材で襲われたら、できれば銃で応戦したい」

ブロームはベリエルのほうに身を乗り出してグラヴボックスを開けた。中は空っぽだった。

「あなたの腕時計の箱と同じ」とブロームは言った。

ベリエルはグラヴボックスと同じくらい空虚な眼でブロームを見た。が、そこでぴんときた。空のグラヴボックスの底の端を持って上に引き上げると、下の空間に頑丈そうな銃が二挺はいっていた。そのうちの一挺を彼は手に取った。ずしりと重かった。

「よし」とベリエルは言った。

「もうすぐ着くわ」

車の速度を落として横道にはいり、しばらく真っ暗な中を走ると、壁のように密集したモミの木の隙間からかすかな光が見えてきた。ブロームはすぐに車を停め、ライトを消した。

「もうとっくに聞こえただろうな」とベリエルは言った。

「そうともかぎらない」ブロームはそう言うとドアを開け、眼を細めて森の中の光を見つめた。

そして、拳銃を手に取ると、弾倉を確認してから安全装置をはずし、ゆっくりと細い道沿いに進んでいった。ベリエルは暗闇の中でいささか手間取りながらも銃を構え、彼女のあとを追った。森の中の光は消えたかと思うとまた現われた。それは荒れ果てた小さな家の明かりだった。ふたつの窓から洩れているその光はそれほど明るくはなかったが、ポーチの階段と玄関のドアを照らすには充分だった。細い小径は荒れ放題の庭の中を通って二手に分かれ、一方は家のほう、もう一方は車庫のほうに延びていた。車は見あたらなかった。

彼らは家へと続く小径を進んだ。家に近づくにつれ、雪が降りだした。殺風景な景色をやさしく包み込むようなきれいな雪だった。

ベリエルたちはポーチの階段をはさんで立ち、銃を構えた。そして、少しの音も聞き洩らさないよう耳をそばだてた。何も聞こえない。風さえない。唯一動いているのは息を殺すようにして地面に舞い降りる雪片だけだった。

ベリエルはできるかぎり音をたてないように一歩踏み出した。すぐうしろにブロームがぴたりとついてきているのが感じられ、背後を掩護《えんご》してくれているのがわかった。彼らは玄関のドアまで来た。ブロームがしゃがみ込んで鍵を確かめ、ドアの把手に手を伸ばしてベリエルを見た。彼は銃を構え、うなずいた。

ブロームは把手を押し、銃を構え、ドアを開けた。地獄の深淵《しんえん》から吹いてくる風がものすごい勢いで彼らに襲いかかった。あたかもずっと加圧されていた家の内部が開放され、それまで溜め込んでいた悪臭を一気に吐き出したかのように。シュールストレミングの缶詰（世界一臭いと評される塩漬けニシンの缶詰）を開けたときに似ていたが、次元がちがった。

いずれにしろ、疑いの余地はなかった。

家の中に死体がある。

ブロームは肩をすくめた。ベリエルは眼のまえが真っ暗になりかけたが、今はそんな場合ではないと気を引きしめた。中で誰かが死んでいたとしても、この家が安全とはかぎらない。むしろ危険と考えるべきだ。中に何者かがいて、今このときにもその何者かが死体を弄《もてあそ》んでいる可能性もないとは言えない。血迷った狂人が墓地にも匹敵するくらいの数の死体に囲まれて待ちかまえている可能性さえ。きわめて知的な狂人が角材を構えて。

嗅覚だけは抑え込みながらも感覚を研ぎ澄まし、身構え、家の中にはいった。なんの変哲もない不潔で味気ない独身男の住まいだった。玄関ホールにもキッチンにも人はいなかった。まだなんの音も聞こえてこない。居間にはほとんど家具が置かれていなかった。ここにも誰もいない。

一定のリズムで繰り返される辛《つら》そうな自分たちの息づかいの音以外何も聞こえない。階上《うえ》へと続く階段と、半分閉じたドアの向こうに地下室への階段があった。ふたりとも別行動をするつもりなどなかった。研ぎ澄まされた直感に従い、地下室へのドアまで一緒に進んだ。

ベリエルがドアを目一杯開けて、暗い階段に向けて銃を構えた。ブロームのほうは古びたスウィッチを見つけて何度か上下に動かしたが、明かりはつかなかったので、懐中電灯を取り出した。ベリエルもそれに倣った。二本の光のすじが低い天井と狭苦しい壁の表面を照らした。

さらに下へと続く階段が現われた。

一段ずつ降りていった。悪臭が強まっているのか弱まっているのか、判断がつかなかった。それほど彼らの嗅覚は麻痺《まひ》していた。天井と壁に照らし出されている緑色から考えれば、当然別のにおいがするはずだった——じめっとした湿気のにおい、黴《かび》のにおい。実際、家の中は黴だらけだった。しかし、黴には太刀打ちできないほどのにおいが充満していた。

まず、誰かが隠れているような場所がないか壁や隅を懐中電灯で照らした。そのあとセメントの床の中央を照らした。

男がそこに横たわっていた。ふたりは懐中電灯で男を照らし、微動だにせずにそこに突っ立って耳をすました。低く鳴り響くボイラー室の音ではなく、それより高いぶうんというハエの羽音が聞こえた。

男の顔は見えなかった——顔を床に押しつけ、耳を覆っているこんがらがった髪が床に広がっていた。金属製の頑丈そうな椅子が男の上に半分乗るように倒れていた。よく見ると、男の脛《すね》が椅子の脚に何かのコードで縛りつけられていた。両腕はがっしりとした上半身の下に隠れていた。まるで手を組んで祈っている最中に倒れたかのようだった。

かつては筋肉隆々の体だったのだろう。

体のまわりに広がっている血は、ただ凝固しただけというより完全にセメントの床の中に染み込み、ほとんど色をなくしていた。

ベリエルはひっくり返った椅子を調べた。左側の肘掛けにコードの残骸がからまっていた。コードそのものは引きちぎられていた。

ブロームは咳払《せきばら》いをし、かろうじて聞き取れる声で言った。「彼は椅子に縛りつけられて拷問された。でも、アンデシュ・ヘドブロムは強靭《きょうじん》だった。だからすぐには死ななかった。最後の力を振り絞って、彼は手首に巻かれていたコードを引きちぎった。そして、起き上がろうとした。でも、倒れ、また起き上がろうとして倒れたまま死んだ。セメントの床に顔を押しつけたまま……」

「もう死んだものと犯人は思ったんだろう」かすれた声でベリエルは言った。「犯人が立ち去ったあと、アンデシュ・ヘドブロムは最後の力を振り絞って何かをしようとした。死ぬまえにどうしてもしなければならなかったことを。難問に取りかかる準備はいいか？」

ブロームは手を上げて彼を止めた。

「じっくり考える必要がある」と彼女は言った。「でも、そのまえにこの家が安全かどうか確認する必要があるんじゃない？　階上《うえ》とか？」

ベリエルは死体を指差した。

「埃《ほこり》をかぶってる」と彼は言った。「つまり、何週間もここには誰も来てないってことだ。ただ、いつでも銃を抜けるようにしておこう」

彼女はまた彼を止めた。

「遅かれ早かれ、警察が来る。わたしたち、何か手がかりを残してない？」

「玄関のドア」と言いながらベリエルはうなずいた。「ほかに触れたところは？」

「ポルユスの家と同じことね。髪の毛や皮膚片が落ちたかもしれない。あなたが頭の中で考えていることをこれからしたら、もっと痕跡を残してしまう」

「ほかにいい案はあるのか？」

「ないわ」と言いながら、ブロームは上着のポケットからラテックスの手袋を取り出し、ベリエルにも二枚渡した。彼らは着け心地の悪い手袋をはめた。

ふたりそろって死体の片側に手を掛け、力を合わせてかつては重く大きかった体を裏返した。驚くほど簡単だった。悪臭の立ち込める中を飛びまわっている虫たちは乾燥しきっていない肉を食い尽くして、すでに体を空洞にしていた。沈没船からは蛆虫《うじむし》も逃げ出したあとだった。まるで防腐処置の施されたエジプトのミイラを見ているようだった。アンデシュ・ヘドブロムの死体は短くて死後三週間、あるいは一ヵ月ぐらいは経過しているはずだ。ベリエルは経験からそう判断した。

その間、彼のことを気にした者は誰もいなかったらしい。

腕はほとんど骨だけになっており、死んだときのまま胸のまえに折りたたまれていた。ただ、その手は祈りのために組まれているのではなかった——何かを握りしめていた。

右手にはペンを持ち、左手は紙切れを握っていた。電気料金の請求書だった。ベリエルは慎重に請求書の裏側を懐中電灯の光に向けた。死に逝《ゆ》く男が震える手で書いたと思われる大きな文字が見えた。そこに書かれていたのは〝ベリエル〟だった。

ベリエルは紙切れをじっと見つめた。ブロームも同じように紙を見つめていた。

「なんなんだ、これは！」やっとの思いで彼は言った。

ブロームの顔は真っ青だった。「犯人はもう死んだものと思ってアンデシュを置き去りにした。でも、アンデシュはどうしてもやらなければならないことをするために、最後の力を振り絞った。人間離れした力でコードを引きちぎった。それだけでも大変なことだったと思う。さらにそのあとポケットからペンと紙切れを取り出した。それはそれほど大事なメッセージだったから。そして〝ベリエル〟という名前を書いた」

「どういうことなんだ？　こんなところには来たこともないのに」力なくベリエルは言った。

「彼がこれを書いたのはおれたちがまだエレン・サヴィンエルの誘拐犯を追っていたときのことだ」

「最初に発見したときの姿勢に戻さないと」とブロームは言った。

「これを握ったままにはしておけない」とベリエルは言った。

「でも、事件現場から証拠を持ち出すわけにはいかないわ。それに、証拠を隠滅してもロビンはきっと突き止める。その上ここにあなたのDNAが見つかったら、事態はなおさらまずくなる。大丈夫、あなたにはアリバイがあるんだから。スウェーデンにはベリエルなんて苗字の人は大勢いる。それに、もしかしたらまったく別のことを伝えようとしてたのかもしれない。とにかく彼をもとどおりうつ伏せの状態に戻して、動かしていないように見せないと」

ベリエルはブロームをまじまじと見つめた。細かいことにこだわっている場合ではないことは充分に承知していたが、今の彼女の反応に少し妙なところはなかったか？　なんだか急いでいるように見えなかったか？　彼女の理屈はすじが通っているか？

それでも、ベリエルは今はブロームを信じることにした。この地獄のような家から一刻も早く逃げ出したい気持ちは彼も変わらなかった。ふたりはアンデシュ・ヘドブロムの抜け殻に手を添え、一気に裏返した。ブロームは彼の姿勢を直し、細かいところまで微調整した。すべて初めて死体を見たときと同じ状態に戻した。

彼らは拳銃を構えて互いを掩護しながらその場を離れ、二階は確認しないまま新鮮な空気の中に出た。これほどまでに新鮮で澄みきった空気を味わったのはふたりとも初めてのような気がした。だんだんと激しさを増して降る雪の中、ベリエルは何度も深呼吸をした。雪片を吸い込むたび、頭が冴《さ》えていくような気がした。

ベリエルはポーチの上で振り向いた。ブロームは玄関ドアのまえで屈《かが》み込み、把手を拭いていた。拭きおえると立ち上がり、ポーチから離れた。ベリエルもあとに続いた。ふたりともひとことも発さなかった。

車に乗り込むと、それぞれの拳銃をグラヴボックスの中に戻した。雪がどんどん降り積もっていく狭い道でUターンし、速度を上げてその場を離れた。ふたりがしゃべる気になったのはずいぶんと時間が経ってからだった。

「で、いったいあれはなんだったんだ？」欧州自動車道路に乗ったところでベリエルが言った。

ブロームは首を振りながら答えた。

「そのことを冷静に分析するのはまだ無理よ。普段どおりの呼吸に戻すことで今のわたしは精一杯。ただ、ひとつだけ明らかなのは、アンデシュ・ヘドブロムがわたしたちの追っている殺人者ではないということね」

「ああ、彼がゾンビでないかぎり」とベリエルは言った。「見た目はまさにそうだったが」

ブロームはまるで頭がちゃんと固定されているか確かめるように首を振った。

「それにしても彼はなんでおれの名前を書いたんだ？」とベリエルは続けた。「それを書いて力尽きた。それほど重要なことだった――警察に残す最後の手がかりとして。犯人は自分がベリエルだと名乗ったんだろうか。それともほんとうにあれは名前なのか？　ほかの意味はないのか？　たとえば何かのことばの最初の部分とか？　あるいはことばの最後とか？」

彼にはブロームの気持ちが今はここにないような気がした。まるでふたりのあいだに別の何者かが割り込んできたかのようだった。とても冷たい何者かが。

そのときどこからか着信音が聞こえ、嫌な緊張を解いてくれた。ベリエルは車の中を見まわした。ジープの時計は十九時十六分を表示していた。ようやく運転席と助手席のあいだの小物入れの中で衛星電話が光っているのが見えた。表示されている相手の電話番号を確認し、スピーカーフォンにしてから電話に出た。

「ディア?」

「ソールセレ市」とディアは言った。

ベリエルとブロームは眼を見合わせた。

「それが?」

「イェシカ・ヨンソンの死体を連れ去った車の登録地はどうやらソールセレみたい。それって今あなたたちがいるところの近くじゃない?」

「ああ、近くだ」とベリエルは言い、感電しそうなほどのブロームの強い視線を感じた。

「詳しく話してくれ」

「わかってるのはそれだけよ」とディアは言った。「とても特殊な車なんだけど、ほかの八台が登録されてるのはスウェーデンの別の場所だった。今、データを見ながら話してるんだけど、車種はフォルクスワーゲン・キャディ、色は黄白色だったけど、明るいブルーのフィルムでラッピングされてる。自動車登録番号はLAM387」

「所有者の名前は？」

「今、見てるところ……ちょっと待って……あ、あったわ。えっと……」

「名前は？」

「車の所有者はアンデシュ・ヘドブロムよ。えっ、ヘドブロム？」

突然ベリエルはまえに放り出され、胸のあたりに激しい痛みを感じた。何が起きたのか理解するまでしばらくかかった。ジープが内陸道《インランド・ハイウェイ》の真ん中で急停車したのだ。彼はとっさに走り去るヘラジカを探した。しかし、そんなものはどこにもいなかった。彼の眼に映ったのは、窓の外に広がる漆黒の闇とヘッドライトに照らされながら降りつづく雪、そしてダッシュボードの表示パネルの青白い光に浮かび上がるブロームの硬く冷ややかな横顔だった。

「ねえ、どうかしたの？」車の中にディアの金属的な声が響いた。「今、大声をあげなかった？　サム、何かあったの？」

ベリエルは凍りついてしまったかのように動かないブロームを見た。彼女はおもむろに車をバックさせ、Uターンした。そして、しばらく自分たちのジープのタイヤの轍《わだち》の上を走ったあと、車線を変更した。

「ヘラジカだ」ベリエルはブロームから視線をそらさずに言った。「心配要らない」

「そう……」ためらいがちにディアは言った。「で、ヘドブロムって？」

「ああ、カールの兄だ」とベリエルは言った。「おれたちは彼の居場所を突き止めてソールセレの家に行った」

「ああ、もう。わたしがなんて言ったか覚えてる？」

「きみがおれたちに電話してきたんだ。ＮＯＤの同僚にじゃなく。だからもうごまかすのはやめにしないか？　きみは二重捜査をしてる。もうあと戻りはできない。おれたちにこのまま続けさせたいんだろ？」

「彼の家の中にはいったの……？」

「残念だけど、きみにとって長い土曜の夜になりそうだな」

受話器の向こうの大きなため息がジープの中に響いた。

「あと四分しかない」やがてディアは言った。「リヴァプールの試合が終わってしまうのよ」

「アンデシュ・ヘドブロムは死んでいた」とベリエルは言った。「ほぼひと月ぐらいまえに拷問されて殺されたようだ。今も地下室の床に転がってる」

そのときブロームがベリエルの太腿に手を置いた。驚いて彼女のほうを向いた。彼女はベリエルを見ていなかった。硬い表情でどこか遠くを見つめたまま首を振った。ベリエルにはそれだけで充分だった。ディアにはそれ以上のことは話せない……

ディアはまたため息をつくと、はっきりした声で言った。「明日の朝までわたしの〝匿名の協力者〟を待たせたら、どれくらい害が及ぶ？　通報を遅らせても大丈夫？　今晩は一家団欒《だんらん》の日なの」

「羨ましい。おれたちには一家団欒は無縁だからな」とベリエルは言ってからつけ加えた。「ディア、それでまったく問題はないよ」

「ありがとう」とディアは言った。「ほかには？」

「ほかには特にない」とベリエルは答えた。

彼らは来た道を戻った。ブロームはさきほどと同じ場所に駐車し、アンデシュ・ヘドブロムの荒れた庭を通って車庫まで行った。そして、車庫の中を懐中電灯で照らした。

そこにヴァンは停まっていなかった。

彼女はベリエルを見てうなずいた。

「やはり中に戻ってあのメモを回収しないと」

20

十一月二十一日　土曜日　十九時四十六分

スラグネスという小さな町でモリー・ブロームは急に内陸道《インランド・ハイウェイ》を降り、そのまま北に向かって走った。降りつづく雪しか見えない暗闇の中にアリエプローグまで五十キロと示す道路標識が見えたところで、さすがにベリエルもしびれを切らして尋ねた。

「そろそろ何をしようとしているのか話してくれてもいいんじゃないか？」

　彼女がその質問に答えるのには少し時間がかかった。

「公安警察にはまだ信頼できる伝手《つて》がある。まえにその話が出たのを覚えてる？」

　ことばのちょっとしたニュアンスや表情のわずかな変化も見逃さないように、ベリエルはブロームを注意深く観察した。

「ああ、覚えてる。ただ、イェシカ・ヨンソンの秘匿された正体を暴くまでには至ってないということだった」

「おそらく彼らなら正体を突き止めることはできると思う。ただ、まだそのときじゃない。なにしろわたしは組織にとっての裏切り者として非公式に追われている身だから。そんなわたしのために秘密裏に調べてくれなんて、なかなか頼めることじゃない。わかるわよね？」

「非公式ではあっても組織を挙げて追ってるんだろ？」とベリエルは言った。「公安警察の人間は全員、おれたちが追われていることを知ってるんだよな？　ところが、公安以外の警察はNODですらそのことを知らない。ちがうか？」

「どうもそのようね。でも、いずれにしろ、捜索態勢は恐れていたとおりになったみたい。少なくともふたりのプロがわたしたちのことを追ってる。覚えてると思うけど、わたしの部下だった外部要員のケントとロイのふたり」

「ああ、会ったことがある」とベリエルは冷ややかに言った。

「あなたが眼を覚ます何日かまえ、ケントとロイはオンライン検索である情報を見つけたみたいで、あなたの名前がヒットした」

ベリエルは膝の上に置いた電気料金の請求書の裏側を見た。死に逝く男が最期に書き残したベリエルという彼の苗字がかすかな光に照らされていた。

「ヒットした？」とだけ彼は言った。

「ラップランドの精神科の診療所に入院していた男よ。アリエプローグ近くにあるリンストープ診療所。その男の名前がサム・ベリエルだった」

ベリエルは何も言わず、自らの内面を探った。自らの外にいったん出て。心的外傷後精神障害の重症性、急性反応精神病に伴う極度の境界浸食について考えた。自我と現実は完全に融合し、通常の境界が失われる……

精神というのはどのくらい強いものなのだろう？

ベリエルは今まで超自然を信じたことはなかった。どんな謎も合理的に説明できると確信していた。それが突然、重度の精神疾患のせいで現実の境界線が突き破られてしまったような気がする。精神が外側の世界に存在していたとしてもおかしくないような気さえ。ふたりの自分がいたのではないか。ドッペルゲンガーが存在したのではないか。自分の中の悪意と罪悪感と自分勝手さと醜悪さが具現化し、物理的な形を取るなどということがありうるのだろうか。それが可能だとしたら、どっちが本物の自分なのかという当然の疑問が残る。

たぶんおれのほうがドッペルゲンガーなんだろう。

「何があったんだ？」やがてベリエルは訊いた。

「ケントとロイはその診療所に行った。でも、それはあなたじゃなかった。簡単に調べただけで、単なる偶然だと判断されて、それ以上の捜査は打ち切られた。あなたとの関連性は一切なかった」

「捜査は打ち切られた？」

「ええ。ケントとロイは簡単な事情聴取をおこなっただけで、すぐにストックホルムに呼び戻された。なるべくまわりの注目を集めないように」

「簡単な事情聴取？」

「入院していたその男には精神疾患があるとすぐにわかったそうよ。しかも誰もその男の素性を知らなかった。指紋は採取したけど、役には立たなかった。この件を聞いたとき、わたしもただの偶然だと思って気にとめなかった。あらゆる証拠からも、その男が統合失調症を患っていて、想像上の人格と入れ替わっていることは明らかだったから。サム・ベリエルと名乗ったのもまったくの偶然に思われた」

「そうじゃないと気づいたのは……？」

「ミイラの手に握られてたあのメモを見たときもまだただの偶然だと思っていた」ブロームはきっぱりと言った。「でも、デジレからの電話でヴァンの話を聞いたとき、ぴんときたのよ。ソールセレとアリエブローグとポルユスにはなんらかのつながりがある。それがどういうつながりなのか、そこまではまだわからないけど」

「おれにもわからない。つまりきみは犯人はそいつかもしれないと思っているのか？　どんな理由かはわからないが、なんらかの意図があっておれの名前を使っていると？」

「極端な二極性を中心に展開しているような気がしてならない。血に飢えた明確さと集中力の一方で、精神異常と怒りと混沌が入り混じっているような。いずれにしろ、わかっていることが少なすぎる。もっと捜査する必要がある。だからよ、今、アリエプローグのリンストープ診療所に向かっているのは」

「状況を理解するためにもうちょっと教えてくれ」とベリエルは額をこすりながら言った。

「きみは一連の出来事をどう考えてる？」

ブロームは眉をひそめて深く息を吸い込んでから言った。

「かなりの憶測が含まれるという但し書き付きだけど、こんな感じかしら。仮の身元で暮らしていたイェシカ・ヨンソンは、のちに彼女を殺す男と出会って男女の関係になった。ただ、日が経つにつれ男の危険性に気づいた彼女は自分のほうから関係を断った。その結果、男のほうはストーカーになった。一方、イェシカはアンデシュ・ヘドブロムに接触した――彼に会ったのはヘレーナとラスムス・グラデンの殺人に関して、アンデシュの弟は無罪だと思っていたからかもしれない。真犯人を知っていたからかもしれない。いずれにしろ、イェシカがアンデシュと接触していることをなんらかの方法で知った男は、ソールセレに行って彼を拷問して殺害した。この時点ですでに男は精神疾患の症状が悪化していて、〝ベリエル〟と名乗り、アンデシュのヴァンを盗んだ。そして、そのまま救急の精神科の診療所らしきところまで向かい、そこでついに発症して二週間ほど入院した。回復した男は退院したのか逃亡したのか――どっちにしても大してちがいはないけど――アンデシュ・ヘドブロムのヴァンに乗って、ポルユスのイェシカ・ヨンソンの家まで行き、彼女をずっと監視して、留守のあいだに家に忍び込んだ。偏執狂的な徴候もある男は家の中を異常なほどきれいに掃除をし、ボイラー室の中に隠れ、そして攻撃に出た。で、わたしたちは今ここにいる」

「くそっ」とベリエルは言った。

ふたりはバスが近づいているのにまったく気づかなかった。弧を描く道路の対向車線に急に現われたかと思うと、そのバスはすさまじい轟音《ごうおん》をあげて走り去っていった。ジープは真っ白な雪煙に完全に呑み込まれ、何も見えなくなった。ブロームは速度を落とし、慎重にカーヴを曲がった。舞い上げられた雪がゆっくりとまた舞い降りてきた。

降りしきる雪の中、建物が見えてきた。古い荘園邸宅のようなその建物はまるで文明を示すかがり火のようにも見えた。現実のものとは思えないその建物のまえに広い雪原が広がっていた。

彼らは雪原と荘園邸宅のまえを通り、正面入口と思われる場所に着いた。とても奇妙な光景が彼らを待ち受けていた。スモーキングジャケットを着た年配の白髪の男性がテラスに立ち、そのうしろに筋肉で盛り上がった胸のまえで腕を組んだふたりの警備員がひかえていた。テラスも正面入口もドーリア式の柱が立ち並ぶ豪奢《ごうしゃ》な造りで、花瓶の形を柱にあしらった手すりの上には、壺《つぼ》や鉢、医学の父ヒポクラテスと思われる頭像まで飾られていた。しかし、そんな装飾も軒下からのぞく防犯カメラを隠しきることはできなかった。

ジープから降りかけ、ベリエルはそこで固まった。馬鹿げた考えに襲われた。彼らがおれのことを知っていたら？　このおれ、サム・ベリエルがほんとうにここに入院していたのだとしたら？　サム・ベリエルと名乗るもうひとりの自分がほんとうにいたとしたら？

ベリエルとブロームが階段をのぼるあいだ、白髪の男性は厳しい表情のままだった。ベリエルに見覚えがあるといった気配はなかった。

ブロームが手を差し出すと、彼は少し間を置いてから握手をして言った。「今夜はディナーに客を招待しているので、あまり遅くならないように頼みます」

「会ってくださり、感謝します、ステンボム先生」とブロームは言った。「わたしはエーヴァ・ルンドストレーム警部、こちらは同僚のリンドバーリです。できるかぎり手短にすませますので」

「どういうご用件にしろ……」ステンボム医師はぶつぶつ言いながら、ふたりの警備員を従えて正面入口から中にはいった。

彼らが足を踏み入れた診療所の廊下は豪奢な外観とは対照的で、織り目加工された標準仕様の壁紙にリノリウムの床といった、なんの特徴もないケアホームのようだった。ステンボム医師は彼らをすぐ近くの部屋に案内した。その部屋のドアには〝上級顧問医　ヤーコプ・ステンボム〟と書かれていた。

オフィスの備品はどれもきわめて機能的なものだった。部屋の中は本であふれ、さまざまなファイル――主に科学の報告書と思われる――がところ狭しと置かれていた。仕事に生きる男にふさわしいオフィスだった。来客用の椅子が二脚置かれていた。ベリエルとブロームは椅子の上の書類をできるだけそっとどかして坐った。

「国家捜査指令本部《NOD》ですか」偽の名刺を見ながらステンボム医師は言った。

「従来は犯罪捜査課という名称でした」とベリエルは説明した。

「そうですか」とステンボムは厳しい声で言い、机の向かいに坐っているふたりに名刺を押し返した。

「今日はサム・ベリエルという患者の件で伺いました」とブロームは言った。「彼を覚えていらっしゃいますか？」

「役に立てるかどうか」あまり幸先《さいさき》のよくない声音で彼はそう言うと、書類の束を探しはじめ、その中から一枚引き抜いて自分にうなずきながら言った。「そうそう、これだ。やはりあまり役には立てそうにありませんね」

　ふたりは医師が差し出した書類を見た。公安警察のレターヘッドのある書類だった。内容をざっと読むと、典型的な箝口令《かんこう》だった。

「それでもこうやってわれわれの訪問に応じてくださった」とベリエルは言った。「今夜は大切なディナーをひかえているというのに。スモーキングジャケットで盛装までなさってるのに」

　ステンボムはベリエルをじっと見つめた。ほんとうに以前会ったことがあるのではないか？　一瞬ベリエルにそう思わせるような視線だった。

「あなたはそういう私の態度をどう思います？」やがてステンボムは尋ねた。

「好奇心」とブロームが答えた。「専門家としての好奇心。あなたは公安警察の説明に満足しなかった。ちがいますか？」

「説明？」とステンボムは大きな声で言い、乾いた笑い声をあげた。

「わかります」とブロームは言った。「わたしたちの同僚は時にひどく不愛想になります。おそらく彼らはここに押しかけ、あなたの気持ちなどまるで忖度《そんたく》することなく、用件だけ伝えると、なんの説明もなく立ち去った。ちがいますか？　さらにあてずっぽうを言わせていただくと、彼らの名前はロイ・グラーンとケント・ドゥースだったのではありませんか？」

　ヤーコプ・ステンボムは大きな机に身を乗り出すと、書類を指で叩いて言った。

「ミス・ルンドストレーム、たとえあなたの言うとおりだとしても、これがあります」

「おっしゃるとおりです」とブロームは言った。「ただ、わたしたちが今日ここに伺ったのにはふたつの目的があります。ひとつは、嘆かわしいほど簡素な彼らの報告書の抜けを埋めること、もうひとつは、遅くなってしまいましたが、リンストープ診療所に対してちゃんとした説明をすることとです。わたしたちには機密保持に関して独自の制約がありますが、その制約に照らすと、この書類は主にマスコミに対するものであって、警察内部に対するものではありません。もちろん、この件はマスコミに話していただきたくはありません。それはわたしたちも同じです。ただ、あなたにちゃんと説明するのは当然のことだとわたしは思っています」

「そう願いたいものですね」とステンボム医師は言い、ふたりの訪問者のうちより素直そうなほうに意識を向けた。「サム・ベリエルについてご存じのことを話していただけませんか？」そう言って、ブロームは微笑んだ。ベリエルとしてはあまり好きになれない笑みだ。

が、ステンボムは大いに気に入ったようで、その証拠に堰《せき》を切ったように話しはじめた。

「うちのスタッフが発見したんですが、サム・ベリエルは正面入口の外にいました。それはひどい状態でした。憔悴《しょうすい》しきっているのに、きわめて攻撃的でね。名前以外言ってることは意味不明で、精神疾患があるのは明らかでした。かなり暴力的だったので、鎮静剤を投与する以外ないと判断しました。それと同時に向精神薬の投与もおこないましたが、入院した日からだいたい三日ごとに鎮静薬の量を減らし、病状が落ち着くかどうか観察しました。ほぼ落ち着きを取り戻したのはちょうど二週間経った十一月十二日でした。その日、目覚めたときの予後はなかなか良好に見えました――まだ鎮静薬の作用は残っていたけれど。ただ、運が悪かったのは、担当の看護師が彼の病室の鍵をかけようとしていたときに、別の病室から緊急コールで呼び出され、その場を離れてしまったことです。鍵がかかっていないことに気づいたベリエルは、病室を抜け出しました。そして、厨房まで行って、そこで何枚かの白衣とサイズの小さすぎるブーツを調達すると、テラスの喫煙所に出て、手すりを乗り越えて雪原に飛び降りた。そのあと道路に向かって走っているときにバスが通っているのが見えたらしく、深く積もった雪の中を苦労しながら進むと、実際にバスが近づいてきた。なんとか道路にたどり着いた彼はバスをつかもうとしました。もちろんバスは停まらなかった。精神科病院から逃亡してきたとしか思えない患者のために急停車しようなんて思う運転手などいるわけがない。彼のほうはそんな愚かなことをしたせいで、右手と顔に重傷を負いました。そこでまたやむなく鎮静薬を投与せざるをえなくなったんですが、彼は点滴の針の先を曲げて輸液が体内ではなくベッドに流れるように細工をすると、翌日、看護師を縛りつけてまた逃亡したんです。たまたまあなたたちのお仲間がここに到着した直後に逃亡したもので、彼らが追いかけることになりました。で、雪原を走って逃げるベリエルにお仲間のひとりが追いついて、なんとか組み伏せることができました。そのあとは何があったのか、われわれは完全に締め出されていたので、わかりません。グラーン捜査官とドゥース捜査官は密室でベリエルを取り調べたようですが、それでもすぐに帰っていきました。ここを離れるまえにわれわれ全員に他言無用に同意する署名をさせて。あのあとベリエルとはじっくり話をしました。かなり回復していることはまちがいありませんでした。彼自身ここから早く出たがっていました。それでも二十四時間観察しました。そのあと退院を許可したんです。それが十一月十五日、日曜日のことです」

「放り出したんですか？」とベリエルは言った。思わず声が大きくなっていた。

「いいですか、われわれには彼の名前もわかっていなかったんですよ。身元不明の患者だったんですよ。サム・ベリエルという名は彼が一方的に名乗っただけで、国民識別番号も生年月日も何も言わなかった。身元がわかるようなものはＩＤカードも何も持っていなかった。ここは個人出資によって成り立っている私立診療所です。専門としているのは精神科の治療、各種依存症のリハビリです。病室に余裕があれば保健所から紹介された患者も受け入れている。ただ、そういった場合には患者の識別番号が要る」

「治療費の請求のために」

「まあ、簡単に言ってしまえばそのとおりです」とステンボム医師は言った。「二週間の入院のあいだ、彼にもそれなりの治療費はかかりました」

「別の言い方をすれば、明らかに治療が完了していない患者を放り出すことにあなたはなんの抵抗も感じなかった。そういうことになる」とベリエルは言った。

「あれ以上、治療の必要はなかった」

ベリエルは太腿にブロームの手を感じた。その意味は明らかだった。おかげで気持ちが落ち着いた。舌先まで出かかっていた悪態が消えた。彼のかわりにブロームが口を開いた。

「公安警察はベリエルの指紋を採取した。それは事実ですか？」

「そう。意味はなかったけれど。まあ、当然ですね。時速八十キロで走っているバスの側面に指先の皮膚を削り取られたんだから」

「右手はそうでしょうが」とブロームは言った。「左手はどうだったんですか？」

「左手の指先もかなり損傷していたのでなんの役にも立たなかった」

「損傷していた？」

「傷痕だらけでね。指紋が採れるような指先じゃなかった」

「傷痕？　わざと指紋を消したということですか？」

「それはなんとも言えません」

「じゃあ、DNAはどうです？　グラーンとドゥースはDNAのサンプルを採取しました？」

「私の知るかぎり、採ってないと思います」とステンボムは言った。「われわれも採取してません」

「サム・ベリエルの検体はまだ残っていますか？　検査で使用した尿や血液、あるいは皮膚組織のサンプルなど？」

ステンボムは首を振った。

「残念ながら」

「ちょっと中を見せてもらってもいいですか？」椅子から立ち上がりながら、ベリエルは言った。

ヤーコブ・ステンボム医師は彼のことをただじっと見つめた。

「その日サム・ベリエルが取った行動をたどりたいんです」とサム・ベリエルは言った。

ステンボムは顔をしかめ、腕時計に眼をやってから言った。

「あと一時間で、〈グッドイヤー〉の経営陣のまえでスピーチをしなければならなくてね」

「あのタイヤの〈グッドイヤー〉ですか？」

「うちの大切なビジネス・パートナー、お得意さまです」とステンボムは言った。「〈グッドイヤー〉は従業員の依存症や神経症治療にうちを利用してくれてるんです」

かつてはさぞかし眼を惹《ひ》いたであろう階段――今はリノリウムが張られていた――のまえを通り過ぎ、頑丈な錠前の施されたドアが並ぶベージュの廊下に出た。ステンボムはそのうちのひとつのドアのまえに立った。

「ベリエルの病室だった部屋には今はアウディの経営チーム幹部の息子が入院しています。

コカイン中毒の治療です。ここはその部屋とまったく同じ造りの部屋です」

医師が鍵を開け、彼らは病室の中にはいった。ベッドは頭側が奥の壁にぴたりとつけられ、その横に点滴スタンドとキャスター付きの小さなテーブルが置かれていた。その反対側の壁――ドアの横――には鏡と手洗い用の流し台、それにトイレのドアがあった。窓の外には雪原が広がっていたが、ますます激しくなってきた雪のせいでほとんど何も見えなかった。

ベリエルは窓ぎわまで行って外を見た。まえに見たことがあるような気がした。

「彼もよくそうして外を見てました」とステンボムは言った。

「この雪原をですか？」とベリエルは言った。「その向こうのバスが通る道路を？」

「たぶん。やはりここから逃げ出したかったんでしょう」

「ほかに気づいたことはありませんか？」

「そう言えば、よく妙なポーズをしてましたね。何度か見かけたことがあります」

「ポーズ？」

「おそらく窓ガラスに映った自分を見て、そういうことをしてたんでしょう。右手で拳銃のような形をつくって、自分のことを撃っていた」

ベリエルは冷たい窓ガラスに手をあてて言った。「病室を出たあと彼はまずどこに向かいましたか？」

ふたりはステンボムに続いてさきほどの廊下に出た。階段をのぼり、別の廊下を通って鍵のない大きな把手のドアのまえまで行った。ドアを開けながら、ステンボムが言った。

「厨房です。彼はしばらくここにいました。裸足《はだし》だったから靴を探したんでしょう。で、この戸棚の中にあったブーツを見つけた。彼にはかなり小さすぎたようですが。そのあと、このコーヒーテーブルの横に掛けてあった白衣を盗んだ。出たとこ勝負の彼の行動の中でここだけは理性が働いたようです。自由になれても凍え死んでしまっては元も子もない」

ベリエルは壁に掛かっている白衣に手を触れながら言った。「彼が着たのはこれじゃありませんよね？」

「あのときの白衣はすぐに洗濯に出しました。もしかしたらこれがその白衣かもしれないけれど、あのあと何度も洗っています」

ブロームはうなずき、食料貯蔵室にはいって中を見まわした。ベリエルは流しの上の窓の外を見た。そこからの眺めは病室よりよく、雪はまだ降っていたが、真っ白な雪原がよく見渡せた。

広々とした雪原。自由の大地。

彼は窓を凝視した。そのうち遠近感がおかしくなり、なにやらほかのものが見えはじめた。フロイトの顔の中に裸の女が見えるのと同じように。

「ベリエルは窓辺に立って外を見るのが好きだったんですね？」と彼は尋ねた。

「少なくとも、自分の病室ではそうでした」とステンボムは言って肩をすくめた。

ベリエルは片手を窓のほうに向けて伸ばし、ガラスに触れないようにして指を広げた。

「彼は窓ガラスに触っていましたか？」

「時々。さっきも言ったとおり自分の病室では」

「ここでも同じようなことをしたんじゃないでしょうか。厨房はどのくらいの頻度で掃除してますか？」

「毎日です……ただ、窓拭きのことを言ってるなら、この寒さではなかなかできていませんね」

ベリエルはうなずいてラテックスの手袋をはめると、ポケットからペンナイフと小さなジップロックの袋を取り出した。そして、窓ガラスを慎重につつきながら言った。「彼はここに立って外の雪原を眺め、凍りつくように冷たいガラスに手をついた。そのとき彼の指は湿っていたはずだ」

「確かに、向精神薬を服用すると手に汗をかきやすくなります」とステンボムはうなずいて言った。

「ちょっとここに来てください」とベリエルは言った。「角度によって右手の五本指の跡のようなものが光を通して見えます。もちろん指紋はないでしょう。怪我をするまえの指紋も。ただ、よほど急いで手を離したんでしょう。この五本指の跡はそのとき皮膚が剝がれて残ったものだと思います」

そう言って、彼は窓ガラスに凍りついた皮膚片をこそげ取り、小さなビニール袋に入れて封をした。ステンボムはいたずらっぽい笑みを浮かべて言った。

「もしよければ、迅速なDNA分析もできなくはありませんが」

「ますます好奇心が湧いてきましたね」そう言って、ベリエルは袋をポケットにしまった。

「私も伊達《だて》に精神科医をしているわけじゃない」とステンボムは言った。「NODと公安警察のあいだの縄張り争いぐらいすぐわかりますよ。ただ、言っておくと、現時点では私は圧倒的にNODの味方です。うちでは解析は個別に実施してるので、検体が公式ルートに乗ることはありません」

ベリエルとブロームは顔を見合わせた。すぐ同じ結論に達した。ブロームはうなずき、上着のポケットから同じようなジップロックの袋を取り出した。そして、その袋の口を開けて待った。ベリエルはポケットからさきほどの袋を取り出し、採取した皮膚組織の半分を慎重に彼女の袋に移した。ブロームはその袋をステンボムに渡しながら言った。「では、半分だけお願いします」

医師は苦笑いして言った。

「今晩すぐにかかります。すぐに」

「お願いします。スピーチの妨げにならない程度で」とベリエルは言った。

「いや、スピーチというのは嘘です」と冷静な声でステンボムは言った。「スピーチなど予定にありません。ただ、仕事の関係者と酒を飲むだけです。待たせておけばいい」

深々とため息をついてブロームが言った。

「サム・ベリエルはここにしばらく立って湿った指先を窓ガラスに押しつけ、それから白衣を着た。そのあとは？　別のドアから飛び出たんですか？」

「そのとおり。正面のテラスに出ました。テラスで雪搔きをしてあるのは小さな喫煙所だけです。彼はまえにもそこで喫煙したことがあった。もう外に出してもかまわないだろうと私が診立《みた》てを誤ったときのことです。そのときもちょっとした騒ぎがあって、その場で鎮静薬を打たなければならなかった。そのときのテラスの記憶が残っていたんでしょう。見ますか？」

「いや、その必要はないと思います」とブロームは言った。「それより思い出したんですが、正面入口のところに防犯カメラがありますよね？　ベリエルがここの駐車場に来たときの映像は残っていませんか？　最初に来たときのものです」

「録画映像は公安警察が持っていきました」とステンボムは言った。「ほかにコピーがないことを確認した上で」

ベリエルが顔をしかめるのを見て、ブロームは言った。「では、どんな映像が録画されていたか覚えてますか？　サム・ベリエルはどんな車を運転してきたとか？」

「とてもじゃないが、彼は運転などできるような状態じゃなかった」

「どういう意味です？」

「運転してきたのは彼じゃありません。ここで車から降ろされたんです」

ベリエルとブロームは思わず顔を見合わせた。

「誰かが彼を連れてきたということですか？　どんな車だったか覚えてますか？」

「小さなヴァンでした。明るい色だったな。青か緑か」

「彼を降ろしていった人物を見ましたか？」とブロームは勢い込んで尋ねた。

「ええ、ほんの一瞬だけ」とステンボムは言った。「女でした」

「女？」とブロームはおうむ返しに訊き返した。

「それはまちがいありません」

「どんな女でした？」

「ブロンドでした」とステンボムは言った。「いや、実を言うと、あなたによく似てました、エーヴァ・ルンドストレーム警部」

ベリエルは世界が地軸ごと揺れているように感じた。ブロームのほうにどうにか眼を向けた。青い眼の奥の彼女の思いが読み取れるような気がした。彼女の考えていることが。彼女がこんな疑問を抱いていることが――この宇宙には並行世界《パラレルワールド》が存在するの？

三部

21

十一月二十二日　日曜日　九時四十一分

夜が明けるかなりまえから彼らは起きて何かしている。暗視カメラは男がいつも以上によろけながら女のキャビンに向かうのを映し出していた。男は中にはいったあと、何か活動を続けている。観察者は活動の内容についてはわからない旨を記述しているが、苦痛については何も書いていない。今となっては待つこと以外することはない。

気がおかしくなりそうな待ち時間。

画面が通常の昼光カメラにようやく切り替わる。一日における夜が占める割合が思ったより長くなってきている。観察者の将来を脅かしている病気のことを考えると、昼光カメラのほうが好ましい。

忌まわしい〝網膜色素変性症〟のせいで、観察者は正確な距離を保たなければ画面がきちんと見られない。このところ病状が急速に悪化しており、すべての感覚印象をできるかぎり大事にしなければならないと痛感している。かすむジブラルタルの岩壁を一望にできるあのテラスになんとしても坐り、暖かい朝日を浴びられるようにしなければならない。手遅れになるまえに。

視界が共有できたら、そのあと観察者は彼女の視界を引き継ぎ、彼女の眼を通して美しさと静けさを見なければならない。

観察者は時間が過ぎるのを待つ。時間が刻まれるのを待つ。契約書に書かれた日付が黄金で書かれたように脳裏に浮かぶ。やり残している事柄のすべて――正確に実行しなければならないこと――が浮かんでくる。

すべての要素。

先日は大いに期待した。観察者はまたそれを眼にできると思っていた。しかし、タオルを落としたとき、彼女はビキニを着ていた。彼が眼にできたのは、ビキニで隠された右胸の下にある星形の痣《あざ》だけだった。だから、報告書の中に自らの失望感が表われていないことを切に願った。

やっと今、ドアが開いて彼女が出てくる。薄い革手袋をはめた手が彼女の顔をズームアップする。実に美しい。それだけ思い、観察者は本来の任務に戻る。ズームをもとに戻して悪態をつきながら記入する。〝九時五十分：♀がポーチに出てきて携帯を出してかける。この時点で♂の姿は見えない〟。

観察者はこの状況を好ましいものとは書かない。

♂の姿が見えないことを好ましいこととは。

22

十一月二十二日　日曜日　九時四十一分

ベリエルには電話の向こうの声に聞き覚えがあった。長い年月とそれ以外のさまざまなことが霞《かすみ》のようにその声を覆っていたが、まちがいなく同じ声だった。八年まえ、この国のエスコート・サーヴィスについてまくしたてていたあの声だ。

「ベリエルなんて野郎のことはまったく覚えてないな」その声は非協力的だった。

「ちゃんと考えれば思い出すはずだよ、〝ローベット・ション〟」とベリエルは言った。「オーシャで目撃者に対する聴取を手伝った者だ。あんたはその一部始終をVHSカメラで窓から撮ってた」

「なんで警察が全部録画しなかったのか、今でも理解できないね」

「だから、あんたが全部を録画したんだろ？　今は警察の資料保管庫で働いているそうだけど、録画した映像は入手できるだろうか？」

「カール・ヘドブロム事件に関連したものは資料保管庫にごまんとある。そんなものの中からいちいち探せと言ってるのか？　それも日曜の朝に電話してくるなんてな。あんた、どうかしてるぜ」

「今日の午後、資料保管庫まで行って録画映像を探し出せたらお礼ははずむよ」

「なんでNODが礼までしてそんなことをしなきゃならない？　勤務時間内に言えばすむことだろうが」

「急を要することだからだ」ベリエルは顔をしかめて言った。「それにちょっと非公式のことなんでね」

電話の向こうの相手は押し黙った。やがて言った。「現金で五千。五時だ」

そう言って、ローベットションは電話を切った。

ベリエルは黙ってうなずき、パソコンの画面に視線を戻した。検索結果のリストが表示されていた。それが突然消えた。

ブロームが立っていた。片手に接続ケーブル、もう一方の手には衛星電話を持っていた。

「ステンボムに電話をかける」そう言って、彼女はポーチに出た。

外は痛いほどの寒さだった。真っ青な空に昇った太陽が傾斜した鋭い光線をチョークのように真っ白な大地に放っていた。ブロームは強烈な日光から逃れるためにキャビンの張り出し屋根の下にはいり、衛星電話の画面を日陰にやると、電話番号を押した。

ベリエルは彼女の様子をドアの隙間から見やり、電話が通じたのを見届けると、ドアを静かに閉めて壁のほうに向き直った。新たなメモと写真、壁に貼られた資料がさらに増えていた。アリエプローグのリンストープ診療所で密《ひそ》かに撮影された何枚かの写真も追加されていた。一番上に貼られていたのは手に負えそうにないぼさぼさの白髪をしたヤーコプ・ステンボム上級顧問医の写真だった。お世辞にも写真映りがいいと言えないこの医師と今ブロームは電話で話していた。

ベリエルはカオスそのものが描かれているような壁を見渡した。彼には信念があった。これまでの人生でなにより信じてきたことだ。カオスから秩序を見いだす警察の捜査技術。合理的でわかりやすいパターンを導き出すために的確な糸を手繰り寄せ、犯人の人物像や動機や原動力を理解し、解決策を見つけ出す。

真実を突き止めるために。

過去を正すために。

ただ、どんなに堅固な信念も揺らぐときがある。それぐらいベリエルも過去の苦い経験を通して学んでいたが、今はまさにそういうときだった。並行世界《パラレルワールド》が存在するのだとしたら、それをどうやって合理的に説明すればいい？

昨夜は悪夢にうなされた——最近ではよくあることだが。しかし、今回の場合、まったく新たな要素、とことん困惑させられる要素が加わっていた。肢体、性行為、きわめて鮮烈な映像、動きまわる抽象的な体。それが彼の悪夢に出てきた要因だった。殺人とセックスのおぞましい関連性を彼に思い出させようと彼の脳が意地悪く仕掛けたような悪夢だった。

しかし、この悪夢にもきっと意味が込められているはずだ。今自分たちが追っているのは、快楽のために人殺しをするような人間だということだ。このことは片時も忘れてはいけない。さらに警察官として行動することを忘れてはいけない。

彼は頭を振ってよけいな考えを頭から追い出し、もう一度じっくりと壁と向き合った。

そこへブロームが湯気を立ち昇らせながらはいってきた。そして、衛星電話を持ったまま体を温めようと両腕を大きく上下させた。

「インターネットにつなぎたい」とベリエルは言った。

「はい、はい」ブロームはそう言いながら、衛星電話をパソコンにつないだ。

「で？」彼女が腰をおろし、マウスに触れたところでベリエルは促した。

「DNAの検体はゆうべじゅうに発送してくれたみたい。イギリスに。ステンボムの話ではそこが世界一鑑定の早いDNA研究所なんだそうよ」

「よし。ほかには？」

「特にないわね」とブロームは言った。「考えたことはいろいろあるけど。結局、昨日何がはっきりしたか。女が〝サム・ベリエル〟を診療所に連れていって置き去りにした。受け入れがたい暗示とか、わたしたちとの類似性を抜きにすると、彼女はいったい何者なのか。可能性としてはふたつのすじがきが考えられる。ひとつは、わたしたちが最初に立てた仮説のとおり。アンデシュ・ヘドブロムの家にいた殺人者は単独犯で、精神に異常をきたしはじめているところだった。で、彼はヴァンを盗んで、ガールフレンドか誰かのところに行った。そのガールフレンドがどんどん悪化していく彼をリンストープ診療所まで連れていった。それがひとつ目のすじがき。もうひとつはもっと気色が悪いすじがきね。その女は男がアンデシュを殺したときにも一緒にいた。ソールセレのあの家にいた。そういう可能性は考えられる？」

　ベリエルは首を振りながら言った。

「ううん、どうだろう。可能性は低いような気がする。犯人が地下室で男を拷問して殺すのを女はただそこに坐って見ていた？　それはないような気がする。それよりイェシカ・ヨンソンのほうはどうなった？」

「今日の朝早く公安警察の伝手《つて》と話したんだけど――彼女の身元が保護されていたときの記録には、まだアクセスできてないんだけど――イェシカ・ヨンソンのソーシャルワーカーだった女性を見つけてくれた。イェシカとエディ・カールソンとの関係について、初期段階で対応したラウラ・エノクソンという人よ。わりと早く引退したみたい。いわゆる燃え尽き症候群ね。でも、携帯の電話番号を教えてもらったから、あとで電話してみるつもり」

「興味深いな」とベリエルは言った。

「ええ。それはそうなんだけど、実を言うと、別のことが頭から離れない。ヨーテボリのフェールンド警視から昨日聞いた話よ。娼婦のリーサ・ヴィードストランドは妊娠していた」

「ほんとうに？」

「もしかしたら〝ターゲットは母親〟という線に逆戻りするかも。結局、犯人の狙いは母親ということ？」

「ポルユスの家でわれわれはイェシカ・ヨンソンと相対して坐った。彼女が妊娠してたとは思えない」

「断言はできない。あのとき彼女は厚手のセーターを着ていたし、隠そうと思えば――そう、妊娠四ヵ月くらいなら――簡単に隠せる」

「そういうことは血液検査ではっきりするんじゃないのか？」とベリエルは言い、もの問いたげにブロームを見やった。

「今日は日曜日よ」と彼女は言って肩をすくめた。

ベリエルは衛星電話を取り上げ、馴染《なじ》んだ番号にかけた。応答がなかったのでもう一度かけ直すと、五回目の呼び出し音でディアの金属的な声が聞こえてきた。「不要不急の電話はお断わり」

「あいにく不不要不不急だ。今、何してる？」

「少なくとも、あなたと無駄話をしてる時間はないことは確かよ。何か用？」

「イェシカ・ヨンソンの血液検査の結果なんだが、妊娠してたってことはないかな？」

電話の向こうから声はなかった。が、何か書類をめくっているような音がした。書類はすぐそばにあるようだった。それはつまり彼女も仕事をしていたということだ。今とはまったく別の人生を生きていた頃、ベリエルが何度も訪れたことのある彼女の自宅のあの予備の車庫で。しばらくして彼女は答えた。「ええ」

「なんだって？」

「すっかり見落としてた」とディアは認めた。「ロビンの最終報告書の中にあった。でも、それと捜査とどう関係があるの？」

「わからない。ただ、リーサ・ヴィードストランドも妊娠してたんだ。妊娠五ヵ月だった」

「ということは、やっぱり犯人は母親を狙って殺していたということ？　捜査はまたその線に逆戻り？」

「わからない」とベリエルは言った。「ありがとう、ディア」

彼は電話を切った。明るく光るパソコンの画面をはさんでベリエルとブロームは顔を見合わせた。

「アンデシュ・ヘドブロムの可能性はまだある」少し間を置いてブロームが言った。「凶器の角材、世の母親に対する憎しみ、ベビーカー。アンデシュがヘレーナとラスムスの母子を殺し、リーサ・ヴィードストランドを殺した。そのあと〝サム・ベリエル〟が現われてあとを引き継いだ。もしかしたら、そのまえから一緒に殺人を犯していたのかもしれない。だからその男がベリエルと名乗っていることも知っていたのかも。ところが、この〝ベリエル〟

は単独で動きたくなった。快楽を他人と分かち合うことに飽きはじめていた」

ベリエルは頭を傾けて言った。

「孤独のボディビルダーのアンデシュ・ヘドブロムは、頭のいかれた男と独創的な仲間関係にあっただけじゃなくて、その男のガールフレンドとも親しかったと言うのか？　それは偶然が過ぎるよ」

「アンデシュは必ずしもいい子じゃなかった、という可能性もある。でも、先入観を持たないように気をつけたほうがいいわね。いい子と言えば、弟の検査結果が出たわ」

「セーテル病院のカール？」とベリエルは言った。「血液検査？」

「ええ。メタンフェタミンじゃないかというわたしたちの推測はあたってた。ただ、かなりの量のフェナゼパムが混合されたカクテルだった」

「聞き覚えがある」とベリエルは言った。「フェナゼパムというのはソヴィエトの古い薬物じゃなかったか？」

「ええ。でも、スウェーデンではまだ新しい抗不安薬よ。ロシアとかその周辺の国でしか製造されていない。一番強い副作用は記憶喪失」

ベリエルはうなずいた。

「つまり、カール・ヘドブロムに薬物を送りつづけてる人間は、やはり彼に記憶を失わせたままにしたがってるということか。それはそうと、別の被害者が見つかってるかもしれない」

ブロームは怪訝《けげん》そうに彼を見た。

「きみがインターネットを持っていってしまったとき」とベリエルは言って衛星電話を身振りで示した。「実は条件を広げて検索した結果を待っていたところだったんだよ。四つ葉のクローバーでけっこうヒットした。さて……これはちがうな。これも、これも、これも絵がちがう。これはそうかもしれない。殺害された被害者の臀部《でんぶ》に描かれた花の絵だ」

「花の絵？」とブロームは訊き返した。

「四つ葉のクローバーと花の区別は警察官にはむずかしくて。それに事件があったのはオーシャから遠く離れた場所で、時期は去年の三月。誰も関連性を考えなかった。ヴェクショー市のエリーサベト・ストレーム。犯罪歴があって、バイカー・ギャングとつながりがあった。廃屋の中で椅子に縛りつけられて死んでいるのが見つかった。その家は、彼女とつながりのあるバイカー・ギャングがライヴァルのギャングとの抗争のあと捨てた廃屋で、家の中は血だらけだった。床も天井も弾丸《たま》の跡だらけだった。そこに彼女は坐らされて拷問され、ナイフで滅多刺しにされていた。警察は彼女の死はバイカー・ギャング同士の抗争によるものと結論づけた。相手のギャングの中に何人か容疑者がいたらしいが、充分な証拠を見つけることはできなかった。事件はまだ未解決だ。彼女が殺されたのは春の夜で、天気は雨。そのため戸外では証拠が何も見つからなかったようだ。家の中は、両方のバイカー・ギャングのD

NAだらけだったけれど、ほかには何も見つからなかった」

「そこにも精液は残されてなかった？」とブロームは訊いた。

「この要約を見るかぎりは。捜査報告書が入手できないかやってみる。いずれにしろ、エリーサベト・ストレームの左の尻には〝花〟の絵が描かれていた。予備捜査で写真が撮られることを期待しよう。死んだとき、彼女は三十五歳で、十四歳の息子がいた」

「また母親ね……」とブロームは言った。「それに息子。ヨーテボリのフェールンド警視はリーサ・ヴィードストランドの〝まだ生まれてない息子〟のことを話していた」

「まったく」とベリエルは言った。「仮にエリーサベト・ストレームも被害者に数えられるなら、今のところ殺されたのは四人の女性。いずれも母親か母親になる予定だった。子供は三人が息子で、イェシカ・ヨンソンについては妊娠していたことがわかったばかりだから、子供の性別はまだわからない」

「同時に、リーサ・ヴィードストランドとイェシカ・ヨンソンのお腹の子の性別が犯人にはわかっていたとも思えない……」

「確かに。それにしても、イェシカが妊娠してたということがどうしても腑《ふ》に落ちない。父親は？　殺人犯か？　そうだとすると別の線が見えてくる。ひょっとして、犯人が子供全員の父親なのか？」

「推理を急ぐのはやめましょう……」

「これは推理じゃない」とベリエルは言った。「ブレインストーミングだ。ブレインストーミングがなければ、警察の仕事は単に機械仕掛けの作業になってしまう」

「まあ、わたしたちはもう警察官じゃないという大きなちがいがまずあるけど。ほかには？」

「ちょっと待ってくれ。まだ出てくるかもしれない」そう言って、ベリエルはパソコンの画面に視線を戻した。「これなんかどうだろう？〝体背面にインクの跡〟。少し古くて、オーシャでの事件の半年後、二〇〇九年四月。マルメ市のデンマーク人の女性だ」

「ほんとうに？　マルメ市？」とブロームは言った。

「まだアンデシュ・ヘドブロムがマルメに住んでいた頃だな。ひょっとすると、共犯者という線に近づきつつあるのかもしれない。ヘドブロムとこの自称ベリエルは一緒に行動していたんだろうか。ヘドブロムは理性的で、〝ベリエル〟は頭がいかれていた。〝ベリエル〟の狂気はだんだんひどくなって、快楽のために相棒を殺した？」

「マルメで墓穴を掘ったヘドブロムはその地を去り、スウェーデンの中でもできるだけ遠く離れたソールセレまで逃げた。相棒の狂人も彼についていった。そこでアンデシュはイェシカ・ヨンソンと出会った。もしかすると子供の父親は彼なのかもしれない。アンデシュと相棒はポルユスで人を殺そうと計画する。でも、相棒は自制心を失ってアンデシュを殺してしまう。それでもポルユスでの計画はまだ生きていて、犯人は今は亡きアンデシュの計画を引き継いで実行する」

「空前絶後のひらめきだな」とベリエルは言った。「でも、ありえない話じゃない」

「そのデンマーク人の女性は？」

「メッテ・ヘーカロップ、四十四歳、小児科医。夫と息子とマルメ市に住んでいた。夫の職場と息子の学校はコペンハーゲンで、彼女はスコーネ大学病院で働いていた。不思議なのは、彼女の死が殺人ではなく交通事故になっていることだ。ほかの車両は含まれない単独事故で、ティーゲルフェア近くのE6号線で起きた。その週末ヘーカロップはひとりきりで、E6号線を北上する理由は特になかったそうだ。真夜中に彼女は道をはずれ、防護柵に沿ってすべり、そのあと道路標識に激突した。病理医が〝体背面にインクの跡〟があるのに気づいたとき、別の仮説をもとに捜査がおこなわれた。というのも、彼女の同僚がティーゲルフェアに住んでいて、メッテ・ヘーカロップはその同僚と浮気していたことが判明したんだ。その同僚は浮気のことは認めたが、臀部に何かを描いたことなどないときっぱり否定した。で、結局、この件は事故として処理された」

「なるほど」とブロームは言った。「もしそれも同じ男の犯行だとすると、わたしたちの知るかぎり第一の事件は、二〇〇七年十月にオーシャで起きた〝無実の男に罪を押しつけた〟巧妙な事件で、第二の事件がこの二〇〇九年四月にマルメで起きた〝殺人を交通事故に見せかけた〟これまた巧妙な事件ということになるわね。自分の名前さえわからないような錯乱した狂人の犯行とはとても思えない」

「まあ、少なくとも完全に錯乱していたときのことじゃないだろうな。錯乱していないときには、彼は実に抜け目がないのかもしれない。危険で、精神異常であることは変わらなくても。しかし、最悪の組み合わせだな、これは。その翌年の二〇一〇年九月、ヨーテボリのホテルの部屋でリーサ・ヴィードストランドが殺害されているのが見つかった。どういうことだ、これは？　犯人は警察に挑戦状を送りつけたということなのか」

「ちょっと待って。リーサは娼婦だった。それにブックフェアが開催される直前だった。つまり、事件が大きく取り上げられないことを彼は知っていた。ある意味、この事件もほとんど隠されていたということにならない？」

「ところが、イェシカ・ヨンソンのようにそれに気づいた人間もいた。彼女がリーサ・ヴィードストランドのことを手紙に書いたことで、おれたちはこの狂気じみた事件に巻き込まれたんだからね」

「それに〝地元の新聞に載っていた〟と書いたことも――実際には記事になっていないみたいだけど――最初からこの事件を彼女が知っていたことを示唆している。つまり、彼女は内部情報を知っていた。わたしたちの仮説もだんだん嚙《か》み合ってきたような気がする」

「これでなおさら彼女が仮の身分で暮らしていたときの名前が要るな」とベリエルは言った。

「二〇〇五年から二〇一一年のあいだの六年は今のところ完全な空白のままだ」

「とはいえ、彼女だって数が増えていく一方の被害者のうちのひとりでしかない……」

「それでもある意味、鍵を握っている人物だ」とベリエルは言った。「もしかしたら、彼女は殺人犯を知っていたのかもしれない。誰なのかを知っていたのかも。で、診療所で意識を取り戻した犯人はすぐに彼女の家まで車でやってきて、家じゅうを隈《くま》なく掃除し、ボイラー室に隠れて彼女の帰宅を待った」

「ちょっと待って」とブロームは言った。「彼は放り出されたのよ。リンストープ診療所の駐車場で彼のことを待っていた車なんかなかった。だから、ブロンドの女が彼を迎えにいったのよ。イェシカが殺されたとき、ヴァンが車庫の中にあったこともわかってる。つまり、もしブロンドの女が彼を家まで送ったのなら、殺しの最中も彼女はそこにいたことになる」

「しかし、おれたちが襲われたとき、ポルユスの家にブロンドの女なんかいなかった。家の中を確認したじゃないか」

「ええ、ボイラー室以外はね」とブロームは言った。「彼女も犯人と一緒にボイラー室にひそんでいたのかもしれない」

「彼女が男を診療所まで迎えにいったとしても、そのあと男が彼女をどこかに降ろしたというほうがありそうじゃないかな？　その時点ではかなり回復――この表現が正しいかどうかはわからないが――していただろうから、自分で運転できたはずだ。ソールセレから運転してきたときのように。彼女はただの友人か、あるいはガールフレンドなのかもしれない」

「かもしれない」そう言ってブロームは肩をすくめた。

「まあ、そこは先入観を持たないようにしよう」ベリエルは調子を合わせて言った。「ちょっと待て。なんだ、これは？」

「どうしたの？」

「〝葉っぱのタトゥー〟」

「話が見えなくなった」

「ただ条件を広げて検索して出てきた結果だ。もうひとり被害者がいるかもしれない。タビー市の警察が被害者の臀部に残されていた跡を〝タトゥー〟と表現してる。実際のところ、この被害者は体のあちこちにタトゥーを入れていたようだ。ここに彼女の尻の写真があるけど——これは明らかに四つ葉のクローバーだ」

「どういうこと？」

「おれもたった今見たばかりだ。読みながら話してるから、おかしなところがあるかもしれないが、勘弁してくれ。被害者の名前はファリーダ・ヘサリ、三年まえの七月にタビー市のショッピングセンター付近で行方不明になってる。もともと彼女は家出をして行方不明だったんだが、そのときには一時的にリトヴァという名の同性の恋人の家に住んでいたらしい」

「どうやって殺されたの？」

「ちょっと待ってくれ」そう言って、ベリエルはキーボードを叩いた。「ある夏の朝、彼女は煙草を買いに出て、それきり帰ってこなかった。その一日半後に……」

「ちょっと、そんなところで止まらないで」

「たまげた」とベリエルは言った。

「どうしたの？」とブロームは勢い込んで言った。

「ファリーダ・ヘサリは、タビー市のストルパの森で血だらけになって発見された。発見したのは、森でキャンプしていたボーイスカウトのグループだ」

「角材とナイフは？」

「わからない」とベリエルは言った。「でも、彼女は死ななかった」

23

十一月二十二日　日曜日　十四時七分

ふたりは森の中を歩いた。まわりの景色は灰色で、凍《い》てつくように寒かった。どうして日曜日にトロングスンドの森を散歩しようなどと思ったのか、ディアはすでに半分後悔していた。一方、もう半分は、思いきって来てよかったと思っていた。これが自然と触れ合う今年最後のチャンスになるはずだからだ。雪と霜のせいですぐに半年間はそのチャンスが閉ざされる。

それになにより、ますます仮想化、不自然化するこの世界で、ディアとしてはリッケにできるだけ自然を体感させたかった。こうして散歩をすれば、わずかな時間のあいだだけでも、フェイスブックやインスタグラムから引き離すことができる。スナップチャットには少し手こずったけれど。今も娘が時々こっそりと上着のポケットに眼をやるのにディアは気づいていた。

ジョニーは週末も出勤だった。だから、今ここにはディアとリッケしかいなかった。あとあるのは果てしなく続く森。そのせいで、携帯電話の呼び出し音がいつも以上に耳ざわりに響いた。

母と娘はドレッビケン湖を見下ろす断崖絶壁の上の空地に立った。リッケは少し衝動的になっており、ディアは必死に娘をなだめた。母親が携帯電話に出たせいで、娘が崖から飛び降りたりしたら？　そんなことは思っただけで生きた心地がしなくなる。画面に表示されている発信者を見ると、その嫌な感覚が増した。彼女はなんとかリッケをじっとさせて電話に出た。「ねえ、サム。何度言ったらわかるの？」

「新たに三人の被害者を見つけた」とベリエルは甲高《かんだか》い声で言った。

「なんですって？」ディアは思わず叫んだ。

「資料をメールで送った。念のために言っておくと、きみは〝臀部に描かれた四つ葉のクローバー〟に関してほかにも事例がないか、あらゆる警察の記録を検索してたよな。で、同じ犯人によると思われる三人の被害者が見つかったということだ。資料を見るかぎり、被害者全員の臀部に四つ葉のクローバーがインクで描かれていた。場所はマルメ、ヴェクショー、タビーの三都市。自宅ガレージの仕事場で、きみはずっとこの件を調べていた。こんなすじがきならNODも納得するんじゃないか？」

「今どこにいるのか知らないけど、わたしには選択肢はないわけね？」

「ソールセレの件でロビンから報告は上がってきたか？」

「日曜の朝にまた北に行く破目になるとは最高だ、なんて皮肉を言ってたけど。でも、彼のチームはまだ到着してないと思う。わたしの〝匿名の協力者〟のひとりにアリエプローグ警察に通報させたんだけど、そのあといろいろ時間がかかったみたいね」

「被害者は三人だが、死体はふたつだけだ」とベリエルは続けた。「ひとりは、一日半拘束されて身体的にも精神的にも重傷を負ったものの、なんとか生き延びた。ただ、警察が事情聴取しようとしたときには、まともに話すこともできないような状態だったから、情報はほとんど得られなかった。で、タビー警察は彼女の回復を待つことにしたんだが、そのまえに勝手にダンデリード病院から退院してしまったそうだ。その数日後、彼女は同性の恋人と一緒にマニラ行きの飛行機に乗った。その後の足取りはつかめていない」

「マニラってフィリピンの？」

「ああ。それが二〇一二年の七月のことだ。それ以来ファリーダ・ヘサリの行方はわかっていない。彼女は今はもう二十六歳だが、行方不明者として国際手配をかけることはできるか？」

「ええ、メールで送ってくれた資料を見たらすぐに。でも、まずはこの荒涼とした険しい野生の森の散歩を続けないと」

「まだ人生の半分の時間は残ってる。それはそうと、何か忘れてないか？」

ディアはうんざりした眼で電話を見つめ、おもむろに言った。「ありがとう」

そして、電話を切った。

「ディアが〝どうもありがとうございます〟だとさ。それからきみにもよろしくだと」

ブロームは横目でちらっと彼を見ただけで言った。「ちょっとこっちに来て、手伝って」

彼はテーブルをまわり込み、パソコンの埋め込みカメラに映り込まないようにして彼女のベッドに坐った。ブロームがパソコンをクリックすると、ベルの音が鳴った。スカイプの画面にはしばらく何も映っていなかったが、突然年配の女性が現われ、思いがけずしっかりとした明瞭な声で言った。「アメリカにいる孫たちとよくスカイプするのよ。だからこの機械が理解できるかどうかなんて訊かなくていいから」

「エノクソンさん」とブロームは言った。「初めまして、エーヴァ・ルンドストレーム警部です。お話ししたい内容はすでにメールで送りましたが、何も問題はありませんね？」

「ええ。わたしのことはラウラと呼んで。あなたのことはエーヴァと呼ぶから」とラウラ・

エノクソンは言った。

「ラウラ、あなたは二〇〇五年の春、ソーシャルワーカーとしてイェシカ・ヨンソンとエディ・カールソンの件を担当しましたね？　そのことでいろいろお訊きしたいんです」

「イェシカのことはほんとうに可哀そうに」とエノクソンは言った。「でも、なんとなくそんな予感はありました。だってあの頃から、彼女は男の人を見る眼がなかったから。でも、エディ・カールソンはもう死んでるんだから、犯人じゃないわね。四年まえタイから帰国したときには薬のやり過ぎでほとんど廃人でした。昔のろくでなしの面影がわずかに残っている程度でした。その面影自体充分ろくでなしだったけど」

「彼に会ったんですか？　帰国したとき？」

「いいえ、帰国してからもどこかにひそんでいたようね。わたしは遺体を見ただけ。どうしても見たかったの。ああいう男のせいでわたしは燃え尽きちゃったんだから」

「ラウラ、最初から話してくれますか？」

彼女は深くため息をついた。やつれ気味の顔――誰も見たがらないことを誰より多く見てきたのだろう――が引き攣《つ》った。

「イェシカは二十五歳の看護師で、たぶん世間知らずだったのね。ファーザー・コンプレックスがあって、そういう若い娘はさっきも言ったように男を見る眼がないことが多いのよ。選んではいけない男を選んでしまうの。エディ・カールソンはまさにそんな男だった」

「ちょっと待ってください」とブロームは言った。「ファーザー・コンプレックス、ですか?」

「イェシカの生い立ちをそれほど知っているわけじゃないんだけど、そういうタイプは見ればわかるものよ。ほんとうの父親がいない娘の場合が多いわね。そういう子は自分のことを見守って理解してくれる父親像を求めるの。それと同時に、やっていいこととといけないことの境界線を決めてくれるような人もね。たいていの場合はうまくいかないんだけど」

「エディ・カールソンは選んではいけない男だった、ということですか?」

「ええ。まちがいなく」とラウラ・エノクソンは言った。「暴力的でいつも酔っぱらってただけじゃなく、支配的で偏執的で、イェシカの行動を逐一監視していた。彼女のことを殴って何度か逮捕されたんだけど、そのたびに証拠不充分で釈放された。目撃証言もなかったし。同じような境遇にある女性たちの多くがそうであるように、イェシカも証言しなかった。で、エディは姿をくらましたあとも彼女のことを苦しめつづけた。あのことがあったのはその直後だった」

「あのこと?」

「ええ、暴行よ。それも一番深刻な暴行。それはもうひどかった。彼女は流産しただけじゃなく、重傷を負って、そのあまりのひどさに警察も動いたの。入院しているあいだに彼女のために仮の身元を用意して、こっそり別の病院に移したのよ。ストックホルムから遠く離れた病院に。わたしが関わったのはそこまでよ」

「じゃあ、彼女の仮の身元のことは知らないんですか？」

「ええ。そういうことのそもそもの目的は、ほんの一握りのかぎられた人にしか身元を知らせないことだもの」とラウラ・エノクソンは言った。「わたしはそのかぎられた人の中に含まれなかった」

「話を少し戻していいですか？」とブロームは言った。「暴行されて流産したということですけど、イェシカ・ヨンソンは妊娠してたんですか？」

「ええ、エディの子よ。つまり彼は自分の子供を殺したわけ」

ブロームは押し黙り、ベリエルのほうをちらっと見た――それだけはしないようにと事前に打ち合わせてあったのだが。それでも、ベリエルはそれだけで理解し、彼女に視線を返した。ブロームは彼のその眼を見て次に訊くべきことを決めた。

「流産した子の性別はどちらだったかわかりますか？」

「ええ」とエノクソンは言った。「男の子でした」

ブロームはまたベリエルのほうを見た。ほとんど反射的に。

ベリエルは唇の動きだけで〝エディ・カールソン〟と言った。

このクソ野郎はまだ死んでいない。死んだように見せかけたのだろう。タイにいたのもせいぜい一年くらいで、スウェーデンに帰国してから殺人を繰り返したのだろう。二〇〇五年に行方をくらまし、オーシャでの事件のあった二〇〇七年には戻ってきていたのだ。

彼は自分の息子を殺し、その母親に重傷を負わせた。そして、今度はもっとうまくやろうとした。

なんとしても母親を殺さなければならないのだ。

なんとも気の滅入《めい》ることとながら、そう考えると辻褄《つじつま》が合った。あてはまらない要素がベリエルには見あたらなかった。

「ほんとうにひどいことよ」とラウラ・エノクソンは言って首を振った。

「生まれてくるはずの自分の息子を殺すなんて……」視線を落としてブロームも言った。

エノクソンは少し驚いたような顔をして言った。

「わたしはイェシカのほうが心配だったのよ。あんな傷を負って」

「あんな傷？」

「そう、イェシカ・ヨンソンの傷よ。生殖器の損傷のこと」

「つまり……」とブロームは言った。

「彼女の子宮は治療の施しようがないくらい損傷していたの。だから摘出するしかなかった。緊急の子宮摘出手術がおこなわれたのよ」

ベリエルはブロンドの髪に覆われたブロームの後頭部を見つめた。その中ではカードがものすごい勢いでシャッフルされていた——脳細胞が活発に働いているのが髪のカーテン越しに見えるような気がした。ラウラ・エノクソンに別れを告げ、何か思い出したら連絡してほしいと言っているのが聞こえた。ブロームは親しげに、同時に素っ気なく、さよならを言い、スカイプを終わらせてベリエルのほうを向いた。

ふたりはこれまでにないほど長く互いの眼を見つづけた。

「さて」かなり経ってからベリエルが言った。「おれは一瞬、エディ・カールソンが黄泉《よみ》の国から生き返ったのかと思ったけれど、でも、今は──何もかもわからなくなった」

「わたしたちがポルユスの家で会ったとき、彼女は妊娠していた──それは血液検査の結果が証明している。血液は充分すぎるほど残っていたからそれにまちがいはないはずよ。ところが、十年まえ、彼女は子宮をひどく損傷して、緊急の摘出手術を受けた。にもかかわらず、また妊娠してた？」

彼らはもう一度顔を見合わせた。

「何もかもがこんがらがってきた」やがてベリエルが言った。

ブロームは首を振った。「わたしたちが話したのはほんとうにイェシカ・ヨンソンだったの？　それともまったくの別人？　そのあとその別人が殺されたの？　そんなことってありうる？　妊娠している女がイェシカ・ヨンソンになりすまして、そのあとわたしたちの眼のまえで殺されたようなものなのよ？　それで辻褄が合う？」

「イェシカ・ヨンソンの写真はほんとうにどこにもないのか？」とベリエルは言った。「運転免許証の写真もパスポートの写真も何も？　昔の学校の写真も？」

「少なくともわたしは見つけられなかった」とブロームは言った。「あなたのディアに頼んで」

「おれたちが見逃していることが何かあるんだろうか。眼のまえにあるのに見えてない何かが。明白なのに気づいてない何かが」

モリー・ブロームは激しく首を振った。そのとき衛星電話が鳴った。発信元の番号は覚えていたので、受話器を取ると、彼女のほうから言った。「ステンボム先生ですか？」


ちょうどその頃、ディアとリッケはフェーエンスボーデットの湖水浴場に着いた。泳いでいる人は誰もいなかったが、数匹の犬が岸辺で水のにおいを嗅いでいた。ディアの心配をよそにリッケは犬のほうに駆けていった。飼い主たちは森の端のほうにいたので、何が起こらないともかぎらない。が、ほっとしたことにどの犬も人懐っこかった。あともう少し、リッケには子供らしく自然を満喫させてもいいかもしれない。彼女も犬を撫でた。心配したようなことは何も起こらなかった。

ドレッビゲン湖を見渡した。今年も湖が凍れば、伝統的なスケートのレースが二月にここからスタートする。ドレッビゲン湖の氷は世界一だと言われているらしいが、ディアは夫と娘を説得して全員でレースに参加しようと考えている。長距離用のスケート靴を履けばジョニーも二十キロはすべれるだろう。

犬の飼い主たちが森の端から彼女のほうに向かってきていた。が、どういうわけか森の木の枝は動きつづけていた。まるで何者かが影にひそんでいるかのように。そんな脈絡のない考えは突然鳴りだした携帯電話の呼び出し音で脇に追いやられた。ディアは怒鳴りつけるつもりで電話に出た。が、発信者は彼女の思っていた相手ではなかった。

「はい。ロビン？　今、ソールセレ？」

「いや、リンショーピングにいる」

「どうして――？」

「心配するな、ソールセレにはチームを送り込んだ。彼らはやるべきことはちゃんと心得てる。おれはポルユスの地下室で見つかったあの白い糸くずを調べなきゃと思ってね。そのためには最高の研究施設を探す必要があった」

「で、見つかったのね？」

「ああ。思ったとおりガーゼの包帯の繊維で、案の定血液が付着していた。ごく微量だが、DNA鑑定には充分な量だ」

「で？」ディアには逸《はや》る気持ちが抑えきれなかった。

「DNAはレイネ・ダニエルソンという男のものだ」

「レイネ・ダニエルソン？」ディアは思わず訊き返し、反射的に水辺にいる娘に眼をやった。

犬の一匹が騒ぎだし、いくらか不安を感じるようななり声をあげはじめていた。ディアはリッケを呼んだ。彼女はゆっくりと犬からあとずさっていた。思ったほど人懐っこいわけではないことに気づいたようだった。ディアは森のほうに眼をやった。さっきと同じように枝が動いていた。動いているのは別の場所で、森の端に沿って誰かが移動しているかのようだった。

こんなときに絶対に聞き逃せない重要な情報が飛び込んでくるとは。

「そうだ」とロビンは言った。「レイネ・ダニエルソン、三十三歳。この判定結果は今出たばかりでね。だからそれ以上の情報はまだつかめていないけど、とりあえず彼のID番号と生年月日だけメールするよ」

それで通話は切れた。メールを受信したのを確認し、ディアは電話帳に登録されていない番号を打ちはじめた。そのとき電話がまた鳴りはじめた。発信者の番号は今まさに途中まで打っていた番号だった。

「ディア」興奮気味の声が聞こえてきた。「アリエプローグのリンストープ診療所でサム・ベリエルと名乗っていた男の正体がわかった」

「レイネ・ダニエルソン？」とディアは訊いた。

そのあと、絶対的と思えるような沈黙が流れた。それでも、ディアは衛星電話の回線が切れたとは思わなかった。

突然、はっきり見えたような気がした。

レイネ・ダニエルソン。正体不明。しかし、まぎれもない連続殺人鬼。

沈黙があまりにも長く続いたせいで、それまではっきり見えていた視界に何かがはいり込んだような気がした。まるでコンタクトレンズの内側に砂粒がはいりこんだかのように。かゆみと痛みで視界がぼやけた。レイネ・ダニエルソンという名前は何か引っかかる……

「なんで知ってるんだ?」ややあって、北極圏の向こう側からベリエルの声が聞こえた。

「それはこっちの台詞《せりふ》よ。あなたこそどうして知ってるの?」とディアは言った。

「アリエプローグで見つけた皮膚片のDNAを分析してもらった」

「〝皮膚片のDNAを分析してもらった〟? いったいどうやったの? この期《ご》に及んで自分たちの痕跡を残してるの? その痕跡をたどっていくと、結果的に飛ぶのはわたしの首なのよ」

「非公式のルートだ」とベリエルは言った。「大丈夫、心配要らない」

「それを聞いて安心したわ」

「きみのほうこそどうやったんだ?」

「ポルユスの家のボイラー室で糸が見つかった。白い糸よ。バラクラヴァ帽の黒じゃなく。ガーゼの包帯の繊維で、血液が付着しているのをロビンが見つけてくれた。糸くずは壁にくっついていた。百八十五センチの男が床に坐っていたとしたら、ちょうど頭がぶつかりそうな高さに。ひょっとして〝サム・ベリエル〟は診療所で頭に怪我をしなかった？」

「怪我をしたのは顔だ」とベリエルは言った。「バスに体あたりしたそうだ」

「わたしたちの相手はとても知的な連続殺人鬼のようね」

「とても知的というのには断続的という但し書きがつく。たいていの時間は自分は別人だと思い込んで、妄想の世界にどっぷりと浸《つ》かってる」

「持ってる情報をすべて送って」とディアは言った。「この捜査、わたしたちが完全にシンクロしてないとうまくいかない」

「医師のヤーコプ・ステンボムとの会話を録音した音声ファイルがあるからそれを送る。あと、イェシカ・ヨンソンの素性についても少しわかった。たとえば、殺されたときに彼女が妊娠していたはずがないとか。彼女の写真をなんとか手に入れられないか？」

「やってみる」犬の飼い主たちがゆっくりと岸辺から離れていくのが見えた。リッケは岩の上に坐ってスナップチャットをこれ見よがしに見ていた。母親がひっきりなしに電話していることに抗議しているのだろう。

「レイネ・ダニエルソンについては何かわかったか？」とベリエルは訊いた。

「いいえ、まだ名前を聞いたばかりだから。でも……」

「こっちも同じだ。でも……」

「まだ情報を全部見ることができてないのよ」とディアは言った。「でも、何かもやもやする」

「同感だ」とベリエルは言って電話を切った。

そのあとブロームを向いてディアのことばを繰り返した。

「何かもやもやする」

ブロームは暗い顔で眉をひそめ、パソコンのキーボードを打った。彼女の虹彩に画面上でスクロールする文字が反射していた。やがて首を振りながら彼女は言った。

「レイネ・ダニエルソンという人物は見つからない。どこを探しても。もしかしたら彼は一度もこのスウェーデンで納税してないのかも」

「スウェーデンで納税してないとすれば、モナコに豪華ヨットを所有しているか、あるいは無収入かのどっちかだ」

「その豪華ヨットを今は横におくとして、無収入の理由はなんだと思う？」

「職を失った？　それか……」

「何？」

「くそ！　なんてこった！」ベリエルはそう言うと、パソコンの脇に積んであった書類の山を漁《あさ》りはじめた。そして、ヘレーナ・グラデン事件の分厚いファイルを引きずり出すと、ものすごい勢いでページをめくった。

そんな彼を見ながら、ためらいがちにブロームは言った。

「その名前、わたしがシャワーを浴びてるときに聞いたような気がする。お湯を渡してくれるかわりにあなたは何人もの名前を言ってた。そのときダーラナ地方の農場の話をしてたような気がする」

ベリエルは信じられないといった様子で首を振り、ファイルを指差して言った。

「これだ。レイネ・ダニエルソン、カール・ヘドブロムがいたケアホームの入居者のひとりだ。たまげたな」

ブロームは目頭をこすりながら言った。「レイネは避難小屋をつくった。レイネはヘレーナ・グラデンと息子のラスムスを拉致して殺した。レイネは母子を丸二日監禁しながら自分はホステルに何気ない顔で滞在した。レイネはホームの別の入居者であるカール・ヘドブロムのDNAを犯行現場に植えつけた。どう考えても、レイネが普通の入居者だったとは思えない」

「彼に事情聴取をしたのはおれたちだ」そう言いながら、ベリエルは自分の顔から血の気が引くのがわかった。

「おれたちってあなたが直接?」

「直接だ。それにディアも。正確に言うと、聴取をしたのはおれとディアだ」

彼は衛星電話を手に取ると、押し慣れた電話番号にかけた。ほとんど瞬時に相手がでた。

「オーシャ」ディアの金属的な声が聞こえた。「オーシャ市? そうなんでしょ?」

「ああ。おれたちが聴取した。覚えてると思うが、オーシャのホテルに設置された暫定的な捜査本部でおれときみで事情聴取した。捜査資料を見るかぎりはそうなんだが、実際のところ何も覚えてない。きみは覚えてるか？」

「次から次に聴取してたから、でも、もしかしたら……」

「駄目だ。おれにはまったく思い出せない」

「昔からあなたは過去のことに弱かったわね」とディアは言った。「わたしの記憶では、かなり大柄で落ち着きのない人だったような気がする。身長は百八十五センチ、靴のサイズは45くらいはあったんじゃないかな。年齢は二十六歳くらいだから記録上の生年月日と一致する。でも、聴取そのものについて何か覚えてるかというと、わたしも全然駄目ね。もうちょっとよく思い出してからまた連絡するわ」

「おれも聴取の筆記録が眼のまえにあるから、読みおえたら連絡する。その頃にはきみもいくらか思い出してるかもしれない」

「あと三十分くらいで家に帰れると思う」とディアは言った。「フェーエンスボーデットもだいぶ暗くなってきた。娘とけんけん遊びをしてたのよ」

「じゃあ、急いでけんけんしてくれ」とベリエルは言った。「五時には警察本部にいてもらわないと困る」

「なんの話？」

「さらに残念なことに、現金で五千クローナ（一クローナは約十四円）用意してくれ」

「今度はいったい何をさせるつもり？」

「ローベットションだ。警察の資料保管庫で働いてる。彼からビデオテープを受け取ってくれ」

ディアは深いため息をついた。

「それからもうひとつ」とベリエルは言った。「たった今、思いついた」

「何？」

「レイネ・ダニエルソンは錯乱した状態で自分のことをサム・ベリエルと名乗った。八年まえに会ったおれがそれほど強い印象を残したということは、ディア、きみのことも覚えてる可能性が高い。あの手紙の宛先がきみだったということを忘れちゃいけない」

ディアは少し黙ったあと言った。「何が言いたいの、サム？」

「とにかく、気をつけてくれ」

「わたしのことなら、大丈夫」ディアはそう言って電話を切った。

そして、リッケを見た。砂の上でしばらくけんけん遊びをしていた娘は今はまた岩の上に戻っていた。急速に深まりつつある夕闇の中、リッケの顔は携帯電話の画面の青い光に照らされていた。スナップチャットを見ているのだろう。ドレッビケン湖の静かで暗い湖面は沈みゆく太陽の色にかすかに染まっていた——そのピンク色の外套《がいとう》が早い闇の訪れを告げていた。深まる暮色の中、犬もその飼い主たちもいつのまにかいなくなっており、母と娘はふたりきりだった。ディアは奇妙な孤独感に襲われた。何ひとつ音は聞こえず、その静寂が絶対的なもののように思えた。湖面を染めたピンク色の覆いはどんどん薄まっていき、少しずつ暗闇に覆われていた。

ディアの背すじを何かが走り、震えとなって爆発した。

恐る恐る彼女は振り向いて森の端に眼をやった。木々は今はじっとして動いていなかった。さっきまで枝が揺れていたのは、秋の風のせいか、松ぼっくりが落ちたからか、木の実を集めているリスのせいだったのか。彼女たちの車は二百メートルほど離れた駐車場に停めてあった。薄暗がりの中、彼女はマツの木々を眺めた。動いているものはなく、何もかもが静まり返っていた。

「リッケ?」と彼女は声をかけた。誰もいない郊外の森に彼女の声がこだました。

リッケは携帯電話から眼を上げたが、何も言わなかった。まだあどけなさが残るその顔が青く光っていた。

「そろそろ帰る時間よ」ディアはできるだけやさしく、同時にきっぱりと言った。

リッケは携帯電話にまだどっぷりと浸かりながら、それでもしぶしぶ立ち上がった。それが視野の隅に見えた。同時に、視野の反対側の端で木がまた動くのが見えた。

ディアは急いでその方向に顔を向けた。一本のマツの木の枝がかすかに揺れていた。何かの余波のように。ほかには何もなかった。ちらっとリッケを見やると、携帯電話から顔を上げることもなく彼女のほうに歩いてきていた。まだ距離は十メートルほどあった。ディアはもう一度森を見た——何も変化はなかった。揺れていた枝も今は止まっていた。フェーエンスボーデット、ドレッビケン湖、そしてトロングスンドの森はまた静けさに包まれた。

ようやくやってきたリッケに手を差し出すと、リッケはその手をつかんだ。ふたりとも手が凍えるほど冷たくなっていて、互いの手を温め合うことはできなかった。

少し長居しすぎたようだ。

駐車場に向かう小径《こみち》をゆっくりと歩きはじめた。予想外の早さで日が暮れていた。今は森の端の部分しか見えなかった。

それでなおさら動きがきわだって見えた。

最初は一本の枝が揺れているだけで、すぐに動きは止まった。ディアは立ち止まってリッケの手をきつく握り、森を凝視した。

また何かが動いた。枝から枝へとその動きは伝わっていた。まるで誰かが木々のあいだを走っているかのように。

彼女たちのほうに向かって。

ディアはしゃがみ込んで大きな石を拾い上げた。仕事用の拳銃を持っていないことをつくづく悔やんだ。そこで、自分たちが今どこにいるのかさっきサムに伝えたことを思い出した。

思いがけない救いだ――自分たちの遺体をちゃんと見つけてもらえるということ以外にも何か意味があることのように思えた。

森と小径とのあいだはわずか数メートル。そんな森の一番近くの木が揺れた。と思うなり、森が口を開けた。恐ろしいスピードで人が飛び出してきた。

レイネ・ダニエルソン。手に持っていた石を振りかざしてディアは思った。絶対に娘には手出しさせない。石を持つこの手だけしかなくてもわたしは戦いつづける。

枝が押し戻された。すさまじい速さで、それでいてスローモーションで何もかもが動いていた。森から走り出てきた何かが近づいてきた。それはそこで止まると、彼女を見つめた。その眼に死が映っていた。

それは巨大な雌のイノシシだった。そのまわりに四匹の赤ちゃんイノシシがまとわりついていた。母親同士、どちらも微動だにせずに眼を合わせて見つめ合った。

まるでお互いの中の母性を感じ取ったかのように――この世のすべての命あるものがすがる母性、自分の子供のためならどんな犠牲をもためらわない母性を。

雌イノシシは吠えるようなうなり声をあげた。そして突然向きを変えると、森に向かって突進していった。子供たちが必死にそのあとを追った。

ディアはいっときその場に立ち尽くした。そのうちリッケの手をきつく握りしめすぎていることに気づき、手を放した。

ただ、石は放さなかった。放すつもりはなかった。無事に車の中に戻るまでは。
「イノシシ、可愛かったね！」とリッケがいかにも嬉しそうにスキップして言った。

24

十一月二十二日　日曜日　十六時五十八分

彼女は暗闇が嫌いだ。暗闇の中には獣《けだもの》がひそんでいる。獣《けだもの》たちは姿を隠して彼女のまわりを這《は》いまわり、木の枝を揺らす。この薄暗い廊下を歩いていても、得体の知れない怪物がいつ襲いかかってくるかわからない。
犯罪は休まない。日曜日の午後だろうと、おかまいなしだ。だからストックホルム市クングスホルメン島の警察本部の大部分に明かりがつき、人々が忙しそうに動きまわっているのだ。警察の受付を通り過ぎてもその状況はまったく同じで、明かりに煌々《こうこう》と照らされた人であふれ返っている。ところが、エレヴェーターを降りると一変し、あたりは真っ暗で物音ひとつせず、廊下のすぐ先さえ見えなくなる。それでも明かりのスウィッチは探さない。妙な理屈だが。彼女は今パラレルワールドにいて、そこは暗闇に支配されている——獣《けだもの》たちが栄える世界だ。

ドアには暗証番号が要るロックがかかっていた。カードリーダーにIDカードを通した瞬間、痕跡を残すことになるのはわかっていた。彼女ひとりにスポットライトが集中する危険性があるのも。

それでも彼女はカードを読み込ませてドアを開けた。

資料保管庫の中は廊下と同じくらいに暗かった。何列もの棚がずっと奥のほうまで延びていた。彼女はためらいがちに何歩かカウンターに近寄った。数メートルの近さまで寄ったところで初めてそこに誰かが坐って彼女のほうを見ていることに気づいた。

立ち上がった男の顔を見て彼女は愕然《がくぜん》とした。半世紀という年月が刻まれたその顔はむくんでいた。ぶよぶよになっていた。おそらくはアルコールのせいで。

「ローベットション？」とディアは言った。まるで他人の声を聞いているように感じられた。

男はしばらく彼女をぽかんと見つめていたが、やがて言った。「IDは？」

よくできました。内心そんなことを思いながら、ディアは警察のIDカードをカウンターに置いた。ローベットションはそれを見て舌打ちをした。

「まいったね、NODかよ。犯罪捜査課って名前の何がいけなかったんだね？」

「組織変更よ」とディアは言ったが、実際のところほんとうの理由はわからなかった。

「あんた、見覚えがあるぞ」とローベットションは言い、充血した眼で彼女を見つめた。

「あんた、オーシャにいただろ。あの頃はなかなかのべっぴんだった。それにセクシーだった。それがいったいどうしちまったんだ？」

ディアはこの男が何を言おうと一切気にしないことに決めていた。だから何も答えず顔色ひとつ変えなかった。

ローベットションはおかまいなしに続けた。「まあ、少なくとも今のほうがおっぱいはでかいな。劣化する一方でもそこだけは救いだな」

黙っていられるのは冷静だから、と彼女は自分に言い聞かせた。決して嫌悪しているからじゃない。

「おれに渡すものがあるんじゃないのか？」少し間を置いてローベットションは言った。

「ええ、あなたが〝あれ〟を渡してくれれば」

彼はうなずいたあと首を振りながらカウンターの向こうにかがみ込むと、黒いゴミ袋を引っぱり出した。ずしりと重そうなゴミ袋で、振るとがさがさと妙な音がした。

彼女は上着の中に手を入れて封筒を取り出し、彼に渡した。

ローベットションは封筒を開け、五百クローナ札を数えた。「この仕事も捨てたもんじゃない」

ディアは彼を見て言った。

「どういう意味？」

「なんでもない、気にするな」ローベットションはそう言うと、紙幣を封筒の中に戻して内ポケットにしまった。それからかがみ込んでゴミ袋を取り上げ、カウンターの上に置いた。ディアは袋を開け、のぞき込んだ。

中には古いVHSのテープがぎっしりと詰まっていた。

一番上にあったのは三十年近くまえのポルノ映画だった。ディアはそれを取り上げて表面の露骨な写真に眼をやり、カウンターの奥にいる薄汚い男のほうを向いた。

「お手本だ」にやけながらローベットションは言った。「見たところ、必要なんじゃないかと思ってな」

リカルド・ローベットションの警察での残りの日々もあとわずかだ。ディアは自分にそう言い聞かせた。

25

二〇〇七年　十月三十日　火曜日　十五時二十五分（八年まえ）

彼らは当座しのぎの控え室で休憩を取った。ホテルの中に設置された暫定的な捜査本部は誰もが驚くほどきちんと機能していた。すぐにまた取調室に戻らなければならない――次の対象者が控えていた。コーヒーは死の味がした。死後一週間経った死体から染み出てきたような。

若い警部は新しい相棒に眼をやった。栄光と名誉から遠く離れたこの場所で、一緒に仕事をしはじめて今日でまだ二日目。彼は相棒のほっそりとした体型とその俊敏な身のこなしにまだ慣れることができずにいた。彼女の隣りにいると、自分の動きがひどくぎこちなく感じられた。

彼女がうんざりしたように顔をしかめながらコーヒーを飲み干し、問いかけるのと同時に挑みかけるような眼を彼に向けたそのとき、彼はふとひらめいた。

鹿の眼だ。

「鹿《ディア》」と彼は言った。「今日からきみの名前はディアだ」

「わたしの名前はデジレよ」と不機嫌そうに彼女は言った。「あなたの名前はサム。じゃあ、また始めましょうか」

「おれのほんとうの名前はサムじゃない。サムエルだ。だからといって、サムエルとデジレってわけにはいかないだろ？　それじゃまるで、十九世紀の最悪の警官コンビだ。それに比べてサムとディア。威勢がいいと思わないか？」

「何？　わたしのことを〝愛しのきみ《ディア》〟って呼ぶつもり？　あなた、頭がどうかしてる。わたしは既婚者だし、あなたもそう。お互い保育園にかよってる子供だっている。あなたに比べたらあのローベットションのクソ野郎がまるで聖職者に見える。あいつが椅子にだらしなく坐って、どんなにエスコート・サーヴィスのカタログをひらひらさせようとね」

「おれは既婚者じゃない」とベリエルは言った。「彼女はパートナーだ。フレイヤにとって結婚はそれほど意味があるものじゃないらしい」

「だとしても、あなたのところの子供はふたり。うちはひとりだけよ」

「なるほど。ただ、おれの言った〝ディア〟は、愛しのきみのｄｅａｒじゃない、鹿のｄｅｅｒだ。ノロジカとか、あるいはダマジカとか。きみの身のこなしは鹿に似てる」

「もういいから」とディアは言ってドアを開けた。

鹿のように軽やかに。

その部屋は普通の取調室とはまるでちがった。幅が狭くて細長く、どちらかというとホテルがオフィスに使うような応接室の類いだった。机についているふたりの人物のところに行くだけで、ずいぶん長く歩いたように感じられた。坐っていたのは介護士の制服を着た女と若い男で、若い刑事たちの目的はこの若い男のほうだった。

男は彼らが歩いてくるのを坐ったまままじっと見ていた。間に合わせの取調用の机に近づいてくる刑事ふたりがいかにも奇妙なコンビに見えたのだろう。背の低いのと、大きいのと。元気で明るいのと、むっつりして暗いのと。最初から役割が分担されていた。

男の驚くほど青い鋭い眼はすべてを取り込んでいた。そんなふうに見えた。が、実際のところ、男はファールンにあるケアホームの入居者だった。そのケアホームは、たまたまオーシャ郊外の森で数週間過ごすという運命的な選択をして、事件に巻き込まれた。ケアホームの職員によれば、男は入居者の中でもちゃんと会話ができるごく少数の中のひとりということだった。

「おれたちの名前はサムとディア」とベリエルは言った。「きみはレイネ・ダニエルソンだね？」

「サム・ベリエル警部とデジレ・ローゼンクヴィスト警部補です」とディアが訂正した。

「話す準備はできてる、レイネ？」

若い男の開けっぴろげで澄んだ眼差《まなざ》しには明らかに何か異様なところがあった。眼に見えている以上のものが見えているような、ベリエルとディアのすぐ隣りにいる透明人間が本人にだけ見えているような。

ふたりのドッペルゲンガーでも。

この秋のだらだらとした火曜日、ずっと同じこととの繰り返しだった。誰にも感謝されないままほぼ一日じゅう、さまざまな度合いの精神疾患の人たち――ほとんどの場合、介護士が同席していた――と机を挟んで向かい合い、この世界にはあらゆる形の精神疾患があることを痛感させられる一日だった。

レイネ・ダニエルソンはそんな中のひとりにすぎず、特別に彼をきわだたせるものは何もなかった。比較的大柄で、異様に鍛え上げられた体型、長めの濃いブロンド、なぜかいつも驚いているように見える丸顔、体の内と外の気圧のちがいから来るのか、ずっと半開きになっている口。それでも何より特徴的だったのは、その場の状況をすべて吸い取って将来のために備えているようなその眼差しだった。

「ねえ、レイネ」とディアはやさしい口調で話しかけた。「あなた、森に避難小屋を建てた？」

レイネ・ダニエルソンは驚いたような顔で首を振った。

「この聴取は録音してるの。だからちゃんとことばで答えてくれる？」

「じゃあ、ことばで答える」レイネの声は弱々しかった。「避難小屋なんて建ててないよ。建て方も知らない。でも、建て方は知りたい。だけど、誰も教えてくれない。教えてもどうせおれには覚えられない。そう言われたよ」

「それじゃあ、森の避難小屋にはいったことはないのね？」

彼は首を振ったが、自分がしていることにそこで気づいたらしく、声で答えた。「はいってない」

「でも、森に避難小屋があったのは知ってるのよね？」

「あるって話は聞いたけど、おれは行ってない。外にはあまり出ないから」

「ほとんどホステルの中で過ごしてたということ？　そこで何をしてたの？」

レイネ・ダニエルソンは視線をベリエルとディアのあいだに向けた。まるで第三の人物に話しているかのように。彼にしか見えない誰かに。

「いつも絵を描いてるんだ」しばらくしてレイネは言った。

「どんな絵を描くの、レイネ？」

「わからない。見えるものかな」

「それはほんとうのもの？　あなたが実際に見たことのあるもの？」

「わからない。そうかもしれない。おれはよく別の人のふりをするんだ。そうするともっといろんなものが見えるから」

「ここ二、三日のあいだにはどんなものを描いたの、レイネ？」とディアは訊いた。

「あんまり。なんかものすごくうるさくて。集中できなかったんだ」

「集中？」ベリエルは思わず口を出した。「うるさかった？」

レイネ・ダニエルソンの視線がまたさまよいはじめた。

「やめなさい」とベリエルは身を乗り出して言った。「ほかを見るのはやめなさい、レイネ。おれだけを見てくれ。おれの眼を」

レイネも最後にはベリエルのことばに従った。が、その眼には恐怖が浮かんでいた。警察官であるおれを恐れているんだろうか。ベリエルはそう思い、そうだといいが、とさらに思った。

「おれの言うことをよく聞いてくれ、レイネ。おれの眼を見てくれ。きみの描いた絵を見せてもらった。だからどんな絵を描いているのかはわかってる。ほとんどが夢の中のもの、実在しないものの絵だ。ただ、最後に描いてからずいぶん時間が経っていることもわかっている。きみが最後に絵を描いたのは十月十八日の朝だ。ヘレーナ・グラデンとベビーカーに乗った息子のラスムスが行方不明になったのはその日の昼すぎのことだ。きみはもう十二日間も絵を描いてない。ほぼ二週間だ、レイネ。それまではいっぱい絵を描いていたのに。どうしてその日から急に絵を描くのをやめたんだ？」

レイネ・ダニエルソンはまた視線をさまよわせはじめた。

「その日のあともいっぱい描いてるよ」彼は最後にそう言って、介護士のほうをちらっと見た。女性の介護士は励ますようにうなずいた。が、レイネは逆に何か衝撃を受けたかのようにびくっとした。

「描いた絵はどこにあるんだね？」とベリエルは訊いた。

「あんたたちのしてることは知ってるよ。テレビで見た」

「質問だけに答えてくれ」

「いい警官と悪い警官、それにコーヒーカップ。テレビで見たことがあるよ」

「描いた絵はどこにやったんだ、レイネ？」

「捨てた。うまく描けなかったから」

「それは今どこにある？」

「どこにも。燃やしたから」

「きみは最初は絵を捨てたと言った。そのあと絵は燃やしたと言った。どっちがほんとうなんだ?」

レイネはまたびくっとした。そして黙り込み、ベリエルとディアのあいだの宙を見つめた。あたかもそこに誰かが坐っているかのように。ディアは彼が見つめている場所まで横に体をずらし、その奇妙な視線と眼を合わせて訊いた。「四つ葉のクローバーの絵を描いたことはある、レイネ?」

彼は黙って彼女を見つめた。

「四つ葉のクローバーは知ってる?」ディアは続けた。

「普通じゃない」大きく眼を見開いてレイネは言った。

「普通じゃないってどういうこと?」

「普通のクローバーの葉っぱは三枚。四枚葉っぱのあるクローバーを見つけたら、願いごとができるんだ」

「それは四つ葉のクローバーの絵を描いたときも同じ? 願いごとは叶《かな》うの?」

「わからない……ちがうと思う……」

「四つ葉のクローバーの絵を描いたら、どうなったの、レイネ? 願いごとは叶った?」

レイネ・ダニエルソンは電気ショックでも与えられたかのようにまたびくっとし、また視線を泳がせはじめた。

「おれは……」

ディアは身を乗り出し、できるかぎりやさしい声音で続けた。「避難小屋であなたの願いは叶ったの、レイネ？　そのとき描いたのが四つ葉のクローバーなの？　だからそのあと、ほかの絵はもう描かなくなったの？　レイネ、どこに四つ葉のクローバーの絵を描いたの？人間の皮膚に絵を描くのはどんな気持ち？　血がいっぱい流れてる真ん中で描くのは？」

レイネ・ダニエルソンはいきなり立ち上がると、きつく握りしめた拳を振った。体のほかの部分も震えていた。介護士が立ち上がって彼に腕をまわした。彼女は失望したように首を振り、何も言わずに動揺しているレイネを連れてドアのほうに向かった。彼らのうしろでドアが勢いよく閉まった。ベリエルとディアは黙ってふたりを見送った。

「今の取り調べ、うまくいったと思うか？」少し経ってからベリエルは訊いた。

ディアは首を振った。「わからない。あなたはどう思った？」

「まあ、彼としてもこれまでの考えを改めないといけないだろうな。いい警官と悪い警官については……」

「わたし、ちょっと強く言いすぎた？」

ベリエルはまるで初めて見るような眼で彼女を見つめた。そして、肩をすくめて言った。

「少なくとも声はすごくやさしかった。でも、どうなんだろう。彼にはちゃんとしたアリバイがありそうだし。カール・ヘドブロムとちがって。滞在期間中に外出したときには必ずスタッフが一緒だったそうだ。そうなると、どうやって絵を燃やしたかが気になる」

「なんだか行きづまったって感じね」メモした内容を見ながらディアは言った。「人を殺すほど冷血そうにも怒りに燃えていそうにも見えなかった。彼のファイルを見るかぎり、女性とか母親に対して特に複雑な感情を抱いているわけでもなさそう。一応こんなふうに診断されてる――自我形成が不完全なために精神が不安定で、他人を喜ばせたいという著しい欲求に加えて、極度の不安症、錯乱傾向、鬱症状がある。どうやら邪魔されずにひとりで絵を描いているときが一番幸せみたいね」

「もし絵を描くのが許されてなかったとしたら？」とベリエルは言った。「絵を描いちゃ駄目だと誰かに言われていたとしたら？」

「カールに、ってこと？　確かにホステルでは部屋が隣り同士だった。ふたりが会っていた可能性はないとは言えない。でも、わたしが知るかぎり、部屋のドアには鍵がかかっていた」

ベリエルはうなずき、伸びをしながら言った。「もうすぐ四時だ。あと何人くらい残ってる？」

「時間表によれば、あとふたり」ディアは最新のｉＰｈｏｎｅを見ながら言った。それはジョニーからのプレゼントで、彼女にとって自慢の品だった。

「じゃあ、さっさとすませよう」とベリエルは言ってあくびをした。

ディアは手の中のささやかな奇跡から眼をそらすことなく言った。「レイネからはとりあえず必要なことを全部訊き出せたと思う？　彼のことはもう除外する？」

ふたりは互いに見合った。

「おれたちにはあの男が今回の事件と関係ないことがわかってる」とベリエルは言った。

「だから早いところ残りを終わらせよう」

ディアはゆっくりとうなずき、もう一度携帯電話に眼をやった。

「最後にひとつだけ」と彼女は言った。

「なんだ？」

「他人の内側を見ることは絶対にできない。それだけはお互い忘れないようにしないとね」

26

十一月二十三日　月曜日　五時十八分

その夜、スコーゴスに冬が訪れた。眼を覚ました理由がほんとうはなんだったのか。それは彼女にもわからなかった。が、起きたことにちがいはなかった——それもいつもよりかなり早く。もしかしたら窓ガラスに霜が広がるとき、微少なひびがはいるときのような音がしたのかもしれない。もしかしたらガラスに描かれた霜の模様が月の光をいつもとはちがう方向に屈折させたのかもしれない。もしかしたら冬そのものにもろくてはかない音があって、それが延々と続く悪夢の流れを止めてくれたのかもしれない。こんな謎かけにまともな答が出るわけがない。ほかにきちんとした答を出さなければいけない謎が山ほど残っていた。

もちろんジョニーはぐっすり眠っていた。彼女はすっかり眼が覚めてしまっていた。まだ五時十八分。思わずうめき声が洩れた。夢の中に現われたイノシシにまだ睨《にら》まれているような気がした。彼女は敗北を認め、起きることにした。じっと睨んでいる視線が今も感じられた。部屋着のガウンを羽織ってスリッパを履き、凍てつく寒さの車庫の中を通って仕事場まで向かった。そこが多少なりとも暖かいのはせめてもの救いだった。

彼女は椅子に坐って捜査記録を読みはじめた。すでに眼を通した。事件全体をもう一度じっくりと。新たに浮かび上がってきた被害者に関する情報や予備捜査の報告書を含め、すべて読んだ――いまだに所在がわからない生存者ファリーダ・ヘサリ、浮気をしていたデンマーク人医師メッテ・ヘーカロップ、ヴェクショー市のバイカー・ギャングの女エリーサベト・ストレーム、イェシカ・ヨンソンの子宮摘出手術と妊娠の謎。

早朝から仕事を始めて少し経ったところで、ディアはイェシカの写真をなんとか入手することができた。運転免許証もパスポートもなかったのだが、三年まえに地元新聞に載った写真が見つかったのだ。ポルユスのクリスマス・マーケットでトナカイの乾燥肉を買っているところを撮った写真で、撮影されたことに驚いているような顔をしていた。なるべくカメラを避けていたのか、それ以外に彼女の写真はなかった。ディアはその写真をベリエルにメールで送った。即座に返事が返ってきた。彼も同じように眠れず、ずっと待っていたのだろう。

〝そう、おれたちがポルユスで会ったのはこの女だ。つまり、おれたちが聴取したのは本物のイェシカ・ヨンソンだったということだ。これで、別の女が成りすましてたという可能性は消えた。レイネ・ダニエルソンについて何かわかったことは？〟

ディアは返信した。

〝オーシャへの旅行の数ヵ月後にファールンのケアホームを退所していた。それ以来、決まった住所はないみたいね。退所したのはおそらく社会保障予算が削減されたせいじゃないかしら。電話して〟

即刻、彼女の携帯電話が律儀に鳴りだした。

「やあ」とサム・ベリエルは言った。「おれのほうの調べでも八年まえに退所してたことがわかった。それ以来どこにも世話になってない。収入もなく、登録された住所もない。いったいどこにいるんだ？　どうやって生き延びてるんだ？」

「家族もいない」とディアは言った。「わたしが調べたかぎり、レイネ・ダニエルソンは天涯孤独よ。でも、何度か姿を現わしてる。リンストープのような診療所に入院してるのよ」

「リンストープからは身元不明の〝サム・ベリエル〟として退院して治療費は払っていない。おそらくそのまえにも同じようなことをしてるんだろう。しかし、きみが今言ったことが事実なら、本名で入院したこともあったということか？」

「ええ、そのようね」とディアは言った。「さらに詳細を調べてみる」

「質問は三つだ」とベリエルは言った。「どこで？　いつ？　支払いは？」

「それを今、調べてるところよ」

「いや、それは少し待ってくれ。ちょっと立ち止まって考えてみよう。今どういう状況なのか改めて考えよう」

「そういうことはモリー・ブロームと一緒にじっくりやってるんじゃないの？」

「彼女は今スキーをしてる」

「ええ？　まだ八時にもなってないのに？　そっちはまだ真っ暗で寒いんじゃないの？　スコーゴスでさえもう冬なんだから」

「心配は要らない」とベリエルは言った。「彼女はヘッドランプをつけてる」

「それはそれは安心だこと」と感情のこもらない声でディアは言った。

ベリエルはかまわず続けた。「これはきみとおれだけで考えよう。普通の刑事みたいに。警察本部の間仕切りのない刑事部屋に戻ったつもりで。これはごく普通の事件で、特に問題もなく、おれたちはまだアランの下にいて、パートナーとして殺人事件を解決しようとしてるということにしよう。きみが新しい所属先のＮＯＤとは別に並行捜査をしているという事実は無視して。きみが司法制度から逃走しているフリーランスの探偵ふたりを秘密裏に雇っているという事実も無視して。それから――」

「もういいから」とディアは言った。

そのあと沈黙が続いた。それがやや長すぎた。

やがてベリエルが暗い声で言った。

「この世に正義はないのか？」

「これだけははっきりさせて。シルを殺してなんかいないわよね？」とディアは言った。

「馬鹿言うんじゃない」

「心臓発作？」とディアは言った。「そう言いたいわけ？　シルが死んで、あなたは姿をくらました。どういうことなのか説明して、サム」

「知らないほうがきみのためだ、ディア」

「いいえ」ディアはきっぱりと言った。「知るほうがいいに決まってる。いつだってそう。もう隠しごとはたくさんよ。一緒に捜査するか、しないか、そのどっちかにして」

「公安警察、と言えばそれで満足してくれるか？」

「いいえ」

ベリエルは深くため息をついて言った。「シルは非公式におれに協力してくれてた。彼女のおかげで、公安警察の上層部とエレンの誘拐犯とのあいだの妙なつながりがいろいろと明らかになった。その後も調査を続けてくれて、何か情報をつかんだようだった。それをおれに伝えにきて、彼女は殺された。おれは彼女がボートハウスで死んでいるのを発見した。そのせいでおれはいっとき精神が崩壊してしまった。で、モリーができるかぎり遠くに連れていってくれた。それ以来おれたちは電線網とは切り離された場所に潜伏してる」

「嘘よね？」とディアは言った。

「ほんとうのことだ。でも、だからといって何も変わらない。あと少しのところまで来てるんだ。今あきらめるわけにはいかない。おれを信用してくれ」

「ブロームのことは信頼しても大丈夫なの？　あなたは公安警察から逃げてるんでしょ？　彼女は公安警察そのものじゃないの。ねえ、サム、眼を覚まして。彼女は潜入捜査官なのよ。一緒に見たじゃない。まったくの別人格に完璧に成りすましているところを。サム、いったい何をしてるの？」

「本物の蜂の巣を踏んでしまった以上、その後始末をしてるのさ」とベリエルは言った。

「そうとしか言えない」

「正直に言うと、そんなことじゃないかと思ってた」ディアはため息をついた。「いずれにしろ、気をつけて」

「おれが全幅の信頼を置けるのはたったひとりきみだけだ、ディア。きみを心底信じてる。

だから予定どおり進めさせてくれ。おれたちは何がなんでもレイネ・ダニエルソンを止めなくちゃならない。きみを失職させないためにも。いや、きみをときのヒーローにしてやるよ。おれたちならできる。それはともかく頭の中にふたつの考えを同時に持っておくことだ」

「ふたつの考え?」とディアは訊き返した。自然と声が大きくなっていた。「もしあなたの謎多きモリー・ブローム女史には裏があったとしたら、わたしたちの計画を進める意味がどこにあるの? 彼女はいつでもわたしたちをつぶせるのよ」

「そうは思わない」とベリエルは言った。「だからふたつの考えなんだよ。おれの頭はふたつに分裂してる。おれと公安警察という観点から見ると、ひょっとしたら彼女には二面性があるのかもしれない。だけど、この事件とレイネ・ダニエルソンという連続殺人犯については彼女も本気で必死に取り組んでる。それは断言できる」

「以前、あなたがナタリー・フレーデンについて確信してたように?」

ディアの重苦しい小さな車庫をまた静寂が満たした。そのとき突然、上空から自分のことを見下ろしている絵柄が浮かんだ——三人だけの小さな家族、車庫、テラス付きの小さな家。そんなささやかな暮らしが飛び地のように見えた——裏切りと欺瞞《ぎまん》と二重の忠誠心が渦巻く世界における、馬鹿らしいほど無防備な飛び地のように。ぐつぐつと煮えたぎる魔女の大釜の中でかろうじて浮かんでいる小さないかだのようにも見えた。おぞましいその魔女のスープの中からサム・ベリエルが現われたものの、彼の頭は数えきれないほど雑多な顔で覆われており、どれがほんとうの彼の顔なのか、見分けることはできなかった。

「いったいレイネ・ダニエルソンというのは何者なの？」とディァは言った。

「そうだ」とベリエルは言った。「ありがとう、ディア。過去の話は忘れよう。いったい何者なのか、だよな。レイネは精神疾患を患っていて、身元を偽って診療所を出たりはいったりしているようだが、危険なのはやはり診療所に入院していないときだ。一年かそこらを金もないままどこかわからない場所、見捨てられた廃屋のような場所で過ごして、殺人の計画を立てている。十中八九、標的は息子のいる母親だが、明確な境界線はない——妊娠中の娼婦でも十代の息子のいる小児科医でもいいようだ。計画は念入りだが、実行の段になると角材とナイフを使って攻撃する。快楽のために殺しているのは明らかなのに、犯行現場にはDNAも精液も残さない。どういうことなのか理解できるか、ディア？」

彼女は窓のない仕事場を見まわした。車庫を改装しただけの殺風景な部屋で、中は薄暗く、隅のほうは黒く汚れていた。それでも、闇の亀裂はまた閉じられ、何はともあれ新しい夜明けが訪れたようだった。

「いいえ」と彼女は答えた。「むしろわたしたちは理解することなんてできないという起点に立って、始めないといけないんじゃない？　わたしたちが相手にしてるのは、比類のない異常者よ。心の闇があまりに深すぎ、それに耐えきれずに、別人格にならざるをえないような。直近のふたつの残虐な殺人の合間には彼はあなたになった。もはやただの偶然では片づけられない。彼はあなたになった。わたしたちふたりは現実にあそこにいた。実際のところ、ほんとうに聴取したかどうかも思い出せないけど。つまり、彼はそれほど印象に残らなかったということよ。なのに、あなたのほうは彼に強烈な印象を残した」

「確かにきみの言うとおりだ」とベリエルは同意して言った。「でも、おれはここにいるかぎり安全だ。一方、きみのほうはどうだ？　頼むから用心してくれ、ディア。レイネ・ダニエルソンは絶対にきみのことも覚えてる」

「このまえも言ったけど、わたしは大丈夫。自分の面倒は自分で見られるから」ディアはそう言いながら、薄暗い森で自分のことをじっと見ていたイノシシのことを思い出していた。

「おれたちが彼を聴取したときの筆記録は読んだか？」とベリエルは訊いた。

「それ以外は全部読んだ」とディアは答えた。「車庫の中で何時間もかけてそれ以外の記録は全部読んだ。なのにその部分だけはなんとなく避けてしまってるみたい」

「〝避けられないことを先延ばしにする〟というやつだな」とベリエルは言った。「おれも同じだ。でも、もういい加減先延ばしにはできない。読んでくれ。ただし、全体的な状況もどんな些細《ささい》な印象も、少しでも手がかりになるようなことがあれば覚えておいてくれ」

「やってみるわ。それに、ローベットションから受け取ったビデオテープも見なくちゃ。運のいいことにまだ動くＶＨＳプレーヤーがあるのよ」

「モリーが帰ってきた。彼女なりの考えを聞くためにモリーにも読んでもらう。あとでそれぞれ受けた印象と残った記憶について話し合おう」

「了解」とディアは言って電話を切った。

「わたしが何を読むんですって？」暗闇の中からブロームの声がした。彼女は熱と同時に冷気も放出していた。

「八年まえにおれとディアでレイネ・ダニエルソンを聴取したときの記録だ」とベリエルは言い、ますます乱雑になっていくテーブルの上に置いた書類の束をブロームのほうに押しやった。手が震えていた。ブロームに気づかれなければいいのだが。

ブロームは書類を取り上げ、その場に凍りついたかのようにじっと読んでいたかと思うと、突然ベリエルに書類を突き返した。そして、慌ててドアまで走ると、ドアのすぐ外でポーチから身を乗り出して嘔吐《おうと》した。そのあと吐物に雪をかけると、キャビンの中に戻ってきた。

「スキーもほどほどにしたらどうだ。体力を消耗してるんじゃないか？」とベリエルは言った。「きみには万全な状態でいてもらわないと困る」

「それ、貸して」とブロームは怖い顔でベリエルを睨みながら言い、書類を受け取ると椅子に腰をおろし、デスクランプをつけた。そのあとは何事もなかったかのように古い筆記録に没頭した。ベリエルも自分用のコピーを取り上げ、集中しようとしたが、できなかった。もう一度試みると、なんとかできた。そればかりか、いきなり世界が開けた。驚くほど多くのことを忘れていた。オーシャのホテル、にわかづくりの捜査本部での慌ただしい人の動き、臨時のスタッフ、ひっきりなしに入れ替わる聴取対象者。それとは対照的な静まりかえった控え室。彼はデジレ・ローゼンクヴィストのことを今、新たな眼で見ていた——それでもまだよくは見えていなかった。彼女が〝ディア〟になったのはそのときだった。ベリエルはそのことを改めて思い出した。妙に細長い部屋の中にふたりではいっていったときのことも、全宇宙を取り込んでしまいそうなレイネ・ダニエルソンの大きく見開かれた青い眼をのぞき込んだときのことも。

読み進めるうち、気づくと、記憶の生ぬるい水に深く潜り込んでいた。その水の中を泳ぎまわりながらあたりを探り、隅から隅まで探してからまた水面に浮かび上がった。彼を待っていたのは記憶の中とはちがう別の青い眼だった。この眼も奥に何が隠されているのかわからない……

「で？」ブロームはその青い眼で彼をじっと見ながら言った。「あなたたちふたりの仕事は上出来だったの？」

「聴取のあと、おれも同じことをディアに訊いた」

「そのことは筆記録に書かれてない。だから今訊いてるんだけど」

「まるで駄目だった」とベリエルは言った。「単調だし独創性がないし、あとで考えれば明らかなことも追及しきれてない」

「たとえば？」

「どうして四つ葉のクローバーの質問をしたときに彼があれほど動揺したのか。ヘレーナ・グラデンが拉致されたその日の午後から、どうして絵を描かなくなったのか」

「わたしは彼のいくつかの発言のほうが気になった」筆記録をぱらぱらとめくりながらブロームは言った。「たとえば、ここ。〝だけど、誰も教えてくれない。教えてもどうせおれには覚えられない。そう言われたよ〟」

「学習能力がないということを頭に叩き込まれたんだろう」とベリエルは言った。「おれの受けた彼の印象はちょっとちがったが」

「気になったふたつ目はもっと興味深いわね」とブロームは言った。「実際に見たものを描くのかと質問されたとき、彼はこう答えた。〝おれはよく別の人のふりをするんだ。そうするともっといろんなものが見えるから〟」

「ちょっと待ってくれ」彼はその部分が書かれたところを探した。「確かにそう言ってるな。別の人間のふりをすると、もっと多くのものが見える。この〝ふりをする〟というのはどういうことだ？ 実在しないということを知ってるということなのか？」

「あなたはまた別のことを考えてる？」とブロームはベリエルをじっと見ながら言った。

「ああ、実を言うと、何かあると思ってる。彼の経歴に関するファイルがあるはずなんだが――実際、ディアはそのファイルから引用していた――そのファイルはここにはない。きみも見てないよな？」

「ええ」とブロームは言った。「ケアホームは閉鎖されているし、書類も分散してしまった。おそらく電子化もされてないでしょうね。何か残っていたとしても、ファールンの評議会かなんかの建物の奥深くに埋もれてるのがオチね」

「それでも、ディアは何かの診断について話してた。それは覚えてる。レイネ・ダニエルソンは邪魔されずにひとりで絵を描いているときが一番幸せだ、と言ってた。それに、女性や母親に対して特にわだかまりも持っていないようだ、とも。それから、こんなことも言ってた。自我形成不全による不安定な精神状態に加えて極度の不安症、錯乱傾向、鬱症状がある、と」

「残念ながら、それはむしろ月並みな診断ね」

「ほかにも何かあった気がする……」とベリエルは言った。「そうだ。〝他人を喜ばせたいという著しい欲求〟だ」

「ちょっとあいまいだけど」とブロームは言った。「それはつまり人の言いなりになるということ？」

「そこまではわからない。それでもいくらか彼の性格の輪郭が見えてきたような気がする。大柄で体力はあるが、意志は弱く人の言いなりになりやすい男。つまり、利用されやすい男」

「誰かが影から彼を操ってる？　そう言いたいの？　レイネ・ダニエルソンは遠隔操作され

た殺人鬼だということ？」

「少なくとも、何かに、何者かに支配されてるような気がする」とベリエルは言った。

「どこかで聞いたことがある」とブロームは言った。「ナタリー・フレーデンという容疑者をあなたが尋問してたときのことよ。あなたは彼女のことをご主人さまに媚《こ》びへつらう奴隷だと言った。それって個人的なこだわり？　あなたの趣味？」

「今回は現実の話だ。モリー、輪郭が見えてこないか？　おれには確かに見える。ただ、中身までは見えない。すじが通っているように見える反面、全然通っていないようにも思えるんだよ」

ブロームは肩をすくめ、パソコンのキーボードの上に聴取の筆記録を無造作に置いて言った。

「悪いけど、わたしには彼が殺人鬼だとはとてもじゃないけど思えない。もしかして、わたしたちはとんでもない勘ちがいをしてるのかもしれない。彼がリンストープ診療所に入院していたのは、精神に異常をきたしたからという単純な理由からなんじゃない？　たまたまほんとうの殺人犯がどこかで彼と接点があって、ガーゼの包帯から取った糸くずをボイラー室に持ち込んだのかもしれない」

「だったらヴァンのことはどう説明する？」とベリエルは言った。「もともとは黄白色で今はフィヨルド・ブルーのフィルムでラッピングされたフォルクスワーゲン・キャディは？

ソールセレのアンデシュ・ヘドブロムから盗んだ車だ。その車でレイネ・ダニエルソンはリンストープまで送り届けられた。その車がポルユスのイェシカ・ヨンソンの家の車庫の壁をこすった」

「わかってる」ブロームはため息をついた。「でも、わからないのよ――」

「レイネ・ダニエルソンのようなやつが運転免許証を取得できるわけがない」とベリエルは言って立ち上がった。「運転してたのは女だ」

「女?」

「リンストープ診療所で彼を降ろしていったブロンドの女だ。その女が事件の首謀者だ。いつもその場にいたんだ。ソールセレでレイネがアンデシュを殺害したときも現場にいた。そのあと彼を診療所まで送り、退院したときには迎えにいった。それからポルユスまで行き、一緒に家じゅうのDNAを拭き取った。ボイラー室にはふたりで隠れてたんだろう。でもって、ちょうどいいタイミングを見計らって彼をボイラー室から出したんだろう。黒いバラクラヴァ帽をかぶったレイネがイェシカ・ヨンソンを腕に抱えて階段をのぼり、勢いよくドアを閉めたときにきみの携帯電話が下に落ちた。そのあと女も階上《うえ》に行ったんだろう。で、レイネと女はどこまでも残酷な方法でイェシカを殺した。イェシカ・ヨンソンの過去からおれたちが見つけなくちゃいけないのは恋人じゃない。女の友達だ。彼女の隠された交友関係の中にいて、腐れ縁のような関係にあった女だ」

「同性の恋人ってことはない？」とブロームは夜が明けはじめた窓の外を眺めながら言った。

「その可能性もないとは言えない」

「快楽のために人を殺しても精液は残さない」ベリエルは言った。「なるほど……」

そのとき衛星電話が鳴った。まるで宇宙からやってきた物体でも見るかのように、ふたりは電話を見つめた。ベリエルが乱暴に受話器を取り上げ、電話に出た。「ディア、聴取の筆記録は読んだか？　ローベットションのビデオのほうの仕分けはできたか？」

「まだよ」早口でディアは答えた。「それよりロビンから電話があったんだけど、変なことを言われた。なんとセルビアからの情報よ。もしEUのほかの国だったら、もっと早くわかってたはず」

「何を言ってるのか、さっぱりわからん」

「血液よ」とディアは言った。「分析がすんだあと、すぐに回覧された――これはたいてい自動的におこなわれてることよ」

「悪いけど、話が見えない」

「まったく、サム！　眼を覚まして！　ポルユスのイェシカの家で見つかった血液よ。虐殺現場の」

「イェシカ・ヨンソンの血液？」

「それがちがったのよ！」とディアは大声をあげた。「わけがわからない。イェシカ・ヨンソンの血液じゃなかったのよ。浴室にあったブラシの髪の毛も彼女のものじゃなかった。あの家の中で見つかったDNAはイェシカ・ヨンソンのものじゃなかった。言ってること、わかる？」

ベリエルはことばを失ってブロームを見やった。彼女にも電話の声は聞こえていたようで、火照っていた彼女の顔から血の気が失《う》せるのがわかった。ブロームもことばを失っていた。

「聞こえてる、サム？」ややあってディアの声がした。

「ああ。でも、おれたちは彼女の向かい側に坐って紅茶を飲んだんだ。そのとき何度も頭を掻いてた。どう考えても彼女のDNAのはずだ」

「でも、それがちがったのよ。DNAはヨヴァナ・マレセビッチというセルビア人女性のものよ――いえ、〝だった〟と言うべきね。彼女はノールランドをひとりで旅行してたらしい。で、アリエプローグにいた十五日の日曜日の朝から連絡がとだえた」

「その日は、アリエプローグ郊外のリンストープ診療所からレイネ・ダニエルソンが退院した日だ」とベリエルは言った。「それは確かなのか？　セルビア側のまちがいということはないのか？」

「指紋も彼女のものだった」とディアは言った。「イェシカ・ヨンソンのタイプライターから採取した指紋も。全部ヨヴァナ・マレセビッチの指紋だった」

「二階の血も？　シーツに染み込んでた人の輪郭の血痕も？　四つ葉のクローバーが描かれ

てた尻の皮膚片も？」

「ええ。それに雪の上に残ってたスーツケースの血痕も」とディアは言った。「全部ヨヴァナ・マレセビッチのものだった」

「だけど……」ベリエルにはそれだけ言うのが精一杯だった。

「あともうひとつ」とディアは言った。「彼女が故郷を遠く離れてひとり旅をしていたのは、ある重大な決断をくだそうとしていたからよ。ヨヴァナ・マレセビッチは静かで落ち着いた環境に身を置いて、子供を産むかどうかを決めようとしていた」

ベリエルは言った。「イェシカ・ヨンソンは子宮摘出手術を受けていたから妊娠はできない。一方、ヨヴァナは妊娠してた。家の中で唯一見つかったＤＮＡは彼女のものだった」

「ええ。レイネ・ダニエルソンの微量の血液以外は」

「胎児の性別はわかったのか？」

「ヨヴァナ・マレセビッチは妊娠十五週で、そのまえの週にノヴィ・サドで超音波検査を受けていた。男の子だった」

「なんてこった」とベリエルは言った。

「赤ちゃんは事件とはあまり関係がなさそうだけど。いずれにしろ、ローベットションのビデオを見て何かわかったらすぐに連絡するわ」

そこまで言って、ディアは電話を切った。

ブロームは立ち上がるとホワイトボードがわりの壁まで行き、しげしげと眺めた。まだスキーウェアのままだった。

「これ、整理しないといけないわね」その声は淡々としていた。が、震えてもいた。

ベリエルも立ち上がって壁まで行き、彼女の横に立って言った。

「これを今から再構成するなんてできるか？」

「ブロンドのかつら」ブロームは言った。「変装にはうってつけね……」

「犯人はイェシカ・ヨンソンの過去に隠されてたんじゃなかった」とベリエルは言った。

「犯人はイェシカ・ヨンソン自身だったんだ。彼女は意志の弱いレイネ・ダニエルソンを支配して、完全に掌握してる。イェシカこそ彼のご主人さまだ」

「でも、わたしたちの推理があたったところもあるわ」とブロームは言った。「ボイラー室の中にふたりいたということよ。ただ、レイネと一緒にそこにひそんでいたのはイェシカじゃなかった。ヨヴァナ・マレセビッチという拉致されたセルビア人女性だった」

「ボイラー室に誰かがしばらくいたとロビンは確信してた」とベリエルは言った。「それはヨヴァナだったんだ。彼女はあの中で悪夢のような三日間を過ごしたあと、まるで儀式のように惨殺された。可哀そうに」

「それだけじゃない」ブロームは突然ベリエルのほうを向いた。「もっと重要なことがある。彼女はあなたを呼びつけた」

「なんだって？」

「イェシカは四つ葉のクローバーのことやカール・ヘドブロムが無実だということを警察に訴えていた。でも、無視された。それでも彼女は訴えつづけた。だけど、まともに取り合ってくれる者は誰もいなかった。だからほかの方法を考える必要があった。彼女とレイネがソールセレでアンデシュ・ヘドブロムを殺したとき――どうして殺したかについてはまだわからないけど――ベリエルという名前の書かれた紙切れを残した。そして、あの偽の手紙をあなたの元相棒のデジレ・ローゼンクヴィスト宛てに送りつけた。要するにイェシカ・ヨンソンはあなたを呼びつけてるのよ、サム。デジレへの手紙はほんとうはあなたへの挑戦状だったのよ」

「でも、おれはあのとき初めて彼女に会ったんだぞ」

「それはどうかわからない。彼女は変装が得意なようだし、なにより何年ものあいだほんとうの正体を隠して別人として暮らしてたんだから。ただ、事件の聴取のとき、あなたがレイネに強い印象を残したのだとしたら、レイネのためにあなたを呼びつけたという可能性もあるわね」

「それはちょっと考えすぎなんじゃないか？」

「彼女はあなたに捜してもらいたがってるのよ、サム。彼女には彼女なりのやり方があって、今はあなたが彼女を捜そうとしていることを知っている」

「おれたちはテーブルをはさんで彼女と向き合ったんだ、モリー。おれたちは彼女の向かいに坐って質問をした。おれのこと知ってるような素振りはまったくなかったじゃないか」

「それはあなたが来ることを知ってたからよ。準備万端だったからよ」とブロームは言った。「彼女はいろんなヒントをちりばめて、あなたが来るのを待ちわびてた。もしかしたら予想より早くそのときが来たのかもしれない。でも、あなたが向かっているという連絡をデジレから受けると、彼女は家の掃除に取りかかった。そして、目的を果たしたあとも徹底的に掃除した。ティーカップを洗い、ダイニングテーブルを拭いた」

「しかし、彼女に電話したとき、ディアは向かっているのがおれだとは言ってない。警察官をふたり寄こすと言っただけだ。それにあの家では、おれたちはリンドバーリとルンドストレームと名乗った。それ以外何も知らせてない」

「デジレ・ローゼンクヴィスト——八年まえにあなたの相棒だった——から電話がかかってきて、訪ねてくるのはほかの誰でもなくサム・ベリエルだとイェシカは推測したんだと思う。これで夢が叶う、やっとあなたを連続殺人に巻き込むことができる。彼女はそう思った。で、あなたが地下室で意識を失っているあいだ、レイネに殺人を実行させた。そうすればあなたは怒りに燃えて、必死になって彼女を捕まえようとするだろうから」

「どうして彼女がそこまでおれに固執するのか皆目わからない。彼女にはこれまで絶対に会ったことはながおれの数少ない特技だ。そんなおれが言うんだ。彼女にはこれまで絶対に会ったことはないよ」

「でも、きっと会ってるのよ。いつかどこかで。もしかしたら、彼女は達者な女優なのかもしれない」

「きみのように？」

ブロームはしばらくベリエルと眼を合わせてから言った。「まあ、あんまり先走るのはやめておくわ。眼のまえの仕事に戻りましょう」

ベリエルは深いため息をつき、ブロームに背を向けながら言った。「こうなったら、イェシカ・ヨンソンが別人として暮らしていたときの名前をなんとしてでも調べないと」

27

十一月二十三日　月曜日　九時四十六分

冬がドアのひび割れた隙間から雪崩《なだ》れ込んできた。なるべく音を出さないようにドアを開けたときにはもうすでに指がかじかみはじめていた。やっとの思いでベリエルは携帯電話を操作した。

太陽は昨日と同じくらい強く激しく輝いていた。ナイフのように鋭いその光線は、雪原のほうを向いているモリー・ブロームの眼の中にまで射し込んでおり、あらゆる方向に乱反射するまばゆい光のせいで、衛星電話のボタンが押しづらく、彼女は容赦ない日光から逃れると、小さなキャビンの張り出し屋根の下にはいり、日陰に衛星電話をやって番号を打ち込んだ。

ベリエルは携帯電話のカメラをズームアップし、彼女の声が到達不能極の果てしない青さの中に響きわたったところでそっとドアを閉めた。そして、凍えるように冷たい携帯電話をテーブルに置くと、両手を広げてラジエーターに向けた。窓のすぐそばの赤い布の下に何があるかはわかっていた。彼は布をめくってジープから持ち出してきた二挺《ちょう》の拳銃を見つめ、安心と同時に脅威を覚えた。

見つめながら待った。

時間が過ぎ、両手に血流が戻り、全身に痛みが送り出され、命が吹き込まれた。裏切りと二枚舌が渦巻く中、痛みだけは信頼できる。痛みは自分のものだから。

予想以上に時間がかかった。今度こそほんとうに進展があったのかもしれない。公安警察の中の彼女の伝手《つて》がついに本気で取り組んでくれたのだろうか。

彼女が外にいるあいだ、彼の中では失望と希望が同時にふくらんだ。

やがて戻ってきたブロームの顔が蒼白《そうはく》なのは寒さばかりのせいではなさそうだった。

「わかったわ」と彼女は言った。「やっと」

ベリエルはまだ何も言わなかったが、全身を走る痛みに新たに温かさが加わった。ブローム
は続けた。「保護下にあったイェシカ・ヨンソンの仮の名はレーナ・ニルソンだった」
ベリエルは知らず知らず眉をひそめていた。まるで顔の筋肉をコントロールできなくなっ
たかのように。一個の脳細胞よりさらに小さい何かが凍りついた脳の中で勝手に動きまわっ
ていた。
「偽の身元としては典型的な名前よね」体を温めようと腕を動かしながら彼女は言った。
「できるかぎりめだたなくて月並みな名前。彼女のＩＤ番号もわかった」
「驚いたな」とベリエルは言った。「レーナ・ニルソン」
「どうしたの？　心あたりでも──」
彼女が言いおえるまでベリエルは待たなかった。いきなり十センチの厚さの書類の束──
オーシャで起きた八年まえの母子殺人事件の捜査内容が記されたファイル──を乱暴に調べ
はじめた。周囲に書類が舞い散った。最後に一枚の紙切れを握りしめると、そこに突っ立ち、
その書類を指差して言った。
「また血みどろのオーシャに逆戻りだ。ケアホームのスタッフの中に、レーナ・ニルソンと
いう名の女がいた。それがイェシカだったのかもしれない。その女はカール・ヘドブロムと
レイネ・ダニエルソンの両方を担当していた。彼女がレイネを操って、町の住人のひとりで
あるヘレーナ・グラデンとその息子で生後十四ヵ月のラスムスを殺させたのかもしれない。

そして、その罪を自分が担当していたもうひとりの入居者、カールになすりつけたのかも――」

ブロームはひったくるように書類を奪い取ると、読んでうなずいた。

「ID番号が合致する」

ベリエルは増える一方の捜査情報で覆われた壁まで歩くと、イェシカ・ヨンソンの唯一の写真を見つめた。ディアが見つけてきたポルユスのクリスマス・マーケットで撮られた写真だ。

「ひょっとして彼女はずっとそこにいたのかもしれない」とベリエルは言った。「もしかしたら、身元を隠してオーシャにずっと潜伏していたのかもしれない。もしそうなら、おれはどこかで見かけてるんだろう。それでもまったく覚えがない。レーナ・ニルソン……」

ブロームはパソコンのまえに坐ると、さかんにキーボードを叩きながら言った。

「レーナ・ニルソンは運転免許証を持ってる。エディ・カールソンが死んでイェシカがほんとうの身元に戻ったとき、レーナ名義の免許証は無効になるはずだけど、正式には取り下げられてない」

「今思ったんだが」ベリエルは言った。「彼らはエディ・カールソンも殺したのか？」

「彼の死についても状況を確認する必要があるわね」とブロームは言った。

「運転免許証か」とベリエルはおもむろに言った。「アンデシュ・ヘドブロムを殺したあと、ソールセレから車を運転したのはやはり彼女だ」

「八年まえのオーシャでは誰が彼女を聴取したの？」とブロームは訊いた。

「ローベットションだ」うなずきながらベリエルは言った。「やつのどうしようもない聴取……しかし、それだと録画映像がまだあるはずだ……」

「詳細を確認する必要があるわね」

「ああ」そう言いながら、ベリエルは視線を壁から無理やり引き剝がした。「詳細な情報が必要だ。できるだけ細かい情報が。しかし、それ以上に必要なのが俯瞰《ふかん》的な全体像だ。最初からひとつずつ見直さないか？　今のところ、どこまでわかってるんだ？　イェシカ・ヨンソンは何者なんだ？　レイネ・ダニエルソンは？　おれたちが相手にしているこのふたりはいったい何者なんだ？」

「カップル」とブロームは言った。「ふたりはカップルなの？　恋人同士なの？」

「それはないだろう。ポルユスの家の地下室を思い出してみてくれ。きみは録画するために携帯電話を仕掛けた。彼らはそのことに気づいてなかったから、カメラのまえで演技をしてたわけじゃない。レイネはボイラー室から飛び出してきておれたちを襲った。それからイェシカを階段まで引きずっていって両手を縛りつけた。レイネがおれたちをラジエーターまで運んでるあいだ、彼女は縛られたままだった。そのあと彼はイェシカの拘束を解いて、階上《うえ》までかなり乱暴に引きずっていった。それできみの携帯が落ちた。あれを見るかぎり、ふたりがそういう関係にあるとは思えないが」

「なんらかの儀式だったのかもしれない」とブロームは言った。「あるいは、倒錯した前戯だったとか」

「そのあと人を殺してセックス？　でも、それだと精液が……」

「もちろん、そのあと念入りに掃除するんでしょうよ、DNAが残らないように。ただ、残された血液の中に精液の痕跡がまったくないのは不思議ね……」

「吐き気がするよ、まったく」ベリエルは首を振りながらまさに吐き捨てるように言った。「確かに、おれたちは全部を見たわけじゃない。それに、どんなに想像力を働かせても、現実の世界では想像をはるかに上まわることが起きることも、年季の入った警察官としちゃ忘れちゃいけない。それでも……」

「一般的な精神状態の境界線を超えて考える必要がある」壁のほうに歩きながらブロームは言った。「それに一般的な偏見も超えて考えないと。女が性的な動機によって人殺しをしないのは誰でも知ってる。でも、特定の状況のもとだったら？　普通の状況とはおよそかけ離れた極限的な状況のもとだったら？　もしかしたら、わたしたちがこれまで遭遇したこともないような精神の奥深くにもぐり込まないといけないのだとしたら？」

「精神の奥深く、この国の内陸部の奥深くで」とベリエルは言った。

「わたしたち、彼女の真向かいに坐ってたのよ、サム。でも、彼女の頭の中で何が起きてたのかはこれっぽっちもわからなかった。あのとき彼女は特に強い印象を残さなかった。八年まえもきっとそうだったのね。ポルユスの彼女の家のダイニングテーブルにわたしたちがついていたとき――すべてが彼女の思いどおりに進んでいたとき――長い時間をかけて立てた複雑な計画がまさに実を結ぼうとしていたそのとき――彼女はどう見ても氷のようにクールだった。それはもう人間離れしてると言ってもいいくらいに」

「この国の内陸部のようにクールだった」とベリエルは言った。「最初からこの馬鹿げた事件のことを考え直してみないか？　始まりはどこだ？　いつからイェシカ・ヨンソンはおかしくなったんだ？　彼女の過去にはその兆候らしいものは何も見られない」

「でも、きっとあったはずよ」とブロームは言い、それとなく壁のほうを身振りで示した。「エディ・カールソン自体その兆候のひとつだった。イェシカには暴力的な男を好きになる傾向があった。それは彼女にかぎったことじゃないし、珍しいことでもない。ただ、若い頃から彼女が安全なことや普通のことよりも危険なことのほうが好きだったという証《あか》しにはなる。いずれにしろ、その結果、この異常なほどおぞましい男に妊娠させられ、繰り返し暴行され、最後には流産させるほどひどい暴行を受け、まだ生まれぬ息子だけでなく子宮まで失った。その上、ほんとうの身元まで隠さなければならなくなった。強い憎悪を抱くにはこれだけで充分よ」

「しかし、その場合、憎悪はエディ・カールソンに向けられるはずだ。あるいは男全般に。

ところが、殺されているのは女だ」

「息子のいる母親ね」とブロームは言った。「それはイェシカには絶対になれないものよ。エディ・カールソンから加えられた虐待をレイネを使ってほかの女性で再現してるということはないかしら？」

「しかし、彼女自身は死ななかった。レイネに襲わせた母親は死んでる。息子たちは必ずしも死んでないけど。ある種の身がわり自殺？　そういうことは考えられないかな。彼女自身が死にたがってるということは」

「でも、それじゃただ陰鬱なものでしかなくなる」とブロームは言った。「生命を否定することになる。あなたもわたしも別の側面、もっと性的で偏執的な要素を感じてる。異常なものであれ、むしろ生命を肯定するものを。グロテスクな確認行為。恍惚《こうこつ》の儀式。その儀式の一部として、レイネは彼女を襲い、引きずっていかなければならないのかも。ポルユスの家の階段を引きずってのぼったときのように」

「いずれにしろ、女による殺人ということになると、おれはあまり――」

「サム、物事をまっさらな眼で見てないわ。いつものように。あなたは女というものを神聖化しすぎてる。わたしたちだって男と同じようにグロテスクな行為ができるのよ。解放されればされるほど危険にもなる」

ベリエルはゆっくりとうなずいた。ブロームの言うとおりだ。

そのとき電話が鳴った。ベリエルはスピーカーのボタンを押してから電話に出た。

「はい?」

「わたしよ」ディアだった。「ほんとうにあったわ」

「何が?」

「わたしたちがレイネ・ダニエルソンを聴取したときの録画ビデオ。二〇〇七年十月三十日の午後。携帯電話でテレビの画面を撮ったものだけど、画像の質はまあまあ許せる。今から送るわ。でも、一番大事な部分——聴取の最後の部分——だけさきに送ったんだけど、もう届いてる?」

ベリエルがメールを確認すると、確かに届いていた。

「ああ」と彼は言った。

「ちょっと見てみて。このまま切らずに待ってるから」

ブロームは椅子から立ち上がると、テーブルをまわり込んでベリエルの側に来た。彼がファイルをクリックすると、映像が流れはじめた。が、その場面の前後関係やカメラの位置を把握するため、ベリエルはいったん再生を止めた。

記憶とそれほどかけ離れてはいなかった。オーシャのホテルの細長いオフィスで、四人の人間がテーブルをはさんで坐っていた。カメラは彼とディアの肩の上あたりにあるらしく、彼らは背中しか映っていなかった。二十五歳のレイネ・ダニエルソンがテーブルの反対側に坐ってカメラのほうを向いていた。ちょうど興奮状態にあるところで映像は止まっていた。彼の隣りにいる介護士は顔を下に向け、テーブルを見つめていた。

ベリエルは再生ボタンを押した。思いのほか少女っぽいディアの声が聞こえた。〝それは四つ葉のクローバーの絵を描いたときも同じ？　願いごとは叶うの？〟

レイネは理解できていない様子で彼女を見つめた。

〝わからない……ちがうと思う……〟

〝四つ葉のクローバーの絵を描いたら、どうなったの、レイネ？　願いごとは叶った？〟

レイネ・ダニエルソンはびくっとし、視線が泳ぎはじめた。

〝おれは……〟

ディアは身を乗り出し、やさしい声音で言った。

〝避難小屋であなたの願いは叶ったの、レイネ？　そのとき描いたのが四つ葉のクローバーなの？　だからそのあと、ほかの絵はもう描かなくなったの？　レイネ、どこに四つ葉のクローバーの絵を描いたの？　人間の皮膚に絵を描くのはどんな気持ち？　血がいっぱい流れてる真ん中で描くのは？〟

レイネ・ダニエルソンは立ち上がった。全身が震えるほど興奮していた。介護士も立ち上がって彼に腕をまわした。レイネは話すこともできないようだった。顔面蒼白になり、これ以上はどんなことにも耐えられない様子だった。

そのときベリエルも立ち上がった。右手を上げ、人差し指と中指を伸ばして拳銃の形をつくった。その想像上の武器をレイネに向け、口で射撃音を真似《まね》て、発射の反動を受けたように手を跳ね上げた。

介護士は首を振り、ベリエルを見上げ、怒りもあらわに言った。

〝いくらなんでもやりすぎだわ〟

ベリエルは言った。

〝あんたはただ自分の得意分野に専念してればいい〟

ディアがくすくす笑った。介護士は曇らせた眼を鋭くベリエルに向けた。

が、レイネの手を取ると、それ以上はひとことも発さず、彼を部屋から連れ出した。ベリエルは椅子に深く坐ってディアに尋ねた。〝今の取り調べ、うまくいったと思うか?〟

録画映像はそこで終わっていた。ベリエルはもう一度再生し、短い映像を繰り返し確認した。介護士が彼を睨みつけた場面で再生を止め、彼女の顔を初めてしっかりと確認した。

「なんてこった」顔から血の気が失せていくのが自分でもわかった。

「まさか、その人……?」とブロームが言った。

「ああ、まちがいない。彼女がレーナ・ニルソンだ」

「確かなの?」

「ああ、確かだ。若い頃のイェシカ・ヨンソンだ。当時、おれはまともに彼女のことを見てなかった。ちゃんと見てなかった」

衛星電話からディアの声が聞こえた。「あれ、彼女よね？」

ブロームが画面上に表示されている介護士の顔を拡大して言った。

「彼女のこの表情、何かある」

「ええ」とディアも同意した。「あのときのあなたのことばに彼女は強い反感を持った。わたしが笑ったことにも。こうやってもう一度見直すと、わたしたち、ひどすぎる」

「まったくだ」とベリエルは言った。「人の記憶というのは自分に都合よくつくり変えられるというけど――」

「拳銃のポーズのことは全然覚えてない」

「おれもだ」

「わたしたちは殺人犯を取り調べながら」とディアは言った。「そのまま無罪放免にしたってことね」

「でも、彼らのほうはあなたたちのことを覚えてた」とブロームが言った。「あなたのことを睨みつけてる彼女の顔を見て。この瞬間を記憶に刻みこんだのよ、サム。この八年後、レイネはサム・ベリエルと名乗って精神科病院に入院して、デジレ、あなた宛てにイェシカ・ヨンソンは手紙を送った。長い時間、彼らはずっとあなたたちふたりに狙いを定めてたのよ」

「彼らの目的はなんなんだ？」とベリエルは言った。「イェシカはおれになんの用があるんだ？」

「わからない。もしかしたら観客が欲しいだけなのかもしれない。自分に制限をかけて止めてくれる強い父親像を求めているのかもしれない。あるいは、ただ自分ができることをひけらかしたいだけなのかも。わたしにもわからない。でも、これだけは言える。彼女の目的はあなたよ、サム」とブロームは言った。

「もう一度考えてみるわ」そう言ってディアは電話を切った。

「わたしたちももう一度見てみましょう」とブロームは言った。

彼らは映像を再生した。ブロームがディアの発言の途中で映像を止めた。〝四つ葉のクローバーの絵を描いたら、どうなったの、レイネ？　願いごとは叶った？〟

「ここ。レイネの反応をよく見て」とブロームは言い、再生ボタンを押した。

レイネ・ダニエルソンは、電気ショックでも与えられたかのようにびくっとしていた。ブロームはそこでまた映像を止めて言った。

「何が起きたんだと思う？」と彼女は言った。

イェシカとレイネの下半身は取り調べ用のテーブルに隠れて見えなかった。それでも、ベリエルの心の眼にはありありと見えた。「おれが冷静さを失いそうになったりよけいなことを口走りそうになったとき、きみはよくおれの太腿に手を置くよな」

「そういうことがかなり頻繁にあるわね」とブロームは言った。「でも、あなたが何を言いたいのかわかる」

「聴取しているあいだレイネは何度もびくっとしていた。レーナ・ニルソンは見えないところでただ太腿に手を置いていただけじゃなく、つねってたんだろう。そうやって肝心なところでレイネを止めてたんだ。彼にはさんざん受け答えの練習をさせた上で、絶対に彼の自由にはさせなかった。彼女は動物の調教師か何かみたいにめだたないようにあの場に坐っていた」

「何食わぬ顔をして会話を制御してたってこと？　確かに彼女はすでにあの時点で精神科の患者を相手にした仕事の経験があった。だからレイネをうまく操る方法を心得ていたのかもしれない。でも、もっと昔にさかのぼる必要がある。ラグスヴェドで過ごした子供時代についてわかってることは？」

「何も」とベリエルは言った。「何もわかってない」

「彼女はひとりっ子だった」とブロームは言った。「で、フッディンゲ市の高校にかよった。でも、卒業してすぐ、理由は不明だけれど、一年間アメリカで過ごしてる。帰国してからは、赤十字病院で精神科と高齢者の病棟で夜勤の仕事をしながら、看護師の勉強をした。資格を得たあとはセント・ヨーラン病院の派遣看護師として主に精神科病棟で働いた。エディ・カールソンと知り合ったのはそこに勤務していた頃よ」

「セント・ヨーラン病院で?」とベリエルは訊いた。「エディはそこの患者だったのか?」

ブロームは首を振った。

「彼女のソーシャルワーカーだったラウラ・エノクソンなら知ってるかもしれない。また連絡を取らないと。どのみち、二〇〇五年の春にイェシカ・ヨンソンはレーナ・ニルソンになった。オーシャでの事件の二年まえよ。インターネットでちょっと調べてみてもいい?」

ベリエルはノートパソコンを彼女のほうに向けた。

「この空白の二年間のことをもう少し詳しく調べる必要がある」とブロームは忙《せわ》しなくキーボードを叩きながら言った。「新しい身元を得た彼女はすぐにファールンに引っ越して、カール・ヘドブロムとレイネ・ダニエルソンがすでに入居していたケアホームで働きはじめた。そこで彼女は意志薄弱なレイネを指先ひとつで操れるようにした。さらにカールの生い立ちも知っていて——彼の母親のことや角材のことも——その手口をそっくり盗んだ。オーシャでの事件からまだそれほど経っていない二〇〇七年秋、彼女は辞表を出した。その数ヵ月後、レイネもケアホームを退所した。レイネがレーナ・ニルソンと一緒に住みはじめた可能性は充分にあると思う」

「そのとき彼女はまだファールンに住んでいたんだろうか。職もなく? それとも新しい仕事を見つけた?」

「待って」パソコンの画面を見つめながら、ブロームは言った。「ここからがさらに興味深くなる。彼女はすぐ新しい仕事に就いてる――マルメ市のスコーネ大学病院の精神科。彼女がそこで働いてる同じ時期に、同じ病院に勤務していた、あのデンマーク人医師のメッテ・ヘーカロップがE6号線で事故を起こしてる。その半年後、彼女はサールグレンスカ大学病院に転職して……」

「ヨーテボリだ」とベリエルは言った。「つまり、リーサ・ヴィードストランドがヨーテボリのゴーシア・タワーズ・ホテルの部屋で殺害されたとき、彼女はヨーテボリに住んでいたということか？」

「そのとおり。でも、その数ヵ月後――二〇一〇年――レーナ・ニルソンはポルユスに家を購入して、すぐに引っ越した。彼女がほんとうの身元に戻ったとき、家の名義も自動的にイェシカ・ヨンソンに変更された。その時点で、家の購入に関するレーナ・ニルソンの痕跡はすべて消滅した」

「ということは、レイネも彼女と一緒にポルユスの家に住んでいた？」とベリエルは言った。

「おそらく彼はずっと一緒だったんじゃないかしら。ファールンでもマルメでもヨーテボリでも。ただ、一度も目撃されなかった。それはそうと、エディ・カールソンについてもう少しわかったわ。警察は彼がタイから帰国したことを知らなかった。知っていればスウェーデンに入国した瞬間に逮捕されていたはずよ。エディがイェシカにしたことは加重暴行罪に分類されるから、十五年経たないと時効にならない。彼が帰国していたことが明らかになったのは、二〇一一年の秋、バガルモセン地区の地下室で薬物の過剰摂取で死亡したとき。DNA判定でエディ・カールソン本人だと確認されたから。どういう薬物を過剰摂取したかわかる？」

「ひょっとしてカクテルか……」

「ビンゴ」とブロームは言った。「メタンフェタミンとフェナゼパムのカクテル。エディは自分で致死量の五倍の量を注射した。事情聴取を受けた中毒者仲間の話では、エディはそのふたつの薬物を大量にタイから持ち帰ったらしい。目撃者のひとりの証言によれば、エディはこんなことを言ってたそうよ。〝今度こそ盗まれるようなヘマはしない〟って。でも、残りの薬物は見つかってない」

「セーテル病院にいるカール・ヘドブロムに少しずつ送られていたからだ」とベリエルは言った。「最後の最後になってイェシカはエディの使い道を見つけた……」

「ねえ、〝今度こそ盗まれるようなヘマはしない〟というのは彼女が以前にもエディから薬物を盗んだことがあったということ？　そうだとすれば、それが彼女とレイネの生活費がどこから来ていたのかという問題の答になるかも」

「ありえないことじゃない……」

「ただ、彼女はどうやってエディを見つけ出したのか。それはまだわからない。それに、彼女はエディの体にいつもの〝署名〟を残してない――角材も、ナイフも、ボールペンのインクも、四つ葉のクローバーも」

「たぶんこのときばかりはいかなる証拠も残したくなかったんだろう」とベリエルは言った。

「ひとつだけ詳細情報が書かれてる」ブロームはパソコンの画面に顔を近づけて言った。

「検死報告書によると、エディは去勢されてる」

「去勢？」

「それも中途半端な去勢じゃない。性器そのものが切り取られていた。まるごと全部」

「尋常じゃないな。もちろん警察も関心を示したんだろ？　その状況じゃ明らかに他殺だ。そうなるとイェシカも容疑者になってたはずだ」

「それが傷は完治してたの。傷口は完全にふさがっていた。だから死因はあくまでも薬物の過剰摂取。警察の結論はタイにいるあいだになんらかの事故にあったんだろうということだった。でも、ここで注目すべきなのは、ほかの中毒者たちがエディのことは二ヵ月くらい見かけなかったと証言してることね。しかも彼が死体で見つかった地下室に行った者は中毒者仲間にはひとりもいなかった」

「ちょっと待ってくれ」とベリエルは言った。「二ヵ月？」

ブロームはうめき声をあげた。「わたしたちが思い描きはじめたイェシカの本性にぴたりとあてはまるすじがきが今、頭に浮かんでしまった」

ベリエルには自分の顔から血の気が引くのがわかった。「彼女とレイネはエディを拉致し、廃墟《はいきょ》同然の地下室に連れ込んだ。彼を縛り上げてゆっくりと性器を切り取った——それはちゃんとした医療的な方法だったんだろうが、耐えがたい痛みをともなったことは明らかだ。おそらく抗生物質の大量投与や輸血など、できるかぎりの処置をした——鎮痛剤の投与以外は。エディは生き延びはしたが、彼が味わった痛みはこの世のものとも思えないものだった。それに激しい禁断症状にも苦しまされたはずだ。傷が治り、傷口がふさがるまでイェシカは彼を生かしておいた。そして、最後に致死量の薬物を摂取させた」

「ぞっとする」とブロームは言った。「そこで復讐《ふくしゅう》劇の幕がやっと降りたわけね」

「吐き気がする」とベリエルは言ってイェシカ・ヨンソンの二枚の写真を見た。おだやかそうな表面の下に地獄が渦巻いている……

「あと、これも注目に値するわね。レイネ・ダニエルソンが表面に出たことはほとんどない。でも、レーヴェンストロムスカ病院の精神科閉鎖病棟には本名で入院してる。重度の精神疾患で」

「バガルモセンのその地下室で重度の神経衰弱に陥ったんじゃないか?」とベリエルは言った。

「そのあとは? エディの次は?」とブロームは促すように言い、自分で続けた。「イェシカたちはポルユスに戻った。そして翌年の夏、タビー市でファリーダ・ヘサリを襲った。ところが、ファリーダはなんとか逃げ出した。そのあとはヴェクショー市でバイカー・ギャングのエリーサベト・ストレームを殺害するまで、ほぼ二年もあいだが空いてる。いずれにしろ、この事件はかなり綿密に実行されたようね。去年のことよ。でも、そのあと犯行はエスカレートしていった。イェシカは何年もかけてあなたの注意を惹こうとしていたわけだけど、もっと強硬な手段に出る必要が出てきた。で、一ヵ月ほどまえ、イェシカとレイネはソールセレまで行ってアンデシュを殺し、ベリエルと書かれた紙切れを現場に残した。ただ、レイネはその拷問のあいだにまた神経衰弱に陥って病院に戻らざるをえなくなった。彼が入院していた二週間ほどのあいだも周到な計画は実行された。イェシカはタイプライターで手紙を書き、今度は直接デジレに送りつけた。同時に、彼女はアリエプローグに滞在していた妊娠中のセルビア人女性ヨヴァナ・マレセビッチに白羽の矢を立てた。そして、レイネを診療所から連れて帰る途中、ヨヴァナを拉致した。その後、十八日の朝、NODの捜査官ふたりを派遣したとデジレから連絡を受けると、そのうちのひとりはあなただろうと予測し、数時間家を留守にしていたように見せかけるために、ポルユスであえて目撃されるような行動をした。なぜなら、身元不明のストーカーに襲われて死んだと思わせないといけなかったから。だから、彼女は自分のDNAを消し、ヨヴァナのDNAを家に植えつけた――ヘアブラシ、歯ブラシ、それにタイプライターの指紋まで。そして、わたしたちが三時に行ったときから最後の一幕を演じはじめた。彼女はどうしてもあなたを観客席に坐らせたかったのよ、サム」

「なんてこった――」

「彼らはヨヴァナ・マレセビッチの死体をスーツケースに詰め込んでアンデシュ・ヘドブロムのヴァンまで引きずっていき、ヴァンに乗ってあの家を出た。そのあと、あら不思議――姿を消した」

「あら不思議――そのとおりだ」とベリエルは言った。「彼らはどこに行ったんだ？　今度は何を企《たくら》んでるんだ？」

ブロームは彼を見つめた。

「これはあくまでもわたしの想像なんだけど、あなたが偽名のC・リンドバーリを名乗ったことで、イェシカにとってゲームの愉《たの》しみが一気に増した。あなたがもう警察の人間でないこと、それでもデジレとまだつながってることを知ったせいで。今、彼女は心底あなたに追いかけてもらいたがってる」

「だとしても、彼女とおれとどう関係があるのかがまだ理解できない。どうしておれなんだ？」

「それは録画ビデオで見たとおりよ」とブロームは言った。「あなたがレイネを強く責めすぎたから。それで相手にとって不足のない敵と彼女に思わせてしまったせいよ」

「それでもまだわからない」

「要するに、イェシカ・ヨンソンはあなたに止めてもらいたがってるのよ」

28

十一月二十三日　月曜日　十三時二十七分

観察者は気が気ではない。学校を出てからずっと延々と続くこの絶望的な監視業務にたずさわってきた。だから今さら気を揉《も》むというのもおかしな話だ。これはあくまで日常の一部なのだから。この業務で給料をもらっているのだから。観察者もそのことは重々理解している。

ＳＩＧザウアーＰ２２６が一瞬たりとも止まらないよう何度も回転させる。〝真実〟も〝挑戦〟もない。

時間だけが過ぎていく。

一秒ごとに視力が悪化しているような気がする。一秒一秒が視細胞の錐体《すいたい》細胞を殺し、桿《かん》体《たい》細胞を削り取っている。冷静さを保つのがなにより重要な今、彼は急に焦りを感じはじめている。なんとしてでも、もう一度ジブラルタルの岩壁を見なければならない――自分の家のあのテラスから。なんとしてでも孤独な人生に終止符を打たなければならない。おれはあまりに長くひとりでいすぎた。

ふたつのキャビンがまるで化石のように上下ふたつの画面に表示されている——過ぎた時間が氷の中に彼らを閉じ込め、氷がやがて石に変わってしまったかのようだ。動いているものは何もない。テーブルの上の拳銃以外は。永遠に止まることのない拳銃以外は。

忠誠と忠義のかぎりを尽くしてきた人生。命令には絶対的に服従してきた人生。

部屋の中はとても寒い。氷柱《つらら》に覆われた岩の中に閉じ込められてしまったかのようだ。到達不能極のいつ爆発するとも知れない岩の中に。

時間はただ過ぎていく。彼は時間の感覚を失いつつある。もはや時間を計ることも数えることもできなくなっている。彼は焦っている。いついかなる時間にも。

今この瞬間、何かが起きなければならない。

もし何も起きなければ、確実に何か起きるように仕向けなければならない。

このままではいけない。おれは長く待ちすぎた。

拳銃はまだ回転を続けている。彼は薄手の革手袋をしっかりとはめる。そして、その手を拳銃に置く。S－I－Gザウアーは動きを止め、画面を指す。男も女も映っていないが、そこにいることはわかっている。

今日、観察者は何も記録しない。

そのかわり、拳銃を取り上げ、ドアのほうに歩いていく。

29

十一月二十三日　月曜日　十三時四十二分

ベリエルは時計を見た。ふたりは身じろぎひとつすることなくその瞬間を待っていた。手仕事をともなういつもの作業はいったん休止し、今はもっぱら頭を使った作業に没頭していた。

何かを引っ掻くような音がキャビンの外から突然聞こえた。ふたりは一瞬眼を合わせ、どんなことにも対応できるよう身構えた。こすれるようなその奇妙な音はまるで壁の中を何かが動きまわっているような音だった。

急にその音がやんだ。

ブロームは小さく一歩横に進んでテーブルに近づいた。今やふたりは全神経を聴覚に集中させていた。

また音がした。こすれるような、引きずるような忙しない音が壁に沿ってドアに近づいてきた。

まずブロームが動いた。すばやく。テーブルめがけて飛び、赤い布を剝ぎ取るなり、拳銃を一挺ベリエルに放った。拳銃は回転しながら妙にゆっくりと宙を飛んだ。その間、ベリエルの頭の中ではタイプライターで書かれたイェシカ・ヨンソンのことばがこだましていた。〝また音が聞こえました。すばやく何かを引きずるような音。こんなに近くから聞こえたことは今までありませんでした〟。

引きずるような音が明らかにポーチの上を歩く音に変わったのとベリエルが拳銃をつかんだのが同時だった。そのときにはブロームはすでに拳銃を構え、彼の横を走り過ぎており、ふたりはいつでも撃てる態勢でポーチに出た。

誰もいなかった。

なんの気配もなかった。

氷点下三十度にもなる外気の中、彼らはポーチに立って眼のまえの広がりを見渡した。真っ白だった。そこには純白の雪面しかなかった。動くものは何もなく、何かの存在を暗示するような形跡もなかった。

ベリエルは雪の中に踏み出し、ふたりでシャワーを浴びた場所も通り過ぎた。うしろからブロームが追ってきているのが聞こえた。キャビンの裏手にまわり込んだときにはもうベリエルに追いついていた。そこにも何もなかった。最後の壁をまわり込んでもやはり何もなかった。

玄関までまた戻ったときにはふたりとも息を切らしていた。ブロームはベリエルの足跡のまわりの雪を調べた。かがみ込み、雪面に顔を近づけた。

そして、拳銃で雪を指した。ベリエルには何も見えなかったので、彼女の近くまで行くと同じようにかがみ込んだ。

すると、足跡が見えた。小さな円をもっと小さな円が囲んでいた。雪の上に咲いた花のように。

「ホッキョクギツネ」とブロームが言った。「真っ白だから雪の上ではほとんど見えないのよ」

ベリエルはすぐには声が出なかった。ただ、無限に広がる雪を見渡した。遠い眼をして。

ふたりはキャビンに戻り、気持ちを落ち着けようとした。暖かさに包まれ、ふたりとも生き返ったような気がした。

ブロームのパソコンから突然大きな音が鳴った。その音の意味するところがわかり、彼女の表情が変わった。パソコンの画面に年配の女性の顔が現われた。

「スカイプする方法は知ってるって言ったでしょ?」ラウラ・エノクソンだった。

ベリエルはカメラに映らないようにブロームの横に坐った。自分がひどく震えていることにそのとき気づいた。

「ええ、もちろん」とブロームは寒さで歯が鳴ったりしないよう気をつけて言った。「また戻ってきてくれてありがとう、ラウラ。いくつか訊きたいことがあるんです」

「ええ、そう思ったわ」とラウラは言った。「どうぞ」

ブロームは一瞬眼を閉じた。ベリエルにはそれがわかった。それは彼女が頭をフル回転させ、集中して考えを整理している証拠だった。

「イェシカ・ヨンソンの過去についてどれくらい知っていますか?」彼女はパソコンに向かって言った。

「あんまり」とラウラ・エノクソンは言った。「ひとりっ子でラグスヴェド出身ということくらいかしら。彼女の両親のことを話したことはないけど、デリケートな問題だったことだけは確かかね」

「彼女は十代の終わり頃にアメリカに一年間行ってますね」とブロームは言った。

「彼女はその話もしなかったわね」

「まったく? あなたが彼女に会ったのは彼女がエディ・カールソンから暴行を受けたあとのことで、彼女とはかなり長い時間一緒に過ごしたと思いますが、それは彼女にとってとてもデリケートな時期ということになりますね?」

「ええ、そうね」とラウラは言った。「可哀《しょ》そうなイェシカ。ほんとうに気の毒な子だった。どうしてこの子ばかり男社会の不幸を背負い込まなくちゃいけないのって、よく思ったものよ。ほんと、不幸ばっかり」

「彼女は怒ってましたか?」

「というより、何か覚悟を決めているようだった。まるで、しかるべきときを待っているかのような感じだった」

「しかるべきとき？」とブロームは言った。

「うまく説明できないんだけど」とラウラはゆっくり言った。「彼女はすっかり内向きになった。何もかもを内側に溜め込んでいるみたいになった。でも、そのあたりのことはエッバのほうが知ってると思うわ」

「エッバ？」

「エッバとはもう話したんじゃないの？　イェリヴァーレに住んでる彼女の伯母よ」

「いいえ。イェリヴァーレに伯母さんがいるとは知りませんでした」

「名前はエッバ・フルト」とラウラ・エノクソンは言った。

寝室がひとつのアパートメントの居間に、暖炉の明かりが魔法のように広がっていた。窓の外に白くライトアップされたイェリヴァーレ教会が見えた。彼らのまえのコーヒーテーブルの上には、湯気の立ちのぼる三杯のコーヒーと、伝統に則《のっと》って七種類のビスケットがきれいに並べられた皿がのっていた（スウェーデンには七種類の焼き菓子で客をもてなす風習がある）。

ベリエルはコーヒーを掻き混ぜながら、眼のまえの女性を上眼づかいで観察した。歳は六十代で髪の毛は真っ白だったが、どことなくイェシカ・ヨンソンの面影があった。いくぶん落ち着きのない澄んだ眼と、人を寄せつけないどことなく厳しい雰囲気。このふたつがとりわけイェシカとよく似ていた。

「フルトさん」と彼は言った。「イェシカとの関係を話していただけますか?」

「あの子は妹の娘でした。わたしの姪《めい》ね」とエッバ・フルトは言った。「わたしたちの関係ですか……ええ、ポルユスに住んでいたことすら知らなかったくらいです。事件のことを聞くまでは」

「でも、彼女とはラグスヴェドで一緒に暮らしていたんですよね?」

「ええ、あの子が八歳から十八歳になるまで」

「どうして彼女は両親と暮らさなかったんですか?」

エッバは顔をしかめ、コーヒーを一口飲んだ。

「よろしかったら、ビスケットをどうぞ」彼女はそう言って、焼き菓子が盛られた皿を身振りで示した。「お客さんはめったに来なくて」

「では、遠慮なく」とベリエルは言ってひとつつまんだ。何年も冷凍庫の中で眠っていたような代物《しろもの》だった。

エッバはうなずいた。「妹のエーヴァとわたしは大学に行くためにストックホルムに引っ越しました。一九七三年のことです。妹は保育園の先生になって、わたしは言語療法士になりました。その後、一九七八年に妹はオーヴェ・ヨンソンと出会って結婚しました。イェシカが生まれたのはその二年後です」

「あなたは結婚はしなかったんですね、エッバ？」

「女性と一緒にいるほうが好き、と言っておきましょうか」彼女はかすかな笑いを浮かべた。

「相手がオーヴェ・ヨンソンのような人の場合だとなおさら女性がいいわね」

「つまり、あなたはエーヴァの夫に対してあまり好感は持っていなかったということです か？」

エッバは両手を上げた。「別にオーヴェに何か問題があったというわけじゃないんです。彼はとても知的で、どちらかというと学者タイプの人でした。でも、いつもよそよそしい感じでした。たとえば、自分の娘ともなんとなく距離を置いているように見えました。実際、あの悲劇が起きたあと、突然姿を消して、できるかぎり遠くに行ってしまったんです――ダニーデンの大学に仕事を見つけて」

「ダニーデンというと？」

「ニュージーランドの南島の都市です」とエッバは苦笑いしながら言った。「文字どおり、一番遠いところに行ったというわけね」

「エッバ、今おっしゃった〝悲劇〟について話してください」

エッバ・フルトはしばらくうなずいていたが、やがて首を横に振りながら言った。

「うまくいっているように見えたんですけど。何もおかしなことはないように見えたんですが。彼女が八歳のときのことです。彼女に弟が生まれることになったんです。エーヴァはほんとうに嬉しそうでした。ずっともうひとり欲しがってましたから。ただ、オーヴェがどう思っていたかは今となってはわかりません。このことはイェシカとも話したことがないんですが、彼女も嬉しがってなかったわけではないと思います」

「何があったんです？」

「妹が突然出血したんです。なんらかの原因で胎盤早期剝離《はくり》が起きたのに、そのときエーヴァは家にひとりきりで、電話をかけることもできませんでした。妹を発見したのはイェシカです。当時あの子は八歳で、自分の鍵を持っていました。学校から帰ってくると、血の海の中で母親とまだ胎児だった弟が死んでいるのを見つけたんです。その後、あの子の面倒はわたしがみました――オーヴェはダニーデンに行ってしまいましたから。あの男は自分の娘に別れのことばもかけなかったと思います。だからあの子の親権は簡単に取れました」

ベリエルはブロームを見やった。顔を合わせるなり、ブロームは眼を閉じた。ベリエルは続けた。

「そのときイェシカはどんな様子でしたか？　児童精神科医に診てもらったと思いますが」

「ええ、もちろん」とエッバは言った。「で、一年かそこらセラピーにかよいました。そのおかげか、わたしといるときは精神的に安定してました」

「それ以降は？　十年彼女の世話をしてこられたわけですよね……」

「落ち着いてました。思春期のあいだも特に問題はありませんでした。ただ、少し距離を感じてはいました。喩《たと》えて言えば、腕を伸ばしたところより中にはわたしを近づかせない。あの頃の彼女はそんな感じでした。そして十八歳の誕生日に突然、アメリカに行くと言いだしたんです。あの子ももう大人ですし、わたしも反対はできませんでした。それにわたし自身、そろそろイェリヴァーレに戻ろうと思ってたところでしたし」

「あまり近しい関係ではなかった。そういうことですか？」

「あの子やわたしのようなタイプの人間からすれば、それでもかなり近い関係にあったとは思います。わたしには秘密があったし、あの子にも秘密はあったんでしょう。わたしたちはお互いに干渉せず、お互い自分の殻に閉じこもっていた。そんなふうに言えるかもしれません。わたしは自分がレズビアンだということをあの子には内緒にしていたんです」

「彼女にも何か興味を惹かれるものがあったはずです」とベリエルは言った。「十代の頃、イェシカはどんな少女でした？」

「インターネットには興味があったようですね」とエッバは言った。「特に九〇年代には、いろんなオンラインのコミュニティに参加して時間を過ごしていたようです。そこで知り合った人にアメリカ行きを勧められたんじゃないかしら」

「友達はどうです？」とベリエルは言った。「少なくとも友達はいたんじゃないですか？」

「本人はいるとは言ってました。でも、家に誰かが遊びに来たことは一度もありません」

「男性関係は？　ボーイフレンドはいましたか？」

「誰も。わたしの知るかぎりひとりもいません。何度かその話を持ち出そうとしたんですけど、そのたびにあの子にうまくはぐらかされました」

「アメリカ行きの話ですが」とベリエルは言った。「オンラインのコミュニティが関係しているんじゃないかと今おっしゃったのは、何か思いあたるふしがあるからですか？」

「あの子もそのことは少し話してくれたんで。自分と似た人たちと話す機会を与えてくれたのがインターネットだと言ってました。中でもインターネット上のアメリカの人たちだと」

モリー・ブロームが身を乗り出し、初めて口を開いた。

「〝自分と似た人たち〟というのはどういう意味ですか？　自分はほかの人たちとはちがうと思っていなければ、そんな言い方はしないと思いますが。それはどんな意味だったと思いますか？　〝自分と似た人たち〟とは――？」

ベリエルがつけ足した。「正直な話、彼女がどんな女性なのかどうしても理解できずにいるんです。あなたはイェシカと十年――彼女の人格形成にとって重要な意味を持つ十年――一緒に暮らしたわけです」

「あの子はもう死んでしまったんです」とエッバ・フルトは静かに言った。「今さらそれがどんな意味を持つんですか？　安らかに眠らせてあげてください」

「彼女は恐ろしい体験をしました」とベリエルは言った。「八歳のとき、思いがけなく母親が血の海で死んでいるのを見つけたというのは、彼女の心に深い傷痕を残したはずです。エッバ、もう少し話を聞かせてください。彼女も嘘の中に寝ていては安らかに眠ることはできません」

「お話を聞くかぎり、あなたとイェシカの別れ方はあまり円満なものじゃなかったんじゃないか。そんな気がしてなりません」とブロームは言った。「イェシカは十八歳になる日まで待って、アメリカに行くことを言いだしたんですよね。まだ若いのにたったひとりで」

「どうしてアメリカに行きたいのか、あなたに話したはずです」とベリエルは言った。「〝自分と似た人たち〟に会いにいくというのはどういう意味だったんです？」

「そう」とエッバは言って視線をテーブルに落とした。「現実の世界が見たいと言っていました。丸裸の現実を見たいと。あの子を守るためにわたしがつくった泡の中の世界ではなく」

「あなたは彼女を守るために泡の中に閉じ込めていた。そうなんですか？」

「もちろん、守ろうとしました。八歳の子供が経験してはいけないようなことを経験したんですから」

「あなたが提供したのは安心感ですか、エッバ？」とブロームが言った。「それとも沈黙と空虚？」

ブロームのそのことばがエッバ・フルトの鎧《よろい》にひびを入れた。硬い金属のひびのあいだから過去があふれ出した。もしかしたら金属そのものが溶けだしたのかもしれない。

「わたしも努力したんです」声をつまらせ、彼女は言った。「ほんとうに努力したのよ。突然母親にならなくちゃいけなかったんだから。母親なんかには全然なりたくなかったのに。なるつもりなんてこれっぽっちもなかったのに。どうしたらいいのか、まるでわからなかった。それでも、あの子になにより必要なのは安らぎだと思ったんです」

「彼女と話し合ったりはしなかったんですか？」とブロームは訊いた。

「無理でした。彼女と何か話しだすと、まるでちがう国のことばを聞いているみたいになってしまうんです」

「それでも、彼女は何を望んでいるかぐらい訊く必要はあったんじゃないですか？　保護者としてそうすべきだと思ったんじゃないですか？　彼女が見たがっていた〝丸裸の現実〟というのはなんなんです？　どうしても会いたいと思っていた〝自分と似た人たち〟というのはどんな人たちのことなんです？　彼女が留守にしているあいだ、彼女のパソコンをのぞいたりはしなかったんですか？　閲覧履歴を見て、どんなコミュニティに参加しているのかを調べたりしなかったんですか？　もしかしてそれは——声に出して言うなら——彼女が〝安らかに眠る〟のを妨げるようなものだったんじゃないんですか？」

「申しわけないけど、お引き取りください」今にも壊れてしまいそうな声でエッバは言った。

「それはできません」そのことばに応じて、今度はベリエルが言った。「知りたいことがわかるまで帰るわけにはいきません。ただ、幸いなことに、われわれが知りたいことはあなたの胸のつかえになっていることと同じことのようです。あなたにとっても胸のつかえが取り除けるいいチャンスだと思いますが、エッバ」

彼女は首を振った。七種類のビスケットが盛られた皿の横に涙が落ちた。ブロームは彼女に身を寄せ、やさしく腕を撫でながらはっきりとした声で尋ねた。

「イェシカはどうしてアメリカに行ったんです、エッバ？」

「あの子は自分と同じような人たち、家族のことでひどいトラウマを受けた人たちに会いにいったんです。イェシカが参加していたのは、大量の血を見たことのある人たちのためのコミュニティでした。血と言っても血縁者の血のことです。そう、〝血から流れた血〟なんて呼んでましたね。それともうひとつ、〝父親不在〟というコミュニティにも参加してました。そうしてアメリカじゅうの名前と住所をリストにまとめてました」

「それ自体は健全なことのように聞こえます」とブロームは言った。「同じような境遇の人たちに会って、その人たちが見いだした生きるすべを教えてもらう。むしろ立派なセラピーです。ということは、それはあなたが話したがらないことではないということです。イェシカのパソコンからほかにどんなものを見つけたんです？」

老婦人は首を振りつづけた。何も話そうとしなかった。ブロームはやさしい声音で続けた。

「イェシカは十年間ずっと悪夢の中で暮らしてきたんです。だから、前向きな計画を立てることができたのはよかったんじゃないかとわたしは思います。家では話せないようなことを話し合える、同じような境遇の人たちを見つけられたのも。でも、そこには何か破壊的なこともあったんじゃないんですか、エッバ？　たとえば自滅的な——」

エッバは角砂糖をひとつつまんで歯のあいだにはさむと、コーヒーに手を伸ばした。そして、カップをゆっくりと傾けてコーヒーを少しだけ受け皿に注ぎ、すっかり冷めてしまったコーヒーを角砂糖越しにすすった。

「受け皿からコーヒー」笑みを浮かべてブロームは言った。「わたしの祖母もよくそうやって飲んでました。気持ちが落ち着くと言って」

エッバは甘いコーヒーを飲むとかすかに笑みを浮かべて言った。

「イェシカはおとなしい子でした。ほとんどしゃべらなかった。でも、閲覧履歴を見て、静かな表面の下でどんなことが起きていたのかわたしは知ったんです。静かなのは表面だけで……」

「何を見たんです、エッバ？」とブロームはおだやかな声で訊いた。「静かな表面の下の奥深くでは何が流れてたんです？」

「セックスです」とエッバは言った。

「普通のセックスではなく？」

「あんなものは見たこともありませんでした。わたしもネットを検索してレズビアンのポルノをのぞき見したりはしてました。でも、あれは……まるでちがうものだった」

「なんだったんです、エッバ？」

「あの子はまだ十七歳だったのに」とエッバは叫んだ。「あんなものを見るべきじゃないのに。あんな人たちと話すべきじゃなかったのに」

「どんなものだったんです？」

「どう説明すればいいのかわかりません。支配、と言えばいいのかしら。荒々しいセックスです。暴力と服従の」

ブロームはベリエルをちらっと見た。彼は完全に無表情で、表情からは何も読み取れなかった。

「ポルノ」やがてブロームは言った。「でも、ただのポルノじゃなかった。彼女はそういう人たちとインターネットでつながっていた。そういうことですか？」

「ええ、そういうコミュニティでした……」

「サドマゾヒズムのコミュニティ？」

「たぶんそう呼ばれているものなんでしょう……イェシカはジョイという名前の女の子とよくチャットをしてたようです。在留許可とか就労ヴィザとかの複雑な申請書を書き込んでたとき、アメリカでの連絡先としてジョイの名前を書いてました。あの子たちの会話の内容を考えると……」

「イェシカは就労許可も申請したんですね？」

「高校に行っているあいだは働いていなかったし」とエッバは言った。「わたしもあげられるようなお金は持ってなかったので。あっちに行っているあいだに働くつもりだったことは確かです」

「そのことについては彼女と話したんですか？」

「ええ……アメリカで娼婦でもするつもりなのかって怒鳴りました。でも、あんなこと言わなければよかったと今は後悔してます。ほんとうに恥ずかしい」

「実際、彼女は売春をしようと思ってアメリカ行きを決めたんですか？」

「いいえ、わたしがそう言っただけで、初めからそういうつもりではなかったと思います。でも、ジョイのほうはイェシカに仕事先を紹介するつもりだったようです。彼女自身そこでしばらく働いていたらしくて。でも、結局、どうなったかはわかりません」

「イェシカはアメリカでの連絡先にジョイの名前を書いていた」とブロームは言った。「つまり、あなたは申請書をのぞき見した。ジョイの苗字も見ましたか？」

「ええ。彼女の名前はジョイ・ウィアンコフスカ。住所はハリウッドでした」

「ハリウッド？　ロスアンジェルスの？　あのハリウッドですか？」

「ええ。カリフォルニアと書いてありました」

ブロームはベリエルに眼をやった。ベリエルはすでにネット検索に没頭していた。それを見てブロームは続けた。

「イェシカはアメリカに行ったあと、お金を送ってほしいと言ってきませんでしたか？　もし言ってきたなら、そのときジョイのことで何か言ってませんでしたか？」

「ええ。ハリウッドでジョイとルームシェアしていると言ってました。そのときには渡米してから二ヵ月くらい経ってましたけど、それきり帰国する直前まで連絡してきませんでした。その頃にはわたしもここに戻ってきてましたから。エレーナと」

「エレーナ？」

「四年ほど一緒に暮らしました」とエッバは薄い笑みを浮かべて言った。「そのあと癌《がん》になって亡くなりました。すぐそこに埋まってます」

彼女は窓の外に見える教会を身振りで示した。

「寒い中に」とエッバは言った。「凍りついた地面の下に。たぶんイェシカも同じように埋まってるんでしょうね」

「彼女が埋まっているところはもっと寒いでしょう」とブロームは言って、またベリエルのほうを見た。彼は指を三本立てた。

ジョイ・ウィアンコフスカが三人？　アメリカに？　ロスアンジェルスに？　でも、今はそんなことを訊いている場合ではない。ブロームはベリエルに向かってただうなずいた。

彼のほうも会話は彼女に任せたほうが賢明だと悟り、何も言わなかった。彼も学習したということだ。

「ありがとう、エッバ」とブロームは言い、すすり泣く老婦人に身を寄せてそっとハグした。

「あなたの言うとおりだった」エッバの頬を涙が伝った。「話してよかった。全部吐き出して」

「もしイェシカに対して少しでもうしろめたい気持ちがあるなら、エッバ、今すぐそんな思いは捨てることです。彼女に対してそんなふうに思う必要はないと思います」

「写真を見たいんじゃないですか？」涙を拭きながら突然エッバは言った。「わたし自身は写真にあまり興味はなかったから、エレーナの写真もほとんど持ってないんだけど、オーヴェは——なんて言ったらいいんでしょうね——客観的な意味で写真に興味があったみたいなの」

最初に彼らを家に招き入れたときよりもはるかに軽やかに立ち上がると、エッバは居間を出て廊下に面した納戸の扉を開けた。納戸の中は驚くほど整理整頓されていた。彼女はその中にはいった。忙しなく動きまわる音が聞こえた。

ベリエルが小声で言った。「アメリカ全土にジョイ・ウィアンコフスカはたった三人。うまくすれば今日のうちに——今夜のうちに——全員と連絡がつくかもしれない」

エッバは靴の箱を抱えて納戸から出てくると、コーヒーテーブルの上にその重そうな箱を置いた。その拍子にビスケットが何枚か皿からこぼれた。彼女は箱の蓋を開けた。

中にはいっていた写真はどれも古そうなものばかりで、デジタル処理されたような形跡のあるものはなかった。明らかに暗室で現像された黄ばんだ写真で、年代もばらばらだった。ベリエルとブロームはどちらも深いため息をつくと同時に、静かな歓声をあげた。エッバルは写真をほぼすべてつかんで箱から出すと、それをだいたい半分に分けた。エッバは角砂糖を歯にはさむと、受け皿にコーヒーを注ぎ、砂糖を溶かしながらコーヒーを受け皿から飲むという昔ながらの飲み方をまたやった。

ベリエルは写真をぱらぱらとめくった。ブロームも同じことをした。ほとんどの写真はよちよち歩きの頃のものばかりで、それはイェシカが大きくなるにつれ、オーヴェ・ヨンソンが次第に興味をなくしていったことを物語っていた。たまに順番とは関係なく、少し大きくなった子供の写真が出てきた。それはまぎれもなくイェシカ・ヨンソンの写真だった。さまざまな年齢で伝統的な行事のときに撮られたものだ――夏至祭やクリスマス、雪の中やスキーをしているときの写真、泳いでいる写真、ビーチにいるときの写真。写っているのはほとんどオーヴェとエーヴァとイェシカだけだったが、隅のほうに若い頃のエッバ・フルトが写っているものも何枚かあった。写真をめくる自分の手が速くなっていることにベリエルは気づいた。この写真の山の中から役に立ちそうなものが見つからないことに気づきはじめている証拠か。それはブロームも変わらなかった。そんな雰囲気になっていたせいか、ベリエルは危うくその写真を見逃しそうになった。

手を止めると、その写真に戻ってじっと見つめた。

ブロームも手を止めて彼を見ており、写真の束を下に置いた。

ベリエルはさらに念入りに写真を見た。夏の盛りらしく、背景にある小さな湖らしき水面に陽光が反射していた。正面に八歳くらいの子供が坐っていた。その子はカメラに向かって何かを掲げ、無理やりつくったような笑みを浮かべていた。掲げているのは緑色の大きなものだった。カメラマンの正確なシャッタースピードとピント調整のおかげで、奥行きがかなりあるにもかかわらず、写真はどこもぼやけていなかった。

どこまでも明瞭だった。湖が背景にあり、そのまえに不思議な笑みを浮かべた八歳のイェシカ・ヨンソンがいて、彼女がカメラに向かって掲げている植物が一番手前に大写しになっている。

彼女がカメラに向かって掲げていたもの、それが四つ葉のクローバーだった。

カメラに近いせいで、四つ葉のクローバーには笑っているイェシカの顔と同じくらいの大きさがあった。

ベリエルはその写真をブロームのまえに差し出し、それからエッバに渡した。彼女は写真を受け取って見ていたが、やがて首を振りながら写真を裏返して言った。

「いつどこで撮られた写真なのかわからない。でも、裏に何か書かれている」

テーブルから眼鏡ケースを取り、少し手間取りながら老眼鏡をかけた。「子供の字ね。きっとイェシカが書いたものね」

彼女は写真を顔に近づけた。

「字が小さすぎて読めないわ」

「よく見てください」ベリエルはイェシカと四つ葉のクローバーの写真を見ながら言った。

エッバはなんとか声に出して読んだ。「〝よつばのクローバーをみつけたら、ねがいごとができる〟」

ベリエルはうなずいた。ブロームもうなずいた。エッバは読みつづけた。「〝おとうとなんかほしくない〟」

30

十一月二十四日　火曜日　二時十一分

いかにも体に悪そうなミートスープを飲みおえ、そのあとコーヒーを飲みはじめてからもうかなり時間が経っていた。そのブラックコーヒーの苦さは一晩じゅう起きていることを余儀なくされるほど強烈だった。彼らはブロームのキャビンで何も映っていないパソコン画面をまえにして坐っていた。

キャビンに帰ってスープを飲むまえ、彼らはイェリヴァーレ郊外のガソリンスタンドに寄って、スープよりさらに体に悪そうなホットドッグを食べたのだが、それは神がかっているほどおいしかった。そのあとブロームはトイレに行き、ベリエルのほうは急いで寒い外に出て、給油したばかりのジープのそばに立ち、防犯カメラに背を向けながら携帯電話の映像――衛星電話のボタンを押す人差し指が映っている短い映像――を見て、電話をかけたのだった。

「サム？」電話の向こうからディアの声が聞こえた。

「緊急かつ極秘だ」とベリエルは言った。「きみの〝匿名の協力者〟とは連絡がつくか？」

「やめてよ」ディアはため息をついた。「また死体？」

「おれのことをそんなふうに思っているとは心外だ」怒ったふりをしてベリエルは言った。

「もう何を聞いても驚かないわ。今度は何？」

「誰か人を使って、ある携帯電話の番号に電話をかけてもらいたい。きみにもおれにもたどり着かないような人間を使って。で、電話に出た相手のことばを一言一句聞き洩らさないようにしてほしい。もしかしたら相手は名乗るかもしれない。そのあとは、酔っぱらったふりをして叫んでくれたら最高だ。単なるまちがい電話だったと思わせたい。できるか？」

「この件についてわたしは何も知らないほうがいい。そういうことね？」とディアは言った。

「ああ、きみの身の安全のために」とベリエルは言った。「できそうか？」

「すぐには無理」

「できるだけ早く頼む。結果はメールで。それ以外は駄目だ。おれたちの古いやり方でよろしく」

「なるほど」とディアは言った。「そういうことなのね。了解」

ベリエルは携帯電話の番号を伝え、電話を切った。

そして今はブロームと一緒に眼を皿のようにして、死んだように動かないパソコンの画面を見つめているのだった。

「もう十一分も遅れてる」とベリエルが言った。

そう言って、暗い中、ブロームに眼を向けたが、それ以上は何も言わなかった。

さらに時間が過ぎた。十二分、十三分、十四分。

彼はすっかり冷たくなった漆黒のコーヒーを一口飲んだ。暗いキャビンの中で一秒一秒がゆっくり過ぎていくのに合わせるかのように、コーヒーが咽喉《のど》の中をだらだらと流れた。

「彼女の父親」とベリエルは言った。「ニュージーランドで神経内分泌学の教授をしているオーヴェ・ヨンソン。連絡する意味はあると思うか？」

ブロームはただ首を振った。

「神経内分泌学がどんなものか、興味もない？」

彼女はまた首を振ったが、今度の振り方には力がこもっていた。

十八分。十九分。

「彼女は八歳で、ひとりでいることに慣れてしまったんだろうな。でも、母親は妊娠して、弟が生まれてくることになった。そんなとき、イェシカは四つ葉のクローバーを見つけた。願いごとができるから、彼女は弟なんか要らないと願った。すると、そのあと彼女のその願いが叶った。悪夢のような最悪の形で。だから彼女にとって四つ葉のクローバーは母と息子のあいだを切り裂く象徴なんだろう」

「黙っていられない？」とブロームは言った。

ベリエルは押し黙った。彼も同感だったから。

黙っていたほうがいい。

予定の時間を二十二分経過したところで、パソコン経由で電話がかかってきた。それまで死んでいた画面が明るくなり、砂嵐のような線しか映っていないスカイプの窓が表示された。線のあいだから声だけが聞こえてきた。

「こんにちは」と英語の挨拶が聞こえた。「わたし、まちがってかけちゃってませんよね？ブロームさん？」

「こんにちは」とブロームは言った。「モリー・ブロームです。映像がちゃんと表示されてないみたいで。ウィアンコフスカさん？ロスアンジェルスのジョイ・ウィアンコフスカさんですね？」

「ええ、まあ、そうです」そう言ったのは線だったが、それが少しずつ人間の輪郭に変わった。

突然、映像が表示された。太陽とはかくあるべしとでもいったオレンジ色の夕陽が暗いキャビンの室内を照らした。ぼんやりとしていたシルエットが次第にはっきりとして、四十代くらいのほっそりとしたスラヴ系の女性が画面に現われた。その女性のまえには、何層もの色が積み重なったカラフルなカクテルが置かれていた。それが溺れるように沈んでいく太陽に赤く染まった空の色ととてもよく合っていた。若干誇張気味のカリフォルニアのアクセントで彼女は言った。「これは公式な警察の捜査というわけじゃない。そう考えていいのかしら？」

「ええ、わたしは私立探偵です」いかにも正確なイギリスのアクセント――オックスフォード・イングリッシュ――でブロームは言った。「ここであなたからお聞きした内容が外に洩れるようなことは一切ありません」

「別に隠さなくちゃいけないことなんてないけど」

「今回お尋ねしたいのはあなたのことではないんです、ウィアンコフスカさん。あなたの古い友人のことなんです。それに、お訊きする内容があなたに不利に働くようなこともありませんのでご安心ください」

「古い友人？　スウェーデン人の？　ひょっとして、女友達？　イェシカ？」

「すばらしい。そのとおりです」とブロームは言った。「わたしの理解では、あなたとイェシカ・ヨンソンは一九九八年にハリウッドでルームメイトでした。そうですね？　あなたたちは若い頃にインターネットを通じて知り合った。そうですね？　で、あなたはイェシカに仕事を紹介した――」

「ずいぶん昔の話よ」と言って、ジョイ・ウィアンコフスカは顔をしかめた。「あの頃、わたしは今とは別の世界に住んでいた。そう、悪い人たちとも関わりがあった」

「イェシカと同じようにあなたも波乱に満ちた人生を送ってきたんですね」とブロームは言った。「わたしは道徳的な判断をする立場にはないし、そんなことをするつもりもありません。でも、イェシカはスウェーデンを出るとき、アメリカでの連絡先としてあなたの名前を残していきました」

「そう、そうだったわね」とウィアンコフスカは言った。「オンラインのフォーラムでよくその話をしたわ。あの頃、わたしは過去とどう向き合えばいいのかがよくわかってなかった。セラピーにめちゃくちゃ時間をかけるずっとまえの話よ」

「覚えていることを話してください。ジョイと呼んでもいいですか？」

「ええ、ウィアンコフスカって発音するのが大変そうだものね」そう言って、ウィアンコフスカは笑った。「ええ、もちろん、モリー。わたしだって最近は自分の苗字なのにちゃんと発音できなくなってきたくらいだから。それに、わたしの苗字はもうすぐキャボットになるし。ジョイ・キャボット。これで完全に変身することができるわ。今わたしが坐ってるのは、サンタバーバラにキャボット不動産が所有している四つの家のバルコニーのひとつなのよ」

「あなたとイェシカ・ヨンソンはオンラインで知り合った。そうですね？」

「ええ、そう」とウィアンコフスカは言った。「同じようなことに興味があったから」

「興味――？」

「わたしたちのような過去を持っている人間には、普通の性体験じゃ物足りなかったのよ」

「悲劇的な過去を――？」

「ええ、血にまみれた過去。わたしから見ると、イェシカは問題に対する解決策を純粋に求めているっていうより、なんとなくそれは見せかけだけのように見えたけど。それでも、わたしたちはサイバースペースの中でとても親しくなった。あのとき、わたしはマダム・ニューハウスの個人秘書を辞めたばかりだったから、その仕事を引き継げばってイェシカに勧めたのよ」

「マダム・ニューハウスというのは――？」

「亡くなってからもう二年くらいになるけど、アメリカでも有数の富豪一族のひとりよ。ハリウッドの中でもとびきり豪華なパーティを開催することでも有名だった。イェシカはそのマダムに気に入られたの。落ち着いていて分別もあってひかえめで、それでいてめだちたがり屋でもあったから。それでイェシカは採用されたのよ」

「どんな仕事だったんですか？」

「今言ったように個人秘書。でも、イェシカはとても優秀だったから、マダム・ニューハウスの活動のもっとプライヴェートな仕事も任せられるようになった。公的な仕事のほうは大きな広告会社が担当してたから」

「そのプライヴェートな仕事というのは？」

「プライヴェートなパーティのことよ」とウィアンコフスカは言った。「オフィシャルじゃないパーティ。それは必ずしも高潔この上ないものじゃなかった」

「申しわけないけど、もう少しはっきり言ってもらえますか、ジョイ？」とブロームは言った。

ウィアンコフスカはカメラに背を向けると、ますます濃いピンクに染まっていく太平洋を見た。そのあとカメラにまた向き直ったときには、表情が変わっていた。真剣な顔で彼女は言った。「マダムは人をパーティに招待して、その様子をビデオに撮っていた。だからそのビデオが招待状の役割を果たしていた」

「どういうことです？　それはどんなビデオなんです？」

「それはあなたの想像に任せるわ、モリー」

「サドマゾヒズムのパーティですね？」

ウィアンコフスカはまた果てしなく広がる太平洋のほうを振り返り、太陽の最後のかけらが水平線上に消えていくのを眺めた。海を染めていたピンクが一瞬深紅色に溶け込むと、海面からすべての光が失われた。

「そう呼んでもかまわないわ」とウィアンコフスカは言った。「物事を単純に考えたいなら」

「ここからはもう率直に話してくれてかまわないから、ジョイ。数日まえイェシカ・ヨンソンは若い妊婦を残酷なやり方で殺害したんです。それも快楽のために。どうしても彼女を捕まえなくちゃならないんです。それにはあなたの協力が必要なんです」

ウィアンコフスカの表情はさして変わらなかった。彼女は暗くなる空を見上げたまま視線をそらさなかった。そのあとゆっくりうなずいて言った。「これはあくまでもわたしの想像だけど、もしかしてイェシカは……奴隷を使わなかった?」

「奴隷?」

「力は強いけど、頭のほうはどちらかというと弱い男を彼女は操って支配してるんじゃない? あくまでも仮の話だけど」

ベリエルはブロームが画面に顔を近づけるのを見た。

「仮の話として、それはかなり可能性の高いことね」とブロームは言った。

ウィアンコフスカは顔をしかめた。「マダム・ニューハウスはプライヴェート・パーティだと彼女自身になることができた。つまり、ハリウッドでも一番のSMの女王にね。彼女にはロブという個人的な奴隷がいた。強靭《きょうじん》な肉体の持ち主だったけど、精神的にかなり問題があって、彼女のどんな気まぐれにも忠実に従った」

「気まぐれ？」

「マダム・ニューハウスのプライヴェート・パーティは常に危険をはらんでいたということ。でも、そこがそもそもの愉しみなのであって、客たちはその危険に興奮した。男であれ女であれ、いつロブと出くわす危険があるかわからなかった」

「それは暴力？　セックス？　レイプ？」

「そのすべて。マダム・ニューハウスの欲望の閾値《しきいち》に達するものならなんでもだった」

「欲望の閾値？」

「モリー、あなただってもう子供じゃないでしょ？　マダムを興奮させられるものならなんでもということよ。彼女はたいていのときは醒《さ》めきっていて、たいていのことじゃそういう気分にならないのよ。でも、その気になったらそれはもう。そうなったらパーティ全体がそのマダムの気分に乗っかるのよ」

「彼女の個人秘書も？」

「もちろん。その場にいる人たちはみんな同じ類いの欲望を持っていて、それは平凡な欲望じゃなかった。想像をはるかに超えるようなことを目撃するのが常だった」

「イェシカにとっても？」

「それはわからない」と彼女は言った。「イェシカのことを考えるたび、さっきも言ったように〝見せかけ〟だったんじゃないかって気がしてならないのよ。彼女には何事にも影響されないようなどこか醒めた部分があった。これはわたしの印象だけど、彼女は実際に経験していることよりまわりからどう見られているかのほうに関心があったんじゃないかしら。見られていることがいつも一番大事だったんじゃないかって気がする」

「まわりからというのは具体的には誰から？」

「彼女のことを認めてくれる人なら誰でも。普通の人にとってマダムのところのＳＭプレーはおそろしく真剣なゲームだった。でも、イェシカにとってもそうだったのかはわからない。だから、イェシカが仕事を辞めたのも度を超えたことを経験してしまったからじゃないような気がする。どちらかというと、あの世界に単に飽きてしまっただけで、彼女はさらに次の世界に進む準備ができたんじゃないかしら。父親のような存在が道徳的な判断で彼女のことを認めてくれたり、彼女のことを止めてくれたりする世界を求めていたんじゃないかしら」

「父親のような存在――？」

「ええ、彼女は相当なファザコンだった。反抗できる相手をいつも欲しがっているように見えた。あら、グランピーとハッピーとスリーピーとバシュフルが階段を駆けのぼってくる音が聞こえたわ。グレート・デーンの可愛いあの子たちのよだれだらけになったら、いよいよ王子さまの登場ね――バロン・キャボットの。悪いけど、もういいかしら、モリー。殺人犯が捕まることを祈ってるわ」

「最後にひとつだけ」とブロームは言った。「今幸せですか、ジョイ？」

ジョイ・ウィアンコフスカは大声で笑いながら言った。「正直に言うと、わたしの欲望の閾値《しきいち》はかなり高いの！」

スカイプの画面が暗くなった。モリー・ブロームのキャビンの中はふたたび暗闇に包まれた。

ふたりはしばらくそのまま無言で過ごし、ややあって顔を見合わせた。見合わせても互いの表情を読み取ることはできなかった。

「まいったな」やがてベリエルが口を開いた。

「ジグソーパズルのピース」とブロームは言った。「おかしな話だけど、ひとつ残らずピースがはまると嫌になる」

「ロブと」とベリエルは言った。「マダム・ニューハウス」

「それに父親」とブロームは言った。「指でつくった拳銃を撃つパパ、サム・ベリエル」

そのとき急にキャビンの中が明るくなったような気がした。彼らは同時にパソコンの画面に眼をやった。が、画面に変化はなかった。ベリエルは立ち上がって自分のパソコンを見にいったが、画面は暗いままだった。ブロームは窓のほうに身を乗り出し、夜空を見上げた。

そこで急に立ち上がるとベリエルの手をつかみ、ドアのほうに引っぱっていき、ドアを開けた。ふたりは小さなポーチに出た。

空が燃えていた。激しい風に煽《あお》られて揺れるカーテンのように、黄緑色のリボンが天を横切って流れていた。光の帯はところどころで分かれながらさまざまな色合いの青に変わり、やがて真っ赤になって果てしない弧を描いた。ぱちぱちと弾《はじ》けるようなかすかな音に混じって、さらに小さなうなり音が聞こえたかと思うと、光のリボンは光線となって天空いっぱいに広がった。

「北極光」と言いながらブロームは息を呑んだ。「まさかオーロラが見られるなんて、思ってもみなかったわね」ベリエルは彼女の腰に腕をまわして引き寄せた。彼女も同じように彼に腕をまわした。

ふたりはそのまままずっとそこに立っていた。どれほどの時間そうしていたのかわからなかったが、やがてベリエルが言った。

「おれたち、いったいどんな世界に足を踏み入れてしまったんだろうな、モリー？」

31

十一月二十四日　火曜日　十時七分

最悪なのは空気からもそれが感じられたことだった。

警察本部にあるNODの廊下に面した自分のオフィスの椅子に腰をおろして、ディアはつくづく思った。今のこのおだやかな時の流れは嵐のまえの静けさだと。

ただ、どれほどのことが起きようとしているのかは彼女にもわかっていなかった。すべてがあまりに突然のことだった。

上司のコニー・ランディン警視のことはまだよく知らなかったが、ディアの眼にはあまり賢そうな男としては映っていなかった。ところが、彼女のオフィスのドアを勢いよく開けてはいってきた彼は、その大きな顔にこんなレパートリーもあるのかと驚くほど厳しい表情を浮かべていた。

ランディンはすぐに本題にはいった。「きみはサム・ベリエルと一緒に仕事をしてたんだよな？」

二重生活を送っている者は常に気を張りつめさせており、よく言われることながら、ついにばれたと思ったときの最初の反応は安堵《あんど》という矛盾した感情だ。感情の第二波がやってきてようやく、発覚したことの重大さに考えが及ぶ。もうあの小さなテラスのある家には住めなくなる。第二波のちょうど真ん中あたりでそんなことを考えはじめた。が、そこでコニー・ランディンの表情が意味しているのは、まるで自分の考えとは異なることにディアは気づいた。そこには批判めいたものは何もなく、あるのは別の何かだった。これはあくまでサムのことであって、わたしのことではない。別の安堵が彼女の中を駆け抜けた。

「はい？」と彼女は言った。

「実は」とランディンは言って頭を掻いた。「きみが掘り起こしてきた尻に四つ葉のクローバーが描かれてた最初の頃の被害者——メッテ・ヘーカロップ、ファリーダ・ヘサリ、エリーサベト・ストレーム——の件だが……タレ込みがあった」

「タレ込み？」

「匿名の者から証拠のいくつかが無視されているというタレ込みだ。ヘーカロップの事件はマルメだし、ストレームの事件はヴェクショーだ。ヘサリの事件の捜査資料はここの資料保管庫にある。それでおれが直接行って何があるか見てきたんだが、そうしたらどうだ、調べられた形跡もない小さな証拠品袋があった。生体資料だ。それを解析にまわしたら——」

「解析？」

「ああ、DNAの」とランディンは言った。「それはサム・ベリエルのDNAだった」

「ちょっと待ってください」とディアは言った。「なんの話です？　生体資料というのは——？」

「毛髪だ。暴行されたファリーダ・ヘサリの体におれたちの元同僚の髪の毛が付着してたんだよ。タビー市の警察は捜査段階ではそれを調べなかった。これはおれの推察だが、サム・ベリエルは彼らになんとか取り入って、髪の毛のことは無視するように言いくるめたんじゃないかな」

ディアはランディンを見つめるしかなかった。それを気にもとめず彼は続けた。「マルメ市とヴェクショー市の警察にも古い証拠資料を見直すように依頼した——もうすぐ回答が届くはずだが、疑いようがない。おれたちの相手は腐りきった元警察官で、最悪の場合、連続殺人犯だ。しかし、どうしても居場所が突き止められない。いずれにしろ、全国に捜索指令を出す。デジレ、もしベリエルの居場所を知ってるなら、教えてくれ」

「見当もつきません」とディアは言った。そう言いながら、自分の言ってることと自分の顔が語っていることが一致していないことが自分でもわかった。

コニー・ランディンはそれだけ言って部屋を出ていった。ディアは椅子に坐ったまま、動くことができなかった。いったいこれはどういうこと？ 情報を咀嚼《そしゃく》して理解する必要があった。イェシカ・ヨンソンはどれほど賢いのか。資料保管庫とおぞましいほど不快なローベットションのことが思い浮かんだ。〝この仕事も捨てたもんじゃない〟。古い捜査資料が掘り返されようとしている。イェシカはそのすべてにサムのDNAを埋め込んだのか。

それとも、もっと話は単純なのか。サムが連続殺人犯などということがありうるのか。

まったくもって馬鹿げてる。なんとか知らせないと。ただ、今は絶対に電話はできない。暗号化して送ろうとメールを打ちはじめた。〝サム、至急話したいことがある。きわめて重要なことよ〟。

そう打っているところで非公式の携帯電話が鳴った。相手が誰なのかはすぐにわかった。

トンパ。彼女の〝匿名の協力者〟のひとりだ。電話に出るまえに録音ボタンを押した。

数分後、彼女は電話を切った。別の状況なら強い衝撃を受けても不思議のない通話内容だったが、今はただでさえ波打っている水面に小さな波紋をひとつ増やしただけだった。保存した音声ファイルをこれから暗号化するメールに添付し、書きかけていた文面に戻った。

〝サム、至急話したいことがある。きわめて重要なことよ。絶対に見つからないように注意して。あとで説明するけれど、あなたに対する全国的な捜索指令が出る。もうひとつ。わたしたちの協力者から電話があった。声でわかると思うけど、音声を添付するわね。その件はまたあとで〟。

メールを打っている途中で別のメールが届いた。電話番号が書かれていた。彼女はすぐにその番号に電話し、呼び出し音が鳴っているあいだに電話番号の書かれたメールを完全に消去した。

「はい？」数回鳴ったところで相手が出た。

「国家捜査指令本部のデジレ・ローゼンクヴィスト警視です。今メールを受け取りました。この番号で合ってますか？」

「ああ」と女の低い声がした。「十五分後に炭酸ガスの工場。捜さなくていい。あたしがあんたを見つけるから」

そう言うと、女は電話を切った。

ディアはもう一度携帯電話に眼をやってから、視線を上げてしばらく宙を見つめた。あのときサムはなんて言ってた？〝訊きたいことが多すぎて、頭がパンクしそうだ〟。彼女自身、頭がパンクしそうになっていた。立ち上がってドアまで行った。廊下に半分出かかったところで、部屋に戻り、メールを最後まで書きおえ、暗号化してからベリエルに送った。そのあとすべての痕跡を消去した。

車に乗り込んで思った。

炭酸ガス工場。レーヴホルメンの古い工場地帯にあることは知っていた。リリエホルメン地区のはずれにあり、ここ二十年ほど画廊として使われているペンキ工場の近くだ。巨大なヴェステル橋、次にリリエホルメン橋を渡った。湾に沿って走っていると、改修ずみの周辺の建物とは対照的なぼろぼろの炭酸ガス工場が姿を現わした。

リリエホルメン湾に面し、画廊を兼ねたペンキ工場の向かい側に建っていた。十一月の灰色の空に浮かび上がる朽ち果てた建物は、まるで世界滅亡を描いたパニック映画のワンシーンのようだった。

正面の門には長いポールが横に渡されてふさがっていたため、どこまでも続くように見える塀に沿って歩いていくと、穴のあいたところが見つかった。その穴をくぐり抜けながら、ディアは反射的に左胸に手をあてた。制式の拳銃がもうひとつの心臓のように拍動していた。

実際には、彼女の心臓の激しい鼓動に合わせて拳銃が揺れていただけだが。

正面の門に〝立ち入るなら気をつけろ〟という英語の落書きが書かれており、中におびただしいゴミが散らばっていた。が、どことなく芸術的に配置されているようにも見えて、まるで画廊兼ペンキ工場の概念芸術作品のようにも思えた——古い電子機器、注射器、ペンキの缶、マットレス、腐りかけのポルノ雑誌。てっぺんに有刺鉄線を張りめぐらしたコンクリートの壁が突然眼のまえに現われた。

心が折れそうになりながら壁沿いに歩いていくと、梯子《はしご》が壁に立てかけてあるのが見えた。その梯子を登って壁の反対側に飛び降り、メインの工場と思われる建物の割れた窓から中にはいった。

ひとつ目の部屋の半分朽ちかけたテーブルの上に、燃え尽きかけたろうそくが置かれていた。そのテーブルの横にマットレスが敷かれ、妙な形で固まった羽毛布団がその上にのっていた。まるで濡れたままくっついて乾いてしまったかのように。ディアは携帯電話の録音ボタンを押した。今すぐそうしたほうがいいと直感で思ったのだ。床にあいた大きな穴を避けてまわり込んだところで、戸口に人影が現われた。

ディアは上着のジッパーを開け、人影を見つめたまま動かなかった。すぐにそれが誰なのかわかった。

「ファリーダ？」と彼女は言った。「ファリーダ・ヘサリ？」

髪を刈り上げたその女は無言で歩きはじめた。ディアはゴミだらけの廊下を歩き、女のあとを追った。たどり着いたのはひとつ目の部屋より大きな部屋だった。天井の隙間から十一月の鉛色の光がいくすじも射し込み、たった今掃除されたばかりのような部屋の中を照らしていた。椅子が二脚置かれていた。ファリーダ・ヘサリはそのうちのひとつに坐った。彼女と向かい合う恰好《かっこう》でもう一方の椅子にディアも坐って言った。「元気そうね、ファリーダ」

ファリーダは鼻を鳴らした。あるいは笑ったのか。

「ほんとうに」とディアは続けた。「ずいぶん鍛えているように見える」

「二度とあのときみたいに無防備にはなりたくない。それだけは言えるわね。ここに来たのは三年まえの七月に何があったかを話すため。それだけよ。聞きたい？」

「ええ、聞かせて」とディアは言った。

「あんたがあたしのことを捜してるって聞いた。それって、あの頭のおかしいやつらを野放しにしてることの重大さにあんたたち警察もやっと気づいたってこと？」

「ええ、重大なことだと思ってる」とディアは言った。「でも、なかなかあなたに連絡が取れなかった。あなたは三年まえにフィリピンに行ったきり、戻ってこなかった。でしょ？」

「話が聞きたいの？　聞きたくないの？」とファリーダは言った。

「そのまえにひとつだけ質問させて。あの事件のとき、あなたは妊娠してた？」

ファリーダは怪訝そうに眼を細めた。

「あんた、あたしのこと馬鹿にしてんの？　その検査はダンデリードでやったでしょ？　その結果はわかってるんじゃないの？　あたしはここにほんとうのことを話しにきたんだよ。それなのにどうして今さら騙《だま》そうとするの？」

「ごめんなさい」とディアは正直に謝った。「あなたとあなたの〝恋人〟はあなたが妊娠していたことを隠してたんじゃないかと思ったの。この事件ではそれが大きな意味を持つから。犯人のふたりはどうやら息子を持った母親だけを狙っているみたいなのよ。すでに生まれているかまだ生まれていないかには関係なく」

「あのときあたしには息子がいた」とファリーダは言った。「誰のためでもない、ホセ・マリアのためにあたしは生き延びなくちゃいけなかった」

「それが息子さんの名前なのね？」とディアは言って微笑んだ。

「ホセ・マリア・シソンに因んでね」ファリーダの顔にも微笑みの気配のようなものがほんの一瞬浮かんだ。

「フィリピンの革命家ね？」

「警察官にしては賢いんだね」とファリーダは言った。「この世界で本気で闘ってるのはフィリピンの民族民主戦線《NDF》だけだよ。でも、くそドゥテルテの恐怖政治のせいで、今のフィリピンはとんでもないことになってる」

「あなたの息子ホセ・マリアはスウェーデンでは未登録ね？　スウェーデンの住民登録番号を持ってない。ちがう？　それはつまりスウェーデン国外で生まれたということ？　となると、どうやってイェシカはあなたに息子がいることを知ったのか……」

「イェシカ？　それがあの女の名前なの？　あのモンスターの？」

「モンスターはレイネのほうだと思ってた」

「まさか！　あのでかいうすのろはあの女のもう二本の手のように動いてるだけだよ。ていうか、あの女の体のあらゆる部分のかわりをしてるだけだよ」

「昔に戻ってもいい？　当時、あなたはタビー市の中心に円形に建っている団地に住んでいた」

「そう、グリントルプっていうメテオ通りにある団地にね」

「家族から隠れて暮らしていたというのはほんとう？　脅迫とかされていたの？」

「宗教は〝大衆のアヘン〟っていうでしょ？　あたしの家族は邪悪な宗教を信じてた。家父長制と宗教を混ぜ合わせた危ない信仰を持ってた」

「グリントルプではホセ・マリアと一緒に家の外に出たことはある？　大勢の人のまえに？」

「ほとんど外には出なかった。レズビアンの恋人のリトヴァと話し合って、子供を持つことに決めたのはわたしが十八のときよ。精子はもともとフィリピンから養子にもらわれてきた革命の同志が提供してくれた。でも、友達以外にリトヴァのことを知ってる人はいなかったから、あたしはグリントルプの彼女の部屋にずっと隠れてた。一年くらいは外に出なかった。息子を産んだときも病院には行かずにリトヴァが取り上げてくれた。でも、そのうちベビーカーに乗せて外に出るようになった。誰もあたしのことは知らなかったし、あそこならスウェーデンのどこより誰にも気づかれずにいられた」

「たぶんイェシカはそのときにあなたを見かけたのね」とディアは言った。「あの七月の朝、煙草を買いに出たときにホセ・マリアを一緒に連れていかなかったのはほんとうにラッキーだったわね」

「ほんとにそう」とファリーダは首を振りながら言った。「あたしの家族は頭がおかしいと思ってたけど、あの倒錯した資本主義の豚どもに比べたらはるかにましだったね。この世はどこまでも腐りきったクソ階級社会だよ」

「ファリーダ、いずれにしろ、事件があったのは日曜日の朝だった」

「そう。だからグリントルプにもあまり人はいなかった。開いてる店も少なくて、見つけるのにだいぶ歩かなくちゃいけないのはわかってた。でも、それほど遠くまで歩いたわけじゃない。あの女は団地の建物のまえに置かれたベンチに坐ってた。長いブロンドの髪で、笑いかけながら、あたしに時間を訊いてきたんだよ。そのときうしろから音が聞こえて、口笛のような音だったけど、もう手遅れだった。頭のうしろにものすごい痛みを感じて、あとは何もかもが真っ黒になった」

「後頭部を殴られたのね」とディアは言った。「何で殴られたかは知ってるの？」

「角材だった」とファリーダは言った。「あとで見たから確かだよ」

「よかったら、そのさきのことも話して」

「そのためにここにいるんだよ。へえ、イェシカとレイネか。伝統的なスウェーデンの名前だね……」

「いかにもありきたりの名前ね」苦笑いしてディアも同意した。

「意識が戻ったとき、あたしは地下室にいた」とファリーダは続けた。「プラスティックの結束バンドで椅子に縛られてた。その椅子は床に固定してあったみたい。あたしは素っ裸だった。壁も天井もグラスウールの断熱材みたいなもので覆われてた。でも、ちょうど地面の高さに厚いガラスの窓があって、すぐ外は森みたいだった。窓には分厚いカーテンが掛かってたけど、隙間からちょっとだけ光がはいり込んでた。そこから木が見えた」

「意識を取り戻したあとは?」

「テーブルが見えた。そのテーブルの上に大きなナイフと角材がのってた。あと、ソファもあった。あいつらはそのソファに坐ってた。暗かったからほとんど見えなかったけど」

ファリーダは押し黙り、天井の隙間を見上げた。工場の中に射し込んでくる光は冷淡なほど中立で、生者も死者も批判していなかった。

「あのふたりはじっと坐ってた」とファリーダは言った。「で、あたしが眼を覚ますと急に動きはじめた。まるで幕が開けたように。最初に見えたのは女が髪を剝ぎ取ったところよ」

「髪を剝ぎ取る?」

「そう。鬘《かつら》だったんだよ、ブロンドの鬘。その下は茶色の髪で、ボブカットみたいな短い髪型だった。そのあとまたソファの背にもたれて、暗闇の中に消えた」

「暗闇の中？　それはつまり、そうなるように照明が調整されていたということ？」

「まえのめりになると、姿が見えたけど、うしろにさがると見えなくなった。たぶん窓に掛かっていたカーテンのせいだと思う。照明が調整されていたのかどうか。そうだね、そんな気がする。片方の眼の中に血が流れ込んでたから、赤い霧を通してしか見えなかったけど」

「ふたりは何をしてたの？」

「はっきりとはわからない。でも、ふたりも素っ裸だった。ソファにはビニールのシートが掛けられてたけど、そのとき床にもシートが敷いてあるのに気がついた。動くたびにあいつらの尻がビニールとこすれてたてるキュッキュッっていう音が今でも忘れられない……」

ディアは深くため息をついた。もうこれ以上は聞きたくなかった。もう充分だと言いたかった。今すぐここを出て、かけがえのない夫と娘リッケのことだけを考えたかった。終わりの見えないこの世の狂気と折り合いをつけるための時間が欲しかった。いつもそうしてきたように。それでも彼女は言った。「そのあと何があったの？」

「ぼんやりとしか見えなかった」とファリーダは言った。「セックスしたように思うけど、ほんとうのところはよくわからない」

「レイネは勃起してた？」

「おかしな話だけど、それもわからない。なんかスクリーンの向こう側で起きてるような感じがしていた」

「彼女は何か言ってなかった？」

「あたしに対しては何も言わなかった。でも、あの男にはあたしにすることをあれこれ指図してた……」

「それは性的なこと？」

「ちがう。もしかしたらあの男はインポだったのかも……あの女はずっとあたしのことを殴るように命令してた。あたしは意識がなくなったり戻ったりしてた。痛かった。とにかく、とんでもなく痛かった」

「イェシカはレイネにあなたを殴る指示を出していた。そうなの？」

「そう。殴り方まで。どうやって殴るか言ってた。それは覚えてる。一度完全に意識を失ったことがあった。ほんとうに死ぬかと思った。リトヴァの名前とホセ・マリアの名前を泣き叫んだことを覚えてる。腐りきった最低の人生でもその最後のことばがふたりの名前でよかったって本気で思った。ひどいことばかりだったけど、せめてもの埋め合わせになるような気がした」

「でも、意識を取り戻したのね？」

「そう。眼が覚めたとき、縛られてないことに気づいた。少しのあいだだけだったけど。脚は縛られてなくて、上に持ち上げられてた。変だと思ったのは脚を持ってるのが女のほうだったこと。男は何か別のことをしてた」

「それは話しづらいこと？」

「全部が話しづらいことだよ。あたしのお尻にペンで何かを描いてたんだ」

「描いていたのは彼のほうだったの？　彼女ではなく？」

「そう、男のほうだった。愉しそうに見えたのはそのときだけだった。でも、何を描いてるのかはわからなかった」

「四つ葉のクローバーよ」とディアは反射的に言った。「そのあとは？」

「女がナイフのことで何か言った。そしたら男がそれを手に持ってあたしに向けた。腕に刺さるのが見えた。でも、痛みを感じるまで何秒かかかった。暗かったけど、何が起きてるのかは少しだけ見えた。あたしは自分の腕から血が流れるのをただじっと見てた。男がもう一度ナイフを上げるのが見えた。大事なのはそこだね。ナイフを上げたところがあたしには見えたってところ。もし逃げ出すチャンスがあるとすれば……」

「ファリーダ、続けて」とディアは言った。膝の上に置いた手が震えているのが自分でもわかった。

「つまり、あたしはまた意識を取り戻したわけよ」とファリーダは言い、そのあとは止めどなくことばが続いた。「そのときはどのくらいの時間が経ってたかはわからなかったけど、窓の外がまた暗くなってるのはわかった。自分の体を見たら、血だらけだった。もしかしたら月明かりかなんかがはいり込んでたのかもしれない。あたしはまた意識を失いかけた。女はソファの上で寝てた。いびきをかいてるのが聞こえた。でも、男のほうは起きていて、あたしのことをじっと見てた。あたしは命乞いをした。ありったけの力を振り絞って。それでもあの女を起こさないように小さな声で、必死で命乞いをした。逃がしてくれるように頼んだ。助けてって泣いて頼んだ。そしたらあいつ、女を起こさずに立ち上がってあたしのそばまでやってきた。そのとき、あいつの眼を見たんだ。思ってたのとはちがって、死んだような眼じゃなかった。何かがあった。命かな。狂った中にもやさしさみたいなものが見えたような気がした。あいつはナイフを持ち上げたんだけど、まえとはちがう持ち方で、刺したり殺したりするような持ち方じゃなかった——夢を見てるだけかもしれないと思ったけど——あたしのことを切ろうとしてるっていうより、縛ってるひもを切ってくれようとしているような気がした。でも、そのとき女が眼を覚まして、勢いよく起き上がって名前を叫んだ。〝レイネ!〟って。今あんたに聞いて、それがあいつの名前だったってことがわかったわけだけど。男はびっくりしてうしろにさがった。怖がってた。持ってたナイフの握り方を変えると、今にもあたしに襲いかかりそうな体勢になった。なんでわかったかというと、妊娠中もあたしは武術の練習をずっと続けてたからよ。だから、逃げ出すチャンスがあるとすればたった一度だけ——男がナイフをあたしの手首のすぐ上に近づけたときだけ——だってわかってた。で、ほんとうにそうなった。ナイフが近づいてきたとき、あたしは思いっきりナイフに向かって倒れ込んだ。ナイフが手首に食い込んだのを覚えてる。皮膚が少し切り取られたけど、ナイフはプラスティックのクソ結束バンドも切ってくれた。あたしはナイフをつかむと、あいつの手から奪い取った。そうして振り上げてナイフの柄《え》で男の首を思いきり殴ったら、あいつはあたしの上に倒れ込んできた。あたしはもう一方の手の結束バンドも切って、もう一度男の首を殴った。なんか砕けるような音がして、男はあたしの脚に崩れてきて、そのまま床に倒れて動かなくなった。女は悲鳴をあげながら飛び起きた。あたしはまえにかがんで、そのときいろんなものが体から流れ出てるような気がしたけど、なんとか足首の結束バンドを切って、すぐに立ち上がった。それから丸くなって倒れてる男の首をかかとで蹴って、強く踏みつけて床に張ってあるビニールのシートに押しつけた。女が襲ってきたけど、あたしにはナイフがあった。だからどうにか階段をのぼることができた。女は狂った獣《けだもの》みたいに吠えてた。でも、それがなんか演技してるようで、嘘っぽく感じられた。地下室のドアには鍵が差し込んだままになってた。ドアを開けてから鍵を抜いた。女に向かってナイフを投げてから外に出て、鍵をかけた。すぐ外は森だった。そのあとは走りつづけて、七月の朝日が木のあいだから射し込む頃になって地面に倒れた。自分の体を見ると血で真っ赤になってた。そのときもまだ生き延びられるとは思ってなかった。変な制服を着た小さな男の子に会ったときでさえ。その子は、今まで見たこともないほど真っ青な顔をして、両手で口を押さえてあたしのことをじっと見てた」

そこでファリーダはことばを切った。ディアが見ると、いつのまにかファリーダは立っていた。話の途中で気づかないうちに立ち上がったらしい。ディアには、古い工場の内部が凍りついてしまったかのように、すべてが硬直しているように感じられた。

ディアも立ち上がると、ファリーダに向かってぎこちなく両手を広げた。ふたりはそのましばらく立ち尽くした。ディアは涙が頬を伝っているのを感じた。が、それを拭おうともしなかった。

ファリーダはそんなディアの腕の中に倒れ込んできた。ふたりは抱き合ったまさらにいっときその場に立ち尽くした。光が彼女たちを包み込んでいた。その光の冷淡さにふたりはお互いを離すことができなかった。

腕を解こうとしたとき、ファリーダが囁《ささや》いた。

「嘘をついた」

ディアはファリーダの二の腕にまだやさしく手を置いたまま相手を見つめた。ふたりはもう一度抱き合った。今度はもっと形式的に。

「嘘ってなんのこと、ファリーダ？」とディアは訊いた。

「あの男が結束バンドを切ってくれたんだよ」とファリーダは小声で言った。「拘束から解いてくれて、逃がしてくれたんだ。あの女はずっと寝てた」

ディアは眼を閉じた。

そうだろうと思った。

ファリーダが置かれていたそのときの状況では、忍者のように立ちまわることなど所詮無理な話だ。彼女はきっと自分自身に嘘をついてきたのだろう。ディアは小声で言った。

「彼は何か言ってなかった？　特に記憶に残っていることはない？」

「ううん」とファリーダも小さな声で囁いた。「あの男はひとこともしゃべらなかった。ずっと無言だったと思う。でも、眼の中にどこかやさしさがあったのは確かだね」

ディアは少しうしろにさがって言った。「ファリーダ、そのときのことはもう乗り越えることができたんでしょ？　少なくとも、わたしにはそう思える。乗り越えたさきに未来があると思う」

「うん。でも、ここにはない」とファリーダは言った。「スウェーデンにあたしの未来はない。ホセ・マリアはまだマニラにいる。そこにあたしたちの未来がある。でも、近いうちにどこか島のひとつに移らなくちゃいけなくなると思う。ここにはこのために帰ってきただけ」

ディアは天井を見上げて言った。「出口は自分で見つけるから大丈夫」

彼女は古い炭酸ガス工場の奥深くにファリーダを残してその場から立ち去った。ファリーダがとても小さく見えた。それでも体の中から光を放っているかのように見えた。

ディアはドアまで行き、老朽化した廊下をもと来たとおりたどった。やがて、燃え尽きたろうそくが置かれたテーブルと、固まった羽毛布団をのせたマットレスがある部屋までたどり着いた。工場にはいり込むときにくぐり抜けた窓はすぐそこにあった。窓から射し込んでいる灰色の光がそのときにはなんとも心地よく見えた。

何歩か進んだそのとき何かが軋《きし》む音と口笛のような音が背後から聞こえた。

次の瞬間、すべてが真っ黒になった。

32

十一月二十四日　火曜日　十二時四十七分

イェシカ・ヨンソンとレイネ・ダニエルソンはどこに行ったのか。

知りたいのはそれだけ。

それだけだ。

べリエルは入手できた予備捜査資料すべてを精査した。遅かれ早かれ何かが見つかる。コインがチャリンと落ちるいつもの音が聞こえてくるはずだ。

一方、ブロームはより物理的な作業をしていた。プリンターから吐き出される何枚もの写真を切ったり貼ったりして、壁まで歩いてはあちこちにピンでとめていた。

「何をしてる?」とベリエルは訊いた。

「被害者の写真を掻き集めてる」新しく印刷されたばかりの写真を壁に貼りながらブロームは言った。「襲われた頃に撮られた写真よ。なんとなく結論に近づきつつあるような気がする」

「だったら、そうなったら教えてくれ」

ベリエルは休むことなく二時間ほど資料を読みつづけた。あのミートスープでさえ飲みたい気分だった。そのときノートパソコンが鳴った。十時二十四分に発信されたメールが天空のどこかで迷っていたのか、今頃になってやっと届いたようだった。いささか気になった。メールを開くと、送信者もメール本文同様に暗号化されていた。暗号を解くと、ディアからのメッセージだった。

〝サム、至急話したいことがある。きわめて重要なことよ。絶対に見つからないように注意して。あとで説明するけれど、あなたに対する全国的な捜索指令が出る。もうひとつ。わたしたちの協力者から電話があった。声でわかると思うけど、音声を添付するわね。その件はまたあとで。これから外出しないといけないけど、新たな状況については連絡する。ディア〟。

ベリエルは文面をじっと見つめた。全国的な捜索指令? このおれ、サム・ベリエルの? いったいなんで? 何が起きてるんだ?

訊きたいことは山ほどあるが、今は質問を脇へおかないといけない。頭がちゃんと働かなくなる。彼は添付された音声のファイルに眼をやった。イヤフォンを取り出して耳に挿し、再生ボタンを押した。

頭の中でディアの声が聞こえた。「トンパ、電話してくれた？」

「ああ、もちろんだ」疲れきった声が言った。「ステンだ」

「ステン？」

「ステン短機銃《ガン》。いや、大声《ステンリアン》だ。ステントルって知ってるか？ ギリシャ神話に出てくる――お隣りさんが教えてくれた、彼女は教授かなんかだ、確か。こんなことを言ってた。〝トロイ戦争の時代、ギリシャの伝令のステントルは声がひときわ大きくて、五十人の声を呑み込むほどだった〟ってことだ、デジレ――。ステントルみたいな大きくて低い声だった」

「意味が全然通じないんだけど、トンパ」

「あのクソ番号にかけたら、電話に出た男が言ったんだ、〝ステン〟って。だからおれは言ったよ。〝ステン？ ステンガンか？〟ってな。とっさのことだったから、あのときはステントルのことを思いつかなかったんだよ。これぞというときに賢いことが言えなくて後悔することってないか？」

「いいから……？」

「その男は咳払いしてこう言った。〝アウグスト・ステンですが、どちらさまですか？〟ってな。だからおれは大きな声で歌ったよ。電話が壊れるかと思うほどな。〝ハンマルビー！　ハンマルビー！　ユールゴーデンとAIKラッツはひざまずくしかない！　ハンマルビー！　ハンマルビー！　ストックホルム一のチーム！〟」

そこで音声ファイルは終わった。

ベリエルは眼を閉じてもう一度聞いた。

ステンじゃない。ステーンだ。

アウグスト・ステーン。

公安警察情報部長。

ベリエルは坐ったままじっと動かなかった。焼けつくような怒りと同時に、悲しみが全身を駆けめぐった。

モリーの言っていた公安警察の伝手《つて》とはほかでもないアウグスト・ステーンのことだったのだ。

シルヴィアの死の背後にいるスパイのひとりだったのだ。

一番最近では昨日電話をしている。イェシカ・ヨンソンの秘密の身元を入手するために。

彼女はステーンと密接に関わっていた。

ここまで逃れてきた経緯はすべて嘘の上に築かれたものだった。

どんなに避けたいと思っていても、かくなる上は彼女と直接対決するしかない。イヤフォンを耳から抜いて、携帯電話を取り出し、ブロームの指が衛星電話のボタンを押しているところを撮影した短い映像を再生した。画面を隠そうともせず。むしろはっきりとその映像をブロームに向けた。

が、ちょうどそのときふたりのあいだに置かれていた衛星電話が鳴った。彼は携帯電話を自分のほうに引き戻した。ブロームがスピーカーフォンに切り替えてから電話に出た。「はい」

「もしもし?」男の声だった。「これで番号が合ってるかな。エーヴァ・ルンドストレーム警部の電話ですか?」

「はい、そうです」とブロームは言った。

「セーテル精神科病院の医師のアンドレアス・ハムリンです——覚えているかわかりませんが」

「いいえ、もちろん覚えてます」とブロームは言った。「セーテル病院でiPadを持っておられましたよね。どんなご用件ですか?」

「カール・ヘドブロムに手紙が届いたら連絡するようにと言っておられましたね。今日届きました」

「開封しましたか?」電話に顔を近づけて、ブロームは訊いた。

「はい。慎重にね」とアンドレアス・ハムリン医師は言った。「A4の紙がたたまれてはいっていたんですが、さらにその中に白い粉がはいってたんで分析にまわしました。結果についてはもうお互いわかってると思いますが」

「メタンフェタミンとフェナゼパムのカクテルですね?」とブロームは言った。「証拠が消えないように細心の注意を払って扱う必要があります。すぐに国立科学捜査センターに送ってください」

「今送ろうと思っていたところです」とハムリンは言った。

「ちょっと待って」とベリエルが横から言った。「セーテルで会ったもうひとりの警部、リンドバーリです。封筒に消印はありましたか?」

電話の向こうから紙のこすれる音が聞こえてきた。

「はい」とハムリンは言った。「普通のスタンプと消印です。ただ、送り主の名前も住所もありません」

「消印の日付はありますか?」

「少しかすれてますが、あります。日付は、十一月二十三日。昨日ですね」

ベリエルとブロームは顔を見合わせた。ベリエルが続けた。

「場所のスタンプは押されてますか? 町か市かの?」

「ええ、何か押されてます。ちょっと待ってください。ああ、スコーゴスですね。と言っても、どこにあるのかは知りませんが」

「わかります。ストックホルムの郊外です」とベリエルは言って電話を切った。

そして、立ち上がると、ブロームを指差しながら言った。「ディアがスコーゴスに住んでる。くそ！　イェシカ・ヨンソンは、次に狙ってるのがディアだということをおれたちに知らせようとしてるんだ」

ブロームも動揺しているようだった。壁の近くに寄って一連の写真を眺めてから、男の被害者――ラスムス・グラデン、エディ・カールソン、アンデシュ・ヘドブロム――の写真だけ剝がした。結果、壁には女の被害者――ヘレーナ・グラデン、メッテ・ヘーカロップ、リーサ・ヴィードストランド、ファリーダ・ヘサリ、エリーサベト・ストレーム、ヨヴァナ・マレセビッチ――だけが残った。全員髪の色は茶色で、さまざまな長さのボブカットだった。

そのあとブロームはテーブルまで行って、靴箱の中を漁って黄ばんだ写真を取り出すと、壁までまた戻って四つ葉のクローバーを手にしている八歳のイェシカ・ヨンソンの写真を指差した。そして、そのすぐ下に母親のエーヴァの膝に坐っている幼いイェシカの写真をピンでとめた。

彼女の母親のエーヴァ・ヨンソン、旧姓フルトは死亡した当時その濃い茶色の髪を肩までの長さのボブに切っていた。

ベリエルは携帯電話を取り出し、震える手で元同僚とふざけ合っている写真を探し出した。

その元同僚の名前はデジレ・ローゼンクヴィスト、肩までの茶色い髪をしていた。

加えてボブカット。

「もし彼らが狙っているのがあなただけじゃないとしたら、サム？」とブロームはしわがれた声で言った。「もしデジレもオーシャであなたと同じくらい強い印象を与えていたのだとしたら？」

沈黙が数秒続いた。

理解が脳裏に染み込むまでの恐ろしい数秒が過ぎた。

次の瞬間にはふたりは同時に敏速に動いていた。ベリエルはまず怒鳴った。「連絡できるかぎりの仲間にメールするんだ。近所の人、家族、友人、祖父母、誰でもいい。リッケとジョニーが無事かも確認しないと」

ベリエルはディアの職業用とプライヴェート用両方の携帯電話にかけた。衛星電話も悲しげに鳴りつづけただけで、やはり応答はなかった。できうるかぎりの場所に伝言を残した。最後には国家捜査指令本部《NOD》にまでかけたが、交換台が出ると電話を切り、かわりにパソコンを無我夢中で打ちはじめた。ブロームがかわりに電話を引き受け、しばらくするとNODのトップ——スウェーデン国内の警察の実質的なトップ——と思われる人物と話しているのが聞こえた。ベリエルのほうはディアの直属の上司の名前を思い出すのに集中した。そして、ロニー・ルンデンやベニー・ルンディーンのあとにようやくコニー・ランディンに行き着き、電話をかけた。が、応答はなかった。もう一度かけたが、やはり出ない。まったく、この救いようのないクズ野郎はどこで何をしてるんだ？　ロビンにもかけたが、なんの役にも立たなかった。ブロームがパソコンから眼を上げ、電話を取ってどこかにかけ、受話器の送話口を手で覆いながら言った。

「隣人のひとりの連絡先がわかった」

ベリエルのパソコン画面に何通かのメールが表示された。同僚は誰もディアの居場所を知らないようだった。

「彼女の上司は？」ベリエルは吠えた。「ＮＯＤのトップと話したんだろ？」

「彼は何も知らなかった」とブロームは言い、受話器に向かってどうにか礼を言った。「ご協力ありがとうございました」

「コニー・ランディンからのメールだ」とベリエルは言いながらパソコンのキーボードを叩いた。

「隣りの住人が今朝七時まえに彼女が家を出るのを見かけたみたい」とブロームは言った。

「いつも仕事に出かけるときと変わった様子はなかったけど、大きなジム用のバッグを持ってたらしい。サム、彼女の友人のひとりくらいは知らないの？　ジム仲間とか？　テニスの相手でもなんでもいいから」

「知らない」とベリエルは言った。「ジョニーも電話に出ない。コニー・ランディンからのメールには、おれの全国捜索指令が出てることしか書かれてない。ディアのことはまるで心配してない」

「あなたの全国捜索指令？」とブロームは訝《いぶか》しげに訊き返した。

「いいから続けてくれ」とベリエルは言った。心はどうすればコニー・ランディンを説得できるかにあった。

「あなたたちの協力者は？　情報屋は？」とブロームは言った。「その人たちに会いにいったということはない？」

「あたってみる」とベリエルは言った。「電話をくれ」

「電話はこの一台しかないの。これだけでなんとかしないと」

「ああ、そうだろうとも」ベリエルはそう口走ると彼女を押しのけ、ベッドを壁から引き離し、床のハッチをこじ開けてもう一台の衛星電話を取り出した。彼は顔面蒼白になっているモリー・ブロームのまえのテーブルにその衛星電話を叩きつけた。

「いいから早く電話をかけろ！」と彼は怒鳴った。「公安警察の伝手とやらに電話をかけて、彼女と彼女の車の捜索に緊急配備を出させるんだ。アウグスト・ステーンも、ロイとロジャーも引っぱり出すんだ」

ブロームは無言で電話を取り上げ、ボタンを押した。

ベリエルのほうは勤務中のジョニーとようやく電話がつながった。運転中の救急車の回線状況が悪いらしく、ロボットの声のように聞こえた。かけ直してみたが、今度は応答がなかった。次にディアの母親の名前を訊きだして電話をかけ、何事もないふりをしてリッケの携帯電話番号を訊きだした。三、四回かけると、留守番電話につながった。今は学校の授業中だから電話の電源を切っているのだろう。彼女も拉致され、暴行され、殺されていないのなら。ベリエルはもう一度コニー・ランディンに電話をかけた。今度は電話に出たので、ディアのオフィスに行ってパソコンを見るように説得した。どうすることもできない。何もわからない。何も。

「お嬢さんの学校に電話したわ」送話口を手で覆いながらブロームは言った。「事務員が彼女の教室に向かってるところ」

ベリエルは動きを止めて彼女を用心深く観察した。顔色は完全には戻っておらず、感情を抑えているように見えた。うしろめたさを感じている人間にありがちなことだ。

「教室のまえまで来たみたい」と彼女は言った。「中にはいった。もしもし、リッケ？　リッケ・ローゼンクヴィスト？　よかった。今そこの教室の中にはいっていった女の人と一緒に行ってくれる？　職員室にちょっと行ってもらいたいの。あ、リンドさんですか？　リッケを安全な場所に連れていってもらえますか？　それから警察に電話して緊急保護を要請してください。ぜひ体育の先生と科学の先生にも協力してもらってください。助かります。ありがとうございます」

「リッケは無事なんだな？」とベリエルは言ってから、衛星電話に向かって怒鳴った。「ランディン、頼むからその全国捜索指令のことは忘れてくれ。これは彼女の命に関わることだ。あんた、彼女の上司なんだろ？　どこにいるか知ってるはずだ。ほんとうに何も聞いてないのか？」

「ええ、リッケは無事なようよ」とブロームは言った。「当面は心配ない。今、パトカーが学校に向かってる」

　手に負えないコニー・ランディンとはまだ電話がつながっていたが、ベリエルは受話器を放り投げると、パソコンに向かって一心不乱にキーボードを叩きはじめた。

「いずれにしろ、彼女の車の捜索には緊急配備が出た」とブロームは言った。「何をしてるの？」

「気の狂ったサイコパスふたりがおれの相棒を襲おうとしてるというのに、地球のさいはてでただ坐ってるだけだ。くそっ！　よし、これでいい。二枚予約した」

「予約した？　何を？」

「イェリヴァーレからストックホルムまでの航空券だ。十六時発」とベリエルは言い、服を着替えはじめた。「急げ、まだ間に合う。二時間もあれば行ける。見てろよ。やつらが撒《ま》き散らしたクソを一掃してやる」

「でも、わたしたち――」

「公安警察から身を隠してる。ほんとにそうなのか？」とベリエルは怒鳴った。

「鎮静剤で眠らせたおれの状態を公安警察情報部長に逐一報告してたのに？　逃げまわって隠れてるふりをしてるあいだも報告してたのか？　精神的に壊れたとおれに信じこませようとしてたときにも？　なあ、モリー、シル殺しにはきみも一枚嚙んでるのか？」

「いったいなんの話をしてるの？」

「おれが言いたいのは、このクソみたいな潜伏劇は文字どおり〝クソ〟だったということだ。もう何もかもお見通しなんだよ。おれたちは誰からも隠れてなんかいない。全部でっち上げだ。公安警察はずっとおれたちを、いや、このおれを監視してた。もう航空券は予約した。とっとと支度しろ」

「でも、まだわからない」

「無意味な話をしてる暇はない」とベリエルは吠えると、キャビンのドアを半分出たところで厚手の白いダウンジャケットをブロームに放り投げた。そして、彼女を半ば押しやるようにしてジープを停めたところまで歩いた。

ブロームは助手席に乗り、ベリエルが運転した。雪に覆われた氷の荒野を狂ったように急いだ。クヴィックヨックを通過する頃には雪が降りだした。運転しながら、彼は自分の携帯電話を彼女に渡した。電話の画面には、アウグスト・ステーンの非公式な携帯電話番号を押す彼女の指の映像が映っていた。ブロームは無言で携帯電話を返すと、そのあとは身じろぎひとつすることなくじっとまえを見据えた。

「この話はあとでしょう」とだけベリエルは言った。

雪の激しさが増し、まるで水平の竜巻のように渦巻き、クレージーなスキーヤーが巻き起こす風のトンネルができているかのようだった。そのトンネルの中をベリエルは悪霊に取り憑《つ》かれたかのように運転した。ブロームはディアのあらゆる電話番号にかけつづけた。

応答はなかった。

ディアは電話に出なかった。

一時間かけつづけたところでブロームがぼそっと言った。「ディアに息子はいない」

「息子は目くらましのひとつなんだろう」とベリエルは素っ気なく言った。「イェシカはとんでもない女優だ、きみと同様。この事件はすべて幼稚でナルシシストで誇大妄想で、精神年齢が赤ん坊並みの哀れな女の倒錯したパフォーマンスだ。くそっ！」

そのあとは沈黙が続いた。しばらくしてベリエルが言った。「ひょっとしてきみに弟がいるというのも嘘だったのか？」

ブロームは視線を落として自分の膝を見つめた。そして顔を上げると、あらゆる種類の悲しみがこもった表情で彼を見て言った。

「ええ。弟なんていないわ」

彼らはイェリヴァーレ空港になんとかすべり込み、身体障害者用の駐車スペースに違法駐車した。そして、狭い出発ロビーを全速力で駆け抜け、めざす搭乗口を見つけたときには時計の針がほぼ午後四時を指していた。〈タンノイ〉のスピーカーから自分たちの名前が呼ばれているのが聞こえた。

最後の呼び出しだ。

ベリエルは出発のカウンターに駆け寄り、携帯電話に表示されているeチケットを見せた。そのあと携帯電話に意識が向いたからか、立ち止まってディアに百回目の電話をかけた。

誰かが出た。

ベリエルはその場に凍りついた。空港の係員がまわりで騒いでいたが、水鳥の背中で水がはじけるように彼には届かなかった。

「誰だ?」意識を集中して彼は訊いた。

ディアの声とはほど遠い女の声がよく聞こえない小さな声でなにやら言った。

「おい、いったい誰なんだ?　おまえなのか、イェシカ?」

死者の国と直接つながっているかのようだった。地獄の炎が電話の中から巻き上がってきているかのようだった。

電話の向こうの声は落ち着き払っていた。普通の声に変わっていた。

「もしもし?」さきほどとは比較にならない普通の女の声だった。

「誰だ?」とベリエルは繰り返した。彼の中ではすでに何かが反応していた。

「わたしよ」ディアだった。「今、病院よ」

ベリエルは動けなかった。物理的に無理だった。

「病院？　何があったんだ？」

「床を突き抜けて落ちたのよ」とディアは言った。「リリエホルメン地区の古い炭酸ガス工場で。そこで意識をなくして何時間か倒れてた。でも、もう大丈夫」

そのときについたため息は、ベリエルの人生の中でも一番長くて深いため息だっただろう。体じゅうがいったん空っぽになり、息とともに新しい生命が彼の体を満たした。濃いひげを生やした顔が自然とほころんだ。

次の瞬間、笑みが顔いっぱいに広がった。嬉しさを伝えたくてブロームのほうを向いた。

「ディアは無事だ」

が、ブロームはそこにいなかった。

モリー・ブロームの姿はそこになかった。

ベリエルはあたりを見まわした。出発ロビーの中を隈なく見まわした。が、どこにも見あたらなかった。

それほど人はいなかった。だからよく見渡せた。彼は大きな声で名前を呼び、女子トイレにも走っていってドアを開け、さらに大きな声で彼女を呼んだ。個室もひとつずつ開けて中を見たが、ブロームの姿はどこにもなかった。同じように男子トイレも捜したが、結果は同じだった。

すべてのカウンターをまわってみた。が、ストックホルム行きの便にはサム・ベリエルもモリー・ブロームも搭乗していないと告げられただけだった。さらに一時間、彼はイェリヴァーレ空港の中を走りまわった。会う人ひとりひとりに訊いてまわりさえした。が、誰も白いダウンジャケットを着たブロンドの女を見ていなかった。彼女を見かけた者は誰ひとりいなかった。

ベリエルはひとりきりになった。

駐車場に向かって歩いていると、妙に空虚な気持ちになった。そこには純白の雪面しかなかった。動くものは何もなく、生命の気配もなかった。

何事もなかったかのようにただ雪が降っていた。やさしく軽やかに、軽やかにやさしく、宙を舞い落ちる雪片を見ているうち、彼の魂は次第に麻痺《まひ》していった。

ジープに乗り込んだ。中もやはり空虚だった。

フロントガラスのワイパーを動かした。ガラス面から厚い雪の層が消えてなくなった。ただ、一個所、何かが残っていた。

ベリエルは驚きもしなかった。

ジープから降り、片方のワイパーにはさんであった封筒をつかんで中に戻った。

封筒を開け、中にはいっていた絵を取り出した。
なんの絵なのかはすでにわかっていた。思ったとおりだった。
それは四つ葉のクローバーの絵だった。

四部

33

十一月二十五日　水曜日　十時七分

今見えているのは、フキタンポポの咲く水路の中にいるふたりの息子。マルクスとオスカル。オスカルは微笑み、マルクスは大笑いしている。これがベリエルにとっての固定点。回転する世界の中で唯一静止している点だ。

いつの日か、どこで道を誤ったのかわかるかもしれない。いつの日か、フレイヤにどんな思いをさせたのか理解できるかもしれない。息子たちの母親、フレイヤにどんな思いをさせてしまったのか。

彼は父親失格の烙印《らくいん》を押された。

パートナーとしても失格だと判定された。

今でもその報いを受けている。眠っているという自覚はある。自分のさまざまな姿が見える。精神異常、薬物、鎮静剤。何週間も寝たままで意識がない。それなのに、起きて動きまわってもいる。まるでゾンビのように。無意識の中に急に明確な瞬間が現れる。無意識の裏に隠れ、忘却のヴェールに包まれてはいるが、はっきりと見える。彼のベッドに並んで横たわるふたりの人間の姿が一瞬見える。混沌《こんとん》の中の一瞬の静けさ。その眼の奥深くをのぞき込むと、深い悲しみ、圧倒されるような強い感情が見える。次の瞬間、ふたりが愛し合っているのが見える。女の胸が彼の眼のまえで激しく上下し、女の髪が彼の顔をやさしく撫でる。気づくと女は彼にまたがり、彼は彼女の奥深くに包み込まれている。それまで渦巻いていたおぞましいことが突如すべて快楽に変わる。眼が覚めているのか眠っているのかわからない。これが現実に起きていることなのか、それとも現実を受け止めるために複雑な作用が具現化しているだけなのかもわからない。なぜなら、今やその快楽は現実になり、彼は女を腕に抱き、愛撫する。うめき声ともすすり泣きともわからない声を聞きながら、女が絶頂を迎えるときの繊細でうねるような痙攣《けいれん》を感じ、彼自身も長く硬くなって果てそうになる。取るに足らないことはことごとく消え去る。ついに女が彼にもたれかかるとき、彼女の右胸の下の星形の痣《あざ》が見える。

「モリー！」

自分の叫び声で眼を覚まし、彼はベッドの端に坐《ざ》すと、時間が彼に追いつくのを待った。まるでほんとうにそんなことができるかのように。まるでこのキャビンに着陸し、停止し、正常に戻ったかのように。

やらなければならないことがある。

ベリエルは腕時計の箱を開け、誇りでもあり喜びでもある時計、かつて事件を解決に導いてくれたパテックフィリップ2508カラトラバを選び、まだ正確な時間を示していることを確かめた。さらにまだかろうじて時間が残っていることを確かめた。

慎重に着替えをし、一度も袖を通したことのなかったスキーウェアを着て、ジープの鍵を手に取り、ポーチに出た。そして、壁に埋め込まれたスキー収納庫の細長い扉を開けた。

窓のない部屋の片隅。そこに置かれたパソコンの画面では物事が慌ただしく進行していた。それを体格のいいふたりの男たちが見ていた。机の両側に向かい合って坐り、それぞれのパソコン画面を見つめていた。手首に安物のダイヴァーズ・ウォッチをはめた男――ロイ――は同僚の作業に大きな進展があったらしいことを察知し、苛立《いらだ》たしげに言った。

「おい、何かあったのか?」

「ここに何かある」とケントは言った。

「どこ?」

「わけがわからない。位置は北緯67度19分2秒、東経17度9分52秒だぞ」

「いったいそれはどこだ?」

「ラップランドだろう」

「なんだってそんなとこから警報が出るんだ?」

「さあ」とケントは言った。「でも、監視システムはチェックしておいたほうがいいかもな」

「おれのパソコンもシステムにつなげてくれ」面白くなさそうにロイは言った。

二秒もしないうちに暗い画面に人工衛星からの画像が映し出された。映像は真っ白で、それが雪だということをロイが認識するまで少し時間がかかった。

彼は映像を拡大した。真っ白な中に次第に何かが浮かび上がってきた。それは雪面に書かれた文字のように見えた。さらにズームすると、なんとか文字を読み取ることができた。一文字ずつロイは読み上げた。

「〝AS！ 緊急。M。ポイント0。1630〟」

「なんだこれは？」ロイは思わず叫んだ。

ケントは印刷された紙を抜き取ると、すでに部屋から飛び出していこうとしていた。

ロイはエレヴェーターのまえでなんとかケントに追いつくと、一緒に乗り込んで言った。

「どこに行くんだ？」

「読まなかったのか？」とケントは言った。

「あれじゃ意味がわからない。何が緊急かもわからない」

「そうかもしれない」とケントは言った。「しかし、あそこは警戒対象になっている区域だ。だからもしかしたらということもある」

ロイとはちがい、上司のオフィスのドアが低いうなり音をたてるまでのいつもの一分がケントは気にならなかった。そんなことに苛ついている閑《ひま》はなかった。もしこれがおれの読みどおりなら——とケントは思った——公安警察の〝内部要員〟になれる最後の一歩でロイを大きく引き離すことになるかもしれない。おれは今、その鍵をこの手に握っている。

公安警察情報部長のアウグスト・ステーンは机の向こうに坐り、いつものように石のような鋭い視線を向けてきた。短く切りそろえられた鉄灰色の髪が磁石に吸いつく鉄の削りくずのように見えた。

挨拶も抜きにケントは印刷された紙を差し出して言った。「北緯67度19分2秒、東経17度9分52秒地点の衛星画像です」

ステーンがその情報を読んで解釈するまで数秒待った。

「警戒対象区域内で、何者かが雪の上に書いたものです。非常に大きな文字です。最初の二文字は部長のイニシャルではないでしょうか。そのあとの文字列には小文字が含まれています」

アウグスト・ステーンは背すじをまっすぐに伸ばしたままだった。それでもいくらか顔を引き攣《つ》らせていた。評価の意思表示だったかもしれない。ケントは拳を高く突き上げたい衝動に駆られながら、その思いを抑えて平然とした声で言った。「この文字の解釈に手間取っています」

そう言って、彼は〝M〟の字を指差した。

アウグスト・ステーンはゆっくりとうなずいて言った。

「よくやってくれた。この文字について調べてくれ。アジアの文字で似たようなものを見た記憶がある。もしかしたら非言語的な記号だったかもしれない。この件に集中的にあたってくれ。今日じゅうに報告をあげるように」

ステーンはオフィスを出ていく彼らに視線を上げようともしなかった。彼の意識は眼のまえの紙に集中していた。

〝AS！　緊急。M。ポイント0。1630〟。

スウェーデンの到達不能極で、スキーを履いた何者かが雪の上に書いたメッセージだ。それがアウグスト・ステーンに向けたメッセージであることは疑いようがなかった。しばらく〝M〟という文字をじっと見つめた。このメッセージを全体として解釈したときに導き出される意味から、うまくケントとロイを遠ざけることができただろうか。ステーン自身にはメッセージの意味がおぼろげながら見えはじめていた。

M。一瞬、強い感情の波に呑み込まれそうになった。

彼は立ち上がると、印刷された紙を手にドアに向かった。

観察者は部屋に戻り、画面を見ている。何も起きていない。彼のまえでSIGザウアーP226がまわりつづけている。一度も止まったことがないかのように。

もうすぐだ。もうすぐだということを彼は知っている。

この雪の洞窟は恐ろしいほど寒い。

コンピューター端末《ターミナル》用の眼鏡をはずすと、画面に映っているものはおろか画面そのものも見えない。ほんとうの意味で末期《ターミナル》の眼鏡だ。

視力の末期段階。

どのみちもう長くは働けない。時間切れだ。あとの望みは妥当な額の年金だけだ。仕事に注ぎ込んだ努力に見合うだけの額の。理屈に合わない仕事には理屈に合う報酬があってしかるべきだ。

もう一度だけこの眼で見ておかなければならない。エステポナ郊外の丘に建つ家、ジブラルタルの岩壁が一望できるテラス、タイムとローズマリーとラヴェンダーの香り。暖かで心地よい夜、テラスからの眺望を♀と分かち合わなければならない。彼女が教えてくれる眺望を。

彼は思う——彼女がおれの視力を補ってくれる。おれの命を救ってくれる。

♀と♂のことを考える。ふたりの関係を考える。♂を憎んでいる自分の気持ちを考える。彼女のあとを追い、♂から無理やり引き離すときのことを考える。彼女をきつく抱きしめ、彼女に愛されていることを知ったときのことを考える。そのときのこの上もない幸福感、触れ合うことの神々しさを考える。上方の画面がリアルタイムの映像を表示している中、彼は下方の画面の映像を巻き戻す。ずっと放置されてきた過去の映像まで戻る。

もっと早くそうすべきだった。そこで観察者はまた妄想の世界に没頭する。薄い革手袋をはめた手がテーブルの上の拳銃を無意識に回転させる。拳銃は次第に回転速度を落とし、止まったときには彼のほうを向いていない。だから、観察者は〝真実〟か〝挑戦〟かのいずれかを選ぶ必要がない。なぜなら、いつものことながら〝真実〟はあまりにも複雑すぎるからだ。

そのとき、映像を巻き戻しすぎたことに観察者は気づく。映像が自動的に再生される。新たな映像はふらふらと向きを変えながら揺れ、空が見えたかと思うと雪が映り、やがて顔が画面をよぎる。突然、画面の揺れがなくなり足跡が映し出される。はるか遠くのほうからやってきた足跡はどんどん大きくなり、最終的には丘を登ってカメラに近づいてくる。するとカメラを顔がのぞき込み、何かを調節したあと、すべて万全だと納得したかのように丘をさらに登って次のカメラに向かっていく。観察者がまともに♀の姿を見るまえに、彼女はすでにその場からいなくなっている。カメラを設置したときと同じくらいそのときの彼女は美しい。

いよいよ♂から♀を救い出すそのときがやってきた。

アウグスト・ステーンはこれ以上ないほど勢いよくドアを開けた。机の向こうに坐っていた男が飛び上がった。と同時に彼はジョイスティックを操作し、上下に並んだ眼のまえの画面の下方の映像をすかさず変えた。

「なんて寒いんだ」両腕をさすりながらステーンは言った。

「まるで雪の洞窟の中です」パソコン用の眼鏡をかけた男は言った。「文句は言ったんですが、サーモスタットに問題があるようです」

「その眼鏡はおそろしく分厚いけど」とステーンは言った。「まさか網膜色素変性症が悪化してるんじゃないだろうな、カーステン。その場合はすぐに報告するように言ってあったと思うが」

「承知しています」とカーステンは悲しそうに言った。「ただ、あらゆる検査結果を見ても私の場合は進行が遅いそうです」

「そうか、それならいい。それよりこのところ報告があまりあがってきていないようだが。ほかのシフト担当者からは定期的に報告が来ている。きみは遅れを取っている」

「今その遅れを取り戻そうとしていたところです」とカーステンは言った。

「モリーは配置についているのか？」

「そのはずです。ただ、彼女自身は姿を見せていません」

「その報告もまだ受けてないぞ、カーステン」

「申しわけありません。今言ったとおり、その対応に今、あたってます」

ステーンは顔をしかめて言った。「昨夜の監視担当者からはなんともあいまいな報告があがってきた。モリーが昨日の夜キャビンに戻ってきたかどうか確認できていないそうだ。暗視カメラが正常に作動していないおそれがある。それはそれとして、ベリエルの動きに関してはどうだ？　直近で何かあったか？」

「はい。十五分ほどまえになりますが、外を動きまわっていました」

「見せてくれ」

カーステンはジョイスティックを操作して下方の画面にいくつかのメニューを表示し、そのひとつをクリックして映像を巻き戻した。

ベリエルがポーチに現われ、スキー収納庫の扉を開けてスキー板を取り出した。若干苦労しながらブーツに取り付けると、少し離れた場所まですべっていった。斜面になっていて何をしているのかはわからなかったが、奇妙な動きをする彼の頭だけ雪の上に見えた。

「どういうことだ、カーステン。これは即時報告が必要な事項だろうが。職務を果たせないのであれば、担当を替えるしかないぞ」

カーステンは何も言わなかった。そのとおりだと自分でもわかっていた。今の彼は心の暗部に支配されているものの、公安警察の内部要員の中でも彼がプロ中のプロであることは誰もが認めるところだった。

「これはなんだ？」そう言って、ステーンは上方の画面を指差した。

「ベリエルが出てきました」カーステンはズームアップした。「これはリアルタイムの映像です。スキーブーツを厚手の雪用のブーツに履き替えたようです。リュックサックを背負っています。モリーのキャビンには向かわずに車を停めたところまで近道を行くようです」

ステーンはうなずき、カーステンのまえに印刷された紙を置いて言った。

「これをどう解釈する？」

「もしかして……？」

「現状、外部要員に頼らざるをえないのは、彼らのほうが内部要員より確実によく働いてくれているからだ。それは私としては本意ではない。だから、内部要員としてのきみの解釈を聞かせてほしい」

カーステンは印刷された紙を手に取り、雪の上に書かれたメッセージを見つめた。

「〝AS！　緊急。M。ポイント0。1630〟」カーステンは声に出して読んだ。「〝AS！〟というのは、明らかに部長に宛てたものです。次は、十六時半に〝ゼロ地点〟で緊急に会いたいと言っているのでしょう。ただ、残りの文字の意味がわかりません」

ステーンは深く息を吸い込んでから言った。「Mの上に横線が引いてある」

上司を見つめるカーステンの顔にゆっくりと恐怖が広がった。ステーンはカーステンの顔がみるみる蒼白《そうはく》になるのを見て続けた。

「われわれにまだ運があるとすれば、この横線はモリーが行方不明になったという意味だ。運が尽きたとすれば……」

「彼女は死んだ……」かすれた声でカーステンは言った。

カーステンは厳しい顔で彼を睨《にら》んで言った。「今の時点で唯一言えるのは、きみと私が今日の午後〝ゼロ地点〟に向かわなければならないということだ」

カーステンは黙ってうなずいた。

眼が痛かった。

34

十一月二十五日　水曜日　十六時二十八分

かつて胸の高さまであった牧草も今は這《は》いつくばって、地面をただ平らに覆っているだけだった。横殴りの雨のような激しさで降った雪が乱暴に草の茎をへし折ったのだろう。そして、積もることにも飽きて跡形もなく溶けて消えたのだろう。ちらちらと揺れる懐中電灯の光に照らされた子供時代の遊び場は、腐り果てたアスパラガスの茎の墓場のようだった。

暗い空に姿を現わしたばかりの月が遠くの湖面に反射しているのが、岸辺近くの木々の合間から断片的に見えた。自ら光を放っているかのような建物が見えてきた。

まるで蛍光塗料が塗られているかのような建物が——

近づいていくと、手漕《てこ》ぎボートがまだそこにあるのが見えた。桟橋にぶつかりながら浮かんでいた。湖が本格的に凍れば、ボート自体も凍って粉々に砕けるだろう。

一度も立ち止まることなく、ベリエルはポーチの階段をのぼって玄関まで行った。ノックをするまえにドアが開いた。手袋をはめた手に握られたSIGザウアーP226がいきなり胸に突きつけられた。それ以外は何も見えなかった。

拳銃に手招きされるまま、彼は暗闇の中にはいった。プロの手さばきによるボディチェックがすんだところで、薄暗い明かりがついた。

ランプの明かりがぎりぎり届くきわに背の高い男が立っていた。鉄繊維のような髪を短く切りそろえて、スーツを着ていた。床から突き出ている二本の木製の支柱に平然と寄りかかっていた。支柱からはさまざまな大きさの鎖が垂れ下がっていた。

「ゼロ地点か」と男は言った。「時計仕掛けの中心。そこはすべてが始まった場所であり、すべてを終わらせることのできる場所でもあるわけだ」

「ステーン部長」うなずきながらベリエルは言った。「あなたがもしおれを殺すつもりだったら、とっくに殺してたはずだ」

「その基本原則は変更されたかもしれない」とステーンは言った。「モリーの〝M〟に横線が引かれている理由は？　きみは彼女を拉致したのか？」

「まさか。ただ、拉致されたのは事実です。それも凶悪なやつらに」

「なぜ私に助けを求める?」

「それは彼女があなたの下で仕事をしているからです。拉致された時点でも彼女はあなたの指示のもとで動いていた。それにあなたは無慈悲ではないからです」

「だとしても、きみは私の下で仕事をしているわけじゃない」とステーンは言った。「なのにきみの言うことを聞く必要がどこにある? そもそもきみを生かしておく必要がどこにある?」

「それは彼女を救い出せるのはおれだけだからです」とベリエルは言った。

「なるほど。話を聞こう」とステーンは言った。

「モリーがおれを裏切っていたとしても、そんなことはどうでもいい。逃亡しているあいだもずっとあなたと連絡を取り合っていたとしても、それももうどうでもいい。あなたがあのクソ靴下でシルを殺したんだとしても、今となってはどうでもいい。おれはただ、モリーを取り戻したいだけです。生きているモリーを」

「彼女の携帯電話はもう探したんだろうな?」

「ええ、昨日。イェリヴァーレ空港近くの側溝に落ちていました」

「私はどうしてきみの話を聞かなければならないのか、その理由はまだ聞いてない」

「それは誘拐犯がほんとうに追っているのはおれだからです。彼らが通じ合いたいのはおれであって、ほかの誰でもない。殺人犯はなんらかの理由でおれを求めている。犯人はおれに注目され、追跡され、捕らえられるのを望んでいる。犯人は自分の父親像にあてはまる者としておれを選んだ。今までの経緯から言ってもモリーはまだ生きている。ただ、そう長い時間は残されていない。おれがあなたに頼みたいのはほんの些細《ささい》な支援です。それもたった一度の、今この場での。そのあとはおれを煮るなり焼くなりしてくれてかまわない」

「支援?」

「この事件についてどこまで知ってます?」とベリエルは訊いた。「おれとモリーが非公式に捜査していたこの事件について——?」

ステーンは光の届かない暗がりのどこかに坐っている部下のほうを向いた。ステーンとその部下のあいだには何かありそうだった。ベリエルは悪意に満ちた鋭い視線が暗闇から自分に向けられているのを感じた。ステーンはうなずいてから言った。「ほとんど知らない。ただ、きみはNODの警視から非公式なフリーランス契約の申し出を受けたという報告は聞いている」

「それはモリー・ブロームからの報告ですか?」

「そうだ。事件は解決できないだろうが、できなくてもさして害もなかろうというのが私の判断だった。身を隠したままでいてくれさえすれば、それでよかった」

「どうしておれはそんなに身を隠さなきゃいけなかったんです?」ベリエルは声を荒らげた。

少し間を置いてから、ステーンは顔をしかめて言った。「ブロームを救い出すこと以外はどうでもいいんじゃないのか？　それは私の思いちがいか？　きみとのやりとりの基本原則を改めて考え直さないといけないのか？」

「イェシカ・ヨンソンの隠された身元をモリーが調べるのを助けたのはあなたですね？」とベリエルは言った。

ステーンはうなずいて言った。

「隠された身元を探るのはそう簡単じゃない。それは私も同様だ。調べた形跡が必ず残るしな」

「それでもあなたは協力した。不釣り合いなほど大きなリスクを冒しても。どうしてなんです？」

ステーンは答えなかった。ただ古いボートハウスの何もない宙をまっすぐに見ていた。

「それはあなたがモリー・ブロームの庇護者《ひご》、責任者だからだ」とベリエルは言った。「彼女を公安警察に引き抜いたときから、あなたは彼女のよき指導者《メンター》だった。あなたが簡単に感情を顔に表わす人間じゃないことはよく知っていますよ、アウグスト。でも、彼女を馘《くび》にしなきゃならなかったときのあなたの無念はどれほどのものだったか。おれにはよくわかった。あなたは無慈悲な人間じゃない。今、おれと同じくらい彼女を救いたいと思ってる。公安警察がこの事件を簡単に解決できて、彼女を救い出せるなら、今すぐにでもおれの持っているすべての情報を提供します。だけど、あなたが身元を探り出した人間は、おれとしか話さない。その人間、レーナ・ニルソン――本名イェシカ・ヨンソン――はこの上なく凶悪で、おそらくモリーをどこかに監禁して椅子に縛りつけている。また、彼女はレイネ・ダニエルソンという名の奴隷を使って、なんの慈悲も感じることなくモリーを殴らせ、切りつけさせようとしている。モリー・ブロームに対して、あなたは単に責任を負ってるだけじゃない。彼女はあなたの一番のお気に入りだ。そんな彼女を助けるんです。どうか手を貸してください。ほかのことはほんとうにどうだっていい」

ステーンは表情をいっさい変えず、ベリエルをじっと見つめてから言った。

「何があった？」

「おれたちはイェシカの犠牲者たちの外見が彼女の母親に似ていることに気づいた。ディアも同じような外見で、おれとモリーはディアが住んでいるストックホルム近郊のスコーゴスにイェシカがいることを突き止めた。しかもそのときディアは行方不明で連絡が取れなかった。おれとモリーはすぐにストックホルムに行こうと思い、まさにストックホルム行きの飛行機に乗ろうとしていたところで、ディアが電話に出た。でも、そのときにはすでにモリーの姿はなかった」

「空港でか？」とステーンは言った。

「そう、イェリヴァーレ空港で」

「それよりきみはストックホルムに何しにきたんだ？　そもそもどうしてこんなに早く来ら

れたんだ?」

「急いでイェリヴァーレ空港まで車を走らせ、軍の輸送機に乗せてもらったんです。犯人たちがまだラップランドにいるとは思えない。彼らはたえず移動している。それに、あなたとは面と向かって話さないといけないと思ったからです。それにディアの近くにもいたかった」

「それはそうと、ディアというのは誰なんだ?」とステーンはぶっきらぼうに尋ねた。

「NODの警視です。フリーランス契約をわれわれに持ちかけてきた人物です」とベリエルは言った。「デジレ・ローゼンクヴィスト」

「どうして彼女がこの異常な殺人者の標的になりうるんだ?」

「それは八年まえにおれと彼女が犯人の事情聴取をしたからです。同じ部屋の椅子に並んで坐って。そんなおれたちの関心を集めようと、犯人は少しまえから画策していた。だから、おれたちは今、一緒に動く必要があるんです」

「きみとローゼンクヴィスト警視が? きみが私に求めているのはそのことなのか?」

「それは二番目の要求です」とベリエルは言った。「ディア本人と家族は今、安全な場所に移されて警備されています。できれば、スコーゴスの彼女の家の監視を公安警察にお願いしたい。捜査資料はすべて彼女の家の車庫にあります」

「車庫に?」明らかに懐疑的な声でステーンは言った。

「捜査をするにしてもおれたちは身を隠す必要があります」とベリエルは言った。「さもないと、煩雑なお役所仕事に貴重な時間を割かれてしまう。ただ、さっきも言ったとおりこれは二番目の要求です。一番に頼みたいのは別のことです」

「なんだ、それは?」

「大がかりな頼みになります。公安警察の持てるかぎりの機能と装備を投入して、スウェーデンのどこかに存在する自動車登録番号LAM387、色は明るいブルーかあるいは黄白色のフォルクスワーゲン・キャディを探してほしい」

ステーンは黙ってベリエルを見つめてから、いささか意外そうに言った。

「きみの持っている情報はそれだけなのか? ヴァンというだけなのか?」

「盗難車のヴァンです」とベリエルは言った。「できますか?」

ステーンは彼から眼をそらさなかった。その感情は顔には表われていなかった。それでも眼の中にはさまざまな感情が渦巻いていた。

最後にステーンはうなずいた。

ディアは黒い車の座席に坐り、家族を見た。ジョニーの眼をのぞき込み、何かが変わったこと、すべてが以前とはちがってしまったことを悟った。別にふたりのあいだに何かあったわけではない。お互いに対する信頼が揺らいだわけでもない。ただ、もう二度とジョニーは彼女の仕事を信用しないだろう。今になって初めて妻の仕事がどれほど危険なものなのか思い知ったからには。その危険は彼女にだけでなく彼にも——そして誰より——リッケにも及ぶことを知ったからには。そのことを許すつもりがないのはジョニーの眼を見ればわかった。

一方、リッケはどちらかと言うと、スリルを愉《たの》しんでいるようだった——これほど多くの拳銃やエレガントな車や、きちんとした身なりの男女を見たことがなかった。興奮気味にしゃべりつづける娘の頭越しに両親は互いに眼を合わせた。

車が一台到着した。護衛に導かれて彼らはテラスのある自宅の中にはいった。そのあとはそれぞれ別な方向に進んだ。

無理に大声を張り上げているジョニーの声がディアのところまで聞こえてきた。「リヴァプール」

笑って答えるリッケの声も聞こえた。「パパ、まだ水曜日だよ！」

やがてふたりの声は聞こえなくなった。

ディアは震えながら寒い車庫の中にはいり、仕事場のドアのまえに立っている公安警察の捜査官にうなずいてからドアの把手《とって》を押した。

ベリエルがホワイトボードにメモを貼っていた。彼は振り向き、ディアの眼をのぞき込んだ。それだけで何千ものことばより多くのことがふたりのあいだに交わされた。

「全国的な捜索指令だって？」とベリエルは言った。

「コニー・ランディンに匿名の密告があった」とディアは言った。「ファリーダ・ヘサリの血だらけの体にあなたのDNAが残っていたそうよ」

「くそっ」

「もちろんそんなわけがないことはわかってる。でも、資料保管庫に放置された証拠品袋があった。おそらくマルメとヴェクショーの警察にも同じような証拠があるはずよ」

「で、その袋には何がはいってたんだ？　皮膚か？　血液か？」

「毛髪」とディアは言った。

ベリエルは耳の上の髪をつかんで頭から少し離した。左側の髪のほうが明らかに短くなっていた。

「いつも安い床屋に行ってるが」と彼は言った。「こんなにひどい仕上がりにはならない」

「そうか」とディアは言った。「ポルユスの家ね」

「イェシカはあの地下室でひとつの石で二羽の鳥を射止めたわけだ。彼女はおれをけしかけて捜査させる一方、DNAを手に入れるためにおれの髪を切った。ただ、不思議なのはどうやっておれの毛が資料保管庫にまぎれ込んだのか、だ」

「警察の資料保管庫」とディアは言った。「わたしたちの友人、リカルド・ローベットションがほのめかしてた。保管庫で取引きをしたのはわたしが初めてじゃないって。たぶんファリーダ・ヘサリの証拠に細工をするのにイェシカが彼にお金を払ったのよ」

わした。

　そう言って、彼女は首を振りながら両腕を差し出した。ふたりは短くぎこちないハグを交
　そしてそれぞれ椅子に坐った。ため息とともに携帯電話を取り出してディアが言った。

「ファリーダ・ヘサリと言えば……」

　再生ボタンを押すと、炭酸ガス工場で録音した音声が車庫の中に響いた。その音声は風を切るような音に続いて罵り声と悲鳴、それに何かが衝突するような音で終わっていた。

「工場にはいるときには床の穴が見えたんだけど、出るときには見えなかった」とディアは言った。

「そうみたいだな」ベリエルはそう言って、脇の下に手を触れた。汗で湿っていた。

「あのとき、廃墟《はいきょ》の中で鳩《はと》が一羽いきなりわたしの視界を横切った。それでわたし、落っこちたのかもしれない」

「いや、落ちたのはヘサリのことがあったからだよ」とベリエルは言って携帯電話を身振りで示した。「簡単に気持ちを切り替えられるような話じゃない」

「そうね。今までの取り調べでもあんなにつらい内容はなかった」とディアは言った。「ファリーダ・ヘサリが見た目と同じくらい強い人だといいんだけど」

「イェシカ・ヨンソンの動機はなんだと思う？」

「わたしは郊外に住むただの普通の母親よ、サム」とディアは言った。「まるでわからない」

「でも、わかってたんだよ。だから的確な質問ができたんだよ。少なくともきみはちゃんと理解しているようにおれには聞こえた」

「確かに社会学的な観点に立てばそうかもしれない。今もわたしには地獄へ向かうイェシカの人生の負のスパイラルが見えるような気がするもの。彼女を自己破壊的な性欲に走らせる罪悪感。アメリカでの異様な体験と暴力的な性。エディ・カールソンとの関係――レイプ、流産、子宮摘出手術。ほんとうの身元を隠した生活、息子を持つ母親に対しての嫉妬から変貌していく憎悪。マダム・ニューハウスがロブを支配したように、精神的にある種の問題を抱えた相手を思いのまま操ることのできる能力。でも、心理学的な観点からは？　いいえ、理解できない。絶対に」

「おれが思うに、イェシカは幼い頃から心の表面にテフロン加工がされたんじゃないだろうか」とベリエルは言った。「だから何事にも影響を受けない。彼女にしてみればただゲームをしてるだけなのさ。彼女としてはサドマゾヒストになりたかったのかもしれないが、実際のところ、彼女の心はどこまでも空っぽだった。彼女は何も感じなかった。今もただおれたちを感心させたいだけなのさ」

ディアはうなずき、話題を変えた。「で、わたしは行方不明になった。でも、実際には穴に落ちただけよ。ねえ、ちょっとやりすぎだったとは思わない？　思いつくかぎりの人たちに電話するなんて？」

「リッケが拉致されていたかもしれないんだぞ」とベリエルは言った。

ディアにもわかっていた。もしこれで逆の立場なら、まったく同じことをしていただろう。

「彼らはかわりにモリーを拉致した」と彼女は言った。

「彼女はおれをずっと裏切っていた」とベリエルは言った。「しかし、だからと言って放っておく気にはなれない。絶対に助け出す」

「わかった。これまで集めた資料を徹底的に調べて、すべての情報をあぶり出すまでは寝ないから。全部ここにある」

ディアはそう言って机の上にうずたかく積まれた書類の山を指差した。

ベリエルは肩を落とした。

「気が滅入《めい》るな」

「ええ」と彼女は言った。「人間の中にひそんでいる獣《けだもの》を嫌でも見ることになるんだものね」

ベリエルは背を伸ばして肩をうしろに引いて言った。

「核心となる質問はふたつだが、ひとつ目は明確だ。今おれたちが持っている情報の中に、イェシカとレイネがモリーを監禁している場所の手がかりになるものはないかどうか」

「ふたつ目の質問も同じようにはっきりしてる」とディアは言った。「あなたたちがイェリヴァーレ空港から飛行機に乗ろうとしていたことにしろ、その正確な時間にしろ、彼らはどうやって知ったのか」

ベリエルはうなずいて言った。

「実を言うと、あれはとっさの思いつきだった。きみにどうしても連絡がつかなくて、急遽《きゅうきょ》おれは航空券を二枚予約した。どうしてそんなことがイェシカにわかったのか」

「それはあなたのそばにいなければわからないことよね。あるいは航空会社のコンピューターに忍び込むかしないと。でも、どうやって？」

「おれとモリーがポルユスの彼女の家に行ったとき、彼女にはおれたちがストックホルムから来たわけではないことはわかっていたはずだ。ただ、到達不能極のキャビンに隠れていることまでは知らなかった」

「公安警察は知ってた」とディアは言った。「イェシカが公安警察となんらかの接点を持っている可能性は？」

「それはどうかな。その線はないんじゃないかと思いたいが」とベリエルは言った。「彼女には独自の情報網があるんじゃないかな。それに、タイプライターのことであれこれ言っていたが、実際にはかなりITにも詳しいんじゃないか？　ラップランドから出るすべての便の情報をなんらかの方法で監視していて、おれの名前で予約がはいらないかをチェックしていた。そうとしか考えられない」

「でも、あなたの言うとおり、標的としてはわたしのほうがはるかにあてはまる」ディアはボブカットの髪に触れながら言った。条件反射的に自分とそっくりな娘の顔が眼に浮かんだ。

「正直に言うと、きみが狙われる心配はもうないと思う、ディア。モリーが拉致されたという事実から考えて、彼らの目的がきみじゃなくて、このおれだということは明らかだ。彼らの目的はオーシャで彼らを馬鹿にして、指で拳銃をつくって撃った馬鹿な警察官だ。イェシカはおれを苦しめるためにモリーを誘拐した。彼女はおれたちが恋人同士だと勘ちがいしたようだ」

「実は、わたしもそう思ってた」とディアは言って微笑んだ。「そのひげはさすがにNGだけど」

「なかなか剃《そ》るチャンスがなくて」ベリエルはそう言って渋い顔をした。

ふたりとも過去に思いを馳《は》せながらしばらく黙りこくった。

「わたし、モリー・ブロームのことはずっと信用できなかった」とディアがだしぬけに言った。

「わかってる」とベリエルは言った。「でも、今回のことはきみたちふたりが勝手に決めたことだ。おれの知らないところで」

「彼女はあなたをずっと裏切っていた」とディアは言った。「薬物であなたの意識を奪って、嘘をついて、思いどおりにあなたを操ろうとした」

「わかってる」とベリエルは言った。「よし。そろそろ始めるとするか」

35

十一月二十五日　水曜日　二十一時二分

眼から血が出るほど彼らは必死に資料を読んだ。書類から視線を上げ、ディアがまず自分の眼を指差し、そのあとベリエルの眼を差した。彼は眼の端を指で触れた。指先が赤く染まった。

もう比喩とは言えない。

ディアはハンカチと化粧用コンパクトをベリエルに渡した。ベリエルはどうすればいいのかわからなかった。ディアは扱い方を身振りで示した。ベリエルは示されたとおりコンパクトを開き、小さな鏡をのぞき込んだ。

眼から血がにじみ出ていた。

ハンカチで血を拭きながら彼は言った。「何も見つからないか？」

「地理的な一貫性は見られない」書類をぱらぱらとめくりながらディアは言った。「今どこにいるのか探しあてるのは無理ね。不可能よ」

「いや、可能なはずだ」とベリエルはきつい口調で言って立ち上がった。「今さら何を言ってる？　絶対に可能なはずだ。彼女は殺されたがってるんだから」

「確かに彼女たちはイェリヴァーレにいた。でも、それは一日半もまえのことよ。まともな交通手段を使ったとしたら、今頃この地球上のどこにいても不思議はないわ」

「いや、まだこのスウェーデンにいる」とベリエルは言って、椅子に深々と坐った。

「わかってる。でも、知ってると思うけど、スウェーデンは広いのよ。オーシャ、マルメ、ヨーテボリ、バガルモセン、タビー、ソールセレ、ポルユス。彼らの行動範囲にパターンはないわ」

「いや、何かヒントがあるはずだ」とベリエルは言った。「あることはわかってる」

と言ってはみたものの、その声に説得力はなかった。

そのとき、ノックの音と同時にドアが開いた。分厚い眼鏡をかけ、ボクサーのような鼻をした男がはいってきた。空《から》のスーツケースをふたつ持っていた。

「まだ名前も聞いてないが」とベリエルは低い声で言った。

「カーステンだ」スーツケースを開けながら男は言った。「そう呼んでくれればいい。ベルを手配した」

「あんたの言ったことは聞こえたが、さっぱり意味がわからない」

「ダーラナ地方に一番早く行ける」とカーステンは言って、スーツケースを身振りで示した。

「資料は全部持っていくんだな。パソコンも」

「でも、わたしには家族が──」呆気《あっけ》に取られてディアが言った。

「もちろん、ここにはわれわれが残る」とカーステンは言った。「だから家族のことは心配要らない。きみたちふたりにはどうしても行ってもらう」

「どこに?」スーツケースに資料を詰めながらベリエルが訊いた。

「われわれは公式にはきみたちの支援はできない」とカーステンは言った。「これはあくまでも非公式なものだ。きみたち自身で遂行するしかない。それでも現地まではわれわれが連れていくよ。サーナまでは」

「サーナ?」ベリエルに負けないくらいすばやく資料を詰めながらディアが訊いた。

「重要なのは頻度だ」とカーステンは言った。

これほどまでの高速で地上を移動したのはベリエルにしても初体験だった。アーランダ空港に向かうE4号線の直線で大きな養豚場の横を通り過ぎたときには、デジタルの速度計に300という信じられないような数字を見た気がした。ディアをちらっと見やると、おぞましいまでに顔をしかめていた。ベリエルは助手席に坐っているカーステンのほうに身を乗り出して言った。

「〝重要なのは頻度〟とはどういうことだ?」

「自動車登録番号がLAM387と思われる明るい青色のフォルクスワーゲン・キャディが、

この国の四個所で目撃された」とカーステンは薄い革手袋を調整しながら言った。「アルビッツヤウルとエステルスンドのスピード違反取り締まり用のカメラと、ヴィルヘルミーナとサーナのガソリンスタンドだ」

「内陸道《インランド・ハイウェイ》か」とベリエルは言った。

カーステンはうなずいた。「ほぼすべてE45号線だ。ただし、サーナだけは例外だが。内陸道はスヴェーグで南に曲がる。しかし、その車はダーラナの北部に向かった。車がある地点で目撃されたからといって、それ自体に大した意味はない。どこかに向かっていたことがわかるだけなんだから。それでも高い頻度で目撃されたとなると、なんらかの理由でその車が近辺にとどまっている可能性が高い」

「それがサーナだったということか。ダーラナ北部の」

「ああ。サーナ通りにあるOKQ8のガソリンスタンドだ。行き方はあとでメールする」

そう言ったあと、彼は押し黙った。ベリエルは男のごつい顔と分厚い眼鏡をじっと見つめて尋ねた。

「ほかには?」

カーステンは眼鏡をはずして言った。「彼女を必ず救出するんだ」そう言った彼の眼にベリエルはそのとき何か妙なものを見たような気がした。

サーラ市の上空を飛ぶ段になって、ベリエルにはカーステンの言っていた〝ベル〟が何を意味していたのかわかった。ベル429。スウェーデン警察が最近購入した七機の軽量双発ヘリコプターだ。ベリエルとディアは今その一機に乗り、パイロットのうしろの席に坐っていた。彼らをサーナまで送り届けることだけではなく、沈黙を通すことも指令に含まれているらしく、飛行のあいだパイロットはひとことも発しなかった。

サーナのすぐ近くの空地に着陸し、そのあとベル429が夜空の彼方に消え、舞い上がった雪の雲も落ち着くと、空地の端に小さな家が一軒ぽつんと建っているのが見えた。近づくと、家の横が車庫になっているのがわかった。車庫の窓から中をのぞくと、黒い車が停まっていた。彼らはまず家に向かった。ディアが携帯電話を取り出し、カーステンの指示内容を読んだ。そして、氷の張った側溝に積もった雪をしばらく探って、鍵を掘り出した。ふたりは玄関の階段を上がり、ドアを開けて中にはいった。

家の中は暖かかったが、殺風景だった。窓のない居間はおよそダーラナ地方の家屋らしくなかった。面白みのない織り目加工の壁紙の部屋にカバノキ合板のテーブルとサイドテーブルが置かれ、その上にさまざまな機材が並んでいた。車の鍵もテーブルの上にのっていた。電源も確保されているようだった。テーブルの横にはマグネットやマーカーペンを備えたホワイトボードまで用意され、部屋の片隅にはワイヤレスのルーターが光を点滅させていた。まさにベリエルの想像していたとおりの公安警察の隠れ家《セーフハウス》だったが、実際に足を踏み入れたのは彼にしてもこれが初めてだった。

夜が明けるまではまだ数時間あった。彼らは荷ほどきを始めた。取調室として機能するように居間をつくりかえるため、ホワイトボードや装置の類いはすべて奥の部屋に移した。その結果、到達不能極のモリーのキャビンとスコーゴスのディアの車庫の仕事場を足して二で割ったような部屋ができあがった。

だからといって、彼らの気持ちが明るくなることはなかったが。

外はまだ真っ暗だった。


携帯電話をちらっと見てディアが言った。

「あれで終わりじゃなかった」

彼らは奥の部屋にいた。居間の壁にはすでにカメラが取り付けられ、奥の部屋にはサイドテーブルが引きずり込まれていた。ノートパソコンでカメラの映りを確認し、ホワイトボードにダーラナ北部の地図を貼っていたベリエルは手を止めると、訊き返した。

「何が終わりじゃなかったんだ?」

「カーステンからのメール」とディアは言った。「最初に側溝の中の鍵のことが書いてあって、そのあとにWiFiのパスワードが書いてあったんだけど、そのあとに空白が何行かあって、まだ続きが書かれてた。今気づいた」

「続き?」

ディアは寝室にはいると、隅に置かれた衣装箪笥《だんす》のところまで行き、その中から厚みのあるプラスティック製のブリーフケースを取り出した。それをサイドテーブルの上のパソコンの横に置き、メールに書かれていた番号に合わせてロックをはずした。

ブリーフケースの中には液体のはいったチューブが詰まっていた。

それにキーボードとモニタースクリーン。

ディアはまた携帯を見て言った。「残りは車の中だそうよ」

彼らは漆黒の闇の中で車を停めた。通常より強いヘッドライトにも雪以外のものを照らし出すことはできなかった。雪、雪、そして雪。ベリエルはエンジンを切って助手席側を向いた。ディアは片時も携帯電話から眼を離さなかった。

「右に二百メートル」と彼女は言った。「そこに道があるはず」

彼らは車から降りると、そんなところに道はないとすぐ結論づけた。あったとしてもそれは雪が降るまえの話だ。ディアは懐中電灯をつけ、そのあとにベリエルが続いた。ディアの携帯電話のGPSによれば彼らが歩いているのは確かに道のようだが、具体的にそれを立証するものは周囲には何も見あたらなかった。ただただ深い雪があるだけだった。

真夜中、ふたりはやたらと重い荷物を担いで深い雪に閉ざされた荒野を進んだ。

ほどなく懐中電灯の光がぎりぎり届く距離に見えてきたのは、中世の城を思わせる砲塔や尖塔《せんとう》を備えた建物だった。近づくにつれ、尖塔に見えていたのは変圧器と遮断機、砲塔は直列コンデンサーと断路器だということがわかった。

闇は執拗《しつよう》だった。空にはひとかけらの光もなかった。まさに中世そのものだった。もしこれがほんとうに中世の城だったなら、ふたりは今、城を取り囲む環濠《かんごう》のまえに立っていることになる。実際には人を寄せつけない堅固な門――錆《さ》びた有刺鉄線の王冠をいただいた亜鉛めっきの金網塀――が行く手を阻んでいた。

ベリエルは大型のボルトクリッパーを取り出し、螺旋《らせん》状に巻かれた有刺鉄線を切った。太い鎖が姿を現わすまで切ると、クリッパーの上下の刃で鎖の環をはさんでハンドルに力を加えた。

ぐるぐる巻きにされていた太い鎖が自らの重量で解け、重い門が開いた。

中にはいると、彼らを取り巻く空気が電気を帯びてぱちぱちと鳴っているような気がした。ディアは携帯電話を見ながら、中心にある建物のひとつに向かった。ふたりはやがて巨大な鉄製の扉に出くわした。その扉も施錠されていた。

「気をつけて」とディアは言った。

ベリエルは公安警察車両のトランクから持ってきた粘土状の塊を取り出し、鍵穴にできるかぎり深く詰め込んだ。そして、そこに二本の針金を取り付け、ふたりは何歩かさがった。

ベリエルが針金をバッテリーに接続した。

何も起きなかった。少し待ってから、ベリエルは針金の先をきれいに拭いてからやり直した。

予想以上に爆発は大きかった。ふたりともうしろに吹き飛ばされ、雪の上に投げ出されて顔を見合わせた。ディアはうなずき、ベリエルもうなずき返した。ふたりは同時に立ち上がって鉄扉を開けると、内なる聖域に足を踏み入れた。

懐中電灯を照らすと、発電のための機器がそこここにあった。ディアは携帯電話を見ながら、光が点滅している無数の画面を探して言った。

「これだわ」

ベリエルは口をはさむつもりはなかった。黙って巨大な変圧器のように見える装置までプラスティックのブリーフケースを運ぶと、ディアが指差す場所に置いた。そして、ブリーフケースを開けて一歩さがった。

そこからの作業はディアが引き継いだ。彼女は一字一句正確に指示に従い、ブリーフケースに組み込まれた小さなキーボードに暗号を打ち込んだ。ブリーフケースの小さな画面が明るくなった。最後の番号を打ち込んだ瞬間、小さな画面に08・00が表示された。

「これはつまり、おれたちは一晩じゅう電気なしで過ごさなければならないということか？」とベリエルは訊いた。

「そうじゃない」とディアは言った。

画面はまだ08・00を表示したままだったが、実行ボタンの上まで指を持っていってディアは言った。「わたしたちがいるのはセーフハウスよ。発電機があるから大丈夫。でも、サーナとその近辺はちがう」

言いおえると同時に指を下に押した。

画面に07・59という数字が表示された。

彼らは深い雪の中を走った。ディアがまえのめりに倒れた。ベリエルに助け起こされても、彼女は携帯電話の雪を払いのけただけだった。携帯電話の画面は04・12を表示していた。車まで戻り、ディアはベリエルに携帯電話の画面を見せた。02・46。とても道とは言えない道でUターンしなければならず、ようやく走りだしたときには00・21になっていた。

ベリエルは眼の端を掻いた。何かが頰を伝った。バックミラーをのぞいてそれが血であることがわかった。

次の瞬間、彼らの背後で世界が爆発した。

36

十一月二十六日 木曜日 二時七分

イェリヴァーレ空港の身体障害者用の駐車スペースに停められたジープからモリー・ブロームが降りるのは、もちろんこれが初めてではなかった。むしろ無限ループのように何度もやってきたことだ。

ただ、新鮮な空気を吸うのはこれが最後になる。

空港の正面入口へ急ぐベリエルのうしろ姿を追って、彼女は走りだした。その瞬間、口笛のような音が聞こえ、頭が爆発した。

意識と無意識のあいだを行ったり来たりした。体があちこちにぶつかった。車のエンジン音は聞こえても何も見えなかった。彼女が押し込まれていたのは、普通車のトランクより狭くて閉所恐怖症を引き起こしそうなほど密閉された空間だった。実際、トランクの中ではなかった。スーツケースの中だった。

血のにおいがしていた。乾いた血のにおい。

ヨヴァナ・マレセビッチの血……

そう思ったとたん、イェリヴァーレ空港でジープを降りて、ベリエルのあとを追って走りだそうとした瞬間にまた引き戻された。

実際には今は重い金属製の椅子に坐らされていた。濁った薄暗さの中、取り巻く世界がぐるぐるまわっていた。頭をまえに押され、下を向かされていた。琺瑯《ほうろう》引きの白いシンクが見えた。髪から水が洗面台に垂れていた。血の混じった水が渦を巻いて排水口に吸い込まれていた。いや、よく見ると、そういう色ではなかった。突然、タオルで頭をくるまれ、乱暴に髪を拭かれた。頭が解放され、そこでようやく両手両足を椅子にくくりつけられていることがわかった。鏡の中にブロンドではなく茶色い髪の人物が見えた。次に、黒いバラクラヴァ帽をかぶった人影が近づいてくるのが見えた。鋏《はさみ》が空気を切った。突然、眼を手で覆われ、髪の中に鋏が差し込まれた。そのあとかなり長い時間をかけて、乱暴に髪を切られた。眼を覆っていた手が消えた。眼のまえにある鏡がまた見えるようになるまで少し時間がかかった。

金ぶちの鏡に映っている人物の眼をのぞき込んでいるうちに、それが自分の顔であることがわかった。さっき見た茶色い髪の人影も鏡に映った自分だったことに気づいた。

その茶色い髪が今はボブカットに切られていた。

彼女のうしろに立っているバラクラヴァ帽の人影が鋏をテーブルに置くのが見えた。その手が彼女の髪をやさしく撫でた。と同時に、バラクラヴァ帽の奥で何かが〝噴火〟した。人の声とはおよそ思えない咆哮《ほうこう》が得体の知れない部屋にこだました。どこからともなく同じようなバラクラヴァ帽をかぶったはるかに大柄な人影が現われ、もうひとりのバラクラヴァ帽に飛びかかった。

次の瞬間、また何もかもが真っ暗になった。

イェリヴァーレ空港の身体障害者用の駐車スペースに停めたジープから彼女は降りる。空港の正面入口をはいっていくベリエルのうしろ姿が見え、彼を追って走りだそうとする。そのとき、口笛のような音が聞こえる。

彼女は眼を覚まし――

――眼を開けた。寒さが体の芯まで染み込んでいた。その理由がわかるまで時間がかかった。何も身につけていなかった。全裸だった。坐らされている金属製の椅子は、地下室を思わせる部屋のコンクリートの床にネジ留めされているようだった。否《いや》が応でも鼻孔の中にはいり込む黴《かび》臭い冷気が地下室を思わせた。腕と脚を動かそうとしても動かなかった。結束バンドできつく固定されていた。

まったくの静寂。

ほぼ真っ暗な闇。数メートル離れたところにソファがぼんやりと見え、その上にふたりの人影が見えるような気がした。

ソファも床も何かに覆われているような気がするのはたぶん音のせいだろう――皮膚がビニールにこすれるような音だ。

が、何も見えなかった。かすかに何かが動いている気配が感じられるだけだった。そのあとまた漆黒の闇になった。

彼女はまた眼を覚ます。ソファの上にふたつの体があるように思える。首のない体が——が、そう思ったのはバラクラヴァ帽をかぶっているせいだと気づく。ソファの上で何かが動いているように思える。蛇がのたうちまわっているような、悶《もだ》えているような。あるのは闇と静寂だけだ。やがて小柄な人影がまえかがみになり、何か明かりのようなものに手を伸ばす。女だ。上半身は裸だが、頭だけバラクラヴァ帽をかぶっている。そのあとまた姿が見えなくなる。

まるでゆっくりと執拗に動きつづけるストロボスコープのようだ。

またソファの上で何かが動いているような気配がある。同時に、それはパラレルワールドで起きていることのようにも思える。遠い世界の出来事のような気がする。

女がまたまえに身を乗り出し、女に薄暗いスポットライトがあたる。女はゆっくりとバラクラヴァ帽を脱ぎ、そのあとブロンドの鬘《かつら》を取る。そのときようやくモリー・ブロームは女がイェシカ・ヨンソンであることに気づく。

男も同じようにまえかがみになり、バラクラヴァ帽を取る。レイネ・ダニエルソンはオーシャで事情聴取されたときよりはるかに歳を取っている。ブロームは彼が若かった頃の写真しか見たことがない。そのときの子供っぽさはすっかり失われ、暗い顔には深い皺《しわ》が刻まれている。容赦のない孤独の結果として。

ふたりはソファに深くもたれ、また暗闇の中に姿を消す。ブローム自身も漆黒の闇に包まれる。

やがてグロテスクなパントマイムの音——ビニールと剥き出しの肌がこすれる音——が聞こえてくる。この茶番のばかばかしさが衝撃となってブロームを襲う。快楽とは無縁のふたりの行為。

薄闇になり、レイネが立ち上がっているのが見える。ブロームは自分の体を見る。まるで部屋の中の別の場所から見ているかのように、全裸で縛りつけられている自分の体を見る。レイネが近づいてくる。そのとき薄暗い光のすじの端にテーブルが見える。テーブルの上には大きなナイフが置かれている。

また暗闇が襲う。受け入れるしかない、眼を欺く暗闇。頭に痛みが走る。痛みが全身に広がる。でも、これはほんの始まりにすぎない。

このさき痛みがどのように変わるのか、考えたくもない。ほんとうに知りたくない。

彼女は目覚める。本能のすべてが眼を開けるようにと言っている。それでも彼女は眼を閉じたまま開けようとしない。時間が過ぎていく。全神経を部屋の中、自分の意識の中に集中させる。鼻孔が黴臭いにおいで満たされる。周囲で何が起きているのかを理解しようとする。

女の声が言う。「まぶたは薄いだけじゃない。いろんなことを教えてくれる」

ブロームが眼を開けると、レイネが眼のまえに立っている。手には角材を握っている。ほとんど彼の陰になって隠れているが、イェシカがソファに坐って身を乗り出しているのが見える。彼女の頭とかすかに笑っている顔が見える。それ以外はほとんど何も見えない。

「意識を取り戻してから三分八秒経ってる。その時間でここがどこなのか探りあてることはできた？」

「どこにいるかはわかってる」努めて落ち着いた声でブロームは言う。

「じゃあ、どこにいると思うの？」

「暗闇の中」

イェシカは大笑いする。温かみのある嬉しそうなその笑い声はどこまでも場ちがいだ。それを言うなら、何もかもがちぐはぐで場ちがいだ。

イェシカは立ち上がり、伸びをして言う。

「確かにあなたの言うとおりかもしれないわね」

彼女はレイネの隣りまで歩いていく。ふたりは並んでブロームからたった一メートルの距離に立っている。全裸で。

イェシカが上体をまえに傾《かし》げてブロームを点検する。彼女の顎の下に手を添え、拡大鏡で点検するかのようにブロームの顔を左右に傾ける。

「あなたの名前はエーヴァ・ルンドストレームだとずっと思い込んでたわ」とイェシカは言

う。「ほんとうの名前がモリー・ブロームだと知るまでにかなり時間がかかった」

それからまた体を起こすと、ブロームから眼をそらすことなく言う。

「レイネ。彼女を殴って」

ブロームは頭を横から殴られる。体が前後左右に揺れる。さらなる痛みに反射的に身構える。

「次は二の腕」とイェシカは言う。「そのあとナイフで切って」

ブロームは眼を閉じるつもりはない。絶対に閉じない。

レイネ・ダニエルソンが角材を振り上げても、彼女は彼の眼から視線をそらさない。角材が上腕に食い込んだそのときも眼をそらさない。彼の眼の中に快楽はない。そこにあるのは奇妙な無気力だ。うまくチャンスがめぐってくれば、このことを利用できるかもしれない。

彼はまず左腕を打ち、そのあと右腕を打つ。そのあいだずっと彼女は彼から視線をそらさない。片時も。三度目の打擲《ちょうちゃく》を受けたとき、左腕の感覚が麻痺《まひ》する。右腕を打たれたときにも同じように不思議なだるさを感じる。痛みの感覚が麻痺している。あたかも彼女の体が完全に扉を閉ざしてしまったかのように。

レイネが角材をナイフに持ち替える。

ナイフが左の上腕に刺さるのをブロームは見つめる。血があふれ出すのが見える。他人の血を見ているような気がする。

自分の体が誰か別の人間の体のように思える。

気がつくとそこにイェシカがいる。傷口から湧き出る血を分析するような眼でじっと見ている。じっと見たあと、彼女は試験管を取り上げ、コルク栓を抜く。そして、試験管をブロームの腕に近づけ、流れる血をその中に入れ、薄暗い赤い光にかざして振る——そういうことを何度もしているようなプロの手つきで。

そこでイェシカが何か言いかける。が、明かりが消え、地下室は真っ暗になる。

「また？」とイェシカは言う。

レイネもなにやら言う。が、なんと言ったのかブロームにはわからない。

「どこかにヒューズがあったはず。ろうそくを買ったんじゃなかった？」とイェシカは言う。

「いいや」とレイネは言う。

レイネの声をブロームは初めて聞く。その声は揺れてはいない。むしろ何かを秘めているような声だ。

これは使えるかもしれない。彼女は改めてそう思う。

チャンスに恵まれれば。

「階上《うえ》に行ってヒューズを替えてきて」とイェシカが言う。

レイネがいなくなる。

ブロームは暗闇を見つめ、不条理を思う。すべての不条理を。そんな中でも一番の不条理は連続殺人鬼が口にする日常会話を耳にすることだ。倒錯した日常。ヒューズが飛ぶ。ろうそくを買い忘れる。

まるで日常をそこでいきなり取り戻したかのようなやりとり。

殴られた腕がひどく痛む。

「一時休戦ね」とイェシカが言う。

彼女の息づかいの激しさにブロームは気づく。彼女のほうから言うことは何もない。イェシカもそのあと何も言わない。

何も言うことがないかのように。

時間が過ぎる。やがて階段を降りてくる足音が聞こえる。レイネの声が言う。「ちがってた。ヒューズは飛んでなかった。一応替えたけど、関係なかった」

「まったく」暗闇のどこかからイェシカの声がする。

ブロームは腕の出血を止めたいと思うが、身動きが取れない。

闇の中で音だけが聞こえる。ソファのスプリングが軋《きし》んだのは誰かが坐ったからだろうか。小さな光がともる。携帯電話の光だ。イェシカがソファに坐っているのが見える。ソファの上のものを払いのけ、試験管を見つめている。それまでどこかに置かれていたらしい台車をレイネが押してくる。台車の上には実験室にあるような医療器具がのっている。

ブロームは、眼のまえの光景を理解しようとする。

が、理解するのは不可能という事実しか理解できない。

それでも自分には少しだけ時間の猶予ができたことだけはわかる。

彼女は眼を閉じる。時間が一分経過するごとに自分に有利に働く。それは取りも直さずそれだけ長く生きたことになるのだから。長く生きれば生きただけ、サム・ベリエルがここにやってきてくれる可能性が増す。

それだけはブロームにもわかっている。

37

十一月二十六日　木曜日　七時四十八分

公告はその夜のうちに出された。ベリエルとディアはその内容を地元ラジオでも聞き、ネット上でも確認した。それは地域の変電所が運転を停止したというものだった。賢明にも、サーナ地区のエルブダーレン市役所は運転停止が計画的な爆破によるものだったことにはひとことも触れなかった。そのため朝七時のニュースで全国的に報じられるほどの関心事にはならなかった。

市役所のホームページでは未明に、サーナとその周辺の住人に対して次のような知らせを掲載した。「現在、電力供給の再開に向けて送電経路の変更に取り組んでいます。つきましては、各世帯において個別の識別番号でウェブサイトにログインすることが必要となります。個別の識別番号については、木曜日午前八時から以下の場所で配付を開始します」

配付場所として指定されたサーナ教会には八時十分まえにはすでに住人が集まりはじめた。幸いなことにサーナ地区はそれほど広くはなく、この白い教会の駐車場は道路の反対側のガソリンスタンドの隣りにあって、かなり広々としていた。とりあえず幸先《さいさき》はよかった。

ふたりは教会の入口近くの絶好の位置で待った。が、車の中はすでに残酷なまでに寒くなっていた。

それでも、灰色の空が少しずつ裂けはじめ、夜明けの淡い白色の光が頑《かたく》なな雲の隙間から射し込んできていた。

「カーステンの言ったとおりだったわね」とディアが助手席から言った。

「どうしてもおれたちにモリーを救出させたいらしい」とベリエルはぼそっと言った。

ディアは携帯電話を見ながら声に出して読んだ。

「電力系統はデジタル制御されている。送電経路の変更には個別の識別番号が必要で、各個人が取得しなければならない。住人全員を家から出すためには、電力源を遮断する以外に方法はない」

「カーステンは発電所の襲撃方法を熟知してるというわけだ」とベリエルはまた小声でぼそ

っと言った。

だらだらと時間が過ぎた。空が明るくなるにつれて車の中の温度は下がったが、サーナ教会まえの駐車場に集まってくる車が徐々に増えてきているので、注目を集めることなく時々エンジンをかけることができた。今では教会のまえに行列ができていた。若干混乱しているようにも見えたが、おしなべて平静だった。ただ、数が増えたぶんひとりひとりを識別するのはむずかしくなり、車の識別もしにくくなってきた。

ベリエルとディアはこれまで数えきれないほど一緒に車の中での張り込みを経験していた。だから今回も単にその続きのような気がしていた。と同時に、まったく異質な経験のような気もした。遠い昔の演劇の中の役を演じてでもいるかのような。すべてがよく知っていることでありながら、すべてが未知なことだった。

状況が根本的に異なっていた。

駐車場でなにやら混乱が起きたようで、複数の車がクラクションを鳴らしはじめた。ひとりの男が大げさな身振りで駐車スペースを示し、どうやら別の車にどくように言っていた。どの車も密着して停められており、怒鳴り合い、拳を振り上げ合っている者も、卑猥《ひわい》な身振りをしている者もいた。鳴りやまないクラクションが独自の不協和音を奏でていた。そのときベリエルたちの車のまえにトラックが停まった。駐車場の様子がまったく見えなくなった。そんなことにはおかまいなく、トラックの運転手はガソリンスタンドに配達する荷物を降ろしはじめた。

十分ほど待って、ベリエルは我慢できなくなり、車の外に出た。そして、トラックをまわり込み、駐車場の混乱状況を確かめた。教会に続く行列を見やると、さっきまでおとなしく並んでいた人々がかなり大きくふくらんでいた。いったいどこからこんなに大勢の人間が現われたのか。

そのときだ。少し離れた駐車スペースにフィヨルド・ブルーのフォルクスワーゲン・キャディが見えた。プレートナンバーはLAM387。誰も乗っていない。

彼は身をかがめて、ディアの乗っている車まで戻ると、外に出るように促し、ヴァンのほうを指差した。そして、すぐにフードをかぶると、ふたりでさりげなく教会のまえにできている人の列に近づいた。そして、押し合いへし合いする行列を左右からはさむような恰好《かっこう》で、特に文句を言われることなくまえへ進んだ。少なくとも氷点下十度の中、人々は防寒具にくるまっており、顔を確認するだけでも簡単ではなかった。ベリエルは二度、偽の警察IDカードの提示を求められた。避けられることなら避けたかったのだが。

まえに進めば進むほど行列を取り巻く空気は熱を帯びた――私刑《リンチ》にさえ暴発しかねない不穏な気配さえあった。顔を真っ赤にした大男につかまれているディアを救い出そうと行列の隙間から手を伸ばしたそのとき、列の二十メートル前方から緑色の迷彩柄のフード付きコートを着た人物が離れていくのが見えた。ディアをどうにかその巨人の手から解放し、そのあいだもずっとその人物を眼で追った。その人物が右にずれ、雪で覆われた墓石にはさまれた小径《こみち》にはいり込むのが見えた。

ベリエルはとっさに走りだした。ディアもそのあとに続いた。が、そのとき誰かが足を突き出し、ベリエルはつまずいて顔面から地面に倒れた。真っ白な空気の中、意地の悪い笑い声があがった。ベリエルは腹這いになったまま、ディアが脇を通り過ぎて墓地に続く小径にはいったのを見て、立ち上がり、彼女を追ってまた走りはじめた。

いきなり緑の迷彩柄の人物が立ち止まった。フードでその人物の顔は隠れていたが、ベリエルたちのほうを見ているような気がした。ディアを追い越してその人物との距離が二十メートルまで縮まったところで、ベリエルはまた転んだ。今度は誰かに転ばされたわけではなく、完全に自分のせいだった。墓地の中の小径はアイスリンクのように凍っていて、立ち上がったもののすぐにまたすべった。迷彩柄の人物は微動だにせずそこに立ち、フードに隠れた眼でふたりをじっと見ていた。まるで何かを待つかのように。ふたりの知らない何かを知っているかのように。

気に入らない。その人物はふたつの墓石のあいだに立ってただ彼らを待っていた。凍りついた地面をブーツで努めてしっかりとらえ、ベリエルは肩越しにうしろを見た。そこにディアの姿はなかった。また走りはじめようとすると、その人物は右方向に向かった。墓のあいだにまた別の小径があるのだろう。その人物はベリエルにはとても太刀打ちできないバランス感覚で、足をすべらせることなく、駐車場に向かって走っていた。たぶんスパイクシューズを履いているのだ。ベリエルがまだ小径への分岐点にもたどり着かないうちに、迷彩柄の人物はオリンピック・レヴェルのハードル走者さながら雪に覆われた生け垣を飛び越え、駐車場の中にはいった。ベリエルのほうはすべっては立ち上がり、立ち上がってはまたすべるということの繰り返しで、効率的にまえに進むことができなかった。緑色のフードが駐車している車を縫って、フォルクスワーゲン・キャディに向かうのが見えた。

くそっ！　あと少しなのにこれじゃ取り逃がしてしまう！

今や人々の待ち行列は墓地の入口まで延びていた。緑色の迷彩柄の人物はその入口に向かって走っていた。そのとき何かが起きた。

墓地の入口付近に停まっていた車の陰からもうひとりの人物が飛び出してきて緑色の人物に飛びかかったのだ。緑色の人物は道路の反対側に停まっていた車に激突し、ふたりの人物のフードが脱げた。凍りついた小径に膝立ちになって見つめているベリエルの眼に飛び込んできたのは、濃い茶色の髪をボブカットにしたふたりの頭だった。まるで鏡に映したかのようにそっくりだった。そのあとの光景はまさにスローモーションを見ているかのようだった。ベリエルの理解を超えた力でディアはイェシカ・ヨンソンの髪をつかみ、車の側面の窓に頭を打ちつけた。

粉々に砕かれた窓ガラスが永遠に落ちることのない雲のように宙に舞った。

38

十一月二十六日　木曜日　九時十六分

ベリエルは部屋にはいり、ドアを閉めた。部屋の中は病室のように殺風景だった。織り目加工の壁紙は、何も置かれていないカバノキ合板のテーブルと同じくらい特徴がなく、面白みもなかった。サイドテーブルにはいくつかの機材。部屋に窓はなく、椅子が二脚。そのひとつには誰も坐っていなかった。

もう一方の椅子にはイェシカ・ヨンソンが坐っていた。

彼女の両手首は結束バンドで椅子の肘掛けに縛りつけられていた。顔には何個所も切り傷があり、絆創膏《ばんそうこう》が貼られているところもあれば、血がにじんだままのところもあった。唇の端が奇妙な笑みのように時折吊り上がるのをベリエルは見逃さなかった。ことばはいっさいなかった。

ベリエルは椅子に腰をおろすと、サイドテーブルの上の録音装置のスウィッチを入れて言った。「モリーはどこだ？」

イェシカは答えるかわりに分析するような眼で殺風景な部屋を見まわした。ベリエルは続けた。「もう終わりだ、イェシカ。そのくらいわかるよな?」

反応はなかった。

「どうでもいいが、少しはレイネのことも考えたらどうだ?」とベリエルは言った。「おまえのレイネだ。もうこれ以上殺人の罪を重ねさせるな。精神が破綻するまで追い込むのはもうよせ」

ベリエルにしても自分の感情を抑え込むのは苦痛きわまりなかった。できることならこの場で彼女に襲いかかり、ずたずたに切り裂きたかった。が、イヤフォン越しに指示を出しているディアに、そんなことをしてもなんにもならないと説得され、なんとか自分を抑えた。

「彼女の内面にはいり込んで」耳の中でディアが念を押した。

なんとしてでもイェシカ・ヨンソンの心の中にはいり込まなければならない。それはわかっている。わかってはいるが、いったいどこに侵入する隙間がある?

この取り調べについては、入念に打ち合わせしていた。ディアも同席すべきか、それともむしろディアが単独で質問をすべきか。最終的に導き出されたのは彼女はその場にいないほうが効果的だろうという結論だった。少なくとも取り調べの最初のうちは。

なんと言っても、イェシカの目的はサム・ベリエルなのだから。

彼はテーブルの上に身を乗り出して言った。「もし話してくれれば、おそらく有期刑になるだろう。さもなければ終身刑は免れない。自由の身で呼吸できるのもこれが最後になる」

イェシカは依然として黙ったまま彼を見つめていた。その様子は謎めいていて、すでに腹をくくっているようにも見えた。ふてぶてしく、どこまでも病的に見えた。この取り調べは困難をきわめるだろう。相当の忍耐が必要になるだろう。レイネが単独ではモリーを襲うことはまずないだろう。彼女がまだ生きていればの話だが……

そんなことを彼が思うと同時に、イェシカがいきなり口を開いた。まるでベリエルの心を読んだかのように。「わたしが戻らなかったら何をすべきか、レイネはちゃんと心得てる」

ベリエルは吐き気を覚えた。カバノキ合板のテーブルの上に胃の中のものをぶちまけそうになった。耳の中で落ち着いた声が言った。「その場合、レイネは何をすることになっているのか？」

ベリエルはやっとの思いでじっと坐ったまま言った。「おまえが戻らなかったら、レイネは何をするんだ？」

イェシカはほんの一瞬気持ちのこもらない笑みを浮かべて言った。「仕事を終わらせるだけよ」

「ファリーダ・ヘサリ」ディアの声がベリエルの耳にまた届いた。

「おまえがその場にいないと、レイネはまるっきり別人になる」とベリエルは言った。「たとえば、おまえが寝ている隙にファリーダ・ヘサリをタビーの家から逃がしたみたいに」

何か思いあたったかのようにイェシカはゆっくりとうなずいて言った。

「宿題はちゃんとできてるみたいね。なかなかお利口さんじゃないの」

「そうなることをおまえに期待されてるんでね」とベリエルは努めて冷静な声で言った。

「あなた同様、レイネもちゃんと宿題をやったのよ」とイェシカは肩をすくめて言った。

「だから同じまちがいは二度としないわ」

ベリエルは視線を合わせようとしないイェシカの眼をのぞき込んだ。そう、この女も自覚はしているのだ。束の間《つかま》にしろ、彼女の中のごまかしが透けて見えたような気がした。そう、この女も自覚しているのだ。感じて当然の苦痛が自分には感じられない。そのことはこの女もちゃんと自覚しているのだ。問題はそこだ。彼女は少しでも何かを感じているのか、それとも何も感じることなくただ病的なゲームに興じているだけなのか。

「おまえがどんなことを経験してきたのか、おれたちは全部知ってる」とベリエルは言った。

「全部？」イェシカは笑った。「あなたはただ自分の得意分野に専念してればいいのよ」

ベリエルは何も答えなかった。今の言いまわしにはどことなく聞き覚えがあった。

イェシカは続けた。「彼女、またあなたの耳元で囁《ささや》いてるの、サム？　八年まえと同じように？」

ベリエルの脳裏にいきなりオーシャでの光景がよみがえった。レイネと介護士に向かって彼は手を上げて指で拳銃の形をつくり、レイネを撃った。そのあと介護士に言ったのだ。

〝あんたはただ自分の得意分野に専念してればいい〟。そのあとディアが笑ったのだった。

ただの何気ない動作、ちょっとしたことば、笑い声。その組み合わせがイェシカの心に深く根を張り、悪性腫瘍《しゅよう》のような狂った果実に成長させてしまったのだろうか。

ベリエルは過去から自分を引き剝がし、現在に戻ると、外見上は平静を装うことができている自分に自分でも驚きながら言った。「おまえがどんなことを経験してきたのか知ってる。しかし、どうしても合点がいかない。八歳のとき、おまえは四つ葉のクローバーを見つけた。で、どうしても叶《かな》えたかった願いごと、声に出しては言えない願いごとをした。弟なんか欲しくないという願いごとを」

彼女も今はベリエルを見ていた。ふたりの視線がからみ合った。

「それはひとりっ子でいたかったからだ」とベリエルは続けた。「どこまでもナルシシストらしいことだよ。おまえは両親からの愛情をなんとしても独占したかった。だけど、八歳で自分の母親が血の海に倒れているのを見て、ほんとうにショックを受けたのか？　実はその手で殺したんじゃないのか？　もしかして毒を盛ったんじゃないのか？　母親を独占できないなら、死んでもらうしかない。そう思ったんじゃないのか？」

イェシカは彼の眼から視線を無理やり引き剝がして壁を見つめた。彼女の顎の筋肉が強《こわ》ばるのが見えた。

実のところ、ベリエルが待っていたのはそんな彼女の筋肉の強ばりだった。

「それに父親との関係も忘れちゃいけない」とベリエルは続けた。「おまえは一度も父親から関心を持たれたことがなかった。だから、邪魔者がいなくなればやっと関心を持ってもらえる。そう思ったんじゃないのか？」

彼女の顎は強ばったままだった。

「ところがどうだ、関心などこれっぽっちも示してくれなかった。だろ？　それどころかその反対だった。おまえの父親はこの地球上で一番遠いところに行ってしまった。おれが見るところ、おまえの父親はおまえから逃げたんだよ、イェシカ。おまえのことが怖かったんだよ。どんなに危険で異常な人間なのか、実の父親だからな、さすがにわかってたんだろう。おまえがどんなに異常なのか。父親には願いごとの話はしたのか？　もしかして父親も殺したのか？」

彼女は笑みを浮かべたが、顎は強ばったままだった。その組み合わせがなんとも異様な表情をつくっていた。

「おまえはセラピストにかかって、普通の子供ならどんな感情を持つのか知った。でも、おまえには無理だった。その当時、そんな感情になることはできなかった。それは今も同じだ。おまえの心の奥には何もないんだよ、イェシカ。完全に空っぽなんだ」

彼らの視線がまた交わった。彼女の眼の奥にはさっきまではなかった何かがあった。ほとんど満足げと言ってもよさそうな何かが。まるでこうなることを待ち望んでいたかのような。実際、待ち望んでいたのかもしれない。彼女の原動力になっていたのは苦痛ではなく、苦痛を探し求めることだったのかもしれない。なんでもいいから何かを感じたかったのだ。

「なんの頼りにもならないエッバ伯母さんと暮らしながら、おまえは想像できるかぎり醜悪なものを求めてインターネットを漂流した。そして、そのうち自分は自己破壊的な感情を持つべきだと思うようになった。それがサドマゾヒズムだった。だろ？　だから自罰的なマゾとしてアメリカに行くことにした。かの地ではマダム・ニューハウスから、どうやれば際限のない自らの欲望を満たせられるか学んだ。どうすれば奴隷を思いのまま支配できるかということも。学んだ以上、試してみる価値があると思ったんだろ？　で、反吐《へど》が出るようなおまえの異常な夢を指示どおり演じてくれる者――おまえのことをちゃんと見てくれている者――を見つけようと思ったんだろ？　なぜならそれがおまえの望むことだからだ――見られること。要するに、おまえはただのめだちたがり屋なんだよ。三文ドラマのヒロインなんだよ」

「そこでやめて」と耳の中でディアの声がした。

ベリエルは黙り、イェシカ・ヨンソンを見つめた。ふたりの眼が合った。ベリエルは彼女の眼の奥にあるものを読み取ろうとした。できなかった。壊れてしまった何かが見えているような気もする。いや、気のせいか？　おれの言ったことを訂正し、修正し、変えたがっているのだろうか？

いや、わからない。彼は待った。ディアには彼に見えないものが見えていることを期待しつつ。しかし、耳に彼女の声は聞こえてこなかった。

「あなた、自分がこの世でわたしのことを初めて理解した人間だと思ってる？」とイェシカがかすかに微笑みながら言った。「あなたにそんな資格、あるの？」

「イェシカ、おまえはずっとおれの注意を惹こうとしてた。ずっとこのおれに呼びかけていた」

彼女は訝《いぶか》しげに眼を細めた。ベリエルは続けた。

「レイネでは物足りなかった、そうなんだろ？　自分が追い求めてきた観客がレイネみたいな男じゃなかったことにおまえはオーシャで気がついた。おまえのことをただ見守るだけじゃなくて、咎《とが》めてくれる観客が欲しかったんだよ。おまえのことを止めてくれる人間が。なぜなら、おまえのやってることはなんの意味もないことで、そのことをおまえ自身が一番よく知ってるからだ。もしかしたら、おまえもそのうち何かを感じられると思ってるのかもしれない。でも、言っておくよ。おまえはなんにも感じることができない人間だ。それがおれの意見だ」

イェシカ・ヨンソンは眼をそらした。ベリエルはまたしても彼女の眼の中に何かが見えそうな気がした。少なくとも笑みは消えた。

「あともう少しで何か感じられるはずよ」と彼女は静かな声で言った。

ベリエルは待った。なんでもいいからディアが何か言ってくれるのを期待した。が、何も聞こえてこない。耳の中は静かなままだ。

〝あともう少しで何か感じられるはずよ〟とはいったいどういう意味なのか。

「八年まえ、おまえはおれとディアをある意味、親の代理のような存在と見なすことにした。ディアはレイネに対して厳しい口調で対応し、おれはおまえたちを指でつくった銃で撃つ真似《まね》をした。そのときの何かがおまえにとって引き金になった。その後何年もおぞましい殺人を繰り返しながら、実のところ、おまえはおれたちになんとか気づいてもらおうとひそかに画策していた。おまえのことを理解して、止めてもらいたくて。だけど、数週間まえ、何かが起こった。おれたちにすぐに行動を起こさせなきゃならなくなった。いったい何が起きたんだ？」

イェシカは突然また笑みを浮かべた。自らに向けたような笑みだった。

「そのことはポルユスでもう話したわ。テレビであなたを見たのよ」

「あのときはディアをテレビで見たと言ってた」

「いいえ、ふたりともテレビで見たのよ。あなたたちがまだ一緒に仕事をしてたときのことね。彼女はエレン・サヴィンエル誘拐事件について何か話してた。あなたはそのうしろに立っていた」

「でも、どうして今になって？」

「それはあなたが苦しむところが見たかったからよ」とイェシカは晴れやかな笑顔で言った。

まるで愚問に答えるように。

稲妻がベリエルの全身を駆け抜けた。力を使いたかった。暴力を。

「落ち着いて、サム」耳元でディアの声がした。

ベリエルは眼を閉じ、なんとか自分を抑えた。

「おまえはおれに自分が感じてる苦痛を確認してもらいたがってる。ちがうか?」と彼は言った。「でも、おれはそんなことはしない。どうしてかって? おまえには苦痛なんかないからだ。おまえが空っぽだってことなら確認してやれるが」

彼女の表情が変わった。ベリエルは思った――なんだ、この表情は? 落胆? 彼女は自分の苦しみをおれに検証してもらいたがっていたのか。心根をおれに誉《ほ》められ、高潔きわまりないと言われたがっていたのだろうか。その倒錯した頭で。

だとしたら、どうするのが一番効果的だろう? 話を合わせる? それとももっと強く接する? 今すぐ決断しなければならない。ディアには落ち着くよう言われた。それが決断をくだす上でのヒントだ。

「それとも、おまえは何か感じたのかな? バガルモセンの地下室で、エディ・カールソンにあんな極端な復讐《ふくしゅう》をしたときに?」

彼女の表情が少し明るくなったように見えた。

「彼は当然の報いを受けたのよ」

「踏ん張って」耳の中でディアが言った。

「おれにしてもおまえがエディ・カールソンに何をされたか、詳しいところはわからないが」とベリエルは言った。

「たぶん永遠にね」とイェシカは言った。

「いずれにしろ、眼には眼をということだったわけだ。この場合、子宮にはペニスをか」

イェシカは笑い声をあげた。

「悪くないでしょ？」

ベリエルは彼女を見すえて言った。「おまえはほんとうにそんな陳腐な連続殺人鬼なのか、イェシカ？ 誉められたくておれをここに呼び寄せたのか？ おまえの賢さのまえにおれをひれ伏させたかったのか？」

彼女はまばたきをしただけで、視線はそらさなかった。ベリエルはその眼の中に怒りの小さな炎が見えたような気がした。

「今、おれはおまえのことばを止めることができた。つまり、おまえはそれほど賢くはないんだよ。繰り返すが、おまえは今まで一度も何かを感じたことがないのさ」

「あともう少しで何か感じられるはずよ」とイェシカは繰り返した。

「おまえは三十五年間何も感じることができなかった。なのにほんとうにそんなことを信じてるのか？」

「モリー・ブロームが死んだことを知ったときのあなたの眼を見たら、わたしはきっと何かを感じるはずよ」

ベリエルは眼のまえが真っ白になった。いかなる目印《マーカー》もない世界になった。

「落ち着いて、サム」すぐにディアの声が聞こえてきた。「慎重にいきましょう。そういうことがいつ起こるのか、彼女は正確な時間を知ってるの？ 最後の手段に出る時間をレイネに指示してるということ？ そのあたりのこと、どうすれば探り出せる？」

「馬鹿を言うな」懸命に平静を装いながらベリエルは言った。「おれたちがポルユスの家を訪ねるまで、おまえはモリーの存在すら知らなかったのに」

「あのときには彼女の名前はエーヴァ・ルンドストレームだと思ってた」さっきより自信のある笑みを浮かべてイェシカは言った。「でも、大切なのはあなたたちが恋人同士だとわかったことよ」

「恋人同士？」

「ええ、すぐにわかった」

耳元で弾けるような音がしたあと、ディアの明瞭な声が聞こえた。

「彼女の言うことに動揺しないで、サム。そのまま続けて」

ベリエルにはできなかった。そのまま続けることができなかった。ベリエルを無視して、直接カメラを見てイェシカが言った。「ディア、あなたの娘がかよってる学校のすぐまえに郵便ポストがあるわよね。あの日、学校が終わると、リッケはわたしたちのほうにまっすぐに歩いてきた。そのときわたしはカールに送る手紙をポストの口に入れようとしてたところだった。レイネはわたしの横にいて、命令されるのを待っていた。わたしは急いで決断しなくちゃならなかった。苦しみが深いのはどっち？　ディアの娘を奪うことか、サムの恋人を奪うことか。リッケはわたしが四つ葉のクローバーを見つけたときと同じくらいの歳——実際、髪型も何もかもわたしにそっくり——だった。あの子を拉致する準備はできてた。でも、あのときあの場でわたしの気持ちが変わったのよ。モリー・ブロームを探し出して拉致するほうがむずかしいだけやりがいがあると思った。だから封筒を投函《とうかん》したら、リッケが歩き去るのを見送ったのよ。もしあのときそうしてなければ、あなたの娘は今頃もう死体になってたわね、ローゼンクヴィスト警視」

「そこから動くんじゃない、ディア」とベリエルは声に出して言った。

耳元でディアのすすり泣く声が聞こえた。が、それ以外に動きはなかった。

ベリエルは改めて思った、会話の主導権をどうしても握らなければならない。「どうやっておれたちよりさきにイェリヴァーレ空港に行ったんだ？　おまえはスコーゴスにいるもんだと思ってた」

「そこが大事な点よ」イェシカはにっこりと笑った。「リッケを誘拐しないと決めてすぐわたしたちは飛行機でラップランドに戻ったのよ」

「それじゃおれの質問の答になってない」

イェシカは肩をすくめて言った。「あなたたちがどこか北のほうにいるのはわかってたわ。ポルユスからそう遠くないところにいることはね。あのあたりを飛んでる航空会社のシステムは簡単にハッキングできるのよ。しかもポルユスに近い主要な空港はイェリヴァーレとアルビッツヤウルのふたつだけだし。だから、あなたの名前でフライトが予約されていることがわかったら、あとはすぐ出発すればよかった。ほかに技術的なことで何か面白い質問はある？」

「カールの兄のアンデシュ・ヘドブロム」とベリエルは言った。「どうして彼を殺した？」

「殺したのはベリエルよ」そう言ってイェシカはまた笑った。「メモにそう書いてあったでしょ？」

「おまえがマルメに引っ越したのはアンデシュがいたからか？」努めて落ち着いた声でベリエルは訊いた。

「その質問はあまり面白くないわ」とイェシカは軽蔑したような眼をベリエルに向けて言った。「わたしは彼の弟に会いにオーシャに行ったのよ。それでつきあうようになって、彼と一緒にいるためにマルメに移ったわけだけど、彼はそれほどわたしに興味はなかった。それで、彼をつなぎ止めておくためにカールは無実だということをほのめかしたんだけど、わたし、そのときよけいなことまで口走っちゃったのよ。そうしたら、わたしが北のほうに引っ越すと、彼も越してきて、わたしのことを強請《ゆす》りはじめた。そう、あの男は自業自得よ」

「つまり、彼は父親像としては失格だったわけだ」とベリエルは言った。「それでおまえの十人の犠牲者のひとりになった」

「十人？」

「そうじゃないのか？　ヘレーナ、ラスムス、メッテ、リーサ、エディ、ファリーダ、エリーサベト、アンデシュ、ヨヴァナ、そしてモリー」

「わたしの数え方はまるでちがうわ」とイェシカは言った。「六人よ」

「説明してくれ」

「ファリーダは逃げたから数にははいらない。エディもアンデシュもしかたなく殺しただけだから、これも数にははいらない。それに、アンデシュはあなたを呼び寄せるメッセージとして利用しただけよ、サム」

「それでも七人だ、イェシカ」とベリエルは言った。

「ラスムス・グラデンも数にははいらない。あの子はヘレーナと一緒だもの」

「言ってることがわからない」

「犠牲者は六人じゃなくて」とイェシカは言った。「6×2よ」

ベリエルは待った。考えながら全神経を耳に集中させた。が、ディアの声は聞こえず、耳の中は静かなままだった。考えもまとまらなかった。

不快なほどの平静さを保ち、イェシカは続けた。

「意味があるのはふたりなの——母親と息子。ほかのことはなんの意味も持たない。ヘレーナと息子。メッテと息子。リーサ・ヴィードストランドと息子。エリーサベト・ストレームと息子。ヨヴァナ・マレセビッチと息子」

「それじゃまだ五人だ」とベリエルは口走った。頭が沸騰しそうだった。「5×2だ」

「上着の右ポケット」とイェシカは言った。

それだけ言って口をつぐんだ。

ベリエルは立ち上がり、よろけながらドアを抜けて廊下に出ると、イェシカのダウンジャケットを持って戻った。そして、右ポケットの中に右手を入れ、プラスティックでできたスティック状のものを取り出した。その真ん中に小さな窓があり、妊娠の陽性を示す線がくっきりと見えた。

「最初は血液検査をした」とイェシカは言った。「その結果には驚いたけど、不思議なほど論理的だった。まるでわたしが正しい決断をくだすのを運命が味方してくれているみたいだった。そのあと普通の妊娠検査もした。尿で。それが今、あなたが手に持っているもの」

ベリエルは陽性を示す線を改めて見た。イェシカ・ヨンソンは壁を見ながら言った。

「モリー・ブロームは妊娠してるのよ。でも、妊娠してまだひと月も経ってない」

ベリエルは彼女をじっと見つめた。自分の口の端から何か垂れているような気がした。

「だから6×2なのよ」とイェシカは満面の笑みを浮かべて言った。「犠牲者の人数は6×2」

39

十一月二十六日　木曜日　十時三十五分

ブロームが意識を取り戻したのは寒さのせいだった。もしかしたら傷のせいだったのかもしれない。どちらにしろ、どうでもいいことだが。痛いことに変わりはないのだから。体のあらゆる場所が苦痛を訴えていた。中でも意識そのものが。今置かれている状況に対する意識そのものが自らの苦痛を訴えていた。

結束バンドで固定されている手足を強引に動かしてみた。両手両足ともこれ以上ないほどきつく縛られていた。そこでようやく彼女は眼を開けた。

以前とさほど変化はなかった。ぼんやりとした光がどこからか地下室にはいり込んでいるだけだった。かろうじてソファが見え、そこに坐っている人の気配が感じられた。男はもう裸ではなく、トレーニングウェアのようなものを着ていた。どうやら眠っているようだった。

男はひとりきりなのではないか。そんな気がした。

暗い地下室の中を見まわしたが、何もなかった。そこにはソファに男、角材とナイフが置かれたテーブル、それに彼女だけだった。ほかには何もなかった。

自分の体を見下ろした。どの程度の傷を負っているのか見きわめようとした。腕が両方とも青くなって腫れ上がり、血だらけなのにはいささか衝撃を受けたが、それ以上に気になったのは臀部《でんぶ》の痒《かゆ》みだった。彼女はまえかがみになろうとした。自分ではわからないほどほんのわずかずつではあったが、少しずつ体をまえに倒すことができた。それでどうにか太腿のあいだを見ることができた。何かの形が描かれているのが見えた。インクで描かれていた。

四つ葉のクローバーだろうと思った。

イェシカはいなかった。いついなくなったのかブロームにはわからなかったが、夜のうちに何かがあったらしく、イェシカとレイネがパソコンのまえで顔を突き合わせ、自然と熱を帯びる声を押し殺すようにして、なにやら話し合っていた。

今、何時なのか？　地下室にはいり込んでくる光から考えると、もしかしたら昼間のような気がした。建て付けの悪い地下室のドアの隙間から洩れている光はもしかしたら日光なのかもしれない。ヒューズがどうのこうのと言っていたのを思うと、電気の明かりではなさそうだ。

そのとき、レイネのいびきにまぎれて何かが聞こえた。とぎれることのない一定のリズム。

時計の音？

とても小さな音だった。が、何かが音をたてていることにまちがいはなかった。

背後から聞こえていた。

最近スキーに励んでいたこともあって、体はある程度鍛えていた。また、首と背中のストレッチは四つ葉のクローバーを見たときにすませていた。それでもうしろを見るにはさらなる努力を要した。時計は壁に掛かっており、針は十一時十五分まえを示していた。比較的新しい時計のようで、赤いベロアのソファと同じように、この部屋のほかの内装とは不釣り合いなものだった。つまり、ここに掛けられたことには理由があるということだ。

おそらくこれはレイネのための時計だ。

ヨヴァナ・マレセビッチの血が染み込んだスーツケースに押し込まれてここまで運ばれてくるあいだ、ブロームはずっと意識を保っていたわけではなかったが、ここまで来るだけでもかなり長い時間——少なくとも六時間以上——かかったはずだ。北に移動したとすれば、スウェーデンとノルウェーとフィンランドの国境が交わる地点、あるいはもっと北のフィンマルク、ホニングスヴォーグ、ハンメルフェスト、ノールカップ岬か。ただ、ブローム自身はなんとなく南に来たのではないかという気がしていた。別の言い方をすれば、もっと人口密度の高い場所に来たということだ。そもそもどこに行くにもさほど時間がかからないところに。とすると、イェシカが出てからの時間が長すぎないだろうか。これはつまり予定外に長く時間がかかっているということではないだろうか。

こうした論理的な分析が生死を分ける。

今、わたしの命は危険にさらされている。そんなときに抽象的なことを考えて時間を費やすわけにはいかない。死んだあとはどうなるの？　わたしの人生は幸せだったの？　そんなことを考えている場合ではない。今考えなくてはいけないのは、どうやって生き延びるかだ。やるかやられるか、イエスかノーか。

わたしはモリー・ブローム。血の最後の一滴を流すまで戦うことなくこの世に別れを告げるつもりなどさらさらない。

幸いなことに眼のまえの相手にならら勝てる。この敵に勝てないなら、生きている意味はない。結束バンドもカミソリのように鋭いハンティングナイフも関係ない。

一方、なんの保険もかけずにイェシカがひとりで出かけるはずがない——そんなに愚かな女ではない。彼女が出かけてからすでにかなり長い時間が経っているとすると——サム・ベリエルが彼女を捕まえたというのが最良のシナリオだが——そういうことも想定して、イェシカはなんらかの指示をレイネに与えているはずだ。その場合、彼が拠《よ》り所《どころ》にする可能性があるのはただひとつ——新しく取り付けられた時計だ。つまり、指示されたのは特定の時間ということだ。同時に、レイネが十一時十三分や十一時四十七分といった中途半端な時間に対応できるとは思えない。だとすれば、指示されたのは正時《しょうじ》か、正時半か。

時間は今、十一時十分まえになろうとしていた。十一時では早すぎる。イェシカは十一時半か十二時を指定したのではないだろうか。

その時間に彼はわたしを殺そうとするだろう。

ブロームはいびきに聞き耳をたてた。もし指示された時間が十一時なら、今にも目覚まし時計か携帯電話のアラームが鳴るはずだ。レイネが眠り込んでしまうこともイェシカは想定していただろうから。彼がまたイェシカの命令に従って人殺しをするとしても、さすがに起きぬけには無理だろう。少なくとも十分は要るだろう。

だとしたら、アラームはとっくに鳴っているはずだ。

それはつまり——まともに動かせる体の部位がたったひとつしかないとしても——アラームが鳴ったときには反撃に出る準備をしておかなくてはいけないということだ。

彼女は鋼鉄のように全身に力を入れて身構えた。十一時がその時間だった場合に備えて。

時間が過ぎた。肩越しに何度も時計を見るのは、まるでスポーツジムでのトレーニングのようだった。時計の針が十一時を過ぎた。どうやらあと三十分、もしかしたら一時間の猶予があるらしい。ほかに何か手段はあるだろうか。あるとは思えない。両手両足はきつく縛られ、しかも負傷までしているのだ。彼女は思った——わたしに残された唯一のもの、たったひとつまだ使いものになるもの、それは頭だ。

レイネに対して何か言うとしたら、それはイェシカより強力なことばでなければならない。

でも、ふたりは八年間も一緒に暮らし、イェシカはレイネを十年にもわたって訓練し、飼い慣らし、洗脳してきたのだ。

とはいえ、レイネの眼の中に〝悪〟はない。彼の眼は奴隷の眼だ。

これは切り崩しの突破口になりそうだ。必ずこれを突破口にしなければならない。彼に話しかけ、指定された時間に間に合わないようにするのだ。

それに賭けるしかない。

十一時十五分、レイネのトレーニングウェアのポケットの中で何かが鳴った。やはり予想はあたっていた。

彼が準備するための十五分。

残りの命は十五分。

レイネが眼を開け、地下室の中を見まわした。携帯電話をポケットから取り出してアラームを切るまで少し時間がかかった。その様子を見ながら、ブロームは三角測量について論理的に考えてみた。もしサムがすでにイェシカを捕らえているとしたら、彼女の携帯電話の通話履歴からレイネの電話番号を見つけ出し、三角法を用いて位置関係を割り出そうとすることだろう。

可能性としてかなり低いことはわかっていたが、それでも可能性があると思うだけでも当初の計画を進める力になった。彼女はどこまでもやさしい声で言った。「おはよう、レイネ。

よく眠れた？」

彼は眼をこすりながら暗がりの中で彼女を見た。その眼に何が映ったのか。

「ここはとっても寒いわね」と彼女は笑みを無理やりつくって言った。

彼の視線が彼女を通り越してうしろの時計に移るのが見えた。そのとき、彼の中でコインが落ちたのが見えたような気がした。

何をすべきなのかそこで初めて気づいたかのように彼の表情が変わった。テーブルのほうを見やり、ナイフを見た。

「初めて出会った頃、あなたはイェシカのことをレーナと呼んでたの？」とブロームは尋ねた。「あの頃、彼女の名前はレーナだったのよね？　それは覚えてる、レイネ？　ファールンのケアホームに住んでた頃のことよ」

レイネはソファに坐ったまま何度かまばたきをしただけで何も言わなかった。

「あなたはそこで育ったのよね？　レイネ、覚えてる？」

「あんたの話は聞いちゃいけないことになってる」とレイネは言った。

「レイネ、わたしの話を聞いてはいけないと言ったのは、レーナ？　それともイェシカ？」

レイネは彼女のほうを見た。初めて眼と眼が合った。

「どっちが好きなの？　レーナ？　それともイェシカ？」

「あんたの話は聞いちゃいけないことになってる」

「もしかしてあなたはレイネじゃないの？　サムなの？　サム・ベリエルなの？　サムのことは覚えてる？　それに、ディアのことも。ディアのことは覚えてるわよね？　サムとディアのことは？」

「あんたの話は聞いちゃいけないことになってる」

「ねえ、腕に刺した針のことは覚えてる、サム？　あのときのあなたはほんとうに賢かった。点滴の針を曲げて、薬が血管の中に流れ込まないようにするなんて。ほんとうに逃げ出したかったのよね、サム・ベリエル？　雪の中を逃げてるあなたはまるで本物のスノーエンジェルみたいだった。それは覚えてるでしょ？」

「あんたの話は――」

「走ってるバスを素手で止めようとしたんでしょ、サム？　バスのことは覚えてるわよね？　バスに乗れば逃げられると思ったんでしょ？　あなたは逃げ出したかったのよね、サム？　どこか遠くに逃げたかったんでしょ？　ケアホームに住んでるときも嫌だったのよね？　あの頃はおとなしくただ絵を描いていたかったのよね？　覚えてる？　最近は絵を描かせてもらってる、レイネ？　レーナのほうがイェシカよりやさしかったんじゃない？　でしょ？」

レイネは立ち上がって言った。「もっと絵が描きたい」

ブロームは肩越しに時計を見た。まだ七分は生きていられる。レイネのかぎられた思考力の奥深くにしまい込まれている潜在意識を呼び起こすのに残された時間は七分。

「今はイェシカだけが絵を描くのよね？　四つ葉のクローバーの絵を。そうなんでしょ？　ゆうべ彼女がわたしのお尻に絵を描くのをあなたは見ていたの？」

「おれが許されてる絵はそれだけだ」レイネは言い、テーブルのほうに歩きながら、もう一度時計をちらっと見た。

「あら、四つ葉のクローバーの絵を描いてるのはあなただったの、レイネ？　それともサム？　サム・ベリエルなの？　ねえ、どうしてあなたはサムとディアが好きなの？」

「好きじゃない。あいつらは嫌なやつらだ。おれに嫌なことを言った」

「でも、あなたはサムなんでしょ？　そうなんでしょ？　あなたも嫌なことをするのよね？　レーナが初めてケアホームに来たとき、彼女はやさしかったのよね？　だから逃げ出そうなんて思わなかったんでしょ、レイネ？　でも、レーナはイェシカになった。イェシカは嫌な人だった。だから、あなたはイェシカから逃げ出そうとした。そうなんでしょ、サム？　だからあの雪の中を逃げようとしたんでしょ？　ファリーダのことは覚えてる？」

「ファリーダ」レイネはテーブルまであと少しのところで立ち止まった。

「そう、ファリーダ」とブロームは言った。「タトゥーをしていたファリーダよ。彼女のことは覚えてるでしょ？　あなたは彼女がバスに乗れるように逃がしてあげたじゃない、レイネ。あなたは彼女にやさしくしてあげて、逃がしてあげた。覚えてる？」

「死にたくないって言ってたから」立ち止まったままレイネは言った。

「わたしだって死にたくないわ」ブロームは自然と涙が頬を伝っているのを感じた。「お願い、レイネ。わたしを逃がして。そしたらふたりでバスに乗って逃げ出せるわ、サム。すぐそこを通るバスがあるから、一緒にイェシカから逃げましょう。ファリーダを逃がしたとき、イェシカはあなたにひどいことをした。どんなにひどいことをされたか覚えてるでしょ？あなたの指先を酸に浸けて指紋を溶かしてしまったのは、そのときなんでしょ？」

「あんたの話は聞いちゃいけないことになってる」レイネは今までより大きな声で言うと、もう一歩テーブルに近づいた。

「わたしの名前はモリーよ、サム。あなたと一緒に逃げたいの。わたしはモリー。あなたはモリーを殺すの、レイネ？　ほんとうにそんなことをするつもりなの？」

彼女はもう一度肩越しに振り向いて時計を見た。残りはあと三分。

レイネはテーブルに近寄って怒鳴った。「あんたの話は聞いちゃいけないことになってる！」

「でも、あなたはほんとうはわたしの言うこと、モリーの言うことを聞きたいんでしょ？あなたはほんとうはイェシカから逃げ出したいのよ。だったら一緒に逃げ出せる。バスがすぐそこを通ってるんだから、サム。一緒にバスに乗って、スノーエンジェルみたいに飛んでいけるわ。きれいなスノーエンジェルみたいに。サムとモリー、ふたりは一緒よ。わたしの名前はモリーで、ひとりの人間なの。あなたはわたしのことを殺したいなんて思ってないわ、サム」

レイネはテーブルに手を伸ばし、ナイフを取り上げた。その手の中でナイフが震えた。それを見て、ブロームの頬をさらに涙が伝った。

レイネはゆっくりと彼女に近づいた。ナイフの揺れがさらにひどくなった。

「わたしと一緒なら、好きなだけ絵を描いていいのよ、レイネ」すすり泣きながらブロームは言った。「あなたひとりの部屋もあげるし、好きなだけ紙もあげる。ねえ、一緒に逃げましょ、レイネ！」

レイネは立ち止まり、奇妙な眼つきでブロームを見つめた。

「何度あんたを殺そうとしても、どうしてもうまくいかないんだよ、イェシカ。いつも戻ってきてしまうから」

「わたしはモリーよ、レイネ！　あなたはサムで、わたしはモリー。一緒にイェシカから逃げるの。ふたりでイェシカを殺しましょ。そしたら好きなだけ絵を描けるわ」

レイネはブロームのまえに来るとかがみ込み、彼女の眼の中をのぞき込みながらナイフを突きつけた。

「一緒にバスに乗りましょ、レイネ」と彼女は言った。「自由になれるバスに乗りましょ、サム」

レイネは震える手でナイフを握り、ブロームの右手首の上で止めて言った。

「おれは今、あんたを殺さなくちゃいけないんだ、イェシカ」

40

十一月二十六日　木曜日　十時三十五分

ベリエルは顔を覆った手を離すことができなかった。まるでそこに凍りついてしまったかのようにどうしても剥がせなかった。

ディアはそんな彼をじっと見つめた。ふたりは奥の部屋の椅子に坐り、パソコン画面には取り調べの静止映像が映っていた。イェシカ・ヨンソンの笑顔だ。文字どおりぞっとするような笑顔だった。まるでそれまでの彼女は本物ではなく、そのとき初めてほんとうの姿を現わしたかのような笑顔だった。

その一瞬が画面上で静止していた。

「わからない、ほんとうにわからない」とベリエルは言った。

「ほんとうは何もかもわかってたんじゃないの？　わたしはそんな気がするけど」とディアは言った。

「確かに彼女は嘔吐《おうと》していた。スキーをしてきたあと」

「あなたの話によれば、あなたたちは一ヵ月近く北方のキャビンに閉じこもって、まわりの世界からは隔離されていたわけよね？　一方、イェシカ・ヨンソンの話がすべてほんとうとはかぎらない。もしかしたらモリーは妊娠二ヵ月以上なのかもしれない。だとしたら、あなたたちふたりが出会うまえから彼女は妊娠してたことになる。あるいは、あなたが鎮静剤で眠っているあいだに出かけて、クヴィックヨックかどこかで地元の名士と出会ったとか」

「でも、おれは彼女の体を覚えてるんだよ」

「どういう意味？」

「右胸の下に星のような痣《あざ》があった」

「そんなの、いつ見たかわからない」

ディアは壁に貼られている北部ダーラナ地方の地図のまえまで行った。「彼女はこのあたりのどこかにいる。さあ、一緒に中に戻って、すべて終わらせましょう」

そう言うと、ディアはドアを開けた。

「まあ、素敵」とイェシカは微笑みながら言った。「いよいよローゼンクヴィスト警視まで這いずり出てきたのね。生まれたてのイエカミキリの幼虫みたいに」

「彼女はどこなの⁉」とディアは一センチと離れていないところまでイェシカに顔を近づけて怒鳴った。

「この部屋の中を見ただけですぐにわかったわ」とイェシカは落ち着き払った声で言った。

「あなたたちは単独で動いてるんでしょ？　だからこれは公式な捜査じゃない。つまり、わたしたちの立場は簡単に逆転できるということよ。さあ、坐って」

ディアは何度か拳を握りしめてから、ようやく体をイェシカから離すと、テーブルをまわり込んで椅子に坐った。ベリエルも彼女の横に坐った。

イェシカのほうから口を開いた。妙に改まった口調になっていた。「指定された時間にレイネはモリーを殺すでしょう。ただし、レイネには携帯電話を持たせてあるから、電話してやめさせることもできなくはない。人質の交換というのはどう？　あなたたちはモリーを取り戻し、わたしはレイネのところに戻る。それで、お互いハッピー・グッドバイにしない？」

「おまえの携帯電話は調べさせてもらったが」とベリエルが言った。「連絡先も登録されていなければ、発信も着信も履歴もなかった」

「念には念を入れろって言うでしょ？　わたしたちはこれまで携帯電話を一度も使ってないのよ」そう言ってイェシカは自分の頭を叩いた。「でも、番号はこの中にある」

「じゃあ、今すぐ電話しろ！」ベリエルは叫んだ。

「そのまえにお互い手順を決めないと」とイェシカは言うと、ベリエルのうしろの壁に掛かっている時計に眼をやった。「あと五十二分あるわ」

ディアとベリエルは振り向いて時計を見た。

「十一時半？」とディアは言った。

イェシカは肩をすくめた。

ベリエルとディアは顔を見合わせた。そして、いっとき見つめ合ったまま互いの思いを読み合った。

そのあと部屋を出た。うしろからイェシカの声が聞こえた。

「忘れないで。時間というのは止まったりしないものよ」

ベリエルは奥の部屋のドアを勢いよく閉めて言った。「あの女には電話なんてかけるつもりはない。これもサディスティックな愉しみのひとつだ。捕まりたがってたんだから、今はご満悦なんだろう。あいつの望みはモリーの死の知らせを受けたらおれはどんな眼をするか、それを見届けることだ。それでももちろんあの女には何も感じることはできないだろう。あの女はおれがあいつを殺そうとするかどうか知りたいのさ。そこまで行けば、さすがにあの女にも何か感じられるのかもしれない」

「同感よ」とディアは言った。そう言ったあとすぐに思いついてつけ加えた。「今気づいたんだけど、あのとき、イェシカはサーナ教会の待ち行列の途中から抜けたように見えた。でも、もしそうじゃなかったとしたら？」

「どういう意味だ？」

「教会でインターネットのパスワードを受け取ったあとだったとしたら？」

ベリエルはディアを見つめた。

「彼女のヴァンはそんなにまえから停まってなかった。それはないだろう」

「でも、彼女は馬鹿じゃない。何か理由をつけて、列に割り込んだのかもしれない。娘が人工呼吸器につながれていて、今はバッテリーで動いてるけど、早く電気が戻らないと命に関わるとでも言って」

「だとしたら、パスワードを紙に書いてたはずだ」とベリエルは言った。「彼女のポケットはもう調べた。何もはいってなかった」

ふたりの眼が合った。

「教会の墓地」とディアが言った。「望みは薄いけど、お墓のあいだを走っているときにパスワードの紙を捨てたのかもしれない」

彼らは取り調べ用の部屋に戻った。ベリエルはイェシカをラジエーターまで引きずっていき、結束バンドで縛りつけた。彼女に眼をくれることもなくふたりは家を出た。

うしろからイェシカの声が聞こえた。「あと四十五分よ。電話をかけなくていいの？」

ふたりはサーナ教会の駐車場に車を乗り入れた。駐車している車の数は相変わらず多かったが、教会へと続く人の列は若干短くなっていた。ベリエルは駐車スペースにきちんと停めようともせず、墓地の入口に向かって駆けだした。人々の視線を浴びながら墓のあいだを縫う小径を走った。踊るように足をすべらせながら。すぐうしろを走っていたディアのおかげで転ぶのは免れた。

「きみはこっちに行ってくれ」とベリエルは叫んだ。

「おれはあっちからまわり込む」

彼は分岐点まですべっていき、まるでガラスのように凍りついた小径の路面を探した。へりの生け垣まで隈《くま》なく。雪に覆われ、すべてが白かった。その白さの中で眼につくものは何もなかった。紙切れ一枚。絶望に襲われながら生け垣まで行き着いてしまった。結局何も見つからなかった。

「ねえ、これを見て」と言うディアの声が聞こえた。

振り向くと、ふたつの大きな墓石のあいだに積もった深い雪の中に足を踏み出したディアが見えた。すぐに近づこうとしたが、またすべった。そのあともすべったものの、どうにか左方向に進んだ。ディアは墓地の入口に近い墓の横にしゃがみ込んでおり、立ち上がると手を伸ばした。その手の中にはくしゃくしゃに丸められた紙切れが握られていた。

彼女は紙を広げて見た。そのあと反射的に拳を握りしめた。

ベリエルはその様子を見て理解した。一か八かの賭けだったが、彼らの予想が的中したのだ。ふたりは車まで走り、飛び乗ってすぐに発車させた。広げた紙切れを見ながらディアは言った。「住所まで書いてある。モルクレットという村よ」

「闇《モルクレット》？　冗談だろ？　〝闇〟なんて名前の村がほんとにあるのか？」ふたりはサーナ通りとの交差点までやってきた。右折か左折か。

「どっちだ？」とベリエルは尋ねた。

「ちょっと待って」パソコンを開きながらディアは言い、バレリーナのようにキーボードの上で指を踊らせ、画面をのぞき込んで言った。

「モルクレットはエルブダーレン市サーナ教区の村。ここから西に二十五キロ。要するに右ね」

急角度で右折すると、車は激しくスリップした。ディアは車載のGPSに紙切れに書かれている住所を入力して待った。

結果が表示された。GPSは住所の地点に照準を合わせ、二十七キロという距離を弾き出していた。どうやらそこらしい。

車がまたスリップした。ディアは背もたれに背中を押しつけて体を固定させ、パソコンをもう一度見た。

「この村、スカンジナヴィアで一番奥まった内陸にあるみたい。こんなことが書いてある。〝フルフィヤレット国立公園に近いモルクレット村のすぐ東に、スカンジナヴィア半島の中でもっとも海から遠い地点がある。東はスウェーデンのヘルシングランド地方の海岸、西はノルウェーのトロンハイム・フィヨルド、南は同じくノルウェーのオスロ・フィヨルドからいずれも二百二十キロの距離にある〟そうよ」

「モルクレット」車がスリップするのをなんとか避けてベリエルは言った。「スウェーデンで一番奥まった内陸の村か」

道路はますます曲がりくねり、道からはずれないように運転するのが一苦労だった。ベリエルは自分が息をしているのかどうかさえわからなくなっていた。

黙ったまま生気のない眼をしてじっと坐っていたディアが言った。

「あと二十三分」

ベリエルは時計を相手に競うように運転した。世界は狂った様相を呈しはじめていた。時間がつっかえたり、引き攣《つ》ったりしながら過ぎているように感じられた。あまつさえ過ぎる速度だけが増しているようにも。きらきら輝く白い山々に向かい、モミの木のあいだを縫う道もまたきらきらと白く輝いていた。

すべてが白かった。真っ白だった。

彼の頭の中も真っ白だった。もっとも内なるところまで。

モリー、と彼は思った。これ以上踏み込めないほどアクセルを踏んでいた。脳裏にレイネのナイフが彼女の体に近づくのが見えた。角材も見えた。

車は凍りついた舗装道路を遅くなったり急にスピードを上げたりしながら進んだ。

「彼女は書いていた」とディアは言った。「この最後のゲームはずっとまえから計画されてたのよ」

「書いていた？　どういう意味だ？」アクセルを踏み込みながら、吐き捨てるようにベリエルは言った。

「あの手紙。わたし宛てに送られてきた彼女からの手紙。彼女は唐突に〝わたしは闇の中にいます〟と書いていた。わざわざ改行して〝闇〟の文字を大文字で書いていた」

「ああ、クソ賢い女だよ、あいつは」とベリエルは言った。

ふたりはしばらく無言で車を走らせた。

時計は十一時二十七分を示していた。

レイネがモリー・ブロームにナイフを突き刺すまであと三分。ベリエルはGPSを見つめた。モルクレット村の住所まで残り七キロ。

絶対に間に合わない。

このとき時間に何が起きていたのか。それはベリエルにも説明できない。普通は一定に流れるものが時々がくんとつんのめったり、くねくねと曲がったりしながら流れているように感じられたのだ。世の中すべてがおかしくなってしまったかのように。運転そのものにこれほど彼が懸命になったこともなかった。

イェシカを説得して電話をかけさせたほうがよかったのだろうか。無理やりかけさせることはできただろうか。拷問してでも？　指の爪を剝がしてでも？

あのクソ女はただ面白がっただけだろう。

今できるのはアクセルを踏み込むことだけだ。狂ったように運転するだけだ。滑稽なほどでたらめに進む時間の中を。

時計が十一時三十分を示してもあたりはまだ真っ白なままだった。ただ、その白さが吐き気をもよおす白さに変わっただけだった。

彼らは一度も道をまちがわなかった。それなのに間に合わなかった。八分遅かった。

それまでがくがくとおかしな動きをしていた時間が、気づくと、また正常に戻っていた。

ベリエルは車から飛び出し、GPSが示す家をめざして走った。背後でディアが拳銃の安全装置をはずすのが聞こえたが、今の彼には武器などどうでもよかった。ただひたすら走った。玄関のドアは少し開いていた。勢いよくドアを開けると、居間を駆け抜け、必死になって部屋から部屋へ走った。開けっ放しの地下室のドアに出くわした。

地下室の階段を駆け降り、〝闇〟の中心に飛び込んだ。

まずは壁に掛けられた時計、ビニールカヴァーに覆われた赤いベロアのソファ、角材ののったテーブルが眼にはいった。次に結束バンドの残骸が垂れ下がっている椅子と床に転がっているナイフ、そして血の海に倒れている人影が見えた。彼はその人影に駆け寄り、仰向けにした。

レイネ・ダニエルソンだった。頭から血を流し、がらがらと音をたてて苦しそうな息をしていた。

ベリエルが立ち上がって振り向くと、階段を駆け降りてきたときには気づかずに踏み越えていた血の跡が眼に飛び込んできた。その出血量にぞっとして階段を駆けのぼると、ディアの妙にくぐもった声が外から聞こえてきた。「雪の上に血の跡が続いてる!」

彼は玄関から飛び出した。雪の上に残された血の跡を半分消しながら進んでいるディアが十メートルほど先に見えた。ベリエルは走り、すぐディアを追い越した。

真っ白な世界に残された血の跡は丘を登り、その先で見えなくなった。丘の斜面に一歩踏み出したところですべり、もんどりうって一メートル以上積もった雪の中に頭から突っ込んだ。口に雪がつまり、息ができなくなった。

あまりの苦しさにパニックになった。パニックの雪崩《なだれ》が起きそうになった。それでもどうにか足をすべらせることなく立ち上がった。口から雪を吐き、鼻の穴に詰まった雪も吹き飛ばし、咽喉《のど》にはいりこんだ雪も吐き出し、猛然と丘を登りはじめた。が、その動きは悲しいほど遅かった。流砂の中から這い上がろうとしている者さながら。それでもやっとのことで頂上にたどり着くと、不安に駆られながら丘の向こうを見た。

彼女が横たわっていた。

両腕を雪の上に投げ出してうつ伏せに倒れていた。右手のまわりに広がる円形の血の跡がどこまでも続く真っ白な雪を赤く染めていた。

その姿は天空から落ちてきた天使のようだった。

茶色いボブヘアの天使。

ベリエルは彼女の横にかがみ込み、仰向けに返した。閉じられたまぶたの奥に動きはなかった。血の気も全身から失せているものの、まだ凍死しているはずはない。彼女の呼吸と脈拍を確認した——どちらも弱く、ほとんどないに等しかった。

立ち上がって、丘の反対側にいるディアを探したが、姿は見えなかった。家の中にはいったようだった。

彼はダウンジャケットを脱ぎ、ブロームの体に掛け、彼女の右腕を持ち上げた。親指の根元から手首にかけて、大きく肉がえぐり取られ、血があふれ出ていた。動脈が切断されているかどうかはわからなかった。フリースのプルオーバーも脱ぎ、紐《ひも》状に裂こうとしたが、できなかった。そのとき丘の反対側から雪面を進む足音が聞こえ、真っ青な顔をしたディアが姿を見せ、毛布を何枚かベリエルに渡して言った。「今、救急ヘリがこっちに向かってる」

そのあとブロームの手首の傷とそこから脈打つように噴き出している血を見て言った。

「なんてこと——」

「何が——？」ベリエルはどうにかフリースを裂きながら言った。

「モリーはファリーダ・ヘサリが思い描いたことを実行したのよ」

「いったいなんのことを言ってるんだ？」ブロームの腕に止血帯を巻きながらベリエルは怒鳴った。

「容体は？」問いには答えずにディアは訊き返した。

ベリエルは首を振った。そして、ふたりがかりでブロームの青白い体を毛布とダウンジャケットで包み、抱え上げた。

雪がちらほらと降りだしていた。涙でかすむ眼で空を見上げると、雪片が舞い降りてくるのが見えた。雪は息を殺すようにひっそりと落ちていた。あたかもこのもっとも奥まった内陸の地を忘却の外套《がいとう》で包み込んでしまおうとでもするかのように。

ブロームを抱えて雪の吹きだまりの中を注意して進みながら、ベリエルは彼女の顔を見下ろした。

モリー・ブロームは死んでいるように見えた。

歩いているうちに雪はどんどん激しくなった。彼らが家のまえまで戻ると、ちょうどバスが一台通り過ぎた。

41

十一月二十六日　木曜日　十一時三十分

ラジエーターに縛りつけられたまま、イェシカ・ヨンソンは壁の時計が十一時三十分を示すのをじっと見ていた。すべてが成就する瞬間を。まさにこの瞬間、すべてが実行されるのだ。

これまで注いできたエネルギー、張りつめてきた神経、彼女を突き動かしてきた原動力が一気に薄れた。まるで潮が引くように。

やっと成し遂げた。

これで、とイェシカは思った。わたしは完全になった。

モリー・ブロームは死に、ベリエルは破壊され、わたしは力を手に入れた。生と死を司《つかさど》るほんとうの力を。

そう、わたしは神になったのだ。死の女神の化身に。今、父の恋人を殺したのだ。

すべて終わった。

果たして何か感じたのだろうか。いや、特に何も。もう遅すぎた。

ベリエルはそのうち戻ってくるだろう。そして、たぶんわたしを殺すだろう。そこに悲惨な論理が成り立つ。なぜなら、そのことで終身刑を宣告されるのは彼だからだ。どのみちわたしは殺される。その最期の瞬間にはひょっとして何か感じられるかもしれない。

レイネに電話して計画を止める気など彼女にはさらさらなかった。

あの日、四つ葉のクローバーを見つけていなければどうなっていたのだろう?

あの日のことは今でも鮮明に覚えている。ファーゲルフエからファルスタまで続く湖畔の遊歩道。家族で散歩に出かけたときのことだ。ラグスヴェドからはそんなに遠くはなかった。きらきらと光っていたマゲルンゲン湖の水面。カメラを持った父オーヴェと、お腹が少しふくらみはじめていた母エーヴァ。小さな木立、ところどころに密集して生えていたクローバー。その茂みのほうに続いていた小径。よそゆきのワンピースがふくらはぎのあたりで涼しげに揺れていた。少し風が出てきて、ワンピースの裾が肌をやさしく撫でた。

クローバーの茂みにわたしはゆっくりとしゃがみ込んだ。

何かを感じたのはあのときが最後だ。あの頃はなにもかもが愉しかった。幸せだった。なのに、散歩に出かける直前、やっと弟が生まれるのよ、と母は言った。言われたそのときには、まだちゃんと理解できなかった。でも、クローバーの茂みにしゃがみ込んで四つ葉のクローバーを見つけ、それを父のカメラに向けて持ち上げたそのとき、願いごとが頭に浮かんだのだ。カメラのシャッター音が聞こえたまさにその瞬間、弟なんか欲しくない、と思ったのだ。それから一週間ぐらいして、父は現像した写真をくれた。その写真の裏に願いごとを書いたのを覚えている。そうすることで、願いごとは確固たるものになった。それを父に見られてしまった。父が見てはいけないものなのに。それを読んで父は真っ青になった。でも、いつもどおり何も言わなかった。

そう、ベリエルが言ったことはあたっている。科学者である父は自分の娘を恐れていた。

それはまちがいない。だから少しでも離れようとして行ってしまったのだ。地球の裏側まで。

まだ生きていればいい。イェシカはそう思った。まだ生きていて、恥じていればいい。

あのろくでなし。あの臆病者。

あのとき、わたしはあそこにいた。それは避けられないことだった。もうすぐ死ぬという今になっても、鍵穴に鍵を差し込んだときのことが忘れられない。キッチンへ歩いていく自分の足が見える。居間とキッチンとのあいだの敷居の上に横たわっていた母の真っ青な死に顔も。床には恐ろしいほどの血の海が広がっていた。

そのあと死んでいる弟と眼が合った。

まだちゃんと成長しきっていないその眼はこう言っているかのようだった。〝姉さんはもう二度と何かを感じることはないから〟。

車の音がしてポーチの上を歩いてくる足音が聞こえた。彼女は身構えた。いよいよだ。

彼女は眼を閉じた。手を縛りつけられているラジエーターの熱が妙に心地よかった。ベリエルが手っ取り早く終わらせてくれることを心底願った。

もう充分に苦しんできたのだから。今さら指の爪を剝がされる痛みなど経験したくなかった。

玄関のドアが開き、家の中にはいってくる足音が聞こえた。次に彼女のいる部屋のドアが開き、中にはいってきた足音とカバノキ合板のテーブルの上に坐る音がした。

どうして怒鳴ったり泣き叫んだりしてないの？　何も言わずにテーブルに腰かけている場合じゃないでしょうが。恋人を殺されたんだから。

イェシカは眼を開けた。

テーブルに坐っていたのはサム・ベリエルではなかった。分厚い眼鏡をかけた大柄な男だった。きわめて薄い革手袋を慎重にはめると男は視線を上げ、彼女を見て言った。「さて、きみのゲームは終わったようだな、イェシカ。やり甲斐《がい》はあったか？」

「あなた、誰？」

「カーステンという者だ」と男は言った。「きみを捜し出すのには苦労したよ」

「なんですって？」とイェシカは言った。「でも、わたしはてっきり……」

「きみがどう思ってたかはわかってる」とカーステンは言った。「きみの経歴はすべて読ませてもらった。で、これは読んだ上での結論だが、きみには知る権利はなさそうだ。とってもとっても悪い子だったからね」

「ねえ、いったいこれは……」

「きみがどう思おうと、おれにはいっさい関係ない」とカーステンは言い、上着の内ポケットからよく磨き上げられたSIGザウアーP226を取り出した。

「あなた、誰なの？」

カーステンは笑みを浮かべ、英語で言った。

「人生は歩きまわる影法師、哀れな役者だ

舞台の上ではふんぞり返って大見得を切るが
出番が終わればふっと消えていなくなる
人生は愚者の語る物語だ、騒々しく怒りに満ちていても
なんの意味もない（シェイクスピア『マクベス』の中の有名な台詞）」

「なんなの、いったい……？」

「時々思うんだが」とカーステンは言った。「ほんとうの罰というのは死にぎわに何も知らされないまま死んでいくことなんじゃないかな。なぜ死ななきゃならないのか、その理由を知る権利さえない人間もいる。ほんの少しの贖罪《しょくざい》の気持ちも持たず、そのまま地獄に堕《お》ちていく者もね。きみが行くのはまちがいなくそこだな、イェシカ。おれもすぐに行くから、この住人にそう伝えておいてくれ」

「何を言ってるの？」イェシカは縛られている手をほどこうと引っぱった。

「つまるところ、きみは何も知らされずに死んでいくということだ」とカーステンは言い、彼女の心臓に三発弾丸《たま》を撃ち込んだ。

その最期の瞬間、イェシカは確かに何かを感じた。そう、それは計り知れないほどの驚きだった。

カーステンは分厚い眼鏡をはずすと、何度かまばたきをして、眼尻に溜まった涙を拭いた。

そのあとイェシカに近寄ると、彼女の咽喉の奥深くまで黒い靴下を詰め込んだ。そして一歩下がり、自分のつくりあげた傑作をうっとりと眺めた。視力はますます悪くなっていた。アンダルシアのテラスには、結局ひとりで行くことになりそうだ。なんの意味もなく。

42

十一月二十七日　金曜日　十一時十四分

果てしない廊下をディアは歩いた。終わることなく続く窓の外にはオルスタ湾が見えていた。すでに凍りはじめていた。激しく降る雪のあいだからでもそれはわかった。

長い冬になりそうだった。

セーデルマルム病院はいつもどおり満室だった。病室のドアを開けると、ベッドに横たわる体が見えた。ほかの三台のベッドとの仕切りは色褪《いろあ》せたカーテンだけだった。むやみに人が多い気がした。白衣姿の三人の男が一台のベッドを囲み、低い声でなにやら話していた。もう一台のベッドでは看護助手がカテーテルを交換していた。開けっ放しのトイレのドア越しに清掃員が床を拭いているのが見えた。モリー・ブロームのベッドの右端に大きな顔に幅広の口ひげを生やした大柄な男が立っていた。

ディアは深いため息をついた。一番会いたくない相手だった。

「コニー」それでも声はかけた。

国家捜査指令本部、通称NODのコニー・ランディン警視も応じて言った。「デジレ」

「彼女の容体は?」

「わからん」とランディンは答えた。「そっちの患者がすみ次第、医者がひとりこっちに来てくれるそうだ」

ディアはモリー・ブロームを見つめながらうなずいた。彼女の容体が気になった。呼吸に合わせて医療機器が動いていた。補助なしに自発呼吸できているのかさえよくわからなかった。

ランディンが咳払いをして言った。「タブロイド紙は見ただろ?」

「ええ。見たくなくても」モリー・ブロームの体を取り巻いているおびただしい数の機器に眼を向けたままディアは言った。意識をなくして横たわっているモリーの体はとても小さく見えた。

まるで子供の体のようだった。

ランディンが首を振りながら言った。「要するに、きみはおれに嘘をついていたわけだ。

ベリエルと一緒に公安警察の秘密の任務に就いていたそうじゃないか。もちろん、相手が公安警察なら通常の規則はあてはまらないがな」

ディアは鼻を鳴らし、首を振った。ランディンはかまわずに続けた。「それにしても、〝元警察官、容疑者を殺害して逃走〟なんていう新聞の見出しは、今の状況に鑑《かんが》みてなんともありがたくない見出しだ……」

「ええ」

「きみたちの追っていたイェシカ・ヨンソンは、ベリエルが警察にいたときの制式拳銃——SIGザウアーP226——で撃ち殺された。退職したときに当然返却すべきだった銃で。おまけに、同じ捜査に関連した少なくとも三つの古い事件の犯行現場からやつのDNAが見つかった。逃亡して身を隠していたのもなんの不思議もない。内部調査がはいるようだから、きみも事情を訊かれることになるだろう。覚悟はできてるな?」

「ええ」と静かな声でディアは言った。

「きみは救急ヘリに同乗してファールンに行ったんだろ? ベリエルは一緒じゃなかったのか?」

「定員オーヴァーで彼は乗れなかったんです。救急隊員がふたり乗ってたから。でも、車があったから、ベリエルはファールンまで運転しました」

「ああ、その車は病院の駐車場で見つかったよ。そのあとやつはサーナの家まで戻って、イェシカ・ヨンソンを射殺した。それがダーラナ警察の見解だ」

「内部調査がどう結論づけるか見守るしかないですね」とディアは言った。そのとき、医師がひとりやってきて尋ねた。

「警察の方ですね？」

ふたりは自己紹介した。「モリー・ブロームにはほんとうに肉親がいないんですね？」

「たぶん、一番近しいのはわたしだと思います」とディアは言った。「彼女の容体はどうなんですか？」

「まだ予断の許されない状況です」と医師は言った。「大量出血による脳障害が残らないか、慎重に看視しています」

「あの……赤ちゃんは？」と囁くようにディアは尋ねた。

「胎児は無事です」と医師は言った。「少なくともあと八ヵ月はうちに入院してもらうことになりますね」

ディアは怪訝《けげん》な顔で医師を見つめた。それに気づいて医師は言い直した。「万一臨床死の状態に陥ったら、という意味です」

わかりやすく説明したつもりが逆効果だったことを悟り、彼はさらに言い直した。

「つまり脳死になったら、という意味です」

どこまでもすっきりした説明だった。

「まだそうと決まったわけじゃないですよね？」とディアは努めて声を落ち着かせて言った。

「ええ、もちろん」と医師は慌てて言った。「現状では今後のことはまったくわかりませんが、頭部以外の検査結果は良好です。体調的な安全性が確認できれば、できるだけ早く核磁気共鳴断層撮影をする予定です」

「はい？」

「ああ、MRI検査です。脳の活動がどうなっているのか、よりはっきりわかります」

そう言って医師は出ていった。ランディンがディアのほうを向いて言った。「今日じゅうに口頭で報告してくれ、デジレ。あと一時間後ではどうだ？　十二時半におれのオフィスに来てくれ」

ディアはうなずき、大柄な背中がほかの医療関係者とともに病室を出ていくのを見送ってから、もう一度モリー・ブロームのほうを向いた。ベッドまで行って彼女の手を取った。その手は青白く、冷たかった。

気持ちがかぎりなく落ち込んだ。

そのとき清掃員がトイレから出てきた。振り返ると、ひっそりとモップを絞っているうしろ姿が見えた。ディアはまたブロームのほうに向き直った。気づくと、清掃員がすぐ横に立っていた。

「きみの心臓が強いことを祈るよ」と清掃員は言った。

ディアはとっさに振り向いて清掃員の顔を見上げた。相変わらずひげが伸び放題のサム・ベリエルと眼が合った。彼女は眼を閉じ、首を振った。

「いったい何があったの？」ショックの第一波が引けるとディアは尋ねた。

「さっき医者が脳死なんて言ってたようだが、どういうことだ？」ベリエルはそう言ってブロームのそばまで行った。

そして、ディアが握っていたブロームの手をかわりに握った。

「まだ詳しいことはわからないらしい」とディアは言った。「でも、脳死と決まったわけじゃないわ、サム。それに赤ちゃんは無事よ」

「赤ん坊の父親が誰であるにしろ」ブロームの手をゆっくり撫でながらベリエルは言った。

「いったい何があったの、サム？」

少し時間を置いてから、彼はゆっくりと言った。「ファールンまで運転しているとき、サーナでの殺人のことを警察無線で聞いた。それで、何者かがおれたちの隠れ家に行って、イェシカを射殺したことを知った。どう考えてもおれに濡れ衣を着せようとしたんだろう。で、潜伏を続けて真相を探ることにした。そうこうしてるうちに、おれが使っていた制式拳銃で撃たれたというニュースが飛び込んできた」

「とにもかくにも何があったの？」

「わからない」とベリエルは言った。「馘《くび》になったとき、警察本部の銃保管庫に置いてきたのは確かだ。おれをはめるために誰かがそこから持ち出したとしか思えない。おれを信じてくれ、ディア」

彼女は彼を見上げた。ベリエルはその眼を見て改めて思った。ほんとうに鹿そっくりだ。しばらく忘れていたが。

「ええ」と彼女は言った。「信じてる。でも、何もかもうまくいかなかった」

「そうかな」とベリエルは言った。「少なくともモリーはまだ生きてる。きみのおかげだ、ディア。ありがとう」

彼はブロームの冷たい手をディアに返し、一歩うしろにさがった。ディアはブロームの手を撫でながら、心の痛みがふくらむのを覚えた。

今はただ誰かにきつく抱きしめてほしかった。

が、振り向くとそこにベリエルの姿はなかった。

ベリエルは廊下に出て清掃員のお仕着せを脱いでいた。そこで携帯電話が振動しているのに気づいた。画面にメッセージが表示されていた。

〝ゼロ地点〟。

ポプラの木の一番外側の枝に一枚だけ葉が残っていた。雪が舞う中、彼は立ち止まってその葉が散るまで見た。葉っぱはゆっくりと舞い降り、音もなく足元に落ちた。それを見届けてから、かすかに光って見えるボートハウスに向かって歩いていった。そこは彼の子供の頃の遊び場だった。

エッビケン湖に浮かんでいる手漕ぎボートには、以前見たときより雪が降り積もり、湖には氷が張りはじめていた。

彼はボートハウスの階段をのぼった。今回はSIGザウアーP226に出迎えられることもなかった。かわりに丸腰の公安警察情報部長がドアを開けてくれた。短く切りそろえられた鉄灰色の髪は、相変わらず磁石に吸いつく鉄の削りくずのようだったが、その顔の表情は以前とはまるでちがっておだやかだった。内面を一切顔に出さないこの男も少しは表情のレパートリーを増やしたようだった。

しかも彼はこんなことまで言った。「来てくれて嬉しいよ」

ベリエルはアウグスト・ステーンをただじっと見つめた。ふたりはボートハウスの中に置かれた大工仕事用の作業台の両側について坐った。ステーンはしばらくただうなずいていたが、やがて作業台の上に置かれていたiPadをベリエルのほうに押しやった。

そのiPadにビデオ映像が流れた。ベリエルにはすぐにそれが公安警察がダーラナ地方のサーナに用意した例の隠れ家《セーフハウス》の中であることがわかった。イェシカ・ヨンソンが部屋の一番奥にあるラジエーターに縛りつけられていた。眼を閉じていた。するとそこに男が現われた――が、まだそのうしろ姿しか見えない。男はテーブルに腰かけた。イェシカは眼を開け、しばらく無音の会話が続いた。そのうちイェシカが縛られている手を引っぱりはじめた。その次の瞬間、男が彼女の胸を三発撃った。そのあとしばらく男は坐ったままでいたが、やがて彼女に近づくと、死んだ女の咽喉の奥深くまで厚手の黒い靴下を無理やり詰め込んだ。男が振り向いたところでステーンは再生を止めた。

映像に映っていたのはカーステンだった。

「音声は？」とベリエルは訊いた。

「残念ながら」とステーンは言った。「残っていたのはマイクロカメラだけで、マイクはなかった。それ以外は全部持ち去ったようだ」

「これはあなたの部下だった男だ、ステーン部長」とベリエルは言った。「それもかなり近い関係の。なにしろ前回はあなたと一緒にここに来たくらいなんだから。すべてが極秘扱いだったときに。いったいどういうことなんです？」

「もうひとつ、ちょっとした映像を見る気はあるか？」答えるかわりにステーンは言った。「ここに来る直前に見つけたんだ。二週間ほどまえの映像だ」

ベリエルはうなずき、映像の再生がはじまった。

間仕切りのないオフィスが映っていた。暗かったが、どことなく見覚えがあった。そこがかつての職場だと気づくまでベリエルには少し時間がかかった。アラン・グズムンドソン警視のもとで、エレン・サヴィンエル事件と格闘していた頃の刑事部屋だ。画面の中に男の姿が現われた。そのあと映像は暗視モードに切り替わり、緑色の中に白い人影が映し出された。男はまっすぐに銃保管庫に向かうと、いともあっさりと扉を開け、中から拳銃を取り出した。

ステーンはそこで再生を止めて言った。

「保管庫のどの場所から銃を取り出したのかはっきりと映っている」

「おれの銃が保管されていたところです」とベリエルは言った。

ステーンは再生ボタンを押した。男が振り向くのが暗視カメラにはっきりと映っていた。カーステンだった。

「これでおれの疑いは晴れた」とベリエルは言った。

「いや、この映像は公にはしない」とステーンは言った。

「おれがそのiPadを奪って逃げたら？　腕ずくでも止めるんですか？」

「いいや」陰気な笑みを浮かべてステーンは言った。「ただ、映像ファイルは時間が経てば消去される設定になっている。きみがあのドアにたどり着くまえに消えているだろう。お互い過小評価しないほうがいい。時間を無駄にしないですむ」

ベリエルはステーンを見つめた。

「いったい何が起きてるんです？」

「話せば長くなる」とステーンは言った。「きみさえよければ、手短に説明するが」

「あなたはシルを殺した、あなたは腐りきった豚野郎だ」とベリエルはうなるように言った。

「それはちがう」落ち着いた声でステーンは言った。「簡略版の説明を聞きたいか?」

ベリエルは何も言わなかった。ステーンはうなずき、話しはじめた。「シルヴィア・アンダーションが殺害されたのは、公安警察のデータベースの深淵に隠されていたいくつかのファイルの復元をきみの指示で試みたから。きみはそう思ってるんじゃないか? 今年の初めに消去されたファイルだ。それがきみの仮説だ。ちがうか、サム?」

ベリエルは表情を少しも変えることなく、ボートハウスの暗がりの中のステーンをただ見つめた。

「確かにそれらのファイルを消去させたのは私だ。それはその一ヵ月まえに公安警察に〝モグラ〟がまぎれ込んでいることが判明したからだ」

「モグラ?」

「これは失敬。これは冷戦時代の隠語だな」そう言ってステーンは笑った。「裏切り者、スパイ、好きなように呼べばいい。とにかく私としてはあのファイルがモグラの手に渡ることだけはどうしても避けなければならなかった」

「パチャチ家が鍵を握ってるんですか?」とベリエルは言った。

ステーンはそれまでベリエルが見たこともないような生き生きした顔をして言った。

「だからきみには消えてもらう必要があったんだ。そのことに気づいたからだ。きみには誰の手も届かない場所にひそんでもらう必要があった。モグラから守るために」

「そのためにモリーを利用したんですか？」

「きみはモリー・ブロームのことを誤解している。彼女はわれわれとは縁を切り、私立探偵の仕事をきみと始めるつもりでいた。しかし、きみはボートハウスで深刻な精神的ダメージを負って倒れた。彼女はそんなきみを救った。われわれが彼女に連絡を取ったのはそのあとのことだ。誰にも見つからない場所にきみを隠すことを彼女は承諾した。シルヴィアを殺害したのがそのモグラだということもモリーは理解した」

ベリエルはステーンを見つめた。

「これが簡略版の説明だ」少し間を置いてステーンは続けた。「パチャチはわれわれにとって最重要人物だ。しかし、彼のほんとうの身元を知っているのは私だけだ。そこにモグラが現われて嗅ぎまわりはじめた。だからパチャチに関するファイルはすべて消去しなければならなかったんだ。すると、モグラは別の手段に出て、認知症の老女を厚手の靴下を使って殺害した。老女がグンダーセンのことを知っている可能性があったからだ。もう隠すことはないな。パチャチをスウェーデン国内に手引きしたのがグンダーセンだったんだ。モグラはさらにシルヴィアを殺害した。パチャチに関する情報を持っていそうにないのにもかかわらず――少なくともわれわれの知るかぎりは。しかし、一番肝心なのはモグラがパチャチの娘アイシャを拉致したことだ。彼女を誘拐したのは――」

「ヴィリアム」ほとんど声にならない声でベリエルは言った。

「少女は今、モグラに拉致されている」とステーンは言った。「モグラはストップ通りの家の迷路が完成するまえに侵入してアイシャを連れ去った。誘拐されて監禁されていたほかの少女には眼もくれず、アイシャだけを拉致した。娘を人質に取って、パチャチを黙らせようとしたわけだ。が、モグラがユダのように銀貨三十枚を手にできるのは、パチャチを殺したときだ。実際にはそれよりはるかに大金だろうが」

「その金の出所は？」

「おそらくISだ。私はこの一年ずっとモグラを追っていた。ところが、どうだ。いとも簡単に正体をばらした。どうかしている」

「カーステンが——？」ベリエルは思わず叫んだ。

ステーンはおもむろにうなずいて言った。「おそらく第一の動機は身がわりが必要だったんだろう。もちろん、公安警察内部の人間のほうがよかったんだろうが、きみはシルヴィア・アンダーションを使って、われわれのデータベースの極秘情報を掘り返すという犯罪を犯していた。だからモグラにしてみれば、きみというのはうってつけの人物だったんだよ」

「おれをモグラに仕立てるためにイェシカを殺したと言うんですか？」とベリエルは思わず訊き返した。

「第一の動機はそうだろう」とステーンは言った。「ただ、えてしてモグラの正体がばれるのは感情のせいだ。去勢されたスパイこそ完璧なスパイだ」

「ちょっと待ってください。カーステンがおれに濡れ衣を着せようとしているのは……」

「そう。第二の動機はきみへの嫉妬だ。きみがモリーを奪ったと思い込んだんだろう。実際、きみたちふたりを監視していた報告書にはそれを示唆することが書かれている。ただ、それはあくまでもそういう眼で見ればの話だ。で、こっちとしては気づくのが遅すぎた」

「じゃあ、彼は今どこにいるんです？」

「おそらくはまだスウェーデンのどこかだ。人質のアイシャ・パチャチと一緒にいるはずだ。思うに、彼は父親からの連絡を待っている。娘の命と引き換えにパチャチ自身が姿を現わすのを待っているんだろう」

「じゃあ、おれがここにいる理由は？　おれに何をさせたいんです？」

ステーンはしばらくじっとベリエルを見つめてから言った。

「今、とてつもなく大きなことが起きようとしている。危険な悪党どもがこの国にひそかにはいり込もうとしている。もしカーステンがアリ・パチャチを沈黙させることに成功すれば、さらなる脅威がなんの抵抗もなくこの国にはいり込んでくることになるだろう。そんなことになれば、スウェーデン史上最悪のテロが惹き起こされるのは火を見るよりも明らかだ」

ベリエルはステーンをさらに見つめてから言った。

「おれに何をさせたいんです、アウグスト？」

「きみは自分で思っている以上に優秀だ、サム」

「モリーは昏睡《こんすい》状態で寝ています。おそらく脳死だ。腹の中におれの子かもしれない子を宿した状態で」

ステーンは首を振って言った。

「さっき言ったとおり、去勢されたスパイこそ完璧なスパイだ。それに、モリーは脳死状態にいるわけじゃない。容体が不安定なだけだ。子供の父親についてもまだ確かなことはわからない」

ベリエルは時計の残骸を見つめた。その時計に鎖でくくりつけられたのは、それほど昔のことではない。

「おれにどうしろと言うんです、アウグスト？」とベリエルは繰り返した。

アウグスト・ステーンは携帯電話と分厚い札束を彼のほうに押しやって言った。「準備をしておいてほしい、それだけだ。近いうちにきみが必要になる。ただ、全国的な捜索指令が出ていることは忘れるな。誰にも見つからないように潜伏していてくれ」

「その状況にはもうだいぶ慣れました」ベリエルはそう言い、苦い笑みを浮かべた。

43

十一月二十七日　金曜日　十四時二分

激しく降る雪のせいでほとんどわからなかったが、フッディンゲ市へリックスに新しく建てられた精神科病院は厳重に警備されていた。それでもその車は最高レヴェルの権限を示す偽の許可証のおかげですんなりと中にはいることができた。運転者は駐車場に車を停め、エンジンを切った。

サム・ベリエルはバックミラーの向きを変え、ひげを剃ったばかりの顔を見つめた。本人ですらそれが自分の顔とは思えないほど、すでにひげづらに慣れていた。

途方もない孤独感に襲われた。

驚くほど心地よい廊下には新しい建物のにおいが漂っていた。ベリエルのまえを女医が軽快な足取りで歩いていた。振り返らずに彼女は言った。「残念ながら、無駄足になってしまいましたね」

「どういうことです？」とベリエルは尋ねた。

「裁判のまえはいかなる接触も禁止されているんです」と女医は言った。「でも、ドアの窓から中をのぞくのはかまいませんよ」

小さな窓のあるドアの数メートルまえで女医は突然立ち止まり、そこで踵《きびす》を返して、来た廊下を引き返した。

「五分間さしあげます」と肩越しに彼女は言った。「時間になれば係の者が来て出口まで案内します」

女医の姿が見えなくなるまでベリエルは待ってから、ゆっくりとドアに近づいて小窓の中をのぞき込んだ。

まず眼にはいってきたのは大きな窓だった。激しく降る雪の中、外の道を走り過ぎるバスがちらっと見えた。

次にレイネ・ダニエルソンが眼にはいった。テーブルについて絵を描いていた。テーブルの上には紙と色鉛筆が散らばっていた。とことん集中した表情をしていた。それは心底嬉しそうな顔でもあった。

何を描いているのか、最初はわからなかったが、ベリエルはすぐに壁にも絵が描かれていることに気づいた。その絵は——

四つ葉のクローバー。レイネ・ダニエルソンの病室は壁一面が緻密に描かれた四つ葉のクローバーで埋め尽くされていた。

そこでレイネがふと顔を上げ、ベリエルを見た。笑みを浮かべ、手を持ち上げた。手を振ろうとしたのだろうか。いや、そうではなかった。人差し指と中指を伸ばし、親指を立てて、手で拳銃の形をつくった。

そして、ベリエルを撃った。

解説

杉江松恋

何も信じられない。誰にも頼れない。

靄《もや》に覆われ、視界が極めて悪くなった世界を現代人は生きている。一寸先は闇という言葉がこれほど当てはまる時代は過去になかったのではあるまいか。

情報が自らを守る鎧《よろい》とは限らず、時に後ろから斬りつけてくる刃《やいば》にもなりうる。何かを知り、それによって傷つくということが繰り返される。ゆえに誰もが孤立している。

アルネ・ダールは、そうした相互不信の時代を描く作家である。

『狩られる者たち』は、ダールの本国スウェーデンでは二〇一七年に刊行されたサムエル（サム）・ベリエル＆モリー・ブローム・シリーズの第二作である。原題はInland（内陸）で、二〇一九年に英訳された際はHuntedという題名がつけられた。日本語版はこれに基づいている。

日本では二〇二〇年に訳書が刊行された『時計仕掛けの歪《ゆが》んだ罠《わな》』（小学館文庫）がこのシリーズの第一作である。本当ならばその内容を紹介したいところなのだが、困ったことに同書は何をどう書いてもネタばらしは免れないという厄介な小説なのである。取り扱いには最大限の注意を払う必要がある。既読の方向けに書くとこういうことになる。

前作が『時計仕掛けの歪んだ罠』なら、本作は〈時計仕掛けの正確な罠〉である。

予備知識は完全に無しでいいという方は、ここで本文を読み始めてもらいたい。以降はもう少し親切な内容紹介だ。『時計仕掛けの歪んだ罠』での初登場時、ベリエルはストックホルム警察犯罪捜査課の警部として、少女失踪事件を追っていた。開巻早々異様な緊張感に包まれる物語だが、それはいなくなった少女がすでに殺害されたことを示す手がかりが現場に遺されていたためである。ベリエルはこの失踪事件が同一人物による連続殺人の一環なのだと確信しているが、その証拠を他人と共有できない理由があり、捜査陣の中で孤立してしまっている。物語にはベリエル自身の事件という性格があり、結末に近づくにつれてその要素が重みを増していくというのが謎解き小説としての第一の特徴であった。

第一と書いたのはもう一つ、先の読めない展開に読者を巻き込んでいくという要素があるためで、前段落で書いた事件の姿は、実は全体の表層を撫《な》でただけに過ぎない。小説は四部構成になっており、各部で物語の見え方がまったく異なる。第一部は刑事対連続殺人鬼という警察捜査小説の基本に忠実な構造、第二部はいきなり趣きが変わり、ベリエルとある不審人物との対決が軸になる。第三部で前述したベリエル自身の事件という要素が浮上し、第四部でそれさえも覆す衝撃の事実が判明する。

この第四部で明かされる事件の全体像はもちろん明かすことができないのだが、極めて二十一世紀的な真相である、とだけ書いておこう。

かなり雑な書き方をすると、スウェーデン・ミステリーは一国の独自性を描くものから、スカンジナビア半島を基点として国際社会の情勢を犯罪小説の形で切り取るという方向に変質していっている。出発点はもちろんマイ・シューヴァル&ペール・ヴァールーのストックホルムを舞台とした警察小説〈マルティン・ベック〉シリーズであり、一九九〇年代にヘニング・マンケルやスティーグ・ラーソンといった作家たちが小説世界を大きく広げた。アルネ・ダールもそうした流れに棹《さお》さした書き手の一人であり、一九九九年に発表した『靄の旋律』（集英社文庫）は国際化せざるをえない捜査官たちの姿を群像小説として描いた新世代の警察小説であった。この〈スウェーデン国家刑事警察〉シリーズは、邦訳こそ一作だけで終わってしまったのだが、二〇〇八年刊のElvaまで十一作が発表され、ドラマ化も実現したことでダールをベストセラー作家の地位へと押し上げた、作者にとっての出世作である。

デンマークのユッシ・エーズラ・オールスンが〈特捜部Q〉シリーズ（ハヤカワ・ミステリ文庫）を開始したのは二〇〇七年のことだから、ダールのほうが十年近く早い。それまでの北欧ミステリーは、主人公が一人であることが多く、彼もしくは彼女の心境小説の側面があった。主人公が社会と対峙《たいじ》することにより、その構造に生じた歪みを個人の視点で切り取ることが期待されていたのである。ダールやオールスンが群像による警察小説を採用した背景には、社会が複雑に変貌していく中で一つの視点ではそれを把握できなくなったという現実が反映されている。その要因の一つが犯罪の国際化である。『時計仕掛けの歪んだ罠』の最後に明かされる真相は、そうした状況がなければ書かれなかったものだろう。ゆえに「極めて二十一世紀的」なのだ。

もう一人の主人公であるモリー・ブロームは前作で公安警察の潜入捜査官として登場する。興味深いのは、前述した物語の導入部分に彼女の姿がないことだ。では、いつ、どのようにしてブロームは登場するのか。これから『時計仕掛けの歪んだ罠』を読む方には、その謎に注目しながらぜひページを繰ってもらいたい。小説の第二の特徴として挙げた先の読めない展開というのはそういうことで、主要登場人物さえ、物語の中でどのような役割を振られているのかわからないのが〈ベリエル&ブローム〉シリーズなのである。

前置きが長くなってしまった。『狩られる者たち』は、そうした謎と不安の塊のような『時計仕掛けの歪んだ罠』の後日譚《たん》だ。前作をお読みになった方は、最終ページで仰天されたはずである。これは驚かずにいられないだろう。「その瞬間、天がその大きな口を開けた」という一文が最後に置かれているのだが、それが大袈裟《おおげさ》には感じられないほどの意外な出来事が起きる。それを受けての物語なのである。

簡単に、書ける範囲で状況を説明しておこう。

まず、ベリエルもブロームも警察官に元の肩書がつく立場になっている。そこまでは『時計仕掛けの歪んだ罠』に出てくる展開なのだが、二人は孤立無援の誰にも頼ることができない状況で本作には登場してくるのである。前作の幕切れからここまでの間に何があったのか、と読者は訝《いぶか》しむはずだ。さらに、ベリエルはとんでもない姿で読者の前に姿を現す。精神的に不安定な状態にあるためだということがすぐに説明される。それにしても疑問は残るはずだ。一体全体どうして、そんな精神状態になったのだろうか、と。

前作では凶悪事件を引き起こした誘因の一つがベリエル自身の過去に関係するある出来事であったことがわかった。本作でも同様の趣向が準備されている。

今回の物語は導入部が混乱に満ちているのだが、それが収まったあたりで主たる事件が何かということが明かされる。鍵になるのは、かつてのベリエルの相棒であるデジレ（ディア）・ローゼンクヴィストだ。今も警察にいる彼女は、自由な立場で動けるベリエルに非公式な調査を依頼してくる。イェシカ・ヨンソンという女性からローゼンクヴィストは不可解な手紙を受け取った。謎のストーカーによって命を狙われているという、精神の均衡を崩した者が書いたような内容だったのだが、その中には無視できない記述があった。彼女とベリエルが初めて組んで捜査にあたった事件に関するもので、犠牲者の尻に四つ葉のクローバーの絵が描かれていたことに言及していたのだ。公表されなかった事実であり、それを知っているのは事件関係者以外にはいないはずだった。ヨンソンはその事件に別の真相があったかもしれないと示唆している。公式にはすでに決着している事件であり、掘り返すことは難しい。だからローゼンクヴィストはベリエルに連絡をとってきたのだ。

この事件を調べようとしてベリエルとブロームは思いがけない危機に遭遇し、連続殺人事件の只中《ただなか》に巻き込まれてしまう。犠牲者の尻に共通して描かれる四つ葉のクローバーは、事件がまたしてもベリエルの過去と絡んでいるという証拠である。

前作と同じ四部構成で物語は進んでいく。全体で最も重要な台詞《せりふ》は第二部の冒頭近くでブロームによって口にされる。

「わたしはただ見えているものがそのまま真実だとはかぎらない気がするだけよ」

この言葉と、第一部の幕切れで鏡に映った自分自身に恐怖を感じるベリエルの姿とが、本書がどのような作品かを的確に示しているように見える。多すぎる鏡像。これだ。鏡が多すぎるとき、そこに映った像はどれも真実をそのまま示しているように見えるが、一つを除いてすべては虚像である。鏡像に惑わされると、本来見るべきものが何かわからなくなってしまう。本書の連続殺人事件を起こす犯人は、この鏡像を作り出しているのだ。

謎解き小説としてはもう一つ重要な主題が扱われるが、ここでは触れないでおこう。謎の呈示とその解決という技巧については、どのようなことが起きたときに真相を引き出すための障害となる不確定要素が生じるかということが徹底して研究されてきた。その不確定要素をいかにスリラー的展開の中に織り込んでいくかということに作者は挑戦している。「見えているものがそのまま真実だとはかぎらない」状況の中でいかに確かな要素を見出《みいだ》していくべきなのか。さまざまな技巧が用いられるがその中には、ベリエルを前作以上に不安定な立場に追い込むことで彼を信頼できない語り手として読者に疑わせる、というものまで含まれている。物語中盤の足元の悪さはただごとではない。足を踏み外さないように、しっかり気を付けて読むこと。

シリーズものなので、前作で明らかにされることに踏み込んでいる箇所もある。それがわかっても『時計仕掛けの歪んだ罠』はじゅうぶんに楽しめる作品なのだが、絶対に予備知識を入れたくないという前作未読の方は五十八ページの六行目から六十一ページ最後の行までを飛ばすといいだろう。何かとんでもないことが起きて、ベリエルとブロームはまずい事態に巻き込まれた。それだけわかっていればいい。作中に何かわからない固有名詞が出てきたら、前の事件の関係だと思って無視すればだいたい問題ないはずである。

二〇二一年五月時点でシリーズは四作、九月に最新作が刊行予定である。第三作Mittvatten（水中）のベリエルは、本書で起きた事件のためにさらにまずい状況に追い込まれており、ある秘密任務を帯びて潜伏生活を送っているところで物語が始まる。ちなみにブロームの助けを借りられない単独潜行だ。続くFriheten（自由）までこの構造は引き継がれていき、ベリエルが単独の主人公ではなく、ブロームとのコンビのシリーズであることの意味が明らかにされるようだ。予告されている第五作の題名はIslossning（氷の放出、とでも訳すべきか）である。願わくばすべて邦訳されますように。

すべての手がかりを与えて謎解きを行うという論理性と、主人公の行く先を読者に悟らせないという展開の意外性は、現代ミステリーに求められる重要な二つの柱だ。本書はその両者を共に満足させる作品である。加えて、現代的な不安のありようを作中で描き出すことによって社会小説としても成立している。『靄の旋律』から〈ベリエル&ブローム〉シリーズまでの間に十年近い邦訳の空白期間があるので断定しにくいが、この完成度の高さは作家としての成長の証《あかし》でないだろうか。北欧のみならず、現代ミステリー全体を見渡しても類まれな高みに上り詰めた作品である。ミステリーの興趣は本作にすべて詰まっている。

(すぎえ・まつこい/文芸評論家)